BRITTAINY C. CHERRY

Wenn deine Wärme meine Kälte besiegt

Die Romane von Brittainy C. Cherry bei LYX

Romance Elements:

1. Wie die Luft zum Atmen
2. Wie das Feuer zwischen uns
3. Wie die Stille unter Wasser
4. Wie die Erde um die Sonne

Chances:

1. Wie die Ruhe vor dem Sturm
2. Wie die Stille vor dem Fall. Erstes Buch
3. Wie die Stille vor dem Fall. Zweites Buch

Compass:

1. Durch die kälteste Nacht
2. Gegen den bittersten Sturm
3. Über die dunkelste See
4. Bis zum hellsten Morgen

Mixtape:

1. Denn ohne Musik werden wir ertrinken
2. Denn ohne Liebe werden wir zerbrechen

Coldest Winter:

1. Wenn deine Wärme meine Kälte besiegt
2. Wenn der Frost dein Herz berührt

Außerdem erschienen:

Deine Worte in meiner Seele
Wenn Donner und Licht sich berühren
Wenn der Morgen die Dunkelheit vertreibt
Love Letter From the Girls Who Feel Everything – Gedichte & Gedanken

Weitere Romane der Autorin sind bei LYX in Vorbereitung.

Brittainy C. Cherry

Wenn deine Wärme meine Kälte besiegt

Roman

Ins Deutsche übertragen
von Ralf Schmitz

LYX

LYX in der Bastei Lübbe AG

Dieser Titel ist auch als E-Book und Hörbuch erschienen.

NACHHALTIG PRODUZIERT

Die Bastei Lübbe AG verfolgt eine nachhaltige Buchproduktion. Wir verwenden Papiere aus nachhaltiger Forstwirtschaft und verzichten darauf, Bücher einzeln in Folie zu verpacken. Wir stellen unsere Bücher in Deutschland und Europa (EU) her und arbeiten mit den Druckereien kontinuierlich an einer positiven Ökobilanz.

FSC www.fsc.org
MIX
Papier | Fördert gute Waldnutzung
FSC® C014496

Die Originalausgabe erschien 2022 unter dem Titel »The Holly Dates«.

Redaktion: Katia Liebig
Umschlaggestaltung: © Zero Werbeagentur, München
unter Verwendung von Motiven von © GettyImages
(© Simon McGill; © Anna Efetova; © Anna Blazhuk) und
© Shutterstock (© R-studio; © Black moon; © balinskaya; © Nastiya Maki)
Satz: Greiner & Reichel, Köln
Gesetzt aus der Adobe Caslon
Druck und Verarbeitung: GGP Media GmbH, Pößneck

Printed in Germany
ISBN 978-3-7363-2102-1

5 7 8 6

Weitere Informationen unter:
lyx-verlag.de
luebbe.de | lesejury.de

Liebe Leser:innen,

dieses Buch enthält potenziell triggernde Inhalte.
Deshalb findet ihr auf der letzten Seite eine Triggerwarnung.

Achtung: Diese enthält Spoiler für das gesamte Buch!

Wir wünschen uns für euch alle
das bestmögliche Leseerlebnis.

Euer LYX-Verlag

Für all die Typen,
die ich über Dating-Apps kennengelernt habe:
Danke für all das, was ich in meinen Büchern
verarbeiten konnte, ihr Idioten.
Ich hoffe, ihr genießt die Feiertage.

Du nicht, Marty.
Fick dich, Marty.

PROLOG

HOLLY

Heiligabend

»Bist du dir auch ganz sicher?«, fragte Cassie, als sie meinen Brautschleier richtete. Ich betrachtete mich im Umkleidespiegel. Ich sah aus wie meine Mutter an ihrem Hochzeitstag. Schon deshalb kamen mir beinah die Tränen.

Meine Mutter war die schönste Frau, die ich jemals gesehen hatte, daher erschien mir die Tatsache, ein paar ihrer Eigenschaften in meinem Gesicht zu erkennen, wie ein Geschenk. Meine dunkelbraune Haut hatte den gleichen Farbton wie ihre. Auch meine Stupsnase und mein herzförmiges Gesicht glichen ihr.

Mein Lächeln hatte ich ebenfalls von ihr, aber die Augen hatte ich von meinem Vater. Sie waren tiefbraun, mit Anzeichen goldener Sprenkel darin.

Mom war bis eben noch bei mir im Umkleidezimmer gewesen, hatte sich aber entschuldigen müssen, weil sie immer wieder in Tränen ausbrach und rief: »Mein Baby heiratet heute!«

Wenn meine Gefühle ein Fluss waren, dann waren die meiner Mutter ein Ozean – ausladend, vielschichtig und tief.

Mein Herz raste, als ich mich im schönsten aller Hochzeitskleider sah.

Cassie redete weiter auf mich ein, während sich mir der

Kopf drehte. »Weil die Ehe eine große Verpflichtung bedeutet, und weil wir noch so jung sind, Holly, und weil …«

»Ich liebe ihn«, erwiderte ich und wandte mich um, während mir das Herz die Brust sprengte. Ich blickte auf den Verlobungsring an meinem Finger. Wärme erfüllte meine Brust, und die Freude ließ mein Herz hüpfen. Ich wusste, dass ich die richtige Entscheidung getroffen hatte. Ich wählte den Mann, der mich wählte. »Wir sind seit Jahren zusammen, und ich weiß nicht, warum wir noch warten sollten. Ich verstehe ja, dass du mir als beste Freundin die ›Letzte Chance, dich in Sicherheit zu bringen‹-Rede hältst, aber mach dir keine Sorgen, ich habe mir den Richtigen ausgesucht, ich bin heute nicht die Braut, die sich nicht traut.«

»Gut«, sagte sie und glättete ihr rotes Seidenkleid. »Weil nämlich gerade der gesamte Ort in der Kirche darauf wartet, dass du vor den Traualtar trittst, da möchte ich nur ungern die Trauzeugin sein, die allen erklären muss, dass du die Hochzeitsfeier in letzter Sekunde abgeblasen hast.«

Ich schnippte mit den Fingern. »Wo wir gerade vom Feiern reden …« Ich raffte das schwere Kleid in meine Arme, lief zu meiner übergroßen Handtasche, entnahm ihr einen Stapel Papiere und hielt sie Cassie hin. »Ich habe die Kapitel gelesen und korrigiert, die du mir geschickt hast.«

»Was hat das mit der Hochzeitsfeier zu tun?«

Tatsächlich hatte es gar nichts damit zu tun, nur damit, wie mein Verstand tickte. Ständig stellte ich seltsame Verbindungen her. »Du weißt doch, dass da eigentlich kein Zusammenhang besteht, ich habe mich nur daran erinnert, dir die Kapitel zurückzugeben.«

Cassie schüttelte den Kopf. »Arbeitest du sogar an deinem Hochzeitstag?« Sie kicherte. »Minuten, bevor du vor den Traualtar trittst?«

»Was soll ich sagen? Ich bin eben mit Leidenschaft bei der Sache.« Ich zog einen Stift aus der Handtasche und nahm ihr ein paar der Seiten wieder ab. »Ich habe mir überlegt, dass wir noch …«

»Holly!«, schimpfte Cassie und zog mir die Blätter aus der Hand. »Heute wird nicht gearbeitet!«

Ich schmollte. »Heute wird nur geheiratet?«

»Heute wird nur geheiratet.«

»Na schön, aber sobald der Tag zu Ende ist, arbeiten wir weiter.«

»Vielleicht sollten wir uns auch Weihnachten freinehmen.«

»Sei nicht albern. Liebesromane schreiben sich nicht von alleine.«

Cassie und ich schrieben zusammen Bücher, seit wir Teenager waren, und hatten damit unter unserem Künstlernamen H.C. Harvey schon früh Erfolg gehabt. Gerade drohte unser Verlag mit einem unumstößlichen Abgabetermin. Was uns jedoch nicht wirklich schockierte, weil wir immer in letzter Minute abgaben. Wir waren zusammen in der Kleinstadt Birch Lake, Wisconsin, aufgewachsen und seit der Grundschule beste Freundinnen. In Birch Lake kannte nicht nur jeder jeden wie seine eigene Westentasche, sondern vermutlich auch noch die letzten vier Stellen von dessen Sozialversicherungsnummer. Ich war vor ein paar Jahren mit Daniel nach Chicago gezogen, hatte aber immer gewusst, dass ich im Kreis meiner Familie und Freunde in unserem kleinen Heimatort heiraten wollte.

Meine Anschrift mochte mich als Großstadtmädchen ausweisen, doch tief in meinem Herzen hatte ich noch immer eine Schwäche für das ländliche Wisconsin und meine kleinstädtischen Mitbürger. Alle dreihundertzwei – nein, falsch – dreihundertdrei Seelen. Ich hatte vergessen, dass Kelly aus der Bäckerei vergangenen Sonntag ihr drittes Kind bekommen hatte.

Und wie hätte man den Heiligen Abend besser verbringen können als mit einer zünftigen Birch-Lake-Hochzeit?

»Okay, meinetwegen. Aber konzentrieren wir uns lieber auf die momentane Situation. Sehen wir zu, dass du unter die Haube kommst«, sagte Cassie und unterband damit jedes weitere Wort über die Arbeit. Und als sie mir den Brautstrauß reichte, sah sie aus, als wollte sie jeden Augenblick in Tränen ausbrechen.

»Was?«, fragte ich.

»Nichts, gar nichts, es fühlt sich nur plötzlich so echt an, weißt du? Dich in dem Kleid zu sehen. Ich habe einfach Angst davor, meine beste Freundin zu verlieren.«

»Mensch, Cass, jetzt heul doch nicht! Ich weiß ja, dass Daniel und du euch nicht ausstehen könnt, aber ich verspreche, du wirst mich nicht verlieren. Außerdem bist du die eine Hälfte von H.C. Harvey. Du kannst mich gar nicht verlieren. Darunter würde nämlich mein Bankkonto leiden.«

Sie lachte leise und wischte sich die Tränen von den Wangen. »Damit das klar ist: Ich hasse Daniel nicht. Ich dachte nur nicht, dass er der Richtige für dich sein könnte.«

»Aber das ist er. Er ist der Einzige für mich.«

»Ja, das sehe ich jetzt auch. Egal, bringen wir dich unter die Haube.« Sie führte mich in die Vorhalle und blieb vor der Tür stehen, hinter der meine Eltern auf mich warteten.

Bevor Cassie die Tür öffnete, hielt sie noch einmal kurz inne und warf einen Blick in meine Richtung. »Bist du dir sicher, Holly?«, fragte sie ein letztes Mal.

Diesmal schien sie es ernst zu meinen.

Die Wirkung auf mein Nervensystem erschütterte mich ein wenig.

»Cassie, es ist Zeit für mich, zu sagen, dass ich mir sicher bin.«

»Ja, natürlich.« Sie drückte die Tür auf und ließ mich hindurchtreten.

Mum umarmte mich weinend, während Dad stumm lächelnd im Hintergrund stand. Mein kleiner Bruder Alec erklärte, ich sähe immerhin besser aus als mein sonst übliches nachlässiges Erscheinungsbild. Ein größeres Kompliment konnte man von einem Bruder unmöglich erwarten.

Alec und ich sahen uns nicht besonders ähnlich. Er glich eher unserem Vater. Wie dieser war er ein großer, schlanker Typ mit Buzz Cut. Wo ich Rundungen besaß, glich Alec einem Stecken. In der Grundschule hatten ihn alle ›Slim Jim‹ gerufen, und er hatte es gehasst. Ich beneidete ihn, weil er essen konnte, was er wollte, ohne dabei zuzunehmen, während ich schon zwei Pfund zulegte, wenn ich nur an einen Keks dachte.

Nach seinem halbwegs netten Kompliment nahmen Alec und Mum ihre Plätze ein.

Dann führte Dad mich zum Altar, wo Daniel auf mich wartete. Daniel wirkte nervös. Was mich nicht überraschte, denn er bekam jedes Mal Ausschlag, wenn er vor Menschen auftreten musste. Vor anderen zu reden, war seine größte Angst, sodass ihm die Vorstellung, vor der versammelten Stadt das Treuegelöbnis ablegen zu müssen, vermutlich um den Verstand brachte.

Doch als Dad mich meinem Bräutigam zuführte, meldeten sich auch meine Nerven. Ich wandte mich Cassie zu, um ihr den Strauß zu übergeben, und sie nahm ihn mit der Andeutung eines Lächelns entgegen.

Auch sie wirkte nervös, was merkwürdig war. Denn Cassie glänzte gewöhnlich vor anderen Leuten. Ihre extrovertierte Art hatte schon bei Dutzenden Signierstunden in hellem Glanz erstrahlt. Schwitzte sie etwa? Es war doch trotz der vielen Menschen nicht warm im Saal.

Pastor Thomas begann mit der Zeremonie, und ich spürte, wie mir meine eigene Nervosität auf den Magen schlug, als er sagte: »Wenn jemand der Anwesenden etwas gegen diese Verbindung einzuwenden hat, möge er jetzt sprechen oder auf ewig schweigen.«

Was für ein seltsamer Satz während einer Hochzeitsfeier! Ich hätte ihn gerne gestrichen, aber er gehörte nun einmal traditionell dazu. Und was konnte ich schon gegen Traditionen einwenden, selbst wenn sie total idiotisch waren? Man konnte sich doch unmöglich vorstellen, dass irgendwer aufstand und Einspruch …

»Ich erhebe Einspruch!«

Ich blinzelte.

Einmal.

Zweimal.

Dann ein drittes Mal.

Ich starrte Daniel an.

Die Worte sprudelten nur so über seine Lippen.

Meine Brauen zogen sich zusammen, und ich neigte den Kopf. »Was?«

»Ich erhebe Einspruch«, wiederholte er und schüttelte unentwegt den Kopf. »Ich erhebe Einspruch, Einspruch, Einspruch …«

Pastor Thomas beugte sich zu Daniel vor. »Ich denke, alle haben Sie bereits beim ersten Mal gehört, mein Sohn.«

Daniel strich mit einer Hand über seinen Anzug. »Ja. Natürlich. Verzeihung.« Er sah mich an und wand sich unbehaglich. »Es tut mir so leid, Holly.«

»Was soll das werden?«, wollte Cassie wissen, die neben mir stand und meinen Brautstrauß hielt. »Wage es bloß nicht, Daniel!« Sie schüttelte heftig den Kopf; ihre weit aufgerissenen Augen waren von Panik erfüllt.

»Was soll er nicht tun?«, fragte ich. »Er meint das nicht ernst. Es ist ein Scherz. Ein schlechter Scherz, aber immerhin ein Scherz.« Ich sah wieder Daniel an. »Nicht? Du meinst es nicht ernst, stimmt's?«

Er kniff sich in den Nasenrücken. »Holly … Es tut mir leid … Ich …«

»Was soll das werden?«, fuhr auch ich ihn jetzt an, und mein Blick schoss zurück zu Cassie. »Was soll das?«

Ihre Augen blickten glasig. Das Entsetzen in ihrem Blick verwandelte sich in Zerknirschung. »Er verlässt dich.«

Ich kicherte und schüttelte ungläubig den Kopf. »Nein, das tut er nicht.«

»Doch, ich verlasse dich«, stellte Daniel fest, diesmal in einem Anfall von Selbstsicherheit. Ein bisschen zu selbstsicher für einen Mann, der tat, was er soeben getan hatte. *Ein bisschen mehr Bescheidenheit, bitte, du verdammter Wichser!*

»Wirklich?«, japste ich wie alle anderen in der Kirche. Seit dem interessanten Bekenntnis, Einspruch erheben zu wollen, war allgemein viel gejapst worden. Was sich vielleicht sogar hübsch angehört hätte, wäre es nicht im herzzerreißendsten Augenblick meines Lebens erfolgt. »Du meine Güte, du *verlässt* mich!«

»Ich bin in dich verliebt«, sagte er und blickte in meine Richtung.

Ich blinzelte heftig. In mich verliebt? Noch nie im Leben war ich dermaßen fassungslos gewesen. Wie konnte er mir sagen, er sei in mich verliebt, während er mich gleichzeitig an unserem Hochzeitstag sitzen ließ?

Meine Verwirrung endete, als ich bemerkte, dass er gar nicht *mich* ansah. Er blickte Cassie an.

Meine Cassie.

Meine Koautorin.

Meine beste, allerbeste Freundin.

Meine beste Freundin, die mit meinem Brautstrauß vor meinem Traualtar stand und Daniel fest in die Augen sah.

Meinem Daniel.

Meinem Verlobten.

Meinem besten, allerbesten Freund.

Gleich würde ich mich übergeben.

»Cassie!«, blaffte ich sie an, während sie einfach nur dastand. Sie hatte die Lippen leicht geöffnet, und Tränen liefen ihr über die Wangen. Ich wedelte mit der Hand vor ihrem Gesicht, um sie aus der Trance zu wecken, in der sie offenbar versunken war, und schnippte mit den Fingern. »Cassie, was ist hier los?«

»Ich liebe dich auch«, sagte sie zu Daniel, als würde ich gar nicht existieren.

Daniel trat mit ausgestreckter Hand einen Schritt auf Cassie zu.

Während mein Herz sank.

Sie ergriff seine Hand und ließ meinen Brautstrauß los, der achtlos zu Boden fiel. Eine der Rosen brach vom Stängel, die Blätter der Zantedeschien lösten sich aus dem Strauß, Schleierkraut streifte meine Absätze.

Mein.

Herz.

Sank.

Daniel nahm Cassies Hand fester, und zusammen liefen sie durch den Mittelgang der Kirche, vorbei an den dreihundertzwei – nein, falsch – dreihundertdrei Bürgern unserer kleinen Stadt. Kellys Neugeborenes weinte. Was ich dem Kind nicht verdenken konnte. Das Ereignis hatte sich in eine moderne Shakespeare-Tragödie verwandelt.

Daniel und Cassie ließen mich verwirrt, mit gebrochenem Herzen und allein vor dem Traualtar stehen.

Schon irre, wie mutterseelenallein man sich unter dreihundert Augenpaaren fühlen kann.

Da eilte Mum zu mir und schloss mich in ihre Arme. Dad blähte die Nüstern, als wollte er Daniel für das, was er getan hatte, vernichten. Dann bat er alle, doch bitte nach Hause zu gehen.

Alec hänselte mich nicht oder zählte mich aus. Er riss auch keinen dummen Witz unter Geschwistern, sondern schien mich ehrlich zu bedauern. Was alles irgendwie nur noch schlimmer machte.

In dem Augenblick schwor ich mir, mich niemals wieder zu verlieben. Ich bezweifelte stark, dass ich diesen Verrat so schnell verwinden würde, und wollte mir nie wieder die Blöße geben, so verletzt zu werden wie an diesem Tag. Niemals wieder würde ich mich jemandem so weit öffnen, dass er mich dermaßen tief verletzen konnte.

Ja, in dieser Hinsicht war ich mir absolut sicher.

Nie, niemals wieder würde ich mich auf einen Mann einlassen.

1

HOLLY

Zehn Monate später

»Ich kann nicht glauben, dass ich mich noch einmal darauf einlasse«, brummte ich, als ich in den Fond des Taxis stieg und wie ein Ballon, dem man die Luft rausgelassen hatte, in das fleckige Polster schrumpfte. Erst vor Monaten hatte ich mir fest vorgenommen, diesen Weg, nachdem ich im Frühjahr versucht hatte, wieder unter Leute zu gehen, nicht noch einmal einzuschlagen. Ich hatte mir geschworen, nie wieder auszugehen, und doch begab ich mich jetzt wieder geradewegs in Teufels Küche.

So war das mit dem Alleinsein – es führte einen unweigerlich in die übelste Lage.

Und nun, da die Weihnachtsfeiertage vor der Tür standen und alle Welt sich aneinander kuschelte, begab ich mich auf die Jagd nach jemandem, der mich auf andere Gedanken bringen würde. Und wenn es mit uns überhaupt so weit kam, konnte derjenige gerne auch meinen Körper auf andere Gedanken bringen. Schließlich hatte mich seit fast einem Jahr kein Mann mehr intim berührt.

Ja, ich hatte mich mit Männern getroffen, aber zu Intimitäten war es dabei nie gekommen. Ich kam mir schon vor wie die letzte Banane, die, verschrumpelt und unattraktiv, noch immer einsam im Regal lag. Wahrscheinlich würde ich zu Bananenbrei zerfallen, wenn ein Mann die Innenseite meines Oberschenkels berührte.

Ich hätte schwören können, ein Kichern zu hören, als ich mich wieder bei den Dating-Apps anmeldete: *Schon witzig, dich hier wiederzusehen, Holly. Weißt du noch, wie du letzten Frühling gedacht hast, du wärst was Besseres? Das war echt drollig. Setz dich doch. Die Wichser, die du beim letzten Mal abgewiesen hast, sind alle noch hier und warten nur darauf, dir auf der Rückbank des Honda Civic ihrer Mutter an den Zehen zu lutschen.*

Der erste Kandidat war Bentley, ein Grafikdesigner.

Wir trafen uns lediglich zu Kaffee und Kuchen. Ich stand auf Verabredungen zum Kaffee. Manche waren strikt dagegen, mir aber war es viel lieber, als mit jemandem essen zu gehen. Stellt euch nur mal vor, ihr trefft euch mit jemandem und merkt schon nach der Hälfte der Vorspeise, dass der Typ überhaupt nicht zu euch passt. Dann müsst ihr noch den gesamten Hauptgang aussitzen und so tun, als wärt ihr ernsthaft an diesem miesen Date interessiert!

Bei einer Verabredung zum Kaffee jedoch gab es immer die Möglichkeit zu einem schnellen Abgang. Wenn das Date den Bach runterging, würde ich mir noch einen Espresso oder, wenn ich entsprechend übermütig war, einen Cortado bestellen und mich anschließend vergnügt auf den Weg machen. Ohne stundenlange peinliche Zwangskonversation. Beim zweiten Mal konnte man sich immer noch zum Essen treffen. Aber beim ersten Mal? Da genügte ein Kaffee, zumal ich keine Zeit zu vergeuden hatte. Ich musste mich auf meine Arbeit konzentrieren, denn ich war neuerdings eine alleinschreibende Vollzeitautorin von Liebesromanen und hatte einen absolut unaufschiebbaren Abgabetermin vor der Brust. Eigentlich sollte ich überhaupt nicht ans Ausgehen denken, aber ich wollte in den kommenden Monaten einfach nicht allein sein.

Während der Taxifahrer das Café ansteuerte, nahm ich mir den Roman vor, den ich gerade las. Ich hatte immer ein Buch dabei, so wie andere ihre Handys – die Bücher waren einfach mit meinen Händen verwachsen. Stellt euch mal vor, ihr geratet in eine peinliche Lage und habt nichts, womit ihr eure Hände beschäftigen könnt. Bücher haben mir im öffentlichen Nahverkehr schon viele Male das Leben gerettet. Ihr wärt entsetzt, wenn ihr wüsstet, wie oft ich mich während unangenehmer Begegnungen im Stadtverkehr schon ins Lesen geflüchtet habe.

Bücher haben bereits Millionen Menschen aus ungemütlichen Situationen gerettet.

Der Taxifahrer hielt am Straßenrand. »Wir sind da. Macht zehn fünfzig.«

Ich bedankte mich und zahlte mit meiner Kreditkarte. Er sagte nichts, als ich ausstieg und die Tür hinter mir zuwarf.

Ich schob das Buch in meine Handtasche zurück und sah Bentley auf mich zukommen.

Wow!

Aus irgendeinem Grund sahen die Typen in echt immer besser aus als auf den Dating-Apps. Meistens mangelte es ihnen an fotografischem Talent, sodass es fast immer eine erfreuliche Überraschung war, ihnen persönlich zu begegnen. Es ließ sich unmöglich leugnen, dass Bentley gut aussah. Er war groß und hatte wunderschöne blonde Locken, von denen jede perfekt auf seinem Kopf saß. Und er trug Designer-Klamotten: einen Mantel mit spitz zulaufendem Revers von Ted Baker und Slipper von Salvatore Ferragamo. Meine Fähigkeit, Designer-Kleidung zu erkennen, ging auf das Konto meiner Mutter.

Als Bentley näher kam, stieg mir der Duft eines rauchigen, aber einwandfreien Parfums in die Nase.

Nicht schlecht, Bentley. Gar nicht schlecht.

»Hi, du musst Holly sein«, sagte er mit tiefer, weicher, berauschender Stimme. Als er vor mir stand, erkannte ich die Tom-Ford-Brille vor seinen schönen, haselnussbraunen Augen.

Ich lächelte ihn an und errötete ein wenig. »Ja, Bentley. Es ist schön, dich persönlich zu treffen.«

Ich wollte ihm die Hand geben, doch ehe ich dazu kam, bemerkte er: »Du siehst etwas molliger aus als auf dem Foto.«

Was im Namen von *Mortal Kombat* … Hatte er mir mit seinen Worten gerade einen Tiefschlag versetzt?

»Molliger?«, fragte ich mit hochgezogener Augenbraue. Das für ihn reservierte Lächeln verging mir.

»Du weißt schon …« Er gestikulierte und streckte die Hände aus, als wollte er den Wanst des Weihnachtsmanns umarmen. »Breiter.«

Ich blinzelte ein paarmal, dann marschierte ich zu dem Taxi zurück, mit dem ich gekommen war, und klopfte an die Scheibe. »Taxi! Taxi!« Schnell stieg ich wieder ein. Der Fahrer sah mich irritiert an, ehe ich im Material seiner Rückenlehne versank. »Bringen Sie mich zu unserem Ausgangspunkt zurück«, ächzte ich. Er startete den Motor und fuhr in die Richtung, aus der wir gekommen waren.

Wie ich Männer hasste. Wenn irgendjemand etwas Aufschlussreiches über mich wissen wollte, dann war es das: Ich hasste Männer! Ach, hätte meine Vagina sie doch nur genauso verachtet wie mein Herz.

Als wir vor meinem Apartmentkomplex hielten, berechnete der Taxifahrer fünfzehn Dollar.

»Was? Vor fünf Minuten waren es noch zehn Dollar irgendwas«, beschwerte ich mich.

Er zuckte die Achseln. »Die Inflation spielt verrückt.« Er tippte gegen den Bildschirm, der den Preis anzeigte. »Fünfzehn vierundfünfzig.«

»Soll das ein Witz sein?«

»Sehen Sie mich lachen?«, gab er trocken zurück.

Ich knurrte in mich hinein. Der Taxifahrer war schon der zweite Mann, der mir heute Vormittag auf die Nerven ging, und ich hatte immer noch keinen Espresso bekommen. Mein Mut sank schneller, als Jack auf dem Stück Treibholz Rose' Hand losließ.

Widerwillig bezahlte ich die Fahrt und stieg aus dem Wagen. Als ich auf das Haus zuging, in dem ich wohnte, grinste mich Curtis, der Portier, an. »Hey Holly, Sie sind aber schnell zurück. Hätte schwören können, Sie sind eben erst losgefahren.«

Ich erwiderte Curtis' Grinsen. Er war ein älterer Herr in den Siebzigern und seit drei Jahren hier Portier. Er war ein äußerst freundlicher Mann und grüßte mich jedes Mal auf die liebenswürdigste Weise. Vielleicht hasste ich doch nicht alle Männer, nur die in ungefähr meinem Alter.

Ich griff in die Handtasche und zog meinen Roman heraus. »Sagen wir einfach, Bücher sind manchmal besser als die Wirklichkeit.«

»Ich muss sagen, ohne ein Buch in Händen würde ich Sie fast nicht wiedererkennen.«

»Bücher sind mittlerweile meine Uniform.«

Er tippte sich an die Mütze und hielt mir die Haustür auf, damit ich hineingehen konnte. Noch im Gehen begann ich mit dem nächsten Kapitel. Manche Autorinnen sagen, sie könnten nicht gut lesen, während sie selbst schreiben, aber das gilt nicht für mich. Ehe ich Autorin wurde, war ich eine absolute Leseratte, und es würde immer eine der Konstanten in meinem Leben sein, so viele Bücher wie möglich zu lesen. In diesem Jahr hatte ich schon zweihundertfünfzig gelesen und zweifelte nicht daran, bis Silvester mein Ziel von dreihundertfünfundsechzig zu erreichen. Vielleicht hatte mich seit längerer Zeit kein richtiger Mann mehr zum Höhepunkt gebracht, dafür sagten mir ausreichend fiktive Männer die richtigen Dinge, um mich erröten zu lassen.

Mit gesenktem Kopf trat ich in die Lobby, während ich einige der besten Dialogzeilen las, die mir je untergekommen waren. Sie waren so überirdisch gut, dass ich nur denken konnte: Wow, ich wünschte, ich würde so gut schreiben. Ich bewunderte Autorinnen mit einer solchen Begabung und fühlte mich so sehr in ihre Welt hineingezogen, dass ich schon selbst Schmetterlinge im Bauch bekam.

Dermaßen in meine Lektüre versunken, lief ich, ehe ich mich versah, gegen eine Wand.

Nein, Moment, das war überhaupt keine Wand.

»Mist!«, rief jemand, und Sekunden später schepperte es. Flüssigkeit ergoss sich über mich. Kreischend sprang ich vor den Scherben und spritzenden Flüssigkeiten zurück.

Ich triefte von Kopf bis Fuß vor Alkohol.

Mein Haar stank wie eine Halbliterflasche Whiskey, und mein Trenchcoat verströmte das unverwechselbare Aroma von Tequila.

»Was zur Hölle?«, blaffte der Fremde.

Als ich aufblickte, sah ich mich einem Mann mit denkbar griesgrämigem Gesichtsausdruck gegenüber. Ich hatte gar nicht gewusst, dass man so sehr das Gesicht verziehen konnte. Sein cremefarbenes T-Shirt war ebenso durchnässt wie das hell- und dunkelbraun gemusterte Hemd, das er darüber trug. Auch seine weißen Adidas-Turnschuhe waren jetzt nicht mehr weiß, und aus seinem perfekt gestutzten Bart tropfte es.

»Wollen Sie mich verarschen?«, fragte er grimmig.

Mein Blick flog von ihm zu meinem Roman. »Sie haben mein Buch ruiniert!«, schimpfte ich und spürte, wie ein außerordentlich nachvollziehbares Ausmaß an Zorn in mir aufstieg. Die Buchseiten waren klebrig und fleckig. Dabei wurde es doch gerade spannend. Das Paar in meinem Roman stand kurz vor dem ersten Kuss, nachdem sie sich vorher so episch an den Kragen gegangen waren, wie ich es noch nie zuvor erlebt hatte.

»Sie machen Witze. Sie haben *mich* angerempelt. Nicht umgekehrt.« Seine tiefe Stimme knurrte vor Wut. Dann fuhr er sich mit seiner klebrigen Hand durch das dunkelbraune Haar und schüttelte ein bisschen von dem Tequila heraus. Seine Augen waren braun. Braun mit bernsteinfarbenen Sprenkeln. Augen, in die man sich verlieben oder die man auf Anhieb hassen konnte. Das hing ganz davon ab, wie der Mann einen ansah.

Ich bekam den Hassblick ab.

»Ich bin zuerst hier gegangen«, widersprach ich ihm. »Außerdem sollten Sie nicht mit so einem Riesenkarton Schnaps herumlaufen, ohne auf Ihre Umgebung zu achten.«

»Und Sie sollten Ihre Nase nicht in ein Buch stecken, ohne auf Ihre Umgebung zu achten«, konterte er spöttisch.

»Alles in Ordnung?«, fragte Curtis, der in die Lobby kam, um sich das Malheur anzuschauen.

»Nein«, antworteten der Fremde und ich wie aus einem Mund. Vermutlich würden wir nie wieder über irgendwas einer Meinung sein.

»Sie hat mir das ganze Zeug aus den Händen geschlagen, weil sie nicht darauf geachtet hat, was um sie herum passiert«, erklärte der Typ.

Ich sah Curtis schmollend an und zeigte ihm mein Buch. »Er hat mir die Seiten versaut.«

Curtis grinste ein wenig und zuckte die Achseln. »Das Leben passiert, wenn wir nicht in alle Richtungen gleichzeitig schauen. Und manchmal gibt es eben eine Sauerei.«

Der gute, alte Curtis mit seinen Lebensweisheiten.

Der Typ, der den Charme von Curtis' Bemerkung nicht erkannte, schnaubte verächtlich.

Manche wussten gute Dialoge eben nicht so zu schätzen wie ich, so viel stand fest.

Curtis ging zu dem Typen und klopfte ihm auf den Rücken. »Keine Sorge, Kai, ich lass das Chaos von der Putzkolonne beseitigen. Gehen Sie nur und säubern sich ein wenig.«

Kai.

Sein Name sagte mir jetzt nicht besonders zu. Und dazu sah er auch noch aus wie ein Kai. Eingebildet, arrogant und obszön. Aber nicht auf die Art obszön, die mir zusagte.

Ich hasste heute Vormittag alle Männernamen, von dem lieben Curtis mal abgesehen.

Zuerst Bentley, dann der Taxifahrer, und jetzt dieser Kai.

Langsam gewöhnte ich mich an den Gedanken, noch ein weiteres Jahr ohne Oberschenkelberührung zuzubringen.

»Das waren Spirituosen im Wert von über tausend Dollar«, stöhnte Kai. »Wer wird mir den Verlust jetzt ersetzen?« Sein Blick wanderte in meine Richtung. Sein Gesicht war immer noch zu einer Grimasse erster Güte verzerrt, und ich fragte mich unwillkürlich, wie hoch wohl sein Blutdruck war. Der Mann sah jedenfalls gestresst aus.

Ich warf die Hände in die Luft. »Sehen Sie nicht mich an! Sie schulden mir ein Buch.«

Er verdrehte die Augen. »Klar, weil Ihr Wälzer da genauso viel wert ist wie das hier.«

»Der ›Wälzer‹ ist ein Historienroman, vielen Dank auch. Und dass Sie den Wert nicht erkennen, heißt noch lange nicht, dass mein Buch weniger wertvoll ist als Ihr Schnaps.«

Ja, gut, das Buch hatte fünf Dollar neunundneunzig bei Walmart gekostet, aber das musste ich ihm ja nicht auf die Nase binden. Ihm und seinem hochnäsigen Ego. Ich wette, er war ein echter Partyschreck.

Und mir gefiel auch nicht, wie ihm das Wort ›Wälzer‹ über die Lippen kam. Er verwendete es als Beleidigung, was eigentlich ein Kompliment war. Solche *Wälzer* halfen mir über meine Durststrecke hinweg. Ich nahm solche *Wälzer* jeden Abend mit ins Bett, und wegen eben dieser *Wälzer* lief mein Deckenventilator im Dauerbetrieb, weil nämlich die von den Seiten ausgehende Hitze fast genügte, um mich zum Orgasmus zu bringen.

Fast.

Kai sagte jetzt nichts mehr. Grummelnd und finster um sich blickend strich er sich mit dem Daumen über die Nase. Dann machte er sich daran, die großen Glasscherben aufzuheben und sie in seinen Karton zu legen. Als er in die Hocke ging, strafften sich seine Arme ein wenig, und seine Oberarmmuskeln wölbten den Stoff seines Karohemds, was meinen Blicken nicht entging. Ebenso wenig konnte ich übersehen, wie stark seine Oberschenkel waren. Jede Wette, dass er zwischen diesen Bad Boys eine Wassermelone zerquetschen konnte, wenn er sich nur genug anstrengte.

Neulich erst war ich auf Social-Media-Abwege geraten und hatte mir – keine Ahnung – fünf Stunden lang einen Kerl angesehen, der mit nacktem Oberkörper Holz hackte und schließlich mit den Oberschenkeln eine Wassermelone zerquetschte. Warum zermalmte er mit den Oberschenkeln ein Kürbisgewächs? Fragt bitte nicht mich. Und wieso sah ich mir an, wie er besagtes Kürbisgewächs zermalmte? Nun ja, weil es … beeindruckend war.

Ich wette, Kai würde das auch hinkriegen. Natürlich mit griesgrämigem Gesicht.

Ich hasste es, dass mich jetzt dieses Verlangen überkam, als ich in seine Richtung blickte. Mein Körper war ein Verräter. Eigentlich sollten wir uns in einem Meer des Hasses, nicht der Anziehung suhlen. Warum waren Arschlöcher immer so unbestreitbar attraktiv? Eine Schande, dass Kai so gut aussah, während man über seinen Charakter nur das Gesicht verziehen konnte.

Einen Moment lang hatte ich ein schlechtes Gewissen wegen der Glasscherben auf dem Boden. Also wollte ich ein paar Scherben für ihn aufheben.

»Hauen Sie einfach ab«, knurrte Kai leise.

»Sie werden mir nicht sagen, was ich tun soll«, blaffte ich zurück und hob eine Glasscherbe auf. Als ich sie in den Karton warf, schien Kai nur noch wütender zu werden.

»Nur weil Sie ein hübsches Gesicht haben, müssen Sie nicht meinen, Sie könnten hier Chaos stiften und sich anschließend noch ansehen, was Sie angerichtet haben. Verschwinden Sie!«

»Fick dich, Griesgram.«

»Träum weiter, Olivia.«

»Was soll das denn heißen?«

»Schon mal Popeye gesehen? Seine hohle, ahnungslose Freundin Olivia? So sind Sie.«

»Hatten Sie mich gerade nicht hübsch genannt?«

Er blinzelte verdutzt. »Wie bitte?«

»Sie hatten mich hübsch genannt.«

»Nein, ich habe Sie Olivia genannt.«

Ich machte eine wegwerfende Handbewegung. »Nein, davor. Sie sagten: ›Nur weil Sie ein hübsches Gesicht haben.‹«

»Himmel«, schnaubte er und raufte sich die Haare. »Das haben Sie meiner Bemerkung entnommen? Dass Sie hübsch sind?«

Ich fühlte, wie ich ein bisschen rot wurde. Was sollte ich sagen? Dreihundert plus Tage.

Ich hob eine große Glasscherbe auf, doch Kai streckte die Hand danach aus. »Geben Sie her, sonst schneiden Sie sich noch.«

»Auf keinen Fall«, widersprach ich und riss die Scherbe an mich.

Er versuchte noch einmal, sie mir abzunehmen, dabei schnitt sie tief in meine Handfläche, und ein Rinnsal Blut tröpfelte mir über Hand und Unterarm.

»Sehen Sie, was Sie angerichtet haben!«, schrien wir unisono.

»Ich?«, blafften wir beide zugleich.

»Ja, Sie!«, schimpften wir, einer das Echo der anderen.

Er langte hinter sich und zog einen weißen Lappen aus seiner Gesäßtasche. »Nicht bewegen«, sagte er, nahm meine Hand, wickelte das Tuch darum und zog es fest. »Halten Sie das.«

»Für einen Mann, der mich geschnitten hat, stellen Sie ziemlich viele Anforderungen.«

»Ich habe Sie nicht geschnitten!«

»Na, und ob Sie mich geschnitten haben! Und zwar ganz schön tief!«, stellte ich theatralisch fest.

Er verstummte, hielt aber weiter meine Hand fest, bis ich sie seiner Wärme entwand. Ich müsste lügen, wenn ich behaupten wollte, der Schnitt hätte nicht wehgetan, doch mein Stolz ließ nicht zu, den Schmerz vor ihm zu zeigen.

Ich rappelte mich auf, drückte das Tuch auf die Wunde und schnaubte: »Ich würde ja gerne sagen, dass es mich gefreut hat, Sie kennenzulernen, aber ich will nicht lügen.«

»Wie Sie meinen, Olivia.« Er hielt kurz inne, dann legte er das Stück Glas, das mich geschnitten hatte, in den Karton voller Scherben. »Lassen Sie da jemanden draufgucken. Das muss vielleicht genäht werden.«

»Was interessiert Sie das?«

»Gar nicht«, brummte er, »glauben Sie mir.«

Mehr sagte er nicht.

Ich deutete Kais Mangel an weiteren Worten als Hinweis darauf, dass unser Meinungsaustausch zu Ende war. Und ich würde nicht zulassen, dass seine braunen, bernsteingesprenkelten Augen ein letztes Mal seinen Abscheu vor mir bekundeten.

2

KAI

Alkohol für tausend Dollar im Eimer. Stinksauer traf meine Stimmung nicht mal ansatzweise.

»Nun mach kein Drama draus. Es war ja nicht mit Absicht«, meinte Ayumu, als ich Mano's Bar and Restaurant betrat. »Schwamm drüber.«

»Ich weiß nicht, wie du das siehst, aber ich gehöre nicht zu denen, die Alkohol im Wert von tausend Dollar mit einem Schulterzucken abtun. Vor allem nicht in der Woche vor unserer Eröffnung.« Ich hatte in den letzten zweieinhalb Jahren daran gearbeitet, den Laden hier aufzumachen, und nun brach der Gewinn schon in der ersten Woche ein.

»Vertrau mir, Kai, das ist wirklich kein Problem«, versicherte mir Ayumu, mein bester Freund und Geschäftspartner. Wenn es darum ging, Gelassenheit an den Tag zu legen, war das eindeutig sein Part. Was mich betraf, lautete mein Vor- und Zuname »Verspannt«.

Versehentlich hatte ich die Bestellung alkoholischer Spezialitäten statt ans Restaurant an meine Privatanschrift adressiert. Der Teil mochte mein Fehler gewesen sein, doch alles Übrige ging auf Olivias Konto. Sie war die wahre Schurkin des Tages.

Wobei mir die Frau den Karton nicht mutwillig aus der Hand geschlagen hatte. Vielmehr hatte sie die Frechheit besessen, mir die Schuld an dem Unfall zu geben, während sie ihre Nase zentimetertief in ihr Taschenbuch gesteckt hatte. Nichts an ihr hatte auf ihre Umgebung geachtet, daher war es eindeutig ihr Fehler gewesen, als sie mit mir zusammenstieß.

Und sie war nicht zum ersten Mal so geistesabwesend gewesen. Seit zwei Jahren wohnte ich jetzt in diesem Gebäude, nur einen Häuserblock vom Mano's entfernt, und hatte diese Frau, die Nase tief in eins ihrer Bücher gesteckt, dort schon oft ein und aus gehen sehen. Meine Wohnung lag im vierundzwanzigsten Stock, und jedes Mal, wenn ich mit dieser Frau im Aufzug fuhr, war sie in ein Buch vertieft, ohne Verbindung zu der Welt um sie herum. Ich hatte beobachtet, wie ihr die Leute aus dem Weg gingen, wenn sie gedankenlos herumwanderte wie Belle in der Kleinstadt aus *Die Schöne und das Biest* anstelle eines lebenden, atmenden Menschen in Chicago. Ihr Mangel an Achtsamkeit ging mir auf die Nerven. In Anbetracht ihrer Selbstvergessenheit war es schockierend, dass sie nicht längst von einem Taxi überfahren worden war.

Ayumu klopfte mir auf den Rücken und hielt an seinem blödsinnigen breiten Grinsen fest. »Ich hab schon nachbestellt, was kaputtgegangen ist. Wir sind super auf die Eröffnung Ende der Woche vorbereitet. Und hast du meine schicke Cocktailliste gesehen?«

»Ich dachte, wir bieten keine schicken Cocktails an.« Ich hatte nichts übrig für schicke Cocktails. Man brauchte viel zu lang dafür. Ich bevorzugte einfache Drinks: Cosmos, Negronis, Manhattans. Den ganzen schicken Quatsch brauchten wir nicht. Abgesehen davon war das Essen, für das Ayumu zuständig war, die Hauptattraktion des Restaurants. Mano's würde eine Kombination aus hawaiianischer und japanischer Küche anbieten, wovon Ayumu und ich schon seit mehr als zehn Jahren geträumt hatten. Ich war in Kauai geboren und aufgewachsen; Ayumus Familie stammte aus Japan, war aber schon vor seiner Geburt nach Chicago gekommen. Als ich mit achtzehn nach Chicago zog, war Ayumu mein Mitbewohner auf dem College gewesen, bis er die Kochschule besuchte. Seitdem waren wir Freunde und Geschäftspartner.

Das Mano's war für uns ein wahr gewordener Traum, und ich wusste, das Restaurant würde sich in erster Linie wegen Ayumus Talent als Koch auszeichnen. Wir hatten schon jetzt begeisterte Besprechungen von einigen der besten Restaurantkritiker der Stadt eingeheimst und waren bereits in der ersten Woche vollständig ausgebucht. Was nicht an unserer schlichten Getränkekarte lag. Die Leute kamen wegen des Essens.

Außerdem verstand ich mich auf klassische Cocktails. Zu den Dingen, die Ayumu und ich, abgesehen von der Auswahl unserer Barkeeper, gemeinsam hatten, gehörte unsere Begabung für klassische Cocktails. Wer den schicken Quatsch wollte, konnte in eines der Millionen übrigen Restaurants in Chicago gehen. Unsere Drinks waren einfach, aber gut. Manchmal bedeutete weniger mehr.

»Dann willst du meine Getränkeauswahl gar nicht sehen?«, quengelte er. »Ich kann dem Team vor dem Eröffnungsabend beibringen, wie man die Drinks macht.«

Ich zog die Brauen zusammen. »Hast du eine Getränkekarte gemacht?«

»Nein, könnte ich aber«, rief er, als hätte ich ihm soeben grünes Licht für die besagten Drinks gegeben. Aber noch hatte ich nicht zugestimmt. Als wir beschlossen, das Mano's gemeinsam aufzuziehen, hatten wir abgesprochen, dass ich für die Bar zuständig sein würde, während er die Küche übernahm. Womit er die schicke Speisekarte gestalten durfte.

Das war sein Bereich.

Die Spirituosen waren meiner.

Doch ehe ich Ayumu widersprechen konnte, flog die Eingangstür des Restaurants auf und mein kleiner Bruder marschierte herein, seinen Rucksack auf den Rücken geschnallt. Er trug ein breites Grinsen im Gesicht, was für ihn der Normalzustand war. Ich hätte schwören können, der Junge wusste gar nicht, was ein Stirnrunzeln war. Kaum zu glauben, dass wir miteinander verwandt waren. »Guten Tag, die Herren. Heute ist ein fantastischer Tag, um berühmt zu werden!«, jubilierte Mano.

Ich sah meinen Bruder mit hochgezogener Braue an. »Müsstest du nicht in der Schule sein?«

»Ich hab diese Woche nur vormittags Unterricht, schon vergessen?«

Mist. Die Arbeit hatte so viel Zeit beansprucht, dass ich Manos Halbtagsunterricht in dieser Woche vollkommen vergessen hatte.

Er ließ sich an der Bar nieder und schnippte mit den Fingern vor meinem Gesicht herum. »Ich muss erst wieder zum Footballtraining heute Abend zurück sein. Schenk mir was Starkes ein.«

»Ich werde dir nichts anderes als ein Glas Wasser einschenken«, gab ich zurück.

»Was hat es für einen Sinn, dein Restaurant nach deinem Lieblingsbrüderchen zu benennen, wenn du ihm nicht mal einen Gratisschnaps gönnst?«, seufzte er.

»Es ist eine gute Gelegenheit, dich zu ärgern. Ich liebe es, dich zu ärgern.«

»Hey, Ayumu, ich wette, du möchtest den Grill anzünden und mir ein paar Gerichte auf der Speisekarte zum Kosten vorsetzen«, sagte Mano und sah meinen Geschäftspartner mit Herzchen im Blick an.

»Ich könnte dir schnell was machen«, stimmte Ayumu zu.

»Du verwöhnst ihn. Besser wär's, du würdest ihn nicht verwöhnen«, ermahnte ich ihn.

»Sagt der Mann, der ein Restaurant nach ihm benannt hat«, schoss Ayumu zurück.

Das geschah mir recht.

»Für den Loco Moco würde ich töten.« Mano schenkte Ayumu einen von Hoffnung erfüllten Blick. Was ich dem Jungen nicht verdenken konnte, denn Ayumu machte das beste Loco Moco von ganz Illinois. Wenn ich es aß, fühlte ich mich immer, als wäre ich wieder auf der Insel und atmete den Gischt der Brandung.

Ayumu verschwand in der Küche, um meinem Bruder etwas zu essen zu machen. Der nahm den Rucksack ab und ließ ihn auf den Boden fallen.

»Vielleicht solltest du den Rucksack lieber aufmachen und mit den Hausaufgaben anfangen.«

»Ich habe keine Hausaufgaben. Außerdem bin ich eh schon ein Einser-Schüler. Was erwartest du noch von mir?«

Ich erwartete von ihm, dass es so blieb. Mein Bruder war fünfzehn Jahre jünger als ich, und wir waren in vollkommen unterschiedlichen Welten aufgewachsen. In seiner Welt gab es Geld für Sport nach Schulschluss, die Möglichkeit zur Nachhilfe sowie einen Aufpasser, der sich zu Hause um alles kümmerte.

Ich hatte nicht so gelebt. Obwohl wir dieselben Eltern hatten, hatten wir nicht die gleichen Eltern gehabt. In meiner Kindheit waren Mom und Dad noch nicht bereit gewesen, Eltern zu sein. Sie hatten eher Partys und Alkohol im Kopf gehabt als meine Erziehung, sodass ich die meiste Zeit allein gewesen war.

Mano war erst zur Welt gekommen, nachdem unsere Eltern das alles hinter sich gelassen hatten. Sie hatten ihr Leben auf die Reihe gekriegt und sich als überaus erfolgreiche Fotografen etabliert. Ihre Arbeiten waren nicht selten in *National Geographic* erschienen, und sie hatten für einige der reichsten Familien der Welt gearbeitet. Für Mano waren unsere Eltern

Heilige. Er hatte die Kindheit genossen, von der ich immer geträumt hatte. Als ich fünfzehn war und er zur Welt kam, hatte ich eine Menge gegen ihn einzuwenden gehabt. Doch als ich älter wurde, ging mir auf, dass er für die unschönen Seiten meiner Jugend nichts konnte. Außerdem war er als Bruder einfach der Beste. Er war immer das freundlichste und liebenswerteste Kind der Welt gewesen.

Es war unmöglich, ihn nicht zu lieben.

Unsere Eltern hatten Mano während ihrer Reisen hauptsächlich selbst unterrichtet. Doch als sein Wechsel auf die Highschool anstand, hatte Mano darauf bestanden, sich diese Erfahrung nicht nehmen zu lassen, und meine Eltern gebeten, während des Schuljahrs bei mir wohnen zu dürfen und eine Privatschule zu besuchen. Wir hatten nichts gegen diese Idee einzuwenden. Ich hatte keine Sekunde etwas dagegen gehabt, meinen Bruder während des Schuljahrs um mich zu haben, im Gegenteil. Mir gefiel die Gesellschaft eines Familienmitglieds durchaus. Ich vermisste den kleinen Scheißer sogar, wenn er die Ferien und den Sommer bei unseren Eltern verbrachte.

»Mom und Dad haben gefragt, ob du zu Thanksgiving kommst, nachdem du die Feiertage im vergangenen Jahr ausgelassen hast«, sagte Mano, als ich ihm ein Glas Eiswasser eingoss.

»Ich hab dir doch schon gesagt, dass ich Thanksgiving arbeiten muss.«

»Ayumu muss an Thanksgiving nicht arbeiten.«

»Ja, aber Ayumu arbeitet auch nicht so hart wie ich. Abgesehen davon kann ich nicht einfach alles stehen und liegen lassen und über die Feiertage nach Hawaii fliegen.«

»Wieso nicht? Ich kann das doch auch. Mom und Dad würden dir auch den Flug bezahlen.«

»Ich brauche ihr Geld nicht«, erwiderte ich ein wenig verbissen.

»Alter«, sagte Mano und lehnte sich schulterzuckend auf seinem Barhocker zurück. »Sag doch einfach, dass du die Feiertage nicht mit der Familie verbringen willst, weil unsere Eltern dir fünfzehn Jahre lang emotional geschadet haben. Aber es wäre gut, dich deinem Trauma zu stellen.«

Der Generation Z ging es andauernd darum, sich mit dem eigenen Trauma auseinanderzusetzen, es sozusagen bei den Hörnern zu packen und mit dem Mist in den Sonnenuntergang zu reiten. Ich hatte in Manos Alter nicht mal gewusst, was ein Trauma überhaupt war. Ich hatte nur gewusst, dass das Leben scheiße war, und es meinen Eltern übelgenommen. Und als Millennial ging ich wie die meisten von uns mit meinem Trauma um: Ich schickte meinen Freunden selbstironische Memes, machte Überstunden, um mich nicht mit meinen Gefühlen beschäftigen zu müssen, und begrub das besagte Trauma tief, tief in mir selbst, während ich begeistert an die Musik der 90er zurückdachte.

»Fein, Psychodoktor Mano, danke für den Tipp.«

»Ich mein ja nur, Mann. Je früher du deinen Dämonen ins Auge blickst, desto früher kannst du sie austreiben.«

»Ich ziehe es vor, mit meinen Dämonen zu leben. Dann schlafe ich nachts besser.«

Ich hatte erwartet, dass Mano darüber kichern würde oder so, aber stattdessen warf er mir nur einen mitleidigen Blick zu, bei dem ich mich am liebsten in die Emo-Musik der Nullerjahre versenkt hätte, weil ich eben ein Millennial war.

»Ich kapier ja, dass du die Feiertage nicht mit Mom und Dad verbringen willst. Was früher ja auch okay war, weil du Penelope hattest …«

»Halt die Klappe, Mano.«

»Ich weiß, ich weiß: Sprich ihren Namen nicht aus. Aber da du sie jetzt an den Feiertagen nicht mehr siehst, ist die Vorstellung, dass du mutterseelenallein feierst, ganz schön traurig, Mann.«

»Wer sagt denn, dass ich allein bin? Jack wird mir Gesellschaft leisten.«

»Sag mir bitte nicht, dass du damit Jack Daniels meinst.«

Natürlich meinte ich Jack Daniels. Und bitte was war daran das Problem? Feiertage waren doch nur eine Methode der Unternehmen, den Leuten das Geld aus der Tasche zu ziehen und sie zu zwingen, ihre Zeit mit Angehörigen zu verbringen, die die Hauptursache für ihre Therapiekosten waren.

»Aber Kai, mit Penelope ...«

Ich fühlte Zorn in mir aufsteigen, als Mano zum zweiten Mal den Namen dieser Frau erwähnte, aber ich gab mir große Mühe, mir meine Wut vor ihm nicht anmerken zu lassen, so wie es unser Vater immer vor mir getan hatte.

»Wie wäre es, wenn wir das Thema wechseln?«, fragte ich mit einem gequälten Lächeln, griff nach einem Lappen und machte mich daran, energisch über die Oberflächen zu wischen, um meinen Verstand daran zu hindern, sich allzu sehr mit Penelope zu befassen.

Sie war der letzte Mensch, an den ich denken wollte.

Trotzdem schlich sie sich manchmal noch uneingeladen in meine Gedanken, und dann brauchte ich nicht auch noch Mano, der permanent auf das Thema zu sprechen kam. Was genügte, um mir den gesamten Monat zu verderben. Ich hatte während der letzten beiden Jahre hart daran gearbeitet, über ihren Verlust hinwegzukommen, und sie war das Letzte, woran ich in der Woche vor der Restauranteröffnung denken wollte.

»Schön, erzähl mir von deinem Vormittag. Ist irgendwas

Aufregendes vorgefallen?«, fragte Mano und leerte sein Glas Wasser in einem Zug.

Mein Zorn kochte nur noch höher, als ich an meinen Vormittag dachte, und ich spürte, wie mein Augenlid zuckte, als meine Gedanken sich unversehens den zerbrochenen Flaschen und Olivia zuwandten, die sich die Hand daran aufgeschnitten hatte. Grummelnd näherte ich mich den Tischen im Gastraum, um auch sie gründlich zu säubern. »Nichts, was der Rede wert wäre.«

»Sicher?«

»Ja«, nickte ich. »Sicher.«

Drei Jahre zuvor

»Sicher?«, fragte ich.

Ich wusste nicht, dass ein Herz so tief erschüttert werden konnte, nachdem ich gerade noch gedacht hatte, es würde die Möglichkeit feiern, ein neues Leben in die Welt zu setzen.

»Sind Sie sicher?«, fragte ich noch einmal.

Wir saßen vor dem Schreibtisch des Doktors. In der Rechten hielt ich Penelopes Hand, deren Finger mit meinen verschränkt waren. Noch nie hatte ich die Hand eines Menschen so fest umklammert, während ihre Finger in meinem Griff bebten. Mir war speiübel. Ich war einer Ohnmacht nah.

»Ja.« Er nickte. »Ich bin sicher.« Der Arzt blätterte in der Krankenakte. »Leider. Wir haben uns die Unterlagen mehrmals genau angesehen. Penelope leidet an Krebs im dritten Stadium. Es ist eine sehr seltene Art, aber wir können sofort mit der Behandlung beginnen, und …«

»Entschuldigung, stopp, langsam.« Ich wedelte mit der freien Hand in der Luft herum, während mein Verstand sich alle

Mühe gab zu verarbeiten, was gerade passierte. »Letzte Woche hatten wir positive Schwangerschaftstests. Wir sind hergekommen, um das Ergebnis durch eine Blutprobe zu bestätigen, was auch geschehen ist. Und ein paar Wochen später sagen Sie uns, es gibt gar kein Baby? Stattdessen hat Penelope Krebs?«

Der Doktor runzelte die Stirn. Sein Stirnrunzeln machte mich stinksauer. Es war wie eine Entschuldigung für etwas, das gar nicht stimmte. Es konnte unmöglich stimmen. Es konnte einfach nicht …

Er räusperte sich. »Mr Kane, ich weiß, das ist nicht leicht zu verkraften …«

»Wie ernst ist es?«, unterbrach Penelope ihn.

Das Gesicht des Arztes verzerrte sich noch mehr.

Ich würde mich gleich übergeben.

»Wir müssen so bald wie möglich mit der Behandlung beginnen«, erklärte er.

Tränen liefen über Penelopes Wangen. Meine eigenen hielt ich zurück. Schließlich konnte ich wohl schlecht jetzt zusammenklappen, wenn meine Frau mich am meisten brauchte. Ich rückte näher, legte meine Arme um sie und zog sie an mich. »Es ist okay«, flüsterte ich an ihrem Ohr, während sie ihren Gefühlen an meiner Schulter freien Lauf ließ. »Ich bin bei dir.«

3

HOLLY

Gegenwart

Meine Hand war gestern, nach einem Nicht-Date mit einem Typen, der mich »mollig« genannt hatte, mit drei Stichen genäht worden. Das fasste zusammen, welche Richtung mein Leben zurzeit einschlug.

Dieser entsetzliche Tag hätte mir eine Warnung sein sollen, die Essensverabredung mit meiner Mutter heute lieber abzusagen, doch dann würde sie sich nur Sorgen machen und rein zufällig vor meiner Wohnung aufschlagen.

»Du liebe Güte, Schatz, es ist schon viel zu lange her!« Mom eilte durch das Café auf mich zu, schloss mich in ihre Arme, und ich schmolz förmlich in ihre mütterliche Umarmung hinein. Sie hatte recht. Es war wahrhaftig zu lange her, dass ich nach Hause gekommen war, um sie zu besuchen. Dabei hatte ich eine Umarmung meiner Mom bitter nötig. Ich hatte so hart an meinem nächsten Roman gearbeitet, dass ich fast zu einem Einsiedlerkrebs geworden war. Und »hart arbeiten« hieß, dass ich täglich zwölf Stunden lang auf eine leere Seite gestarrt und mich gefragt hatte, wie mein Verstand es nur zulassen konnte, dass ich seit fast einem Jahr an einer Schreibblockade litt.

Cassie hatte der Welt inzwischen bereits ihr erstes Soloprojekt präsentiert, doch meine Blockade wollte sich einfach nicht lösen. Was echt unfair war.

»Was ist mit deiner Hand passiert?«, fragte Mom bestürzt, als sie einen Schritt zurücktrat und meine Verletzung entdeckte.

»Ich hab mich geschnitten. Aber alles gut, nur ein paar Stiche.«

»Ach, Süße, du musst besser aufpassen. Warum hast du mich nicht angerufen? Ich hätte dir helfen können. Immerhin bin ich Ärztin.«

»Ja, bist du, aber Tierärztin zu sein, ist nicht dasselbe, wie in der Notaufnahme zu arbeiten, Mom. Außerdem ist ja alles gut. Komm, setzen wir uns.« Ich setzte mich an den Tisch und hoffte, nicht weiter über meine Verletzung reden zu müssen, über die ich mich ohnehin schon ärgerte, da ich vermutlich so einige Zeit nicht bequem würde schreiben können.

Als würden die Worte sonst mühelos aus dir herausfließen, Holly.

»Wie steht es mit Barry?«, erkundigte sich meine Mutter, während sie sich den Burberry-Schal vom Hals wand. Meine Mutter war die schönste Frau, die ich jemals gesehen hatte. Supermodels hatten der Schönheit von Lisa Jackson nichts entgegenzusetzen. Kürzlich hatte sie sich das natürlich gelockte Haar glätten lassen, und nun fiel es ihr glatt und glänzend bis ins Kreuz.

Ich blinzelte ein paarmal.

Wer?

Nein, echt jetzt, wer zum Henker war Barry?

»Hm?«, brummte ich, wobei ich mein Ohrläppchen massierte und so tat, als hätte ich sie nicht richtig verstanden, während meine Gedanken sich überschlugen.

»Na, du weißt schon. Barry. Der Ingenieur. Als wir uns das letzte Mal getroffen haben, warst du ganz aus dem Häuschen wegen ihm.«

Oh, Mist.

Der Typ.

Meine Mutter riss hoffnungsfroh die Augen auf. Wenn Mom etwas auszeichnete, dann, dass sie die Liebe liebte. Vielleicht kam meine eigene Sucht danach ja daher, sodass ich sogar einen Beruf daraus gemacht hatte. Allerdings war meine Mom, im Unterschied zu mir, über fünfzig Jahre lang mit ihrer High-School-Liebe verheiratet gewesen. Meine Eltern waren die Verkörperung von »Was zum Teufel? So etwas gibt es doch nur in Romanen!«

Meine Eigenart, die Liebe zu lieben, ging jedenfalls auf meine Eltern zurück. Ob ich die beiden wohl wegen der Qualen und Schäden, die meine Männerbekanntschaften schon verursacht hatten, verklagen konnte?

Ich wusste nicht, wie ich das Herz meiner Mutter, seit Daniel mich vor dem Traualtar hatte stehen lassen, erneut mit meinen Dating-Abenteuern brechen sollte. Das mit Barry schien schon so lange her zu sein. Es war im Juni gewesen. Und seit Barry hatte ich sechs – SECHS – weitere Dating-Katastrophen und damit sechs weitere Fehlschläge erlebt. Ich hatte geglaubt, in einer Großstadt wie Chicago wenigstens *einem* guten Mann begegnen zu können, doch weit gefehlt.

Chicago wurde mit gutem Grund The Windy City genannt: Die Männer wurden in Rekordgeschwindigkeit in mein Leben und wieder hinaus geweht.

Alter Schwede, hatte er wirklich Barry geheißen? Unter allen Namen, die es gab, hatte ich mir wahrhaftig einen Barry ausgesucht. Hatte ich ernsthaft geglaubt, mein Seelenverwandter könnte ein Mann namens Barry sein?

»Oh, das mit Barry und mir hat nicht gepasst«, gestand ich.

Sie weinte.

Was zum Henker? Mom! Hör auf zu weinen!

»Mom, hör auf damit! Warum weinst du?«

»Es tut mir leid. Es tut mir leid, ich weiß ja, du hast ein schweres Jahr hinter dir, und ich hatte gehofft …«

Seufzend reichte ich ihr ein Papiertaschentuch. »Alles okay. Es geht mir gut, Mom.«

Sie tupfte sich die Augen. »Wirklich, Holly? Bist du glücklich?«

Ich habe nicht behauptet, glücklich zu sein. Ich habe nur gesagt, es geht mir gut.

Ich rang mir ein Lächeln ab. »Ja, Mom. Es geht mir gut.«

»Es ist nur … wo jetzt doch die Feiertage anstehen, und nach allem, was im vergangenen Jahr um diese Zeit passiert ist … da hatte ich eben gehofft, du wärst mit jemandem zusammen, weißt du? Mit dem du dich später an schöne Tage erinnern könntest.«

»Aber ich brauche niemanden. Ich habe alles, was ich brauche.«

»Aber letztes Jahr …«

»Mom«, unterbrach ich sie. Ich holte tief Luft und stieß den Atem zwischen den Lippen hervor. »Müssen wir unbedingt davon sprechen? Ja, es ist passiert, aber ich bin darüber hinweg. Es geht mir gut.« Ich versuchte, nicht an den Dezember im vergangenen Jahr zu denken. Der Gedanke daran erfüllte mich bloß mit einem Missbehagen, mit dem ich mich noch nicht auseinandersetzen wollte. Ja, ich wusste, dass Mom sich deshalb wünschte, ich würde noch vor den Feiertagen jemanden finden, weil ich vor einem Jahr die beiden wichtigsten Menschen in meinem Leben verloren hatte.

»Ich muss dir etwas sagen, über Daniel und Cassie«, begann sie.

»Nein«, warnte ich. »Bitte nicht. Erzähl mir lieber irgendwas, das nichts mit den beiden zu tun hat. Erzähl mir lieber was Schönes.«

Mom zögerte einen Moment, ehe sie sich bereitfand, das Thema zu wechseln.

»Oh, hast du übrigens mit deinem Bruder gesprochen? Er ist jetzt mit jemandem zusammen. Und was für eine stürmische Romanze!«, rief Mom verzückt und presste ihre Hände an den Busen. »Genau wie in deinen Büchern. Sie hatten die beste …« Sie schnippte mit den Fingern. »Wie nennst du so was? Unerwartetes Zusammentreffen? Nette erste Begegnung?«

»Meet Cute«, korrigierte ich sie mit einem Anflug von Eifersucht. Alec ging mit jemandem? Ich konnte es kaum erwarten, dass er es mir unter die Nase rieb. Meinen Bruder und mich verband eine ganz normale Geschwisterbeziehung, in der man sich gegenseitig zum Spaß schikanierte.

»Ja, genau, es war das perfekte Meet Cute. Sie waren auf der Hundewiese, und da haben sich ihre Hundeleinen verwickelt, sodass Alec und MJ hingefallen sind.« Mom lachte, als hätte sie den Zwischenfall selbst mitangesehen.

»So süß ist das nicht«, nölte ich bitter.

»Wie bitte, Schatz?«

Ich zwang mich zu lächeln. »Nichts. Was Süßeres hat die Welt noch nicht gesehen«, sagte ich, wobei ich mich bemühte, nicht die Augen zu verdrehen. Oder zu heulen. Warum war mir bloß nach Heulen zumute?

»Außerdem hat Alec mir erzählt, dass seine Firma die Fusion mit diesem großen Bauunternehmen vorantreibt«, bemerkte meine Mutter.

»Wirklich?«, fragte ich, ehrlich beeindruckt.

Mein Bruder war ein Genie, auch wenn er mir auf den Wecker ging. Schon mit neunzehn hatte er eine Sicherheitsfirma gegründet, die die beste Technologie auf dem Markt anbot. Alec war wirklich begabt, und ich wusste, wie hart er gearbeitet hatte, um dorthin zu kommen, wo er jetzt war. Ich wusste außerdem, was die Fusion mit Trading Construction ihm bedeutete. Schließlich sprach er schon seit Jahren davon.

Ich war echt stolz auf ihn.

Mom und ich sprachen weiter über Gott und die Welt, wobei wir mein Liebesleben sowie Daniel und Cassie bewusst ausließen. Meine verbotenen Themen.

Dann verwandelte sich unsere Verabredung zum Kaffee in Moms Planungssitzung für das Weihnachtswochenende. Ich wusste, dass sie meinen Feiertagsbesuch so voll wie nur möglich packen wollte, damit ich nicht allzu sehr von meinem Kummer überrollt wurde. Mütter hatten eben den Bogen raus, wenn es darum ging, ihre Kinder vor Ungemach zu bewahren.

Bevor sie ging, umarmte sie mich noch einmal und legte ihre Hand an meine Wange. »Ich mache mir Sorgen um dich, Holly.«

»Musst du nicht, Mom. Bei mir ist alles in Ordnung.«

»Ja, das weiß ich, aber ich möchte, dass bei dir nicht bloß ›alles in Ordnung‹ ist. Du hast im vergangenen Winter etwas Schreckliches durchgemacht, aber das wird sich dieses Jahr nicht wiederholen. Solange wir nur daran glauben, dass die Dinge besser werden, werden sie das auch.« Sie beugte sich vor und küsste mich auf die Wange. »Wir sehen uns an Thanksgiving, ja?«

»Ich hab dich lieb, Mom.«

»Ich hab dich auch lieb, meine Holly.«

Auch ich wünschte mir, dass mein Leben mehr als nur in Ordnung war, doch ich wusste nicht, wie oder wann es dazu kommen könnte. Klar, im Großen und Ganzen ging es mir gut, aber ich hätte lügen müssen, wenn ich behaupten wollte, dass meine Ängste mit dem bevorstehenden Winter nicht größer geworden waren. In meine kleine Stadt zurückzukehren und alle wiederzusehen, setzte mich mächtig unter Druck.

Ich zählte bereits die Tage bis Januar, da ich mich nach dem letzten schrecklichen Winter noch immer extrem angespannt fühlte und die Feiertage von einer Trauer umflort waren, von der ich nicht recht wusste, wie ich sie bewältigen sollte.

Aber vielleicht hatte Mom ja recht. Vielleicht brauchte ich bloß jemanden, der mir half, die kommenden Monate der Einsamkeit zu überstehen. Jemanden, der mit mir ausging und mich ablenkte. Jemanden, der mich nachts in den Arm nahm, damit ich nicht in mein Kissen heulen musste. Schon spürte ich aufs Neue die Last dieser Jahreszeit auf meinen Schultern. Und genau aus diesem Grund würde ich die Dating-Apps auf meinem Handy auch so bald nicht löschen. In meiner Einsamkeit hungerte ich nach der Zuwendung eines anderen Menschen.

Alec
Mom sagt, Barry hat mit dir Schluss gemacht.

Seufzend las ich die Nachricht meines Bruders auf meinem Handy. Ich hatte gewusst, dass ich praktisch in dem Augenblick, in dem Mom sich von mir verabschiedete, von ihm hören würde. Einen Moment lang starrte ich auf die Nachricht, dann legte ich das Handy wieder neben meinen Computer. Ich hatte jetzt keine Zeit, mit meinem Bruder über mein verpatztes Liebesleben zu chatten. Mein Interesse galt vielmehr dem Kapitel, das ich nun schon seit fünf Monaten zu schreiben versuchte.

Wieder meldete sich mein Handy.

Ich knurrte in mich hinein und griff danach.

Alec
Willst du drüber reden?

Ganz sicher nicht, Alec.

Doch ehe ich antworten konnte, schrieb er mir wieder.

Alec
Ich habe mit MJ über dich gesprochen. Mom hat dir von ihm erzählt, oder? Er ist umwerfend. Hab zu ihm gesagt, dass wir dich mit jemandem verkuppeln müssen.

Holly
Ich lasse mich aber nicht verkuppeln, Alec. Und hör bitte auf, mit deinem neuen Boyfriend über mein Liebesleben zu reden.

Alec
Er meint, er kennt ein paar coole Typen. Wenn du willst, zeig ich ihm Bilder von dir.

Holly
Ich komme Weihnachten in Begleitung.

Alec
Bullshit.

Holly
Doch. Es ist noch frisch, und ich wollte Mom noch nichts von ihm sagen, aber es ist wahr.

Alec
Kann's kaum erwarten, ihn kennenzulernen. Wie aufregend! Bin noch nie einem Unsichtbaren begegnet.

Ich schaltete mein Handy stumm und legte es mit dem Display nach unten zur Seite.

Ich konnte es auch kaum erwarten, ihn kennenzulernen. Sicher, es war schwer zu ertragen, dass mein Bruder meinte, mich mit irgendwem verkuppeln zu müssen, und es ärgerte mich, dass er sich aufführte, als hätte er, was Beziehungen anging, die Weisheit mit Löffeln gefressen, obwohl er gerade erst mit MJ zusammengekommen war. Außerdem war ich mir ziemlich sicher, dass MJ Alecs erste Beziehung überhaupt war. Er hatte immer viel zu viel gearbeitet, um mit jemandem auszugehen.

Statt an dem Kapitel zu schreiben, griff ich wieder zum Handy und wischte in der Hoffnung, noch vor Weihnachten einen Mann zu finden, nach links und rechts in den Apps herum.

4

KAI

Die Woche verging wie im Flug, und endlich kam der Eröffnungsabend des Mano's. Zugegeben, das Lampenfieber hob meine Stimmung ein wenig, doch ein beträchtlicher Teil von mir war extrem angespannt und hoffte inständig, dass alles möglichst glatt laufen würde.

»Lass mal die Schultern locker, sonst kriegst du noch Migräne«, sagte Ayumu, als er mit seinem blödsinnigen aufgekratzten Grinsen hinter mich trat. Ich fragte mich, wie es wohl in einem Kopf zugehen mochte, der sich nicht andauernd mit Ängsten herumschlug. Das klang irgendwie entspannend.

Gerade als ich Ayumu eine sarkastische Bemerkung um die Ohren hauen wollte, ging die Restauranttür auf, und meine neu erworbene Nemesis Olivia kam hereingeschneit.

Natürlich mit einem Buch vor dem Gesicht, während sie mit einem dümmlichen Grinsen auf den Lippen auf die Seiten glotzte. Ich beobachtete, wie sie relativ geschickt jedem Hindernis in ihrem Weg auswich.

Wenn sie dieses Talent doch nur vor ein paar Tagen schon gehabt hätte.

Olivia hob den Blick gerade so lange von ihren Seiten, dass sie sich rasch im Restaurant umsehen konnte, stellte sich am Empfangspult an und schaute dann mit einem Nicken wieder in ihr Buch. Als sie an der Reihe war, führte unsere Empfangsdame Jane sie an das für zwei gedeckte Ende der Bar.

Dort setzte sie sich, rutschte auf ihrer Sitzfläche herum und verstaute das Buch in ihrer Handtasche. Sie schaute kurz auf ihr Handy, tippte grinsend eine Textnachricht und legte das Telefon schließlich mit dem Bildschirm nach unten auf den Tresen. Endlich kämmte sie sich ihre Locken hinter die Ohren, wobei sie große goldene Creolen freilegte, und schlug die Beine übereinander.

Ihr schwarzes Kleid schmiegte sich an den richtigen Stellen an ihren Körper und überließ kaum etwas der Fantasie; trotzdem stellte ich mir vor, was sich wohl unter dem Stoff verbergen mochte. Auch wenn ich mich nicht für die Frau interessierte, wurde mir nun doch bewusst, wie schön sie war.

Da blickte sie in meine Richtung und schnappte, als unsere Blicke sich trafen, nach Luft. »Sie!« Theatralisch deutete sie mit dem Finger auf mich.

»Ja, ich«, gab ich trocken zurück. Ihr einen Drink zu servieren, war gerade das Letzte, was ich tun wollte, doch meine Barkeeper hatten alle Hände voll mit anderen Gästen zu tun.

Also ging ich zu ihr und legte eine Serviette neben sie und die zweite vor den anderen freien Platz. »Was wünschen Sie?«

»Was machen Sie denn hier?«, wollte sie wissen.

Offenbar war sie ziemlich schwer von Begriff, wenn es darum ging, einen Menschen bei der Arbeit zu identifizieren. »Arbeiten.«

»Sie arbeiten hier?«, fragte sie scharf und offenbar schockiert.

»Das Restaurant *gehört* mir«, stellte ich klar. »Mir und meinem Geschäftspartner Ayumu.«

»Oh nein.« Sie schüttelte missbilligend den Kopf. »Sie können nicht der Inhaber sein. Ich kann Sie nicht leiden.«

»Das ist wohl eher Ihr Problem als meins. Sie können sich sehr gerne woanders um Ihre Angelegenheiten kümmern.«

»Sie verstehen das nicht. Ich wohne nur zwei Häuserblocks von hier entfernt und habe dieses Restaurant schon seit Tagen auf dem Schirm. Ich hatte gehofft, es würde mein *Cheers.*«

»Wie bitte?«

»Mein *Cheers*«, wiederholte sie, als würde mir das irgendetwas bedeuten. Die Verwirrung, die mir ins Gesicht geschrieben stand, ärgerte sie offenbar, denn ihre Nüstern begannen sich nervös zu blähen. »Kommen Sie! *Cheers? Cheers!*«

»Na dann Prost«, brummte ich. »Wollen Sie jetzt was trinken oder nicht?«

»Das kann nicht Ihr Ernst sein. Sie müssen doch die Fernsehserie *Cheers* kennen. *Where everybody knows your name, and they're always glad you came …*«, sang sie. »Mit Ted Danson, Kelsey Grammer und Kirstie Alley?«

»Ich glaube, die Serie hieß *Frasier.*«

Sie schlug die Hände vor die Brust, als würde sie jede Sekunde einen Herzanfall erleiden. »Blasphemie! Das können Sie unmöglich ernst meinen!«

Keineswegs.

Es gefiel mir bloß, sie zu ärgern.

Natürlich kannte ich die Serie *Cheers.* Ich wusste bloß nicht, was das mit der gegenwärtigen Situation zu tun hatte.

»Und was hat das Mano's mit dieser Fernsehserie zu tun?«

»Na ja, darin geht es doch um eine Kneipe an der Ecke, wo einen alle kennen. Und ich wollte das Restaurant hier zu meiner Eckkneipe machen, weil ich doch ganz in der Nähe wohne. Sie können also nicht hier arbeiten, weil wir ein Meet Ugly hatten.«

»Ein Meet Ugly?«

»Sie wissen schon, das Gegenteil von einem Meet Cute.«

»Was ist ein Meet Cute?«

Sie glotzte mich an, als wären mir zwei weitere Köpfe gewachsen oder so was. »Dafür habe ich jetzt keine Zeit. Ich bin hier nämlich in zehn Minuten zum ersten Mal mit einem Typen verabredet und muss mich konzentrieren. Kann ich Ihre Karte mit den Spezialcocktails sehen?«

»Wir haben keine Spezialcocktails.«

»Was? Wie können Sie keine Spezialcocktails anbieten?«, rief sie, als hätte ich ihr einen Dolch in die Brust gestoßen.

»Ich hab's dir gesagt!«, rief Ayumu quer durch den Raum.

Grummelnd legte ich ihr die Auswahl klassischer Cocktails vor. »Suchen Sie sich was aus, oder verraten Sie mir, was Sie wollen. Schickimicki gibt's nicht.«

»Schön. Ich hätte gerne einen Vodka Soda mit Zitrone und Limette, und wenn meine Verabredung kommt, bestelle ich noch einen, aber könnten Sie mir dann bitte nur Wasser bringen, weil ich nämlich nicht zu beschwipst sein und trotzdem wirken will, als wäre ich ganz locker und würde mich großartig amüsieren?«

Meiner Erfahrung als Barkeeper zufolge war das gar kein so abwegiger Wunsch. Frauen in ihrer Situation baten mich häufig, ihnen während des Dates nur noch Wasser zu servieren.

»Wird gemacht.« Ich mixte ihren Drink, stellte das Glas vor sie hin und stellte dankbar fest, dass neue Gäste das Restaurant betraten und mich von Olivia ablenkten, die am Ende meines Tresens hockte, ihren Vodka Soda schlürfte und hin und wieder prüfend auf ihr Handy schaute.

Ihre Verabredung erschien dreißig Minuten zu spät, was mir persönlich als Warnung genügt hätte, aufzustehen und zu verschwinden. Sie aber sprang mit einem Hoffnungsschimmer in den Augen auf und trat ihm entgegen, um sich ihm vorzustellen.

»Hi, ich bin Holly«, sagte sie mit vor Liebenswürdigkeit triefender Stimme.

»Martin«, antwortete er und schüttelte ihr die Hand.

Sie hieß also Holly. Keine Ahnung, warum, aber ich fand, der Name passte zu ihr.

Dass er überhaupt auftauchte, schien sie riesig zu freuen. Die beiden ließen sich am Ende der Bar nieder, als hätte er nicht das Mindeste falsch gemacht. Dann bestellten sie etwas zu essen und stürzten sich in ihr Date. Nach und nach kamen weitere Gäste, und ich wanderte umher, um mich an den Tischen davon zu überzeugen, dass alle ihre Zeit bei uns genossen.

Doch dann und wann überkam mich ein Anflug von Neugier, und ich sah nach Holly, um zu beobachten, wie der Erstkontakt sich entwickelte. Jedes Mal, wenn ich mich ihnen näherte, palaverte der Kerl entweder über seinen aufwändigen Lebensstil oder ließ die Namen Prominenter fallen, die er kannte. Oder er riss schlechte Witze, über die Holly lachte, als wären sie lustig. Sein Blick klebte fast die ganze Zeit an ihren Brüsten, und er stellte ihr keine einzige Frage.

Schließlich schlug er vor, die Rechnung zu teilen.

Und als sie meinte, sie könne auch alles zahlen, ließ der Blödmann es auch noch zu.

Dann meinte er, er würde sich bei ihr melden, was ich bezweifelte, nachdem sie das Angebot, bei ihm noch einen Absacker zu trinken, ausgeschlagen hatte. Alles in allem erschien mir das ganze Date absolut gruslig, trotzdem wirkte Holly irgendwie hoffnungsvoll. Als würde sie seinem Anruf tatsächlich freudig entgegensehen.

War das jetzt etwa ein Meet Cute gewesen?

Falls ja, würde ich Meet Ugly jederzeit vorziehen.

In den folgenden zwei Wochen tauchte Holly regelmäßig auf – jedes Mal mit einer neuen Verabredung. Mir war nicht ganz klar, ob das Mano's wirklich ihre *Cheers*-Stammkneipe oder eher ihr Paarungsrevier wurde. Ich empfand in den zwei Wochen jedenfalls einige Fremdscham.

Diese Frau war eine professionelle Seriendaterin. Seit der Restauranteröffnung war sie mit vierzehn Männern hergekommen. Ich selbst hatte mich schon lange mit niemandem mehr getroffen, aber das erschien mir doch ein wenig extrem.

Wieso hatte sie diesen Mist noch nicht gründlich satt? Und wie schaffte sie es bloß, ihre Verabredungen nicht durcheinanderzubringen?

Besonders seltsam aber war, dass sie bei jedem Kerl, der ihr im Mano's Gesellschaft leistete, außerordentlich hoffnungsvoll wirkte. Manche gaben ihr nur die Hand, während andere ihr gleich um den Hals fielen. Einer packte ihr sogar an den Hintern und tat dann so, als sei es ein Versehen gewesen.

Ihren Namen kannte ich nur, weil sie sich jedem Mann voller Charme und Charisma vorstellte: »Hi, ich bin Holly! Hey, ich heiße Holly! Hallo, mein Name ist Holly!« Aufstehen, Krönchen richten, und weiter im Text.

Ich selbst tat jeden Abend das Gleiche, wenn Holly auftauchte. Ich nickte ihr zu, und sie bat um Wasser statt Vodka. Sie ließ sich sogar ein Geheimsignal einfallen und fasste sich an die Nase, wenn es an der Zeit war, zu Wasser überzugehen. Wenn ich ihr ihren Drink brachte, dankte sie mir jedes Mal mit einem stummen Lächeln und wandte sich dann wieder ihrer Verabredung zu. Holly mochte komisch sein, aber ihr Lächeln war hübsch.

Sie konnte die Aufmerksamkeit der Männer allein mit diesem Lächeln erregen. Wenn man dann noch ihre tiefbraunen Rehaugen, die dunkelbraune, sonnenverwöhnte Haut und ihre kurvenreiche Figur dazuzählte … kein Wunder, dass sie so viele Erstkontakte hatte.

Aber wenn sie mit ihren Dates am Ende der Bar saß, beging sie stets den gleichen Fehler: Sie benahm sich jedes Mal, als wäre der jeweilige Typ ihr Mann fürs Leben. Und das war ein hell leuchtendes Warnsignal.

Hollys Augen leuchteten sofort auf, als sie Date Nummer vierzehn durch die Restauranttür kommen sah. Seine Augen dagegen taten, was die Augen der meisten Männer taten: Sie glitten über ihre Figur und blieben dann an ihrer Brust hängen – dem drittschönsten Teil an dieser Frau, nach ihrem Lächeln und ihren Augen –, ehe sie endlich ihrem Blick begegneten.

»Hi, ich bin Holly!«, flötete sie, während sie auf ihn zueilte.

Nummer vierzehn zog sie in seine Arme. Für eine Wildfremde drückte er sie ein wenig zu lang. Andererseits, hey, was wusste ich schon? »Ich bin Bill«, bekundete er und rieb ihr den Rücken.

Wer rieb einer Fremden bei der ersten Begegnung den Rücken?

So fängt man sich bloß Bazillen ein, Holly!

»Ich habe uns einen Platz am Ende der Bar reserviert«, sagte Holly und deutete auf den Platz, den sie nun schon seit zwei Wochen einnahm. Ich war mir fast sicher, dass ihr Po sich dem Stuhl für immer eingeprägt hatte. Als sie Nummer vierzehn jetzt den Rücken kehrte, fiel sein Blick auf ihre untere Hälfte, und, nun ja, warum auch nicht? Ihr Hintern und ihre Brüste verbanden sich unauflöslich zu ihrem drittschönsten Körperteil.

Das Date verlief mittelmäßig, doch Holly wirkte zufrieden, und als Bill sie zum Abschied umarmte, versprach er ihr, sich in Kürze ein zweites Mal mit ihr zu verabreden, obwohl mir klar war, dass es dazu niemals kommen würde. Einerseits tat sie mir leid. Immer wieder warf sie sich in den Ring und gab nicht auf. Sicher, ich konnte die Frau nicht ausstehen, dennoch tat es weh, sie immer wieder scheitern zu sehen.

Zugleich jedoch wollte ein anderer Teil, der weitaus größte Teil von mir, dass sie aus meinem Restaurant verschwand. Das Mano's war nicht die geeignete Kulisse für *Die Bachelorette*. Und ich war nicht daran interessiert, mein Restaurant zu ihrer Dating-Arena zu machen. Also musste ich dafür sorgen, dass einer von diesen Holzköpfen noch einmal mit ihr ausging, damit sie so bald wie möglich ein anderes Paarungsrevier ausfindig machten.

5

HOLLY

»Ich finde, das lief ganz gut«, bemerkte ich und faltete die Hände, nachdem mein vierzehnter Erstkontakt das Mano's verlassen hatte. Hatte ich für die kommenden Wochen jeden Tag im selben Restaurant reserviert? Absolut. Das war eine Win-Win-Location. So musste ich kein Geld fürs Taxi quer durch die Stadt ausgeben, und das Essen war wirklich grandios. Ich war zwar immer noch enttäuscht, weil es hier keine Spezialcocktails gab, und ich hatte Kai auch jedes Mal nach dem Hereinkommen daran erinnert, doch er verdrehte nur jedes Mal die Augen.

Kai der Griesgram war womöglich der einzige Nachteil des Mano's.

»Blödsinn«, sagte er jetzt und brachte mich damit völlig aus dem Konzept.

»Was?«

»Er wird Sie nicht anrufen und um ein zweites Date bitten.«

»Was soll das heißen?«

Kai kam zu mir und räumte die leeren Teller ab. »Der Typ meinte, er würde Sie anrufen. Wird er aber nicht.«

»Hat er aber gesagt.«

»Männer reden eine Menge Mist, den sie nicht so meinen.«

Ich kniff die Lider zusammen und verschränkte die Arme vor der Brust. »Er wird mich anrufen. Wir haben uns bereits eine zweite Verabredung vorgenommen.« Er blickte mich an, als wollte er sagen: Du bist so naiv. »Was?«

»Wie soll ich das sagen, ohne wie ein Arschloch zu klingen?«, murmelte er, bevor er sich wieder an mich wandte. »Sie kommen zu verzweifelt rüber.«

»Und so sind Sie, wenn Sie kein Arschloch sein wollen?«

»Ja.«

»Nun ja.« Ich schluckte hart. »Setzen, sechs.«

Er zuckte mit den Schultern. »Manchmal brauchen Menschen ein Arschloch, um zu kapieren, wie sehr sie neben der Spur sind. Sie verhalten sich bei diesen Verabredungen total falsch und tun sich damit absolut keinen Gefallen.«

»Und Sie finden, mich ›verzweifelt‹ zu nennen, wäre eine Hilfe?«

»Klar. Wenn Ihre Freunde irgendwas taugen würden, würden die Ihnen dasselbe sagen.«

»Aber wie soll mir das helfen? Sie sorgen bloß dafür, dass ich mich beschissen fühle.«

»Die Wahrheit hat schon mal diese Wirkung.« Er reichte die Teller einer Angestellten. Dann ließ er die Fingerknöchel knacken, bevor er nach einem Schnapsglas griff, Tequila hineingoss und es mir hinschob.

Augenrollend nahm ich das Glas. »Dafür zahle ich aber nicht.«

»Das habe ich auch nicht erwartet. Wie viele Dates haben Sie noch in der kommenden Woche?«

Ich sah in meinem Kalender nach. »Fünf.«

»Und wie viele davon sind zweite Dates?«

Ich blieb stumm.

Keine zweiten Dates.

»Schön.« Kai seufzte. »Ich werde Ihnen helfen.«

»Was?«

»Ich helfe Ihnen, die Typen auszusieben.«

»Was soll das heißen? Ich brauche kein Sieb. Ich erkenne, wenn ein Mann auf mich steht.«

»Ist das so?«

»Ja.«

»Waren Sie denn nicht enttäuscht, dass keiner der Männer zum zweiten Mal mit Ihnen ausgehen wollte?«

»Wie kommen Sie darauf, dass ich mit keinem von denen noch mal ausgegangen bin?«

Er hob eine Braue.

Ich sackte auf meinem Stuhl zusammen. »Keiner wollte noch mal mit mir ausgehen, obwohl sie alle behauptet haben, mich wiedersehen zu wollen.«

»Mhm.« Er begann, Gläser zu polieren. »Sie haben gelogen, um Sie nicht zu verletzen.«

»Aber ich fühle mich trotzdem verletzt.«

»Sicher. Aber so müssen diese Typen nicht sehen, dass Sie verletzt sind. Für die sind Sie nur eine verblassende Erinnerung an ein mieses erstes Date, die sie der Liste ihrer Albtraumverabredungen hinzufügen können.«

»Ein weiterer Schuss am Ziel vorbei.«

»Und ein weiterer Schuss in den Ofen für Sie, wenn Sie sich dann besser fühlen.«

»Das ist alles so deprimierend«, sagte ich.

Kai zuckte abschätzig die Achseln. »Willkommen in der Dating-Welt.«

Ich rutschte auf meinem Stuhl herum und schluckte hart. Mir war nicht ganz klar, ob ich Kais Hilfe überhaupt wollte, doch in Anbetracht der bevorstehenden Feiertage und meiner nachlassenden geistigen Gesundheit war ich mittlerweile bereit, von absolut jedem einen Rat anzunehmen. »Okay, verarschen Sie mich.«

Wieder verzog er eine Braue. »Verzeihung?«

»Verarschen Sie mich. Soll heißen: Seien Sie ein Arsch und verraten Sie mir, was ich in den vergangenen Wochen falsch gemacht habe.«

»Ich weiß nicht, ob ›verarschen‹ der passende Ausdruck ist, aber ich stehe Ihnen zu Diensten.« Damit legte er sein Tuch weg und lehnte sich mit verschränkten Armen gegen den Tresen. »Ihre ganze Erscheinung schreit förmlich, dass Sie es zu sehr wollen.«

Ich blickte an mir hinunter. »Was?«

»Das Gesicht voller Make-up, hohe Absätze, hautenge Klamotten, die etwas zu eifrige Begrüßung, wenn die Typen auftauchen. Und dann sehen Sie sie an, als wäre jeder von denen Ihr Mann fürs Leben, was echt ein Warnsignal ist. Sie stellen zu viele Fragen und lassen den Männern keine Zeit, sich nach Ihnen zu erkundigen. Oder, was noch schlimmer wäre, es ist Ihnen völlig egal, ob sie sich nach Ihnen erkundigen, was sie natürlich nicht machen.«

»Sie fragen mich schon was.«

Er sah mich an, als wollte er erneut »Blödsinn« sagen. »Wie viele wollten etwas über Sie wissen?«

Ich zog die Nase kraus und versuchte mich an jede Begegnung während der letzten beiden Wochen zu erinnern. »Also, das eine Mal hat Wes mich gefragt, wie es mir geht.«

Kai begann langsam in die Hände zu klatschen. »Da dürfen Sie sich glatt zur Prinzessin krönen, weil Sie offenbar Ihrem Traumprinzen begegnet sind.«

»Ihr Sarkasmus ist unnötig. Was genau schlagen Sie vor, um meine gegenwärtige Lage zu verbessern? Ich muss mich nämlich dringend für die anstehenden Feiertage verabreden, sonst denkt meine Mutter, ich würde, abgesehen von Grandma, mutterseelenallein in meiner Wohnung sterben.«

Er hob eine Braue. »Sie wohnen bei Ihrer Großmutter?«

»Oh. Nein, Grandma ist der Name meiner Katze.«

»Sie haben Ihre Katze Grandma genannt?«

»Ja. Es hat damit eine komische Bewandtnis, denn wenn mich jemand fragt, ob ich Lust habe, was zu unternehmen, und meine introvertierte Seite zum Vorschein kommt, kann ich immer sagen: ›Ach, ich würde ja gerne, aber heute Abend bin ich bei meiner Großmutter.‹ Da fragt dann keiner nach, weil alle es mega süß finden, dass ich den Abend mit meiner Großmutter verbringe, während ich in Wahrheit nur mit meiner Katze alte Folgen von *Will & Grace* gucke und wir Katzen-Leckerchen und Erdnussflips futtern.«

»Ich schwanke gerade, ob Sie total durchgeknallt sind oder über extreme Lebensklugheit verfügen.«

»Wenn ich ehrlich bin, vermutlich eine Mischung aus beidem.«

»Na gut, Holly, als Augenzeuge Ihrer außerordentlichen Ungeschicklichkeit will ich Ihnen ein paar hilfreiche Tipps und Hinweise geben.« Er nahm ein Blatt Papier aus der Registrierkasse und schrieb mit Kuli: *Was Holly bei Verabredungen tun und lassen sollte.*

Mit angehaltenem Atem wartete ich auf seine Ratschläge. Mir war durchaus klar, dass es ziemlich albern war, in Sachen Dates Rat beim griesgrämigsten Mann der Welt zu suchen, aber wenn ich ehrlich war, zog ich jeden Tag vergeblich aufs Neue los, und die Feiertage rückten immer näher und näher. Vielleicht brachte es ja wirklich was, Informationen von einem Mann einzuholen.

»Regel Nummer eins: Bieten Sie niemals an, die Rechnung zu übernehmen.«

»Aber ich bin eine unabhängige Frau, und ich kann …«

»Holly.«

»Ja?«

»Schlagen Sie nicht vor, die Rechnung zu übernehmen. Greifen Sie nicht mal nach Ihrem Portemonnaie.«

»Und wenn der Mann nicht genug dabei hat, um für die Kosten aufzukommen?«

»Dann sollte er nicht auf ein Date gehen, sondern Bewerbungen schreiben.«

»Okay. Notiert. Weiter.«

»Kommen Sie als Sie selbst. Wenn Sie sich gerne aufwändig schminken – tun Sie das. Wenn Sie auf High Heels stehen – cool. Aber tun Sie beides nicht, um bei einem Kerl gut anzukommen. Sie sind auch ohne Make-up gut genug. Der Mann soll Sie beeindrucken, nicht umgekehrt.«

Ich zupfte mir die falschen Wimpern ab und legte sie auf eine Serviette. »Ich hasse Make-up.«

Fast bogen sich seine Mundwinkel zu einem Lächeln. Fast. Dann schrieb er weiter: *Sagen Sie nicht zu jedem Ja, der Sie zum Essen oder auf ein Getränk einladen will. Gehen Sie nur mit Männern aus, an denen Sie ehrlich interessiert sind.*

»Und wenn die, an denen ich interessiert bin, sich nicht für mich interessieren?«

»Dann kommen sie für Sie nicht infrage.«

»Aber wenn das bedeutet, dass keiner mehr kommt, der mit mir ausgehen will?«

»Es wird immer jemanden geben.«

»Aber …«

»Holly!«, unterbrach er mich und klatschte in die Hände. Dann verzog er das Gesicht und beugte sich zu mir vor. »Es wird immer Männer geben.«

Ich seufzte. »Sicher?«

»Ja. Vertrauen Sie mir. Sie sollten die Qualität der Quantität vorziehen. Was mich zum nächsten Punkt bringt, den Sie lieber lassen sollten: Stellen Sie Ihr Licht nicht unter den Scheffel. Denken Sie niemals, tolle Männer wären nichts für Sie, oder Sie wären nicht gut genug für sie. Sie sind, was Sie sich reinziehen, und im Moment fressen Sie Scheiße.«

»Meinen Sie damit die Pizza, die ich gestern Abend gegessen habe?«

»Ich meine die toxischen inneren Monologe, die Sie sich reinziehen.«

Oh.

Das.

»Und damit komme ich zum letzten Punkt, zu dem ich Ihnen rate: Sie sollten sich selbst mögen.«

»Ich mag mich ja«, erwiderte ich.

»Nein, das tun Sie nicht. Es gehört zu meinem Beruf, täglich Menschen zu beobachten, und ich erkenne sofort, ob sich jemand selbst leiden kann oder nicht. Und Sie mögen sich nicht, oder, was noch schlimmer ist: Sie mögen andere Menschen mehr als sich selbst, was wiederum ein Thema für sich ist. Es sollte Ihnen niemals mehr an anderen gelegen sein als an sich selbst.«

»Bis wann soll ich Ihnen das Geld für die Therapie überweisen?«, kicherte ich.

Aber er lachte nicht. Ich war mir nicht sicher, ob seine Stimmbänder überhaupt wussten, wie lachen ging. Und wie man lächelte, schien er von Mr Scrooge persönlich gelernt zu haben.

Nun schob er mir das Blatt Papier hin. »Probieren Sie das in den nächsten ein, zwei Wochen aus, und Sie werden sehen, dass Sie mehr zweite Dates bekommen.«

»Abgemacht. Aber wenn es nicht klappt, müssen *Sie* mich an den Feiertagen begleiten«, sagte ich halb im Scherz.

»Ganz sicher nicht.«

»Notiert.« Ich senkte die Brauen. »Es sei denn, Sie scherzen bloß und wären sehr gerne mein Date.«

»Ich bin kein Freund von Scherzen.«

»Klopf, klopf.«

Seufzend verdrehte er die Augen. »Wer ist da?«

»Nicht Ihr Humor, so viel steht fest.«

Er sah mich ausdruckslos an.

Ich grinste.

Sein Ärger behagte der albernen Seite von mir nur umso mehr.

»Aber um sicherzustellen, dass Sie alles richtig machen, müssen Ihre ersten Verabredungen hier stattfinden, damit ich Sie im Auge behalten kann. Sonst ist es kein fairer Härtetest.«

»Das tun sie sowieso. Das Restaurant ist perfekt. Es ist in der Nähe. Leicht zu erreichen, und ich bin faul.« Ich streckte ihm meine Hand hin. »Hat mich gefreut, mit Ihnen ins Geschäft zu kommen, Kai. Und ich bin bald mit meinem nächsten Date wieder hier.«

»Aber nicht zu bald«, warnte er und schüttelte meine Hand. »Qualität geht vor Quantität.«

»Ja, ja, ja, bla, bla, bla …« Als ich seine Liste mit allem, was ich tun und lassen sollte, zusammenfaltete, flog die Restauranttür auf, und ein Junge kam herein. Er sah aus wie eine jüngere Ausgabe von Kai, hatte einen Rucksack auf dem Rücken und trug gelbe Sneakers. Seufzend ließ er sich, ein paar Plätze von mir entfernt, auf einen Barhocker plumpsen und schnippte vor Kai mit den Fingern.

»Das Footballtraining war die reinste Folter. Gib mir einen Doppelten, aber pronto«, verlangte der Junge.

Kai verdrehte die Augen, goss ein großes Glas Cola ein und stellte es vor ihn hin.

»Was soll das denn werden? Ich will was Starkes. Whiskey!«

»Versuch es in fünf Jahren noch mal«, bemerkte Kai.

Der Junge ließ ein äußerst theatralisches Seufzen vom Stapel. »Weißt du, wenn wir die Rollen tauschen würden, und ich wäre dein großer Bruder, würde ich dir an meiner Theke was zu trinken geben.«

»Wenn wir die Rollen tauschen würden, säßest du wahrscheinlich längst hinter Gittern«, gab Kai zurück.

»Touché, aber dann hätten wir wenigstens was zu erzählen«, unkte der Junge mit einem erfrischenden Grinsen auf den Lippen. So also sähe Kai aus, wenn er lächeln könnte.

Ich kicherte ein wenig über die Bemerkung des Jungen, was genügte, ihn in meine Richtung schauen zu lassen.

»Wow, wer ist denn das?«

»Niemand. Sie wollte gerade gehen«, antwortete Kai, sah mich kurz an und wandte sich dann wieder seinem Bruder zu.

»Wenn du meine Telefonnummer mitnehmen willst, hab ich nichts dagegen. Ich werde in ein paar Monaten siebzehn, also schon fast achtzehn.«

Kai richtete seinen männlichen, strengen, griesgrämigen Blick auf mich. »Wie alt sind Sie?«

»Fünfundzwanzig.«

»Noch ein Punkt, den Sie lassen sollten: Verabreden Sie sich nicht mit jemandem, der vier Jahre älter oder jünger ist als Sie.«

»Vier Jahre? Warum nicht wenigstens fünf? Das verringert die Männerauswahl auf einen neuen Tiefstand«, widersprach ich.

»Begrenzte Auswahl ist gut. Dann sind weniger Keime im Wasser«, gab Kai zurück.

Der Junge hob eine Braue. »Baggerst du sie gerade an?«, fragte er seinen Bruder.

»Nein, Mano, ich baggere sie nicht an. Ich bin ihr Dating-Coach.«

»Echt jetzt?«, fragten Mano und ich wie aus einem Mund.

Mano brach in schallendes Lachen aus. »Was zum Teufel weißt du schon über Dating? Du bist doch seit einer Ewigkeit mit keiner Frau mehr ausgegangen. Du arbeitest nur noch, und wenn du zu Hause bist, liest du.«

Oh super, ich bekam Dating-Tipps von einem Einsiedlerkrebs.

»Ich verstehe genug davon«, konterte Kai. »Und ich weiß genug, um zu erkennen, dass *sie* nicht die geringste Ahnung hat.«

»Hey«, wollte ich mich einmischen, doch Kai hob eine Augenbraue, und ich hielt den Mund. So ganz daneben lag er ja nicht. Ich war offiziell die mieseste Anbieterin auf dem Beziehungsmarkt.

»Und du gehst nach Hause und machst deine Hausaufgaben«, befahl er jetzt Mano. »Im Schmortopf ist Essen, das inzwischen fertig sein müsste.«

Mano schlürfte durch einen Strohhalm seine Cola und griff dann nach seinem Rucksack. »Hoffentlich nicht wieder dieser Schmorbraten. Der hat echt nach Pussy geschmeckt.«

»Woher weißt du, wie Pussy schmeckt?«, wollte Kai wissen.

Mano grinste breit und zwinkerte seinem Bruder zu. »Im Unterschied zu dir verschwende ich meine Freizeit nicht mit Büchern, großer Bruder.«

Ich kicherte. Kai und Mano waren wie Felix und Oscar in *Ein seltsames Paar* – der eine das genaue Gegenteil des anderen, was für das perfekte Gleichgewicht sorgte.

Kai zeigte seinem kleinen Bruder den Mittelfinger, und Mano huschte hinaus, wobei er mir zum Abschied noch einen Blick zuwarf.

»Wie lange wohnen Sie schon in dem Apartmenthaus?«, fragte ich. Ich hatte ihn vor unserem Meet Ugly noch nie im Haus gesehen, aber andererseits war ich ein Profi, wenn es darum ging, in meiner eigenen Welt zu bleiben, sodass mir das Kommen und Gehen anderer kaum jemals auffiel. Was vermutlich an meinem Autorinnenhirn lag. Ich war ständig mit der Entwicklung von Geschichten beschäftigt, oder damit, den Roman einer anderen Schriftstellerin zu lesen. Und manchmal war ich zu sehr in Gedanken, um meine Umgebung überhaupt wahrzunehmen.

»Seit ein paar Monaten schon. Apartment 2419.«

»Ich bin Apartment 2509. Sie sind mir noch nie aufgefallen.«

»Weil Sie Ihre Nase dauernd in ein Buch stecken.«

Zugegeben.

»Und Sie wohnen da oben allein mit Mano?«

»Ja.«

»Sie ziehen Ihren Bruder groß? Hatten Sie nicht Ihre Eltern in Hawaii erwähnt, und …«

»Und Sie stellen einen Haufen Fragen zu Dingen, die Sie nichts angehen«, schnitt er mir das Wort ab. Offensichtlich rührte ich an ein heikles Thema, also hob ich abwehrend die Hände.

»Schon verstanden. Ich gehe jetzt auch besser mal zu Grandma zurück. Die alte Dame fühlt sich bestimmt schon einsam. Also, bis bald, Coach.« Ich schnippte mit den Fingern und deutete auf ihn. »Aber nicht *zu* bald. Sie wissen schon, Qualität, Quantität, Rhabarber, Rhabarber …«

Fast hätte Kai gelächelt.

Na ja, nicht wirklich. Aber das wäre mal lustig gewesen.

6

HOLLY

»Als ich beiläufig meine Apartmentnummer fallen ließ, hatte ich nicht erwartet, dass Sie hier aufkreuzen und gegen meine Tür poltern würden«, sagte Kai eine volle Woche nach unserem Dating-Vertrag. Nachdem *nicht einer* der Männer, für die ich mich interessierte, sich mit mir hatte treffen wollen, musste ich unbedingt in Erfahrung bringen, was ich falsch machte.

»Ich ertrinke, Coach«, seufzte ich theatralisch und schlug mir die Hand vor die Stirn. »Dieses planvolle Dating ist das Letzte. Und, ehrlich gesagt, wenn ich mich an Ihre Liste der Dinge halte, die ich tun oder lassen soll, kann es sehr gut sein, dass ich für den Rest meiner Tage alleine bleiben werde.«

»Sind Sie immer so theatralisch?«

»Ja, das ist der Teil, den mein Bruder an mir nicht ausstehen kann.«

»Ihr Bruder scheint ein kluger Junge zu sein.«

»Er verursacht den Großteil meiner Therapiekosten.«

Kai rieb sich mit dem Daumen unter der Nase. »Genug geplaudert. Was wollen Sie?«

»Ich wollte Ihnen sagen, dass Ihre Dating-Regeln totaler Quatsch sind und überhaupt nicht funktionieren.«

»Wie wollen Sie nach einer Woche wissen, dass sie nicht funktionieren?«

»Weil sie eben nicht funktionieren. Noch kein einziger anständiger Mann wollte mit mir ausgehen.«

»Gut. Sie sollten nichts übereilen.«

Ich kniff ärgerlich die Lider zusammen. »Aber ich habe es nun mal eilig. Die Feiertage stehen unmittelbar bevor, und ich brauche jemanden, den ich an Weihnachten mit nach Hause bringen kann. Ich habe keine Zeit zu verschwenden.«

»Sie hören sich an wie eine Fünfjährige, die nicht bekommt, was sie will.«

»Sind Sie immer so negativ?«, wollte ich wissen.

»Ja, das ist der Teil, den mein Bruder an mir nicht ausstehen kann«, ahmte er mich nach.

Immer, wenn er mich nachahmte, musste ich unwillkürlich lächeln. Er war ein kaltherziger Mistkerl, aber aus irgendeinem Grund reizte mich das. Ich würde seine harte Schale eben knacken müssen, genau wie die griesgrämigen Helden meiner Liebesromane, und ich war fest entschlossen, das wachsweiche Herz in seiner Brust zum Vorschein zu bringen.

Schmollend schob ich die Unterlippe vor. »Kai, was soll ich tun? Ich brauche Hilfe, Coach.«

»Es ist ein Uhr nachmittags. Müssten Sie nicht arbeiten oder so etwas?«

»Ich arbeite zu Hause. Ich schreibe Liebesromane.«

Kai zog eine Braue hoch. »Sie schreiben Liebesromane?«

»Ja.«

»Die verlegt werden?«

»Ja, unter dem Namen H.C. Harvey. Ungefähr fünfzig Romane.«

»Sie sind ja eine Vielschreiberin. Unfassbar.«

Ich lächelte. »War das ein Kompliment? Ich wusste gar nicht, dass Sie anderen Komplimente machen.«

»Nur verdientermaßen.«

Ich errötete, was Kai nicht zu bemerken schien.

Er blickte zu Boden und schüttelte halb grinsend den Kopf.

Was war das denn?

Hatte er gegrinst, wenn auch nur halb?

Hatte Kai etwa gegrinst?

Nun, er grinste, ein wenig schief, aber immerhin!

»Was?«, fragte ich, von seinem neuen Gesichtsausdruck irritiert, der aussah, als hätte er sich den falschen Menschen ausgesucht – eine fremdartige Erfahrung.

»Nichts. Es ist bloß irgendwie ironisch, wissen Sie? Eine Autorin von Liebesromanen, die Probleme hat, die Liebe zu finden.«

»Was soll ich sagen? Gott hat eben einen komischen Sinn für Humor.«

Nun lächelte er ganz.

Du liebe Güte! Kai lächelte mich an! Ein ausgewachsenes Grinsen voller weißer Zähne! Und was für ein Anblick! Als wäre ich soeben aus einem alten Kleiderschrank getreten und unversehens in Narnia herausgekommen. Einem mystischen, von unwirklicher Schönheit erfüllten Ort. Doch dann ging mir auf, warum er mich so anlächelte – weil er sich über mich lustig machte, der Arsch!

»Echt jetzt?«, platzte ich heraus. »Das war also nötig, damit ich das erste echte Lächeln von Ihnen bekomme? Sie mussten erfahren, dass ich Liebesromane schreibe und Pech in der Liebe habe?«

»Kommen Sie, Sie müssen zugeben … das ist schon irgendwie komisch.« Vergnügt glucksend zuckte er mit der linken Schulter. Ja. Ganz genau. Jetzt lachte er. Der Mann hatte Nerven. Wie sein Lachen, das die Empfindung einer unerklärlichen Wärme durch meinen Körper trieb. Lächeln und Lachen standen ihm gut – selbst auf meine Kosten.

Schnaubend verschränkte ich die Arme vor der Brust. »Sie haben einen ziemlich schwarzen Sinn für Humor.«

»Da ich eine schwarze Seele habe, musste ich mir den dazu passenden Humor besorgen.« Er trat zur Seite und nickte. »Na schön, kommen Sie rein und machen Sie Ihre Dating-Apps auf. Ich schau mir mal Ihr Profil an und sehe nach, was Sie falsch machen.«

Ich betrat seine Wohnung, und er schloss die Tür hinter mir. Zu meiner Verblüffung wohnte der alleinstehende Junggeselle wie ein verheirateter Mann. Alles hier war wohlgeordnet und sah aus wie in einer *Schöner-Wohnen*-Zeitschrift. Die Bilder an den Wänden waren ebenso farbenfroh und lebendig wie das Mobiliar des offenen, hellen Raums. Der Esstisch war leuchtend orange, die Stühle ringsum gelb und die Wohnzimmercouch samtgrün. Alles in allem war seine Bleibe das Gegenstück zu seiner grauen Persönlichkeit.

»Ich hab Mano die Möbel aussuchen lassen, als er hier eingezogen ist«, bemerkte er, da ihm offenbar mein verdutztes Gesicht aufgefallen war. »Er mag Farben.«

»Alles klar. Ich wollte gerade sagen, das sieht hier überhaupt nicht nach Ihnen aus. Ganz im Gegenteil.«

»Nun …« Er deutete auf die Couch und nickte einmal.

Ich setzte mich.

Er ließ sich vor mir auf der Kante des Couchtisches nieder, krempelte die Ärmel seines weißen Hemds auf und streckte die Hand aus. »Handy.«

Ich öffnete die erste Dating-App und legte das Handy in seine Hand. Er nahm es, richtete sich auf und begann sich die Seite anzusehen. Dabei kniff er die Lider zusammen, zog auf seine süße Art die Nase kraus und schien tief in Gedanken versunken. Während er las, fiel mein Blick auf seinen Oberarmmuskel, der sich wie von selbst spannte, während seine Finger auf und ab über mein Profil glitten. Kai war ein sehr gut aussehender Mann. Und ganz und gar mein Typ – emotional unzugänglich und null an mir interessiert. Was soll ich sagen? Ich hatte ein Beuteschema.

»Ich würde um nichts in der Welt für Sie nach rechts wischen«, schloss er.

Meine toxische Seite hielt seine Aussage natürlich sofort für eine Art Herausforderung.

»Was? Warum nicht?«, protestierte ich. »Das ist ein solides Profil!«

»Es ist furchtbar. Vor allem liest sich die Bio wie ein Hilfeschrei. Sie betteln mich praktisch an, mit Ihnen auszugehen.«

»Ja und?«

»Holly.« Er räusperte sich und begann mein Profil vorzulesen: »›Ich suche meinen Seelenverwandten, meinen Geliebten, meinen Freund. Das Yin zu meinem Yang, damit wir zusammen verrückte Abenteuer erleben – Äpfel pflücken im Herbst, Strände im Sommer. Ich wünsche mir einen kultivierten Mann, dem emotional an seiner mentalen Gesundheit und seiner Seelenreise gelegen ist. Ein Vorteil wäre es, wenn du auf Pilates stehst. Und ein Extravorteil, wenn du dich nicht nur mit deinen Initialen vorstellst.‹ Das meinen Sie doch nicht ernst, oder?«

»Was denn? Pilates ist super gut für die Rumpfmuskulatur und …«

»Holly.«

Ich duckte mich. »Zu viel?«

»Zu viel ausgelassen, und von da aus dann direkt in die Katastrophe. Das liest sich verzweifelt und vollkommen durchgeknallt. Diese Dating-App ist nicht dazu da, sich einen Fake-Boyfriend auszudenken. Weil so ein Mann sowieso nicht existiert.«

»Doch, es gibt ihn, davon bin ich überzeugt. Ich bin mir sicher, da draußen gibt es eine Menge solcher Männer.«

»Ich wette, Sie wollen einen Mann, der mit Ihnen Schneemänner baut, Schneeengel macht und auch noch am Kamin heiße Schokolade mit Ihnen trinkt.«

Ich geriet in Verzückung und nickte begeistert. »Ja! Ja! Das volle Programm!«

»Das ist Ihr Hauptproblem«, ermahnte er mich. »Sie leben in einer fiktionalen Welt und erwarten, dass Männer sich so verhalten wie in Ihren Büchern.«

»Wieso fiktional? Die Männer da draußen fahren genauso darauf ab wie ich.«

»Und wie viele davon sind Ihnen bisher begegnet?«

Tja ... das hat gesessen, Kai.

»Ist es wegen Pilates?«, fragte ich und rieb mir den Nacken.

»Oh ja, es ist wegen Pilates, und wegen allem anderen, was Sie geschrieben haben. Was zum Teufel soll das mit den Initialen?«

»Ach, Sie wissen schon ...« Ich wedelte mit den Händen in der Luft. »Das mit den Initialen.«

Er sah mich mit leerem Blick an. »Meine Worte zu wiederholen, sorgt nicht gerade für Klarheit.«

»Sie kennen doch diese Leute, die einen vollen Namen haben, aber sich lieber DJ, PJ oder MJ nennen lassen – mein Bruder geht mit einem MJ, und puh, na ja, ich kann das nicht ausstehen.«

»Ist das so eine verrückte Holly-Sache?«

»Finden Sie das denn nicht verrückt? Ich meine, sagen wir, Sie heißen David, wollen aber, dass man DJ zu Ihnen sagt? Für immer? Was sind Sie, ein Fünfjähriger? Werden Sie erwachsen!«

»Das ist jetzt nicht Ihr Ernst.«

»Ich schwöre beim Universum, ich werde nie mit so einem Initialen-Typen ausgehen.«

»Und wenn er Ihr ›Seelenverwandter‹ wäre?«

Ich schnappte nach Luft, meine Hände flogen an meine

Brust. »Mein Seelenverwandter würde so was im Leben nicht tun.«

»Okay, aber nach den Nachrichten auf Ihrer App momentan gehen Sie mit …« Er scrollte durch die Nachrichten. »… mit einem Marty aus.«

»Was stimmt nicht mit Marty?«

»Marty? Und was macht der so? Bringt er Sie um acht zurück in die Zukunft? Sie können sich unmöglich vorstellen, mit einem Marty zusammen zu sein.«

»Er war nett?«

Kai ging die Unterhaltung zwischen Marty und mir durch. »Da haben wir's. Er hat Sie gefragt, ob Sie Tacos lieben?«

»Und ich liebe Tacos. Wir haben etwas gemeinsam. Das ist doch ein gutes Zeichen.«

»Jeder liebt Tacos. Kein Grund, deshalb mit jemandem auszugehen. Außerdem heißt er wirklich Marty!«

»Finde ich süß.«

Er schüttelte den Kopf und legte mir die Hände auf die Schulter. »Schnell, schließen Sie die Augen.«

Ich tat, was er verlangte, und er sprach weiter. »So, und jetzt stellen Sie sich vor, Sie wollen mit dem Typen Sex haben.«

»Das wurde jetzt aber schnell nicht jugendfrei.«

»Holly. Stellen Sie es sich vor. Sie liegen mit ihm im Bett, und er dringt in Sie ein …«

Meine Schenkel begannen bei seinen Worten ein kleines bisschen zu zittern, und ich schwöre, als er fortfuhr, bildete sich Schweiß an meiner Schläfe. »Und wenn er Ihre Lieblingsstelle berührt, stöhnen Sie: ›Oh, ja, Marty! Ja! Genau da, Marty! Marty!‹«

Ich lachte laut auf und öffnete die Augen. »Okay, okay, also kein Marty. Aber fairerweise habe ich, wenn es zur Sache geht, auch keinen passenden Namen. Holly ist nicht sexy.«

»Bei Frauen spielt das keine Rolle.«

»Was? Aber natürlich.«

»Nein, denn wenn er es richtig macht, wird er Ihnen, falls er oben liegt, in die Augen schauen, Ihre Beine über seine Schultern legen, sich Ihrem Ohr nähern und die einzigen beiden Worte flüstern, auf die es ankommt.«

Ich sah ihn aus schmalen Augen an. »Und die lauten wie genau?«

Er erwiderte meinen Blick. Seine braunen Augen mit den Bernsteinsprenkeln sahen mich an, als wäre ich der einzige Mensch im Universum, der in seinem Leben jemals gezählt hatte. Allein dabei überlief mich ein Schauer. Seine Lippen teilten sich, er näherte sich meinem Ohr, sein heißer Atem traf auf meine Haut, dann hauchte er mit seiner tiefen, rauen Stimme: »Braves Mädchen.«

Und einfach so benötigte ich ein frisches Höschen.

Ich fühlte meine Wangen erröten, als mein Körper durch zwei schlichte, aber kraftvolle Worte in Wallung geriet.

Braves Mädchen.

Obwohl der Mann mich nicht mal anfasste, hatte ich den Orgasmus meines Lebens.

Oh, Kai. Ja, Kai. Bitte, Kai … mehr, Kai … genau da, Kai …

Ja.

Sein Name ließ sich vortrefflich stöhnen.

»Jetzt kommen Sie aber nicht auf falsche Gedanken«, sagte Kai und zog sich mit einem ärgerlich breiten Grinsen von mir zurück. Er wusste genau, dass er mich aus dem Konzept gebracht hatte.

»Ich komme auf …«, sagte ich und schüttelte den Kopf. Falscher Ansatz. »Sie bringen mich auf gar keine falschen Gedanken.«

»Oh doch. Und das ist schon in Ordnung. Ich wollte Ihnen

schließlich was klarmachen. Aber jetzt zurück zum eigentlichen Thema: Ihr Profil ist scheiße.«

»Sie sind nicht so für höfliche Zurückhaltung, wie?«

»Sie sollten sich für Ihr Profil schämen.«

»Ich wollte nur offen und ehrlich sagen, was mir vorschwebt.«

»Ja, eben. Lassen Sie das. Tun Sie lieber das Gegenteil. Ich staune beinah, wie Sie sich dank dieses Profils mit jedem Moment noch bekloppter anhören können.«

Ich lächelte. »Ich bin eben begabt.«

»Ja. Ihr Profil zeigt ganz klar, wieso Sie noch kein gutes Date hatten.«

Ich zog eine Braue hoch. »Okay, Coach, was genau soll ich denn in mein Profil schreiben?«

»Hören Sie auf, mich Coach zu nennen.«

»Damit werde ich eher nicht aufhören, Coach.«

»Meinetwegen. Welches Ziel verfolgen Sie? Was erwarten Sie von diesen Apps, wenn Sie ehrlich sind?«

»Wie ehrlich soll ich denn sein?«

»Absolut ehrlich.«

Ich seufzte. »Ich möchte jemanden, der den Winter mit mir verbringt, um mich auf andere Gedanken zu bringen. Wenn mehr daraus werden sollte, toll; wenn es mich nur bis in den Januar trägt, großartig.«

Er schien nicht über mich zu urteilen. Stattdessen nahm er mein Handy und fing an zu tippen. Er hielt die Lippen aufeinandergepresst, während seine Finger aufs Display hämmerten. Als er fertig war, trat ein Anflug von Stolz in seinen Blick, und er gab mir das Telefon zurück.

»Bitte«, sagte er.

Ich schaute auf die neue Bio, die er für mich geschrieben hatte.

Name: Holly
Alter: 25
Beruf: Verlagswesen
Bio: Suche Santa,
der meinen Strumpf füllt.

»Das ist alles?«

»Ja, das ist alles.«

»Klingt schmutzig.«

»Versaut, ja.«

»Das wischt bestimmt keiner.«

»Aber sicher doch.«

»Aber nicht die Typen, die mich interessieren.«

»Genau die Typen, die Sie interessieren«, widersprach er. »Vertrauen Sie mir.«

»Ihnen vertrauen? Ich kenne Sie ja nicht mal.«

Er schnippte mit dem Daumen gegen seine Nasenspitze, stand auf und ging in die Küche. »Stimmt. Trotzdem haben Sie freiwillig die Wohnung eines Fremden betreten. Was, wenn ich ein Serienmörder wäre?«

»Sie verfügen auf der Grundlage meiner Serienmörder-Obsession nicht über die nötigen Qualifikationen.«

Er öffnete den Kühlschrank und nahm zwei Flaschen Bier heraus. Eine hielt er mir hin, und ich nickte zustimmend. »Was soll das heißen, ich verfüge nicht über die nötigen Qualifikationen?«

Er kam zu mir zurück und öffnete die Flaschen ohne ersichtliche Anstrengung mit dem Daumen, und das wirkte so anziehend, dass mein Innerstes vor Erregung zu prickeln begann.

Als er mir eine Flasche reichte, versuchte ich das unpassende Verlangen abzuschütteln, das durch meinen Körper schoss. Ich räusperte mich und schlug die Beine übereinander. »Sie wirken nicht durchgeknallt genug für einen Serienmörder.«

»Soll das ein Witz sein? Mein Bruder hat mir erst neulich Abend erläutert, wie durchgeknallt und introvertiert ich bin.«

Ich zuckte die Achseln. »Keine Ahnung. Sie kommen einfach nicht so rüber wie Jeffrey Dahmer.«

Kai wirkte merkwürdig verletzt. Er legte eine Hand an seine Brust. »Das ist eine gewagte Unterstellung, Sie kennen meine durchgeknallte Seite ja noch nicht einmal.«

»Da Sie gerade davon reden … dass Sie beleidigt sind, weil ich Sie nicht für einen Serienmörder halte, ist schon ziemlich durchgeknallt.«

»Was mich wiederum zu einem perfekten Serienmörder machen würde.«

»Nein. Ich war schon in Wohnungen von Typen, die womöglich mittelmäßige Serienmörder waren, aber hier fühle ich mich ganz anders. Tut mir leid, Kai.«

Seufzend ließ er sich auf das mir abgewandte Ende der Couch plumpsen. »An meinen Gruselqualitäten muss ich wohl noch arbeiten.«

Ich lächelte. Der Griesgram begann, sich mir mit seinem schrägen Sinn für Humor zu öffnen, was mir ziemlich gut gefiel.

»Okay.« Er trank einen großen Schluck Bier. »Aber zurück zu Ihnen. Die neue Profil-Bio wird der große Durchbruch.«

»Das wird sich zeigen. Lassen Sie mich raten: Sie wollen bestimmt auch, dass ich meine Fotos auswechsle.«

»Nein, die waren super.«

»Wirklich? Finden Sie nicht, dass ich in Wirklichkeit molliger aussehe als auf den Bildern?«

»Was?«

»Sie wissen schon …« Ich gestikulierte mit den Händen wie Bentley bei unserem Beinahe-Date. »Molliger.«

»Hat das jemand zu Ihnen gesagt?«

»Ja, einer der Typen, mit denen ich mich getroffen habe.«

Kais Miene schaltete auf Wut um. »Vergessen Sie den Wichser. Sie sehen genauso aus wie auf Ihren schönen Fotos. In Wahrheit sehen Sie sogar noch besser aus.«

Das Prickeln zwischen meinen Schenkeln wich nun einem neuen Gefühl im Magen. Kai war eigentlich nicht der Typ für Komplimente. Wenn aber mal eins zum Vorschein kam, ließ es sofort einen Schwarm wuseliger, kleiner Schmetterlinge in mir aufsteigen.

»Nicht, Holly«, warnte er mich.

»Was?«

»Fangen Sie nicht an, für mich zu schwärmen.«

»Was? Hä? Nehmen Sie sich mal nicht so wichtig«, schnaubte ich abwinkend. »Im Leben nicht.«

»Doch, und wissen Sie auch warum?«

»Warum?«

»Weil Sie auf emotional unzugängliche Männer stehen. Abgesehen davon bin ich sechs Jahre älter als Sie und komme schon deshalb nicht infrage.«

»Nehmen Sie sich nicht so wichtig, Kai. Ich finde Sie ja nicht mal attraktiv.«

Lügen.

Lügen.

Unflätige Lügen.

Kai sah dermaßen gut aus, dass es schon abstoßend war. Wie ein persönlicher Angriff auf den gesunden Menschenverstand. Auch, ja, weil er kalt und unnahbar und manchmal geradezu ein Arschloch war. Aber habt ihr diese braunen Augen gesehen? Oder die unter seinem Karohemd schwellenden Oberarmmuskeln? Das zurückgestrichene dunkle Haar? Oder den perfekt gepflegten Vollbart? Er musste über einen Meter neunzig groß sein und trug lässige Holzfällerklamotten, was ihn komischerweise noch besser aussehen ließ. Und zu alledem wagte er es auch noch, zu riechen wie der Weihnachtsmorgen. Nach frisch geschlagenem Kiefernholz und Zimtstangen.

Kai war ein wahres Prachtexemplar der Spezies Mann. Ich hätte verrückt sein müssen, um mich nicht irgendwie zu ihm hingezogen zu fühlen. Außerdem hatte er mich ›braves Mädchen‹ genannt. Wovon sich meine Vagina bis jetzt nicht erholt hatten. Noch ein ›braves Mädchen‹, und ich würde auf ein Knie sinken und um seine Hand anhalten.

»Sicher, Holly, wie Sie meinen. Probieren Sie es einfach mit der Profil-Bio und sehen Sie, was dabei herauskommt. Antworten Sie nicht immer sofort auf die Nachrichten, die Ihnen die Männer schicken. Und senden Sie Ihnen bloß keine ewig langen Textabsätze. Ich hab den Eindruck, Sie lieben Absätze.«

»Das tue ich nicht«, widersprach ich. Er kniff ungläubig die Augenlider zusammen. »Ich bin Autorin, Kai, ich denke in absätzlichen Begriffen.«

»›Absätzlich‹ ist kein Wort.«

»Ich bin Autorin, keine Lektorin.«

Wieder gluckste er amüsiert. Still und zurückhaltend. Aber ich brachte ihn zum Lachen. Stolz streckte ich die Brust heraus. »Sehen Sie, ich wachse Ihnen ans Herz.«

»Ja, wie der Hexe die Warze an die Nase.«

»Haben Sie mich gerade ein Märchenwesen genannt?«

»Wie Sie mir die Worte im Mund umdrehen, haut mich echt um.«

Ich knuffte ihn grinsend gegen den Arm. »Ich glaube, wir zwei werden noch sehr gute Freunde werden.«

Kais Gesicht verfiel wieder zu seiner üblichen Grimasse, während er auf seine Wohnungstür wies. »Lassen Sie mich in Frieden und gehen Sie zurück zu Ihrer Großmutter.«

Ich trank mein Bier aus, dann erhob ich mich, froh, dass Kai mir bei meinem Dating-Profil geholfen hatte, von der Couch und ging zur Tür. »Das nächste Mal sehen Sie mich bei einem Date in Ihrem Restaurant, Coach.«

»Gut.« Kai kam mir nach und öffnete mir die Tür. »Ich hoffe, Sie laufen mir nicht vorher noch über den Weg.«

»Wissen Sie, auch wenn wir ein Meet Ugly hatten, denke ich, das ist der Beginn einer wunderbaren Freundschaft.«

»Halten Sie mal die Luft an, und erwarten Sie nicht zu viel.«

Gehorsam blies ich die Backen auf und hielt die Luft an.

Er verdrehte die Augen und schob mich sanft zur Tür hinaus. »Wiedersehen, Holly.«

Er wusste es noch nicht, aber er mochte mich. Männer waren das langsamere Geschlecht. Sie benötigten immer mehrere Kapitel, um sich für den Gedanken zu erwärmen, dass sie sich Hals über Kopf in ihren Gefühlen verloren. Oder, in Kais Fall, in einer Freundschaft.

7

KAI

In den folgenden Wochen kam Holly immer mal wieder mit Dates ins Restaurant, aber keiner der Männer blieb am Ball. Diesmal allerdings lag es nicht daran, dass *die* nicht mit *ihr* ausgehen wollten, sondern vielmehr daran, dass Holly die Männer zurückwies.

So konnte ich mir ein Lachen nicht verkneifen, als ein Typ das Restaurant betrat und zu ihr sagte: »Hi, mein Name ist Brice, aber alle nennen mich BJ.«

Hollys Gesichtsausdruck, als er das sagte, versüßte mir den Abend.

Obwohl ich mich nicht in ihre Verabredungen hätte einmischen sollen, konnte ich mich bisweilen einfach nicht zusammenreißen, wenn ich Hollys normalerweise überschäumender Persönlichkeit das Unbehagen ansah, denn ich wollte sie nicht mit irgendwelchen Trotteln dasitzen lassen, in deren Gesellschaft sie sich unwohl fühlte.

Zum Beispiel Paul.

»Irgendwie fahre ich auf Schwarze Frauen ab«, konstatierte er. »Weil ich dunkle Schokolade liebe.«

Nur um es deutlich zu sagen: Paul war natürlich *weiß*.

Verglich er Holly etwa mit etwas Essbarem?

Sekunden später klatschte ich ihm die Rechnung auf den Tresen. Er hob eine Braue und sah mich an. »Was soll das?«

»Ihre Rechnung. Das Date ist gelaufen«, wies ich ihn an.

»Zeit für Sie, zu verschwinden.« Ich zwang mich, ruhig zu bleiben, obwohl ich sah, wie unbehaglich sich Holly bei Pauls Annäherungsversuchen fühlte, und seine Bemerkung über ›dunkle Schokolade‹ hatte das Fass zum Überlaufen gebracht. Auf keinen Fall würde ich zulassen, dass sie seinen Bockmist weiter erdulden musste.

»Wie bitte?«, fragte Paul fassungslos. Dann sah er Holly an. »Kannst du das glauben?«

Holly sah Paul an, dann mich, dann wieder Paul und zuckte die Achseln. »War nett, dich kennenzulernen, Paul.«

Paul schimpfte in sich hinein und warf das Geld für die Drinks auf den Tresen.

Als er ging, sah ich Holly an. »Geht es Ihnen gut?«

»Ja. Danke dafür. Solche Situationen sind immer so peinlich.«

»Noch etwas, das Sie nicht tun sollten: Lassen Sie sich so was nicht gefallen. Wenn ein Typ Sie mit etwas zu essen vergleicht oder eine unhöfliche Bemerkung über Ihren Körper, Ihre Persönlichkeit oder Ihren Beruf macht, haben Sie meine Erlaubnis, dem Kerl in die Eier zu treten.«

Sie kicherte. »Ich werde hier ganz sicher niemandem in die Eier treten.«

»Ziehen Sie es wenigstens in Erwägung.«

»Ich finde, wir hören jetzt besser auf, über Genitalien zu reden.« Sie griff nach ihrer Handtasche und lächelte in meine Richtung. »Gute Nacht, Kai.«

»Nacht.«

Alles schien auf dem besten Wege, und ich hegte keinerlei Zweifel, dass Holly schlussendlich einen Mann für die Feiertage finden würde. Als sie dann auch noch mit Matthew, ihrer letzten Verabredung der Woche, hereinschneite, war ich mir ihres Erfolgs so gut wie sicher. An manchen Abenden war

Holly nach ihren Dates noch geblieben, und dann hatte ich auf ihrer Dating-App herumgewischt, um sie auf ein paar Optionen aufmerksam zu machen. So hatte ich auch Matthew für sie ausgesucht. Seiner und Hollys Online-Unterhaltung nach zu urteilen, war er der heißeste Anwärter.

Matthew sah besser aus als die Typen, die sie sich selbst herausgepickt hatte. Er hatte ein markantes Kinn und noch volles Haar. Und er sah nicht so aus, als würde er das Armtraining im Fitnessstudio schleifen lassen. Klar, so attraktiv wie Holly war er nicht, aber das waren ohnehin nicht viele. Schließlich spielte sie in ihrer eigenen Liga. Trotzdem war er ihre beste Aussicht.

Matthew machte alles richtig.

Er stellte ihr all die richtigen Fragen.

Er lachte über ihre albernen, aber charmanten Witze.

Er war nicht zu übergriffig, berührte ihren Arm jedoch oft genug, um ihr zu zeigen, dass er interessiert war.

Außerdem trank er den besten Whiskey. Ich konnte ihm keinen Fehler ankreiden.

Auch Holly sah einfach umwerfend aus an diesem Abend. Sie trug ihr Haar in einem perfekten Knoten auf dem Kopf, wobei zwei gelöste lockige Strähnen ihr Gesicht umrahmten; ihr Make-up war zurückhaltend, aber schmeichelhaft; sie hatte eine Lederhose und ein Spitzentop angezogen, dazu nicht allzu filigrane schwarze Stöckelschuhe; ihre Lippen leuchteten rot, und ihre Nägel glänzten im gleichen Farbton wie ihre Lippen.

Wenn sie lachte, erschienen ihre perlweißen Zähne, und wenn sie kichern musste, warf sie den Kopf zurück. Wer hätte gedacht, dass ein Lachen so faszinierend sein konnte?

»Wenn du sie noch länger anglotzt, fragen sie dich noch, ob du dir nicht einen Stuhl nehmen und dich zu ihnen setzen willst«, scherzte Ayumu, als er zwei Teller mit Essen für Tisch fünf vorbeitrug.

Brummend wandte ich den Blick für einen Moment von Holly und Matthew ab – nur um mich dabei zu ertappen, wie er sofort wieder zu ihr zurückwanderte. Ich fragte mich, ob sie wohl das gleiche Parfum aufgetragen hatte wie zwei Abende zuvor. Als sie an dem Tag an mir vorbeigegangen war, hatte ihr Duft nach Äpfeln und einem frischen Herbstmorgen mich eingehüllt. Dieser Geruch gehörte allein ihrer Haut.

Doch nach ein paar Drinks, allesamt Vodka Soda, begann ich mir Sorgen zu machen. Sie fasste sich nicht an die Nase, und sie hatte noch nie drei Drinks bei mir geordert. Als ich ihr den dritten brachte, sah ich sie aus betont schmalen Augen an, doch sie lächelte nur und bedeutete mir, ihr das Glas hinzustellen. Je mehr sie tranken, desto mehr missfiel mir Matthew. Nicht, weil er irgendeinen Fehler beging, sondern weil er eben keinen beging. Um ehrlich zu sein, lieferte er das perfekte erste Date ab, was mich stinksauer machte. Und dann war ich stinksauer, weil ich nicht verstand, wieso ich stinksauer war. Normalerweise versuchte ich, jegliche Emotionen zu meiden, aber seit ich Holly begegnet war, schienen sie sich heimtückisch an mich heranzuschleichen.

Matthew zahlte, und ich hörte, wie er sie fragte, ob sie nicht Lust hätte, noch mit ihm zu einem Rooftop-Movie weiterzuziehen. »Ich weiß, du magst Romantic Comedies, und ich glaube, im The Abbey wird heute *E-Mail für dich* gezeigt. Und es gibt da auch was zu essen, wenn du ein spätes Abendessen möchtest. Wenn wir jetzt losgehen, können wir es noch rechtzeitig schaffen«, schlug er Holly vor.

Ich sah ihre Augen strahlen.

Jede Wette, dass in ihrem Bauch auch die Schmetterlinge flatterten.

Keine Ahnung, warum mir das nicht behagte. Es fiel mir schwer, die Gefühle, die mich an diesem Abend erfassten, zu deuten.

»Das klingt toll. Ich habe heute Abend nichts anderes mehr vor«, antwortete Holly.

Nein, Holly, lass ihn nicht wissen, dass du keine vielbeschäftigte Frau bist.

Matthew grinste. »Perfekt, ich geh nur gerade zur Toilette, dann besorge ich uns ein Taxi.«

Schlau, Matthew. Schlau.

Als er in Richtung Klo verschwand, ging ich zu Holly und sah sie mit einer hochgezogenen Braue an. »Wie geht es Ihnen?«

Sie grinste von einem Ohr zum anderen. »Der ist gut, oder? Sie haben einen Guten ausgesucht.«

Ich antwortete nicht. »Halten Sie es für gut, heute Abend noch mit ihm auszugehen?«

»Wie meinen Sie das?«

»Sie hatten drei Vodka Soda. Ich will nicht, dass irgendwer Sie deshalb ausnutzt.«

Grinsend legte sie die Hände an ihre Wangen. »Sorgen Sie sich etwa um mich, Coach?«

Vielleicht ein bisschen.

Vielleicht sogar etwas mehr.

Ich rieb mir den Nacken. »Das waren eine Menge Drinks, wo Sie sonst doch immer nur ein Glas trinken. Ich will nur, dass Sie vorsichtig sind.«

»Das bin ich. Keine Sorge.«

Ich verzog das Gesicht.

Sie lächelte.

Irgendwie war alles so wie immer bei uns.

Sie zog ihre Jacke an. »Keine Sorge. Ich komme schon klar.

Aber wenn Sie sich dann besser fühlen, schicke ich Ihnen später eine Nachricht.«

»Aber Sie haben meine Nummer nicht.«

Sie griff in ihre Handtasche, zog einen alten Kassenzettel und einen Kuli heraus und reichte mir beides. Ich kritzelte meine Nummer darauf und gab sie ihr. »Ich schreibe Ihnen«, sagte sie noch einmal.

»Ja, bitte.«

Ihr Grinsen wurde weicher, und sie blickte mich mit leicht geneigtem Kopf an. Fast sah es so aus, als könnte sie meine Gedanken lesen. Und es gab bestimmt einen ganzen Haufen wirrer Gedanken, die sie zu dechiffrieren versuchte. Es war schon einige Zeit her, seit ich das Gefühl gehabt hatte, ein anderer Mensch könnte mich durchschauen. Ich wusste nicht recht, ob mir das gefiel, doch ich war immerhin so neugierig, dass ich wissen wollte, was sie zu sagen hatte.

Was, Holly?

Was siehst du?

Und gefällt es dir?

Doch gerade, als sie die Lippen öffnete, um mir ihre Gedanken zu verraten, kehrte Matthew zur Bar zurück.

Dieser bescheuerte Matthew mit seinem bescheuerten Timing.

Ich wollte wissen, was Holly mir mitzuteilen hatte. Stattdessen wünschte sie mir lächelnd einen guten Abend. Um ein Haar hätte ich sie daran erinnert, mir zu schreiben, dachte jedoch gerade noch rechtzeitig daran, dass ein Mann, der ihr das vor ihrem Date sagte, wohl eher schlecht ankommen würde. Dabei wollte ein Teil von mir genau das: Ich wollte an diesem Abend schlecht ankommen.

Doch ich grinste nur schief und sagte ihr gute Nacht.

Später am Abend sah ich mir mit Mano im Wohnzimmer

einen Horrorfilm an – beziehungsweise er sah sich den Film an, während ich in einem Buch las und immer wieder nachsah, ob Holly mir geschrieben oder angerufen hatte.

»Warum machst du eigentlich Dates für sie klar, obwohl du selbst total auf sie stehst?«, wollte Mano wissen und stopfte sich, ohne den Fernsehschirm aus den Augen zu lassen, eine Handvoll Popcorn in den Mund.

Ich blickte vom Handy auf, das ich bestimmt schon zum fünfzehnten Mal in der Hand hatte, und hob eine Braue. »Was?«

»Holly«, antwortete er beiläufig. »Es ist nicht zu übersehen, dass du sie magst. Wieso legst du es dann darauf an, sie mit anderen Männern zu verkuppeln?«

»Ich mag sie gar nicht.«

Mano sah mich über die Schulter hinweg an. »Ja, schon klar.«

»Ich mag sie nicht. Ich helfe ihr nur, einen anständigen Mann zu finden, mit dem sie ausgehen kann.«

»Du bist anständig.«

»Ich will aber mit niemandem ausgehen.«

»Oder du bist nach deiner letzten Beziehung so traumatisiert, dass du Angst hast, dich der Dating-Welt auszusetzen, weil du fürchtest, erneut verletzt zu werden.«

Der Junge und sein Trauma-Gerede.

Ich griff nach der Fernbedienung und schaltete den Fernseher aus.

»Hey!«, rief er und warf ärgerlich die Hände in die Luft. »Es wurde gerade spannend.«

»Gute Nacht, Mano. Geh schlafen, du hast morgen Früh Training.«

Er stand grummelnd auf und schob sich noch eine Portion Popcorn in den Mund. Dann stellte er seine Schüssel in die Küche, kam zu mir zurück und legte mir die Hände auf die Schultern. »Kai, du musst mir jetzt zuhören, okay?«

»Okay.«

»Holly ist echt nett. Bekloppt, aber auf eine gute Art. Auf eine liebenswerte Art. Sie ist klug und erfolgreich und sehr hübsch.«

»Worauf willst du hinaus?«

»Darauf, dass du sie magst.«

»Ich kenne sie doch gar nicht.«

»Man mag nur, was man kennt.«

Brummend schüttelte ich seine Hände von meiner Schulter. »Ich bin nicht interessiert, Mano. Lass es.«

»Wie lange bist du schon angepisst wegen dem, was dir passiert ist?«

»Achte auf deine Wortwahl«, schimpfte ich, da ich wusste, dass er von Penelope sprach.

»Ich meine ja nur. Es ist nicht fair, dass sie dich vor der Welt verschließt, obwohl sie gar nicht mehr da ist.«

»Bist du jetzt fertig, Dr. Phil?«

»Wer ist Dr. Phil?«

Herrgott, war ich alt.

»Gute Nacht, Mano.«

»Nacht, Kai. Ich hoffe, sie schreibt dir.«

Ich sagte nichts, schaute aber einmal mehr nach meinem Handy.

Das hoffte ich auch.

Drei Jahre zuvor

»Es sind doch bloß Haare«, versuchte ich meine schluchzende Frau zu trösten, die vor dem Spiegel auf ihr Haar starrte. Die Haare waren ihr infolge der Chemotherapie in wöchentlich größer werdenden Büscheln ausgefallen, und ich verstand, was das mit ihrem Seelenzustand machte. »Das wächst alles wieder nach«, versprach ich ihr.

Tränen rannen über ihre Wangen, als sie den Kopf schüttelte. »Ich weiß nicht, ob ich das schaffe, Kai. Ich weiß nicht, ob ich das noch weiter durchhalte.«

Ich trat zwischen sie und den Spiegel. »Wir geben nicht auf.«

»Kai …«

Ich nahm ihr Gesicht zwischen meine Hände. »Wir werden nicht aufgeben«, sagte ich noch einmal, diesmal strenger. »Hörst du?«

Sie nickte. »Ja.«

Ich lehnte meine Stirn gegen ihre. »Was ich eben gesagt habe, tut mir leid. Das war dumm und nicht hilfreich.«

»Gesagt? Was denn?«

»Dass es nur Haare sind.« In dem Augenblick, als es aus meinem Mund gekommen war, hatte ich gewusst, wie idiotisch es geklungen hatte, weil es eben nicht bloß Haare waren. Es waren Zeichen einer Krankheit. Penelope verlor damit einen weiteren Bestandteil der Welt, die sie einmal gekannt hatte. Es war der Absturz in eine Realität, deren Tage lang und deren Nächte schwer waren. Es waren nicht bloß ihre Haare, sondern ein Teil ihrer gequälten Seele, und es war dumm von mir gewesen, so etwas zu sagen.

Sie legte eine Hand an meine Wange. Tränen liefen ihr übers Gesicht. »Du bist zu gut zu mir, Kai.«

»Ich will mehr als nur gut sein. Ich will deine Zuflucht sein.«

Ihre Lippen senkten sich auf meine Wange, dann blickte sie wieder in den Spiegel. Sie atmete tief ein und scharf wieder aus und sagte: »Rasiere es ab!«

»Was?«

»Ich will, dass du mir den Kopf rasierst. Das soll alles weg. Ich will nicht länger zuschauen, wie mir die Haare büschelweise ausfallen, und morgens auf einem Kopfkissen voller Haarsträhnen aufwachen. Ich will, dass du sie mir ganz abschneidest.«

»Bist du dir sicher?«

Sie nickte, ging zur Toilette, klappte den Deckel runter und setzte sich darauf. Ich nahm meine Schermaschine aus dem Badezimmerschrank und legte sie auf den Waschbeckenrand. Dann schob ich den Stecker in die Steckdose und holte tief Luft, ehe ich mich daranmachte, Penelope den Kopf zu rasieren. Ihre Augen blieben die ganze Zeit über geschlossen, doch über ihre Wangen flossen Tränen.

Als ich fertig war, öffnete sie ihre Augen wieder, deren Blick mich stets fest in ihre Liebe gehüllt hatte. Und dann rasierte ich mir selbst den Schädel.

8

HOLLY

Gegenwart

»Ich setze dich in ein Taxi«, erklärte Matthew. »Und ich stecke dir das Fahrgeld in die Tasche.« Seine Hand, die in meine Jackentasche glitt, zauberte ein kleines Lächeln auf mein Gesicht. Normalerweise hätte ich heftig widersprochen, als Matthew mir das Taxi nach Hause bezahlen wollte, doch Kai hatte mir eingebläut, niemals das Angebot eines Mannes auszuschlagen, sich um mich zu kümmern.

»Das ist sehr lieb. Danke für den schönen Abend. Es war …«

»… toll«, beendete er den Satz für mich, bevor er einem Taxi winkte. Der Wagen rollte heran, Matthew öffnete mir die Tür und zeigte mir mit breitem Grinsen seine Zähne. »Der Abend war toll. Ich kann kaum erwarten, es zu wiederholen.«

Lächelnd stieg ich ins Auto. »Der Abend war perfekt.«

»Das nächste Mal wird sogar noch besser.«

Das nächste Mal.

Hoffentlich wollte er dieses Versprechen wirklich halten. Mir waren schon so viele zweite Dates versprochen worden, zu denen es dann niemals gekommen war, dass ich auch diesmal kaum daran glauben mochte. Dabei hätte mein Herz nach so viel ›nie wieder‹ gut ein ›nächstes Mal‹ gebrauchen können.

Doch Matthew gab mir Hoffnung. Hoffnung, die sich nach Monaten der Hoffnungslosigkeit gut anfühlte.

Als ich nach dem wunderbarsten ersten Date meines Lebens nach Hause fuhr, fühlte ich mich, als würde ich schweben, als gäbe es unter mir keinen Erdboden mehr. Matthew war süß. Charmant und lustig. Einfach alles, was sich die Heldinnen meiner Bücher von ihren Helden erwarteten.

Sobald ich nach Hause kam, würde er mir schreiben und versichern, dass er sich großartig amüsiert hatte und sich liebend gern ein zweites Mal mit mir verabreden würde. Das wäre das leichteste Ja, das ich jemals erlebt hatte.

Zu Hause sprang ich unter die Dusche, wusch mich und erledigte meine Hautpflege, ehe ich mich, in Gedanken noch immer bei Matthew, auf die Couch plumpsen ließ.

Ich hatte ihn auch sehr gern.

Also, *so* gern hatte ich ihn jetzt auch wieder nicht, schließlich waren wir erst einmal miteinander ausgegangen. Aber, Mann … was für ein tolles Date!

Natürlich war es noch zu früh, um irgendwas für ausgemacht zu halten, und mir war bewusst, dass Kai mich wegen meiner Hoffnung für schrecklich naiv halten würde, doch Matthew schien genau die Sorte Mann zu sein, die zu finden ich mir schon immer erträumt hatte.

Apropos Kai …

Holly
Bin gesund und munter wieder zu Hause angekommen.

Minuten später erschien eine Nachricht auf meinem Handy.

Kai
Hat ja lange genug gedauert. Ich wollte schon einen Suchtrupp losschicken.

Holly
Ich wusste, Sie würden sich sorgen.

Kai
Ich kann doch nicht zulassen, dass meine Schülerin verloren geht. Das wäre nicht gut fürs Geschäft.

Holly
Und, was halten Sie von ihm?

Kai
Bis jetzt noch gar nichts. Und das sollten Sie auch nicht. Es ist noch zu früh, um ihn zu durchschauen.

Holly
Für mich ist er jetzt schon ein offenes Buch.

Kai
Das muss ein Buch mit sieben Siegeln sein. Sie wissen nämlich noch gar nichts über diesen Typen.

Ich kicherte, weil ich seinen Sarkasmus fast zwischen den Zeilen lesen konnte.

Holly
Er hat ein zweites Date vereinbart. Und mir die Reservierung geschickt. Ich glaube, mit ihm läuft es ganz gut.

Minuten verstrichen ohne Antwort.

Kai
Gehen Sie schlafen, Holly. Gute Nacht.

Ich lächelte ein wenig. Er hatte nichts Abfälliges geschrieben, was sich von Kai fast wie Wohlwollen ausnahm. Gähnend antwortete ich:

Holly
Nacht.

Kai
Hey, Holly?

Holly
Ja?

Kai
Ich freue mich, dass Sie einen schönen Abend hatten. Sie haben's verdient.

Ich hatte heute Abend schon viel gelächelt, doch Kais Worte ließen mich am breitesten grinsen. Offenbar mochte er mich mittlerweile doch ein wenig, was echt schön war, da ich ihn ebenfalls zunehmend mochte.

Am Tag meines zweiten Dates mit Matthew war ich mehr als nur aufgeregt. Er wollte mich in der Stadt herumführen und mir die schönste Weihnachtsbeleuchtung zeigen, bevor wir im Millennium Park Schlittschuh fuhren. Obwohl ich schon so lange in Chicago lebte, war ich noch nie im Millennium Park Schlittschuh gefahren, egal wie oft ich in meinen Romanen schon darüber geschrieben hatte.

Alles in allem klang es nach einem perfekten Tag, doch ehe ich dazu aufbrach, musste ich noch ein paar Punkte mit Kai klären.

Holly
Matthew erwähnte eine Lieblingsschokolade, die er nirgendwo findet. Wäre es zu schräg, sie ihm heute Abend zu Date Nummer zwei mitzubringen?

Kai
Um Himmels willen, Holly, Sie dürfen diesem Wildfremden nichts schenken.

Holly
Oh, okay, keine Geschenke. Verstehe.

Kai
...

Holly
Was? Ich sagte doch, keine Geschenke.

Kai
Sie haben die Schokolade schon besorgt, stimmt's?

Holly
Kann sein, ich hab welche online bestellt.

Kai
Wie viele?

Holly
Also, um ehrlich zu sein, hatte ich gedacht, es wären drei, nicht drei Dutzend ...

Kai
Holly, bringen Sie das ganze Zeug auf der Stelle in meine Wohnung.

Holly
Aber Matthew hat gesagt, die Schokolade mag er besonders. Vielleicht kann ich ja einen Teil davon für die dritte Verabredung zurücklegen.

Kai
Holly, sofort!

Schmollend und grummelnd packte ich pfundweise Schokolade zusammen und machte mich auf den Weg zu Kais Apartment. Er öffnete mir und schüttelte sofort den Kopf.

»Das ist jetzt nicht Ihr Ernst«, sagte er und deutete auf die Schokolade. »Genau das kommt dabei heraus, wenn es jemand zu sehr drauf anlegt.«

»Ich dachte einfach, es wäre nett. In meinen Romanen würde es als nett rüberkommen.«

»Es kommt als verzweifelt rüber, und Sie haben keinen Grund, verzweifelt zu sein. Sie müssen ihn nicht mit solchen Dingen beeindrucken.«

»Nicht?«

Er runzelte ratlos die Stirn. »Wie bitte?«

»Ist es nicht meine Aufgabe, den Mann zu beeindrucken? Denn wenn ich das nicht mache, wird er vielleicht nicht bleiben.«

»Verdammt … nein, Holly. Ihre einzige Aufgabe ist es, Sie selbst zu sein. Nur darauf kommt es an. Es ist seine Aufgabe, Sie zu beeindrucken. Sie sind schon gut genug. Sie müssen überhaupt nichts beweisen.«

Ob er es wohl bewusst darauf anlegte, meinen Bauch mit Schmetterlingen zu füllen?

Ich drückte ihm die Schokoschachteln in die Hand und warf mich in Pose. »Na schön, Coach, und wie finden Sie mein Outfit für Date Nummer zwei?«

Ich trug einen olivgrünen Oversized-Sweater, dunkelblaue Jeans und kniehohe braune Stiefel. Es war ein perfekter Herbsttag, also würde ich meinen Trenchcoat mitnehmen für den Fall, dass es sich später am Abend abkühlte.

Kai legte den Kopf schräg. Sein Blick wanderte mehrmals an mir auf und ab, und als er schließlich meinem begegnete, wirkte er ausgesprochen sanft. Fast wäre ich davor zurückgestolpert, weil Kais Blicke bisher immer so eindringlich und streng gewesen waren, doch nun schaute er nachgiebig und aufrichtig.

»Sie sehen schön aus, Holly«, bemerkte er. »Matthew wird begeistert sein.«

Einen Moment lang fehlten mir die Worte. Ein elektrischer Funke raste durch meinen Körper, als Kai mich ›schön‹ nannte. Seine Komplimente wirkten irgendwie anders als die anderer Männer – authentischer. Vielleicht weil ich wusste, dass Kai niemals etwas von sich gab, das er nicht auch wirklich so meinte.

Ich ließ die Arme aus meiner dramatischen Pose sinken und schob mir die Haare hinter die Ohren. »Danke, Kai.«

Er lächelte, und ich betrachtete ihn einen Moment lang. Kais Lächeln war wie ein Gottesgeschenk. Es war nur für wenige Auserwählte bestimmt, und ich war überrascht, dass er seine Gaben in letzter Zeit so bereitwillig mit mir teilte.

»Sie kommen noch zu spät«, sagte er jetzt und schob mich Richtung Tür. »Viel Spaß.«

»Danke. Ich rufe später an oder schreibe Ihnen, wie es war.«

»Klingt gut. Und … Holly?«
»Ja?«
»Wehe, das Arschloch bringt Ihnen keine Blumen mit.«

9

HOLLY

Er brachte mir Blumen mit. Ein Dutzend rote Rosen, um genau zu sein.

Meine Wangen glühten, als Matthew mir vor dem Haus entgegentrat. »Du hättest nicht herkommen brauchen, nur damit wir mit dem Taxi quer durch die Stadt fahren können«, sagte ich zu ihm.

»Ich dachte mir, so ist es einfacher, dir die Blumen zu geben. Dann kannst du sie noch hochbringen. Aber keine Sorge, das hier ist kein Versuch, in deine Wohnung zu kommen. Ich warte hier, bis du die Blumen reingebracht hast.«

Ich nahm ihm die Rosen ab und atmete mit einem winzigen Lächeln um die Lippen ihren Duft ein. Date Nummer zwei ging jetzt schon sehr gut los. »Du bist herzlich eingeladen, mit nach oben zu kommen«, bot ich ihm an.

Er schenkte mir sein bezauberndes Lächeln, und seine Grübchen vertieften sich, als er den Kopf schüttelte. »Nein, wirklich, alles gut. Ich warte hier.«

»Okay, bin gleich wieder da.« Ich eilte in meine Wohnung und stellte die Blumen auf den Küchentresen, wobei ich sie möglichst weit nach hinten schob, damit Grandma nicht neugierig wurde und sie umstieß, denn es gehörte zu ihren Lieblingsbeschäftigungen, Sachen runterzustoßen.

Noch einmal atmete ich tief den Blumenduft ein, dann machte ich schnell ein Foto, um es Kai zu schicken.

Ich schob das Handy zurück in meine Tasche und flitzte wieder runter zu Matthew.

»Alles klar?«, fragte er.

»Alles klar.«

»Perfekt.« Damit trat er an den Bordstein, hob die Hand und besorgte uns binnen Sekunden ein Taxi. Er hielt mir die Tür auf, lief um den Wagen herum und stieg selbst ein. Matthew nahm seine Kavaliersaufgaben sehr ernst. Ich konnte mich beim besten Willen nicht erinnern, wann mir ein Mann zuletzt eine Tür aufgehalten hatte – abgesehen von Kai, nachdem ich mich mal wieder bei ihm über meine Dating-Leiden beklagt hatte.

Matthew sagte dem Fahrer, wohin er uns bringen sollte, und machte es sich auf seinem Platz bequem. »Du siehst umwerfend aus, Holly.«

Ich errötete. »Danke. Aber du siehst auch nicht übel aus.«

»Ich musste mich doch ordentlich rausputzen, weil ich wusste, dass du alles aufbieten würdest. Also, ich habe die Schneehütte in ungefähr zwanzig Minuten für uns reserviert, aber bei dem Verkehr heute müssten wir eigentlich noch ein paar Minuten Zeit haben, wenn wir dort ankommen.«

»Du bestimmst, ich folge.«

Lächelnd legte er mir seine Hand auf den Unterarm, drückte ihn leicht und sah mir in die Augen. »Ich bin froh, dass wir das machen.«

»Ich auch. Ich lebe schon so lange hier, hab aber noch nie die üblichen Weihnachtsausflüge unternommen.«

»Ernsthaft?«

»Ja, ich liebe die Feiertage, aber irgendwie musste um diese Zeit immer ein Buch fertig werden.«

»Dann warst du noch nie beim Amaze Light Festival in der Odyssey Fun World im Tinley Park?«

»Nein, nie.«

»Und was ist mit der Beleuchtung im Lincoln Park Zoo?«

»Nein.«

Er wich zurück, faltete die Hände wie zum Gebet und tippte damit gegen seine Lippen. »Aber bitte sag mir, du hast das Trans-Sibirian-Orchestra gehört.«

Ich biss mir auf die Unterlippe und schüttelte den Kopf.

»Du liebe Güte, Holly, du verpasst all die legendären Dinge, die Weihnachten ausmachen. Immerhin weiß ich jetzt, was wir bei unserer dritten Verabredung machen.«

Er plante jetzt schon das dritte Date?

Vielleicht war es also doch eine gute Idee gewesen, Kais Dating-Tipps zu befolgen.

»Erzähl mir etwas, das ich nicht über dich weiß«, bat ich Matthew und klopfte ihm leicht aufs Bein. »Irgendwas, das mich überraschen könnte. Egal was.«

»Gute Frage. Also, ich bin allergisch gegen Erdnussbutter. Und ich steh nicht so auf Achterbahnen. Als ich neun war, ist mir in einer Achterbahn in Six Flags schlecht geworden, wovon ich mich nie wieder ganz erholt habe. Ich liebe Tiere, arbeite ehrenamtlich im Tierheim und habe selbst eine Auffangstation für Hunde und Katzen. Ich mag meinen Job, liebe ihn aber nicht. Ich stehe total auf diese alten, klassischen Komödien und könnte mir zum Beispiel ständig Adam-Sandler-Filme anschauen. Und du bist wunderschön.« Er stieß mir sanft gegen den Arm. »Das ist jetzt nicht ›irgendwas‹ über mich, aber es ist wahr.«

Ich kicherte. »Und ein bisschen kitschig.«

»Manchmal gerate ich auf kitschige Abwege. Jetzt bist du dran. Erzähle mir etwas von dir.«

Ich rutschte auf meinem Platz herum und drehte mich ein wenig mehr in seine Richtung. »Ich habe Angst vor Bienen, obwohl ich noch nie gestochen wurde. Irgendwie habe ich die seltsame Vorstellung, schrecklich allergisch gegen Bienen zu sein. Wenn ich Erdbeeren esse, bekomme ich Ausschlag. Meine Lieblingsjahreszeit ist der Frühling, weil dann alles wieder lebendig wird. Wenn ich woanders leben könnte, dann in Seattle, weil Regen mich immer beruhigt. Ich verliere dauernd meine Schlüssel, und meistens finde ich sie in meiner Gesäßtasche wieder. Ich hasse gemeine Menschen und liebe Eichhörnchen.«

»Eichhörnchen?«, fragte er überrascht. »Das habe ich noch nie gehört.«

»Ich habe vor einiger Zeit ein Video gesehen, in dem ein Eichhörnchen zu seinem Lieblingsbaum zurückkam, aber die Eigentümer hatten ihn gefällt, und das Eichhörnchen stand vollkommen untröstlich auf dem Baumstumpf.«

Ich räusperte mich, weil ich fühlte, wie mir die Tränen kamen, als ich daran zurückdachte. Meine Hände hoben sich an meine Brust. »Das Bild hat mir das Herz gebrochen, weil das Eichhörnchen nur nach Hause wollte.«

»Das ist wirklich traurig.«

»Danach musste ich tonnenweise süße Eichhörnchen-Videos schauen. Ein Mann hat ein verlassenes Baby-Eichhörnchen aufgezogen, mit dem Fläschchen, und jetzt liebt ihn das Eichhörnchen mehr als alles andere auf der Welt. Dass sie genau wie wir Gefühle haben, gefällt mir am besten – vielleicht nicht ganz so wie wir Menschen, aber Gefühle haben sie.« Ich wusste nicht, warum mich das so freute und wieso ich mich deshalb irgendwie weniger einsam fühlte. Diese Tiere hatten Empfindungen wie wir, was meiner Ansicht nach der Idee der Naturverbundenheit noch mehr Bedeutung gab. Wenn ein Eichhörnchen ebenso verletzt sein konnte wie ich, war die Welt womöglich viel mehr eins, als ich es für möglich gehalten hatte.

Ich hatte nicht damit gerechnet, dass mich der Gedanke an Eichhörnchen an diesem Nachmittag so anrühren würde, doch das Leben war eben manchmal verrückt. Vielleicht lag es daran, dass ich meine Liebe zu Eichhörnchen mit meiner ehemals besten Freundin Cassie geteilt hatte. Inzwischen war ein ganzer Haufen meiner Erinnerungen mit Menschen verknüpft, die in meinem aktuellen Leben keine Rolle mehr spielten.

Ich rieb mir den Nacken und spürte, wie meine Wangen heiß wurden. »Möchtest du noch mehr über Eichhörnchen erfahren, oder wird das allmählich ein bisschen schräg? Es ist wohl noch ein bisschen zu früh, dir meine schräge Seite zu zeigen.«

»Zeig mir jede Seite von dir. Ich will alles wissen.«

Den Rest des Tages verbrachten wir damit, uns abwechselnd kleine und große Geheimnisse zu verraten. So erfuhr ich, dass Matthew davon träumte, eine Zufluchtsstätte zur Unterstützung benachteiligter Kinder zu gründen. Dass er seinem Vater wegen ihrer unterschiedlichen Überzeugungen nicht sehr nahestand, seine Mutter aber seine beste Freundin war. Und dass er Tacos hasste.

Ich nahm an, das war ein Alarmsignal, beschloss aber, es vorerst zu ignorieren.

Wir lachten den ganzen Abend lang, tranken Kakao in diversen Schneehütten und fuhren auf der Eisbahn stundenlang Schlittschuh. Matthew schenkte mir sogar einen kleinen, aus Buchseiten gefalteten Tannenbaum aus einer der Buden auf dem Christkindlmarkt, und nun konnte ich es gar nicht mehr erwarten, in der Woche nach Thanksgiving meinen Baum aufzustellen und den kleinen Glücksbringer hineinzuhängen.

»Ist es schwer für dich als Autorin von Liebesromanen, Männer kennenzulernen? Hast du, was Männer angeht, unrealistische Vorstellungen?«, fragte Matthew.

»Ich denke nicht«, antwortete ich. »Ich bin klug genug, um zu wissen, dass ein von einer Frau erfundener Mann gewisse Vorteile hat. Aber ich versuche, echte Männer nicht an diesem Maßstab zu messen.«

»Aber fragen dich nicht viele Männer, ob du sie womöglich als Inspiration benutzt?«

Ich kicherte. »Doch, jeder einzelne.«

»Außer mir.«

Ich stieß ihn an, während wir über den Christkindlmarkt schlenderten und die Buden erkundeten. »Ich habe das Gefühl, dass du mich das nur fragst, weil du eigentlich auf was anderes hinauswillst.«

»Okay, okay, kann schon sein. Ganz ehrlich? Deine Arbeit fasziniert mich total. Ich bin bisher noch keiner Buchautorin begegnet. Und schon gar keiner Autorin von Liebesromanen.«

»Wir leben nicht so wild, wie man meinen könnte. An den meisten Tagen sitze ich an meinem Schreibtisch und schreibe unanständige Szenen, während Grandma mich anstarrt.«

Matthew blieb abrupt stehen. »Entschuldige? Du bist in der Lage, Sexszenen zu schreiben, während deine Großmutter dir über die Schulter schaut?«

Ich lachte schallend und legte ihm eine Hand auf den Arm. »Ach, du meine Güte. Himmel, nein. Meine Katze heißt Grandma. Das ist eine lange Geschichte, aber ja … nein … Grandma ist meine Katze, nicht meine achtzigjährige Oma.«

Er seufzte erleichtert und legte die Hände an seine Brust. »Oh Gott, und ich dachte schon, du hättest mir dein erstes Warnsignal gezeigt.«

»Dass ich meine Katze Grandma nenne, ist ein Warnsignal?«

»Nee, das ist absolut in Ordnung, wenn du mich fragst.«

»Wirklich? Weil es dir zeigt, was für seltsame, schräge Gedanken ich habe?«

Matthew sah mich lächelnd an. »Holly?«

»Ja?«

»Mir gefällt, wie du denkst.«

Lächelnd fühlte ich mich erröten.

Und dann begann er, noch während unserer zweiten Verabredung Pläne für Date Nummer drei zu machen.

Später fuhr ich mit dem Taxi nach Hause und eilte, immer noch in Hochstimmung nach einem perfekten Abend, in mein Apartment. »Mein lieber Schwan, das war das beste Date meines Lebens.«

Da meldete sich mein Handy, und ich sah, dass Kai mir geschrieben hatte. Perfektes Timing.

Kai
Noch nicht zu Hause?

Holly
Eben reingekommen. Und raten Sie mal.

Ich fotografierte den Christbaumschmuck, den Matthew mir geschenkt hatte, und schickte das Foto an Kai. Dann ließ ich mich glücklich auf meine Couch fallen und durchlebte aufs Neue jeden einzelnen Moment des zurückliegenden Abends.

Kai
Vielleicht hätten Sie ihm doch einen Riegel Schokolade mitbringen sollen.

Holly
Ich kann mir ja bei Ihnen einen holen und zur dritten Verabredung mitnehmen.

Kai
Zu spät. Ich hab schon alles aufgegessen.

Ich lächelte.

Kai
Ein drittes Date, hm?

Holly
Er will mit mir ins Theater gehen. Er liebt das Theater. Oh, Himmel, Kai, er ist so lieb. Sie würden ihn mögen.

Kai
Ich mag Menschen nicht. Ich hasse sie eher.

Holly
Mit Ausnahme von mir. Mich hassen Sie nicht.

Er antwortete nicht, also ging ich ins Bad, wusch mir das Gesicht, putzte meine Zähne und kroch dann ins Bett, um nach einem wundervollen Tag so gut zu schlafen wie schon lange nicht mehr.

Da meldete sich zum letzten Mal an diesem Abend mein Handy.

Kai
Ja, mit Ausnahme von Ihnen.

Breit grinsend blickte ich auf seine Worte. Dann legte ich das Handy auf meinen Nachttisch. Wusste ich's doch, dass ich diesem Mann ans Herz wuchs wie der Hexe die gute, alte Warze ins Gesicht.

10

KAI

Er hatte ihr Blumen mitgebracht.

Keine Ahnung, warum mich das ärgerte, aber das tat es. Und Matthew schenkte ihr nicht bloß Blumen, er blieb auch am Ball. Ehe ich mich's versah, gingen die beiden zum neunten Mal miteinander aus. Holly berichtete mir von ihrem ersten Kuss, wie ihre Gefühle für ihn immer stärker wurden und wie er absolut alles richtig machte.

Mittlerweile war ich ihren übertriebenen Mitteilungsdrang ehrlich leid, und ich verabscheute diesen Kerl.

Ich hatte keinen Grund, ihn zu hassen, tat es aber trotzdem.

Wer hatte sie überhaupt auf die Idee gebracht, mit ihm auszugehen?

Oh, richtig, das war ich gewesen.

Idiot.

Vielleicht hatte Mano ja doch recht. Glauben Sie mir, ich hätte es ihm gegenüber niemals zugegeben, aber womöglich hatte irgendein winzig kleiner, unbedeutender Teil von mir ja ein oder zwei Gefühle für Holly entwickelt. Was ich mir keinesfalls vorwerfen konnte. Je häufiger ich sie sah, desto mehr vermisste ich sie, wenn ich sie nicht sah. Wie die Hexe die Warze vermisste ich ihr wunderschönes Lächeln, ihre atemberaubenden Augen und …

Aber das spielte keine Rolle.

Das Ganze war bloß eine alberne, winzig kleine, unbedeutende Schwärmerei, die sich mit der Zeit schon wieder verflüchtigen würde. Und sobald Holly sich auf eine offizielle Beziehung einließ, würde ich sie, hoffentlich, immer seltener zu sehen bekommen. Denn meine größte Befürchtung galt der Möglichkeit, dass meine Gefühle für sie umso stärker wurden, je häufiger ich sie um mich hatte. Und mich in eine Frau zu verlieben, die gerade dabei war, sich in einen anderen Mann zu verlieben, war das Letzte, was ich gebrauchen konnte.

Außerdem taugte ich sowieso nicht für sie, denn ich verliebte mich nicht mehr, weil ich wusste, dass Liebe einem nur das Herz brach. Ich war mir zu neunundneunzig Komma neun Prozent sicher, dass die Liebe den Schmerz, den sie einem Menschen bereiten konnte, niemals wert war, und hatte hart daran gearbeitet, kalt wie Eis zu werden. Das Letzte, was ich jetzt also brauchte, war Holly, die das Eis auftaute.

Das Einzige, das mich daran hinderte, Abstand zwischen mich und Holly zu bringen, war Mano, der alles daransetzte, uns immer wieder zusammenzuführen.

So wurde Holly Stammgast im Mano's – wo inzwischen, ganz wie in *Cheers*, jeder ihren Namen kannte –, was mir übrigens nicht einmal missfiel. Jedes Mal, wenn sie hereinkam, reagierte mein gesamter Körper auf ihren Anblick, und es war, als wüsste ich einfach nicht, wie ich meine Gefühle wieder unter Kontrolle bringen sollte.

Holly plauderte mit sämtlichen Angestellten, wenn sie hereinkam, und an manchen Tagen, wenn Mano auch da war, aßen die beiden zusammen zu Abend und schwatzten über das Leben. Ich wusste nicht, über welches Leben Mano mit ihr schwatzen mochte, schließlich war er lediglich ein Junge, der Football spielte, doch er und Holly lachten immer so sehr, dass sie sogar laut prustete.

Und Mano legte es auch jedes Mal darauf an, Holly zum

Lachen zu bringen. Wenn ich sie durch das ganze Restaurant prusten hörte, konnte ich mir ein Lächeln nicht verkneifen. Holly und ihr Lachen waren Medizin für meine Seele, dabei hatte ich nicht einmal gewusst, dass meine Seele krank war.

Auch Ayumu und Holly wurden dicke Freunde und tauschten sich über ihre Kochkünste aus. Manchmal erschien sie schon, bevor wir überhaupt öffneten, und Ayumu bereitete Speisen für Holly zu, die nicht auf der Karte standen. Sie wurde von allen Angestellten und Mano mit Zuneigung überhäuft und nach Strich und Faden verwöhnt.

Und ich war mir sicher, dass es hauptsächlich an ihrem Lächeln lag.

Holly und ihr verfluchtes Lächeln.

»Hast du sie eingeladen?«, fragte mich Mano eines Abends, nachdem ich das Restaurant abgeschlossen hatte. Ich wusste sofort, von wem er sprach, weil wir in letzter Zeit über nichts anderes mehr zu sprechen schienen.

»Nein, ich habe sie nicht zu deinem Spiel eingeladen. Und das werde ich auch nicht.«

»Was? Aber du musst«, drängte er und quengelte den gesamten Heimweg lang, dass sie unbedingt zu seinem Spiel kommen müsse.

»Reicht dir meine Unterstützung nicht?«

»Nein, ich brauche Hollys positive Vibes, du hast höchstens die Ausstrahlung von I-Aah dem Esel.«

Ich gluckste, weil er, na ja, nicht ganz falsch lag. Andererseits war ich Manos größter Fan. Keine Frage.

Als wir den Aufzug betraten, drückte er den Knopf für den fünfundzwanzigsten statt den vierundzwanzigsten Stock.

»Was tust du?«, fragte ich und hob eine Braue.

Er schloss die Finger um die Riemen seines Rucksacks und wippte vor und zurück. »Ich frage Holly, ob sie Freitag zu meinem Spiel kommt.«

»Das wirst du nicht tun.« Ich griff an ihm vorbei und drückte auf die 24.

»Du kannst sehr gerne im Vierundzwanzigsten aussteigen, aber ich gehe jetzt zu Holly und bitte sie, zum Spiel zu kommen. Und außerdem verrate ich ihr, dass mein Bruder auf sie steht und jeden Abend vor dem Einschlafen ihre Romane liest.«

Ich bedachte ihn mit einem eisigen Blick. »Was? Ich habe ihre Bücher nicht gelesen!«

»Hör auf zu lügen, Kai. Ich hab gemerkt, dass dein John-Grisham-Roman doppelt so dick aussah, als du gestern auf der Couch darin gelesen hast. Fast so, als hättest du eins von Hollys Büchern dahinter versteckt. Als wolltest du verbergen, was du in Wirklichkeit liest.«

Ich schnaubte. Also hatte Mano meine heimliche Lektüretaktik durchschaut. Okay, zugegeben, seit einer Weile las ich Hollys Bücher. Schon bevor wir so etwas wie Freundschaft geschlossen hatten. Am Anfang war ich nur neugierig gewesen. Ich hatte noch nie einen Liebesroman gelesen und wollte ihn hassen und die Augen darüber verdrehen, wie schlecht er doch wäre. Also begann ich missmutig zu lesen, um mir Stellen zu merken, mit denen ich sie aufziehen konnte.

Ich dachte, ich würde nur das erste Kapitel schaffen, doch ehe ich mich's versah, waren fünf Stunden vergangen, und es war schon zwei Uhr Früh. Benommen und verwirrt hatte ich festgestellt, wie gut das Buch mir gefiel. Ja, ich hasste es richtiggehend, wie sehr ich es mochte, und packte mir gleich noch mehr davon in meinen Online-Einkaufswagen. Und nun schämte ich mich, wie viele ihrer Bücher ich in meinem Schlafzimmer versteckte, um sie als John-Grisham-Roman zu tarnen.

Das Letzte, was ich also brauchte, war, dass mein kleiner Bruder Holly von meiner leichten Sucht nach ihren Worten berichtete. Sie würde es mir auf ewig unter die Nase reiben.

»Wenn du nicht willst, dass ich Holly verrate, wie sehr du auf sie stehst, musst du jetzt mitkommen und sie zum Spiel einladen«, bemerkte – oder vielmehr drohte – Mano.

Die Lifttür öffnete sich auf der vierundzwanzigsten Etage, doch ich blieb missmutig stehen. Unter keinen Umständen würde ich Mano allein zu Holly gehen und irgendwelche Bekenntnisse ablegen lassen.

Also fuhren wir in die Fünfundzwanzig, wo Mano sofort zu Hollys Apartment eilte.

»Woher weißt du überhaupt, wo sie wohnt?«, fragte ich.

»Na, weil wir Freunde sind, Holzkopf. Holly hat letzte Woche für mich Plätzchen gebacken, die ich bei ihr abgeholt habe.«

Was? Sie backte für ihn Plätzchen? Was zur Hölle?

Ich spürte einen Anflug von Eifersucht.

Ich wollte Hollys Plätzchen für mich.

Jede Wette, ihre Plätzchen waren warm, feucht, köstlich und würden mir auf der Zunge zergehen.

Ich schnaubte und versuchte so zu tun, als wäre ich kein komischer Kauz, der eifersüchtig war, weil sein kleiner Bruder von Holly Plätzchen bekam.

Als wir vor Hollys Tür standen, sah Mano mich traurig an. »Hey, bevor wir reingehen, muss ich dir noch was sagen.«

»Was?«

»Etwas irgendwie Ernstes«, antwortete er und rieb sich den Nacken.

Besorgt legte ich ihm eine Hand auf die Schulter. »Alles in Ordnung mit dir?«

»Ja, ja, mir geht's prima. Aber es kommt mir vor, als wären wir uns in letzter Zeit ein wenig fremd geworden.«

»Was soll das heißen?«

»Es ist nicht zu übersehen, dass du das Gefühl hast, du müsstest deine Schundromane vor mir verstecken. Aber du musst dich nicht dafür schämen. Ich meine, wenn du über pochende Schwänze, bebende Schenkel und wildfremde Menschen lesen willst, die miteinander vögeln, nur zu. Niemand verurteilt dich deshalb.«

Ich schubste ihn so fest, dass er kichernd zu Boden fiel.

Immer noch über seine Albernheit lachend, kam er wieder hoch, sortierte sich kurz und klopfte dann an die Tür.

Ich müsste lügen, wenn ich behauptete, dass ein Teil von mir sich nicht darauf freute, Holly wiederzusehen. Ich hatte sie seit zwei Tagen nicht mehr gesehen und fing bereits an, sie zu vermissen. Ich wollte sie fragen, wie es ihr ging. Ich wollte sie fragen, wie ihr Tag gewesen war. Ich wollte wissen, wann der dritte Band ihrer Wild-Serie erscheinen würde, weil der Cliffhanger mich echt fertigmachte.

Ich wollte diese Frau so vieles fragen, doch als die Tür aufging, holte mich die Wirklichkeit wieder ein.

»Hallo«, sagte eine barsche Stimme.

Die nicht Holly gehörte.

»Ach du scheiße«, sagte Mano bestürzt und sah Matthew an.

»Achte auf deine Wortwahl«, brummte ich, während ich in Gedanken ›Ach du scheiße‹ fluchte.

»Sorry, aber wir wollten zu Holly«, sagte Mano bemüht cool.

»Sie ist im Bad. Aber sie ist sicher gleich …«

»Hallo ihr zwei«, rief Holly, als sie aus dem Bad trat und uns vor der Wohnungstür stehen sah. Ich kam mir total idiotisch vor, so in ihr abendliches Date zu platzen. Lächelnd deutete sie auf Mano und mich, dann sah sie Matthew an. »Die beiden sind Freunde von mir, Matthew. Sie wohnen im Stockwerk unter mir.«

Freunde.

Nun gehörte ich offiziell zum Kreis ihrer Freunde.

»Freut mich, Sie beide kennenzulernen«, bekundete Matthew aufrichtig lächelnd. Am liebsten hätte ich ihm die Selbstgefälligkeit ausgeprügelt, während ich ihn innerlich nachäffte.

Freut mich, Sie beide kennenzulernen.

Ach, halt die Klappe, Matthew!

Seine Stimme klang, als würde jemand mit den Fingernägeln über eine Tafel kratzen. Unwillkürlich fragte ich mich, ob Holly wohl sauer sein würde, wenn ich ihm die Handkante vor den Hals knallte. Oder meine Knöchel in die Halsschlagader rammte. Ich konnte den Kerl nicht ausstehen und sah keinen Grund zu Gewaltverzicht. Obwohl ich ihn nicht kannte, war ich noch niemandem begegnet, dessen bloße Existenz mich derart auf die Palme brachte. Hollys Erzählungen zufolge war er vollkommen, was nur bedeuten konnte, dass irgendwas mit dem Typen nicht stimmte. Einen so perfekten Menschen gab es nicht. Entweder das, oder meine Eifersucht ging gerade mit mir durch.

In der Wohnung begann es plötzlich seltsam zu ploppen, und Matthew machte einen extrem nervigen Satz. »Oh, verflixt! Redet ruhig weiter. Ich muss schnell das Popcorn vom Herd nehmen, bevor es uns um die Ohren fliegt. Hat mich gefreut, Sie beide kennenzulernen«, wiederholte er und flitzte in die Küche.

»Was gibt's?«, fragte Holly an Mano und mich gewandt.

»Nichts, tut mir leid, dass wir stören, aber Mano wollte unbedingt fragen, ob Sie vielleicht am Freitag zu seinem Football-Spiel kommen wollen«, erklärte ich und räusperte mich. »Aber wie ich sehe, sind Sie beschäftigt. Kümmern Sie sich also lieber weiter um …«

»Ich spiele Quarterback«, fiel mir Mano ins Wort. »Diesen Freitag laufe ich zum ersten Mal auf.«

»Was?«, riefen Holly und ich wie aus einem Mund.

»Ist nicht wahr, Alter. Warum hast du mir nicht gesagt, dass du aufläufst? Das ist ja fantastisch«, wandte ich mich japsend an meinen Bruder. War ich sein größter Fan? Aber klar doch. Aber war er schon mal aufgestellt worden? Absolut nicht. Das war eine Riesensache. Ich nahm ihn in den Schwitzkasten. »Heilige Scheiße, Mano!«

»Schon okay.« Mano errötete schüchtern und zuckte die Achseln. Er war eindeutig total aus dem Häuschen.

»Nichts auf der Welt wird mich davon abhalten, zu deinem Spiel zu kommen«, verkündete Holly, und verdammt, wie ich sie dafür mochte. Ich mochte sie so sehr, dass mir die Brust eng wurde, als ich hörte, dass sie meinen kleinen Bruder anfeuern wollte. Mein Herz schlug immer schneller, während ich sie ansah, ihr Gesicht, ihre Lippen … oh, diese Lippen.

Ich konnte nicht glauben, dass Matthew diese Lippen küssen konnte, wann immer ihm danach war, dieser verdammte Glückspilz.

Mano grinste breit. »Echt?«

»Ja, natürlich«, antwortete Holly.

»Oh, wow. Okay. An dem Abend ist Jersey Night. Und da wir zu Hause spielen, sollen wir die Zuschauer bitten, unsere Auswärtstrikots zu tragen. Und ich fänd's total cool, wenn du meins anziehen könntest.«

Hollys Augen glitzerten feucht, als sie ihre Hände an die Brust hob. »Du liebe Güte, Mano! Es wäre mir eine Ehre!« Damit zog sie ihn an sich und drückte ihn fest. Nun war ich zum zweiten Mal auf Mano eifersüchtig. Zuerst bekam er Hollys Plätzchen, und jetzt umarmte sie ihn auch noch.

»Super, aber jetzt lassen wir euch beide mal wieder allein. Das Trikot bringe ich dir morgen vorbei.«

Holly wischte sich ein paar Tränen aus dem Gesicht. Sie

wurde so schnell emotional, aber das gefiel mir an ihr. Mir gefiel ohnehin alles an ihr.

Noch einmal sah sie meinen Bruder an. »Ich bin so stolz auf dich, Mano.«

Das sagte ich auch immer zu ihm, aber ich sah, wie schön es für ihn war, es auch mal von jemand anders zu hören.

»Danke, Holly. Und einen schönen Abend«, sagte er.

Dann wandte sich Holly lächelnd mir zu. Ihr Lächeln war erfüllt von einer Wärme, in die ich mich am liebsten eingehüllt hätte. Erst jetzt erkannte ich, dass Menschen wie Sonnenstrahlen sein konnten.

Ich nickte und räusperte mich. »Schönen Abend noch, Holly.«

»Euch auch«, gab sie zurück. »Übrigens, Kai, mir gefällt Ihr Shirt. Waldgrün steht Ihnen.«

Ich schielte an meinem T-Shirt hinunter, schüttelte leicht den Kopf und versuchte mir meine Freude über ihr Kompliment nicht anmerken zu lassen. Es würde mir alles abverlangen, in der Hoffnung auf Hollys Billigung nicht auch noch den Rest der Woche Waldgrün zu tragen.

Mist.

Ich war offiziell in eine Frau verschossen, die ich mit einem anderen verkuppelt hatte.

»Wir sehen uns beim Spiel«, sagte ich rasch und stürzte zum Aufzug, bevor Holly sehen konnte, welche Wirkung ihre Worte auf mich hatten.

Mano traf mich beim Lift, und wir warteten schweigend. Als der Aufzug kam, stiegen wir ein, und Mano drückte die 24.

»Das war also Matthew?«, fragte er.

Ich nickte.

»Er sieht gut aus.«

Ich knurrte: »Kann ich nicht sehen.«

Er klopfte mir auf den Rücken. »Mein Beileid, Kai.«

»Beileid? Wofür? Niemand ist gestorben.«

»Doch, deine Bemühungen um Holly. Ich weiß, wie sehr du sie magst, aber verflucht, er sieht wirklich gut aus.«

Brummend schlurfte ich zu unserem Apartment. Ich wollte nicht mehr darüber reden.

11

KAI

»Die 11 steht Ihnen«, sagte ich zu Holly, als wir uns im Hausflur trafen. Sie grinste und drehte sich einmal um ihre eigene Achse. Es war in letzter Zeit ein wenig kalt geworden, daher trug sie ein Sweatshirt unter dem Mannschaftstrikot.

»Ich will nicht lügen, ich bin ziemlich aufgeregt.«

»Ich auch. Ich habe Mano noch nie spielen sehen. Klar, er ist wahrscheinlich nervös, aber er hat wirklich Talent. Ich bin froh, dass er heute Abend die Chance bekommt, es zu zeigen.«

»Sie lieben ihn sehr, nicht wahr?«

»Er ist das Beste, was mir im Leben passiert ist.« Ich hielt ihr die Haustür auf. »Ich besorge uns schnell ein Taxi.«

Sie nickte.

Draußen vor der Tür grüßten wir Curtis, der unseren Gruß mit einem breiten Lächeln erwiderte. »Na, sieh mal einer an, wenn das nicht die zwei Erzfeinde sind, die sich angefreundet haben«, scherzte er.

Ich lachte ein wenig. »In ein paar Wochen kann sich so manches ändern.«

Holly stellte sich auf die Zehenspitzen und legte einen Arm um mich. »Ja, wir sind jetzt ziemlich beste Freunde.«

Hör auf, mich so zu nennen, Holly.

»Also, Ihre Freundschaft steht Ihnen beiden.« Als Holly kurz nicht hinsah, zwinkerte Curtis mir zu, als wüsste er etwas, von dem ich ihm gar nichts gesagt hatte, zum Beispiel meine

Gefühle für Holly. Ich verzog das Gesicht und schüttelte Hollys Arm ab, damit Curtis mir nicht weiter auf die Schliche kam.

Vergeblich. Curtis ließ mich weiter sein albernes Grinsen sehen. Ich gab mir alle Mühe, nicht weiter darüber nachzudenken, und winkte stattdessen einem Taxi. Wir stiegen ein und machten uns auf, den Wolverines zuzujubeln. Auch wenn unser Jubel vor allem Mano galt.

Holly platzte fast vor Vorfreude, als wir uns mit Popcorn und Nachos den Stadiontribünen näherten.

»Ich bin so gespannt. Ich war noch nie bei einem Football-Spiel«, rief sie und klatschte begeistert in die Hände. Ich liebte es, wie leicht sich diese Frau für etwas begeistern konnte. Aber ich liebte so vieles an ihr.

»Wirklich? Nicht mal auf der Highschool?«

»Nein, mein kleiner Bruder und ich standen damals mehr auf Kunst. Dad hätte es gefallen, wenn wir uns für Sport interessiert hätten, aber das war nicht unser Ding, von Taekwondo mal abgesehen. Aber als wir dann ins Geschäftsleben einstiegen, waren unsere Eltern ziemlich angetan.«

»Wie heißt Ihr Bruder denn? Und was macht er?«

»Alec. Er führt ein ziemlich erfolgreiches Unternehmen. Er hat eine Sicherheitsfirma gegründet, die äußerst hochentwickelte Technik einsetzt. Und wenn ich sage, er ist erfolgreich, dann meine ich supergenial erfolgreich.«

»Ihre Eltern müssen sehr stolz auf Sie beide sein.«

»Ja, das sind sie, aber sie gehören zu den Eltern, die immer stolz sein würden, egal, welchen Weg wir eingeschlagen hätten, solange wir nur glücklich sind.«

»Hört sich nach tollen Eltern an.«

»Ich hatte echt Glück.« Sie warf sich einen Käse-Nacho in den Mund. »Und wie ist es mit Ihnen? Sind Ihre Eltern auch stolz auf Sie?

Ich zuckte mit den Schultern und schnaubte. »Weiß ich nicht. Und ist mir auch egal.«

»Stehen Sie sich nicht nahe? Bei Mano hört es sich immer so an, als hätte er eine ganz gute Beziehung zu den beiden.«

»Hat er auch. Wir hatten nicht dieselben Eltern.«

Hollys Blick verschloss sich. »Oh, das tut mir leid. Ich dachte …«

»Nein, wir haben schon dieselben Eltern, ich wollte damit nur sagen, dass ich eine vollkommen andere Erziehung genossen habe als er. Mano hat das bessere Ende erwischt, ich bekam das schlechtere. Ich habe mich mehr oder weniger selbst erzogen.« Ich deutete auf den Football-Platz. »Ich hätte damals zum Beispiel liebend gern ein Trikot angezogen und gespielt, bekam aber nie die Möglichkeit dazu. Stattdessen blieb ich mir selbst überlassen, sodass die Vorstellung, nach der Schule noch Sport zu betreiben, ein abwegiger Traum war.«

Bis zu diesem Augenblick hatte ich nicht gewusst, wie traurig Holly schauen konnte.

»Aber nicht weinen«, sagte ich zu ihr.

»Werde ich nicht«, log sie und wischte sich eine Träne ab. »Es ist bloß so traurig.«

»Es ist, wie es ist.« Ich zuckte die Achseln. »Ich habe mich damit abgefunden.«

»Schon, aber …« Seufzend schüttelte sie den Kopf. »Der kleine Junge hätte damals Football spielen sollen. Sie hätten Ihr eigenes Trikot haben sollen.«

»Es ist okay, wirklich.«

»Mano hat erzählt, dass er über Thanksgiving nach Hawaii fliegen will. Was machen Sie, wenn er fort ist?«

»In meiner Wohnung hocken und Football schauen.«

»Was? Nein. Sie können doch an Thanksgiving nicht allein bleiben.«

»So habe ich es in den letzten Jahren immer gemacht. Ich bin gerne allein. Es stört mich nicht, allein zu sein.« Ich sah sie kurz an und richtete meinen Blick dann wieder aufs Spielfeld. »Holly, hören Sie auf zu weinen!«

»Ich weine doch gar nicht«, flunkerte sie abermals und wischte sich aufs Neue über die Augen. »Aber die Vorstellung, dass Sie Thanksgiving allein sind, bricht mir das Herz.«

»Ich bin gerne allein.«

»Nein, sind Sie nicht«, widersprach sie. »Sie haben sich bloß daran gewöhnt.«

Ich wollte schon etwas Bissiges erwidern, um dem Gespräch eine weniger ernste Richtung zu geben, doch als ich den Kummer in ihren Augen sah, die Sorge und die Zuneigung, begann mein Herz zu hämmern wie seit Jahren nicht mehr. »Tu das nicht, Holly«, flüsterte ich und verschränkte fest die Hände in meinem Schoß.

»Was soll ich nicht tun?«

»Die Seiten in meinem Buch lesen, die ich vor anderen Menschen verberge.«

»Es ist ein gutes Buch, Kai. Ich wünschte, du würdest mich alles darin lesen lassen.«

Ich verzog das Gesicht, fühlte jedoch einen elektrischen Funken durch meinen Körper jagen. Schnell starrte ich wieder aufs Spielfeld, denn in ihre Augen zu schauen, schien mir an diesem Abend zu intensiv. Mich überkam eine Welle von Emotionen, die ich seit Penelope nicht mehr empfunden hatte. Schon das machte mir Angst.

»In meinem Buch gibt es viele dunkle Kapitel.«

»Die gibt es in jedem Buch.«

Ich lachte leise. »In deinem wohl kaum.«

Aus dem Augenwinkel sah ich, wie sich ihre Körperhaltung veränderte. Ihr ganzes Gebaren änderte sich. Sie sah bekümmert aus. Unsicher, ob ich etwas Falsches gesagt oder getan hatte, sah ich sie an.

»Was hast du?«, fragte ich, von ihrer plötzlichen Veränderung alarmiert. »Geht es dir gut?«

»Ja, alles gut. Es ist nur … Es gibt in uns allen Kapitel, die wir nicht gerne lesen. Was aber nicht bedeutet, dass ein Buch nicht lesenswert wäre.«

»Holly?«

»Ja?«

»Danke, dass du damals in der Lobby mit mir zusammengestoßen bist.«

»Sehr gerne.« Als sie nickte und sich dann wieder auf das Spiel konzentrierte, ließ sie allmählich wieder ihre sanftmütige Seite erkennen. »Aber nur, um es deutlich zu sagen: Du bist mit mir zusammengestoßen.«

Von da an war unsere Unterhaltung wieder heiterer und leichter, wozu gehörte, dass wir immer wieder Manos Namen schrien. Er schlug sich vortrefflich, und jedes Mal, wenn er zur Tribüne schielte, sah er Holly und mich wie die Irren auf und ab hüpfen und ihn anfeuern. Ich war ein stolzer großer Bruder.

»Er ist so gut!«, brüllte Holly.

»Er ist so gut!«, echote ich nickend.

Das Spiel war mehr als spannend. Beide Teams waren stark und verfügten über tolle Spieler, doch Mano war der Star des Abends. Als die Uhr dem Ende des dritten Viertels entgegentickte und er auf dem Feld vergeblich nach einem Spieler suchte, dem er den Pass zuspielen konnte, löste er das Problem dank seiner raschen Auffassungsgabe einfach anders. Da kein Mitspieler in Reichweite war, ging er das Risiko ein, mit dem Ball über das ganze Feld zu rennen, und erzielte einen Touchdown.

Ein Touchdown von Mano Kane! Ich sprang auf und schrie so laut, dass es sich anfühlte, als würde mir die Lunge platzen.

»War das ein Homerun?«, fragte Holly, mit mir auf und ab hüpfend.

Ich sah sie an und konnte mir das Lachen nicht verbeißen. Sie hatte ganz offensichtlich keinen Schimmer, was sich in der letzten Stunde auf dem Platz zugetragen hatte, sondern wusste nur, dass sie jubeln musste, wenn alle anderen jubelten, und buhen, wenn alle buhten.

»Ein Touchdown«, korrigierte ich sie.

Sie zog die Nase kraus. »Das wollte ich sagen.«

»Aber sicher doch, Holly Jolly, sicher.«

Ihr Blick schoss in meine Richtung. »Wie hast du mich gerade genannt?«

»Holly Jolly. Sorry, es klingt ziemlich kitschig, aber du scheinst dich immer so … ich weiß nicht … zu freuen. Deine Freude leuchtet förmlich durch dich durch. Und sprudelt richtig aus dir heraus.«

»Das gefällt mir.«

»Gut, dann werde ich dich hin und wieder so nennen. Aber nicht zu oft. Nur wenn du es verdienst«, scherzte ich.

»Verdient hab ich es wahrscheinlich immer«, stellte sie hochnäsig fest. »Aber weißt du, sobald man anfängt, anderen Leuten Spitznamen zu geben, ist man auf dem besten Weg, sich anzufreunden.«

»Ein Meet Ugly, und jetzt Freundschaft?«

»Das nennt man eine Entwicklung.«

»Hast du den Touchdown gesehen?«, rief Mano zum tausendsten Mal an diesem Abend. Holly, Mano und ich waren nach dem Spiel zum Restaurant gefahren, um mit Pizza und ein paar Drinks zu feiern – ohne Alkohol für den Jüngsten. Ayumu hätte uns den Kopf abgerissen, wenn er mitbekommen hätte, dass wir uns Essen von außerhalb kommen ließen, aber was er nicht wusste, würde ihn auch nicht stören.

»Oh ja, wir haben den *entscheidenden* Touchdown gesehen«, antwortete ich, ungebrochen stolz. Mano hatte den Platz bespielt, als wäre es der Superbowl. Und er war den Leuten aufgefallen. Als hätte er endlich die Gelegenheit bekommen zu zeigen, was er draufhatte, und sie beim Schopf gepackt.

»Der Trainer will mich auch im nächsten Spiel aufstellen«, bemerkte er jetzt.

»Der wäre ja auch verrückt, wenn nicht«, befand Holly. »Du bist ein Star, Mano.«

Mano winkte ab. »Du weißt, was man sagt: Es gibt kein ›Ich‹ im Team, es gibt nur ein ›Wir‹!«, rief er und ließ seine Muskeln spielen. So ein theatralischer Junge war mir noch nie begegnet, doch sein Selbstvertrauen gefiel mir sehr. Ich wünschte, ich hätte als Jugendlicher genauso fest an mich geglaubt wie er.

Hollys Handy meldete sich, und sie schaute darauf. Ein kleines Lächeln trat auf ihre Lippen, als sie es in die Hand nahm, um der Person zu antworten. Eifersucht sammelte sich in meiner Magengrube, und ich kniff finster die Augenlider zusammen.

»Matthew?«, fragte ich.

»Ja, er meldet sich nur mal so.« Das Lächeln in ihrem Gesicht ärgerte mich, weil es einem anderen galt und nicht mir. Nun wusste ich, warum es hieß, man sei ›verschossen‹ – weil es sich anfühlte, als würde jemand einem immer wieder aufs Neue ins Herz schießen.

Aber wenigstens wusste mein Herz noch, wie es überhaupt etwas fühlen konnte. Jahrelang hatte ich geglaubt, es wäre in meiner Brust verdorrt.

Holly stand von ihrem Platz auf. »Ich werde mich mal auf den Weg machen. Das Spiel hat mich inspiriert, etwas zu schreiben.«

»Aber wenn du einen Liebesroman über einen Football-Spieler schreibst, musst du den Helden Mano nennen«, rief mein Bruder und deutete auf Holly.

»Ich kann nichts versprechen«, lachte sie.

»Wir bringen dich noch zu dir. Es ist schon ein bisschen zu dunkel, um allein nach Hause zu laufen«, erklärte ich, klappte den Pizzakarton zu und stellte die leeren Gläser in die Spüle.

»Es ist doch nur einen Block von hier«, entgegnete Holly.

»Was wären wir für Männer, wenn wir eine hübsche Frau alleine heimgehen ließen?«, ließ sich jetzt auch Mano vernehmen. Er bot Holly seinen Arm, und sie hakte sich bei ihm unter. Schlau, Bruder.

Und so machten wir uns auf den Weg, Holly an Manos Arm, ich hinter ihnen mit dem Pizzakarton. Im Haus angekommen, traten wir in den Aufzug, und als Holly dort die Arme hob, um Manos Trikot auszuziehen, rutschte ihr Sweatshirt ein Stück nach oben und legte ihre Taille frei. Wer hätte gedacht, dass das genügen könnte, um meinen Schwanz zu wecken?

»Gute Nacht, Jungs«, sagte Holly, als wir im vierundzwanzigsten Stock hielten.

»Nacht, Holly. Und noch mal danke, dass du mein Trikot getragen hast«, sagte Mano.

»Schlaf gut«, sagte ich. »Nachdem du all die Worte aufgeschrieben hast.«

»Versprochen«, gab sie zurück, als ich aus dem Aufzug trat.

Mano und ich gingen zu unserem Apartment, und während ich nach dem Schlüssel suchte, grinste er mich an. »Weißt du was, Kai? Ich glaube, ich habe mich getäuscht. Du hast vielleicht doch noch Chancen bei ihr, denn manchmal, wenn du nicht hinsiehst, erwische ich Holly.«

»Wobei?«

»Dass sie dich anschaut.«

12

KAI

Am Morgen von Thanksgiving gab ich mir alle Mühe, mich von meiner Einsamkeit abzulenken, was bedeutete, dass ich von Grund auf mein Apartment putzen und weit länger trainieren würde, als gut für mich war.

Doch vorher meldete sich Mano bei mir über FaceTime, und ich antwortete ihm auf der Stelle.

»Happy Thanksgiving, Bruderherz«, rief er breit grinsend mit einem Teller Rührei und Schinken in der Hand. Wenn ich mich auf eins verlassen konnte, dann, dass Mano mich an jedem Feiertag anrief, um sicherzugehen, dass ich nicht zu tief in meinen Gefühlen versank. »Wie geht es dir?«

»Gut. Gut. Fröhliches Thanksgiving. Wie ist Hawaii?«

Er schwenkte die Kamera so, dass ich das Meer vor dem Fenster sehen konnte. Das Haus meiner Eltern dort unten war geradezu lachhaft. Mano war dort aufgewachsen. Ich dagegen hatte nur davon träumen können, morgens mit diesem Ausblick aufzuwachen. Oder mit meinem Vater auf den Wellen zu reiten, wie er es sein Leben lang mit Mano getan hatte.

Der Anblick dieses Hauses machte mich jedes Mal wütend, und ich hasste das. Ich wünschte, ich könnte einfach darüber hinwegkommen, wie unterschiedlich meine Eltern mich und Mano erzogen hatten, doch der Mist quälte mich immer noch.

»Sieht toll aus«, sagte ich.

Er richtete die Kamera wieder auf sein Gesicht. »Ich wünschte, du wärst hier, Mann. Dann würde ich dir das Surfen beibringen. Du fehlst mir.«

»Du mir auch.« Ich griff nach meiner Wasserflasche. »Und, was steht heute auf dem Plan?«

»Tonnenweise Essen.« Damit schob er sich eine Gabel Rührei in den Mund. »Und dann noch tonnenweise Essen.«

»Klingt gut.«

»Gehst du zu Ayumu?«

Ayumu hatte mich an Thanksgiving zu seiner Familie eingeladen, und Holly mich sogar zu ihrer, aber ich wollte mich nicht in das Leben der beiden mit ihren Lieben einmischen. Ich wollte nicht der Jammerlappen sein, der niemanden hatte.

»Ich denke, ich bleibe einfach zu Hause und schiebe mir eine Tiefkühlpizza in den Ofen.«

Mano legte die Stirn in Falten. »Alter.«

»Lass es«, mahnte ich, da ich wusste, dass er mein Elend betrauern wollte. »Alles prima. Mir geht es gut. Ich will gleich noch zum Training.«

»Ist das Kai?«, fragte eine Stimme.

Und sofort verkrampfte ich mich, weil ich Mom erkannte. Der Verzeihung heischende Blick in Manos Augen, als er bemerkte, dass sie sich näherte, traf mich hart.

»Schon gut«, bedeutete ich ihm schulterzuckend, obwohl ich die Verbindung am liebsten einfach abgebrochen hätte.

Da erschien Mom schon auf dem Bildschirm und kreischte: »Kai! Mano hat gesagt, du kommst nicht, weil du arbeiten musst. Aber du siehst nicht aus, als würdest du arbeiten, eher so, als wolltest du ins Fitnessstudio.«

»Das ist auch Arbeit«, gab ich trocken zurück.

»Willst du deiner Mutter denn kein schönes Thanksgiving wünschen?«, insistierte sie. Und dann kamen die Tränen und der Angriff auf mein Gewissen. »Ich verstehe nicht, warum du uns nicht besuchen kommst. Schließlich sind wir deine Familie. Und dein Vater und ich werden auch nicht jünger. Weißt du überhaupt, dass er sich neulich den Rücken verrenkt hat?«

»Nein, Mom, das wusste ich nicht.«

»Weil du nie anrufst oder unsere Anrufe annimmst.« Tränen liefen ihr übers Gesicht, und ich sah, wie Mano sich im Hintergrund wand, während Mom weiter zeterte. »Als wir übers Wochenende in Chicago waren, hast du dich auch nicht mit uns getroffen.«

»Ich hatte zu tun.«

»Wenn du zu viel zu tun hast, um deine Familie zu treffen, verdienst du auch keine.«

Das traf mich tief, weil ich wusste, dass sie und mein Vater während meiner Kindheit nie Zeit für mich gehabt hatten. Demnach verdienten sie mich nicht. Abgesehen davon war ich immer für meine Familie da. Mano war meine Familie, und wenn er etwas von mir brauchte, stand ich ihm immer zur Seite.

»Hör zu, Mom, ich muss jetzt los, okay? Wir sprechen uns. Ich hoffe, Dads Rücken geht es besser.« Das stimmte sogar. Auch wenn ich nichts mit meinen Eltern zu tun haben wollte, wünschte ich ihnen doch nichts Schlechtes. Ich hatte nie verstanden, wieso man über die Feiertage nach Hause fahren sollte, wenn man sich dort nicht wohlfühlte. Wie ein Hirsch, der sich freiwillig in die Löwengrube begab. Und falls ich doch jemals nach Hause fuhr, würden meine Eltern nur mir die Schuld an meiner miesen Kindheit geben und sich selbst von jedweder Verantwortung reinwaschen.

Das musste ich mir echt nicht antun. Viel lieber blieb ich für mich und bei geistiger Gesundheit. Drei Minuten am Telefon mit meiner Mutter waren mir ja schon zu viel.

Ich winkte Mano im Hintergrund zum Abschied zu und beendete das Gespräch. Sekunden später meldete sich mein Handy.

Mano
Sorry. Ich dachte, sie wäre am anderen Ende des Hauses.

Kai
Du musst dich nicht entschuldigen. Hab dich lieb, kleiner Bruder.

Mano
Ich dich auch, großer Bruder.

Ich ging in den Fitnessraum, um mit dem Training zu beginnen. Gewichtheben war in diesem Moment das Beste für mich. So konnte ich die Beklemmungen, mit denen Mom mich beschwerte, wieder loswerden. Anschließend kehrte ich in meine Wohnung zurück und sprang unter die Dusche, bevor ich mich an den Hausputz machte. Als ich fertig war, zündete ich mir ein paar Kerzen an und schaltete Musik ein, um mich vom Alleinsein abzulenken. Gegen sechs Uhr klopfte es an meiner Tür, und ich ging hin, um nachzusehen, wer es war.

»Happy Thanksgiving!«, rief Holly, drei Tupperschüsseln und einen Kuchen auf dem Arm.

»Was machst du denn hier?«, fragte ich überrascht.

»›Oh, dir auch ein fröhliches Thanksgiving, Holly, komm doch rein‹. Liebe Güte, Kai, vielen Dank auch«, sagte sie und trat schnurstracks an mir vorbei in die Wohnung.

Sprachlos schloss ich hinter ihr die Tür und sah sie geradewegs in die Küche marschieren. Dort durchsuchte sie die Schränke und nahm sich ein paar Teller heraus.

»Rieche ich da etwa Tiefkühlpizza?«, fragte sie und öffnete die Tupperdosen.

»Ja, und sie ist fast fertig.« Ich ging, um die Pizza aus dem Backofen zu holen, doch als ich am Küchentresen vorbeikam, fiel mein Blick auf die dort ausgebreiteten Gerichte. »Aber die Pizza kann ich auch morgen noch essen.«

Sie lächelte. »Gute Wahl. Meine Mom macht das beste Soul Food im ganzen Mittleren Westen. Du wirst nicht enttäuscht sein. Sie hat sogar extra einen Pfirsichkuchen für dich gebacken. Ich mache dir schnell einen Teller zurecht, und dann können wir Football gucken. Läuft noch Football? Und wie ist das überhaupt mit Football an Thanksgiving? Welche Mannschaft feuern wir an?«, plapperte sie, während sie einen Teller für mich vollschaufelte und in die Mikrowelle schob, bevor sie sich auf die Suche nach meinen Ofenhandschuhen begab. Sie holte die Pizza aus dem Ofen und stellte sie auf den Herd.

»Holly?«

»Ja?«

»Was tust du hier?«

Sie drehte sich lächelnd zu mir um. »An Thanksgiving mit dir zu Abend essen.«

»Aber deine Familie …«

»Versteht das. Außerdem hatten sie mich gestern den ganzen Abend und über Nacht. Und heute zum Mittagessen. Und Weihnachten werde ich wieder fünf Tage am Stück zu Hause verbringen. Alec ist dieses Jahr gar nicht gekommen. Er ist zu seinem Freund gefahren. Vertrau mir, ich werde nicht übermäßig vermisst; mein Dad schnarcht vermutlich längst in seinem Lehnstuhl.«

»Du bist stundenlang gefahren, nur um mit mir zu Abend zu essen?«

»Natürlich. Wir sind doch Freunde, und Freunde lassen Freunde an Thanksgiving nicht allein.«

Oh.

Verdammt.

Ich mochte sie.

So sehr, dass es mir ein bisschen Angst machte.

Sie deutete auf den Esstisch. »Setz dich.«

»Eigentlich müsste ich *dir* auftragen«, entgegnete ich.

Sie schüttelte den Kopf und deutete abermals. »Setzen!«

Und weil ich so das Gefühl hatte, sie würde sich nicht beirren lassen, tat ich wie geheißen.

Als sie meine Portion aufgewärmt hatte, stellte sie den Teller vor mich hin. »Fang schon an, während ich meins erhitze.«

»Holly?«

»Ja?«

Ich öffnete den Mund, doch es kam kein Ton heraus. Stattdessen ging ich zu ihr und schloss sie in meine Arme. Sie erwiderte die Umarmung, und am liebsten hätte ich sie gar nicht wieder losgelassen. »Danke, dass du gekommen bist«, flüsterte ich.

»Ab jetzt musst du nichts mehr allein tun. Ich wohne nur ein Stockwerk über dir.«

Wir setzten uns und aßen. Ganz ehrlich, ich hatte selten so gut gegessen, und auch die Unterhaltung war nicht übel. Holly brachte mich immer wieder zum Lachen. Es war sehr lange her, seit ich so etwas erlebt hatte – seit ich einfach so drauflosgelacht hatte. Nach dem Essen nahmen wir zwei Gabeln, wechselten mit dem kompletten Kuchen ins Wohnzimmer und schauten Football. Wir saßen dicht beieinander und mampften Gabeln voll Kuchen.

»Football macht Spaß. Ich mag Football«, sagte Holly, die den Fernseher nicht aus den Augen ließ.

»Nein, tust du nicht«, gluckste ich.

»Nein, tu ich nicht, aber mir gefällt, dass du Football magst.«

»Was machst du normalerweise an Thanksgiving?«

»Tja, normalerweise beginnt für mich am Abend von Thanksgiving die Weihnachtszeit. Oft packe ich dann meinen Weihnachtsbaum aus, trinke Eierpunsch und gucke die erste Weihnachtsschnulze des Jahres.«

Ich kniff die Lider zusammen. »Na ja, ich kann den Christbaum unmöglich ohne Mano schmücken, sonst killt er mich. Aber eine Weihnachtsschnulze könnten wir schauen.«

Sie setzte sich auf. »Du würdest dir eine Romantic Comedy mit mir ansehen?«

»Klar. Warum nicht?«

Sie senkte die Brauen. »Aber die sind mega kitschig. Deshalb liebe ich sie ja; je kitschiger, desto besser.«

»Ich habe nichts gegen Äpfel«, gab ich zurück, doch Holly starrte mich nur verständnislos an. »Das war ein Kitsch-Witz.«

Sie schüttelte den Kopf. »Aber ein grottenschlechter. Besser, du verziehst weiter nur das Gesicht. Du kannst viel besser Grimassen schneiden als Witze reißen.«

Ich grinste. »Du bist echt unerträglich.«

»So wie die Warze für die Hexe. Also, was soll's.«

Da hatte sie wohl recht.

Bevor ich etwas sagen konnte, meldete sich Hollys Handy mit einer Nachricht, und ich sah Matthews Namen aufleuchten. Sie reagierte sofort und tippte eine Antwort. Mit einem Mal fühlte ich mich ein wenig unwohl, dabei hatte ich gar kein Recht, mich darüber zu mokieren. Außerhalb wünschte ich mir am Ende des Tages nur, dass sie glücklich war. Nachdem sie geantwortet hatte, legte sie das Handy mit dem Display nach unten auf den Couchtisch und machte sich wieder über den Kuchen her.

»Und, wie läuft's?«, fragte ich und nickte in Richtung ihres Telefons. »Mit Matthew und dir?«

»Gut. Er hat zugesagt, mich Weihnachten zu begleiten, was echt toll ist.«

Verflucht. Ein Teil von mir hoffte, er würde nicht mitgehen, sodass ich Hollys Begleitung sein konnte. Dabei hatten wir nicht einmal über diese Möglichkeit gesprochen. Trotzdem hatte ich in den zurückliegenden Wochen ein paarmal daran gedacht.

»Das ist schön«, log ich.

Sie wandte sich mir zu und legte ihre Gabel auf die Kuchenplatte. »Ich glaube, ich mag ihn, Kai.«

»Das will ich hoffen.«

»Nein, ich denke, ich habe ihn wirklich gern. Deshalb möchte ich, dass unser zehntes Date im Mano's stattfindet, damit du beobachten kannst, wie wir miteinander umgehen.«

»Was?«

»Ich war immer schon anfällig dafür, Warnsignale zu übersehen, aber ich glaube, bei Matthew gibt es keine. Außerdem haben wir noch nicht miteinander geschlafen, und das will ich auch erst tun, wenn ich sicher bin, dass er es ernst meint.«

Sie hatten noch nicht miteinander geschlafen.

Seltsamerweise beruhigte mich das ein wenig.

»Du willst, dass ich die Lage checke?«

»Ja, ich möchte, dass du ihn dir ohne rosarote Brille ansiehst. Ihn einer Realitätsprüfung unterziehst, falls eine Realitätsprüfung nötig ist.«

»Du weißt schon, dass ich ein Arschloch sein kann, ja? Ich könnte dir die Wahrheit sagen.«

»Gut, genau das brauche ich ja.« Sie nahm mir den Kuchen aus der Hand und stellte ihn auf den Couchtisch, bevor sie mich ansah. Dann strich sie sich das Haar hinter die Ohren. »Letztes Jahr an Weihnachten wollte ich eigentlich heiraten.«

»Ernsthaft?«

»Ja, aber mein Verlobter hat vor dem Traualtar Einspruch erhoben und mich vor über dreihundert Gästen sitzenlassen.«

»Wie bitte? Er hat Einspruch erhoben?«

»Tatsächlich war es sogar noch viel schlimmer, aber das ist der Hauptgrund, warum ich seitdem Probleme habe, anderen Menschen zu vertrauen. Was mich komplett aus dem Konzept gebracht hat. Das Timing hätte nicht übler sein können. Seitdem habe ich die verrückte Vorstellung, für Männer immer nur ein Notstopfen zu sein.«

»Wie meinst das?«

»Du weißt schon, das Mädchen, das sie nur wollen, bis sie die Richtige gefunden haben. Das Mädchen, das sie daran erinnert, wie viel besser sie mit einer anderen dran sind.«

»Du bist kein Notstopfen, Holly.«

Sie zuckte die Achseln. »Ich versuche jedenfalls, es nicht mehr zu sein. Deshalb sollst du dich davon überzeugen, dass Matthew der Richtige für mich ist.«

»Das kann ich machen, wenn du es möchtest.«

»Ja, ich möchte. Danke. Ich meine, ich denke schon, dass er wirklich auf mich steht, aber, na ja, ich habe eben eine rosarote Brille auf. Schließlich habe ich ja auch geglaubt, heute mit meinem Ex verheiratet zu sein. Mein Urteilsvermögen ist also wohl ein wenig getrübt.«

Ich nickte verständnisvoll, denn ich wusste selbst, was es hieß, eine Beziehung falsch einzuschätzen. »Keine Sorge, ich mache das für dich.«

»Danke. Aber jetzt …« Sie seufzte und strahlte mich an. »Wann können wir die Weihnachtsschnulze anstellen?«

Nach Thanksgiving mit Holly hatte ich den Kopf in den Wolken. In den Tagen danach ging ich besser gelaunt als seit langer Zeit zur Arbeit. Und heute war der Abend, an dem Holly mit Matthew ins Restaurant kommen wollte, damit ich mir ansehen konnte, wie es um die beiden stand. Allzu begeistert war ich darüber nicht, aber ein kleiner Teil von mir hoffte noch immer, Matthew dabei erwischen zu können, wie er die ganze Sache episch vermasselte. Denn wenn er sich als Arsch entpuppte, wäre ich der glücklichste Kerl der Welt.

Als ich zum Mano's kam, um für den Abend aufzuschließen, wartete schon jemand vor der Tür. Abrupt blieb ich stehen und betrachtete die Person.

Als sie sich zu mir umdrehte, wirkte sie ebenso geschockt wie ich. In ihren zitternden Händen hielt sie einen großen Briefumschlag. »Kai«, rief sie. »Hi.«

Mir schwirrte der Kopf, und ich fühlte mich, als wäre ich nach Tagen allerschönster Träume unversehens in einem Albtraum gelandet. Mir wurde übel. Vorsichtig trat ich näher, nicht sicher, wie ich ihr Erscheinen interpretieren sollte. »Was tust du denn hier, Penelope?«

»Sorry, ich wollte dich anrufen, bin aber nicht durchgekommen.«

»Ich habe eine neue Nummer.«

»Oh. Okay. Im Internet habe ich dann das Restaurant gefunden, und … na ja …« Penelope sah das Restaurant an, dann wieder mich. »Du und Ayumu, ihr habt es geschafft, was? Ihr habt euer eigenes Restaurant eröffnet. Das ist fantastisch, Kai. Ich bin so stolz auf dich.«

Scheiß drauf.

Ich brauchte ihren Stolz nicht.

»Was willst du hier, Penelope?« Ich hatte sie seit über zwei Jahren nicht mehr gesehen. Sie war förmlich aus meinem Leben verdunstet, als hätte sie niemals darin existiert. Monatelang hatte ich nach ihr gesucht, hatte alles unternommen, um sie zu finden, doch ohne Erfolg.

Aber da war sie nun. Und stand mit einem Umschlag direkt vor mir.

»Du siehst wirklich gut aus, Kai«, sagte sie und betrachtete mich von oben bis unten. »Wow. Der Bart gefällt mir.«

»Was willst du hier?«, wiederholte ich, diesmal noch kälter als zuvor.

»Ich dachte, es ist an der Zeit, dir *das hier* zu geben.« Sie räusperte sich und hielt mir den Umschlag hin. »Die Scheidungspapiere.«

Drei Jahre zuvor

Penelope hatte während der vergangenen Stunden geschlafen. Ihr war von der letzten Chemo schlecht geworden, und ich war ihr, für den Fall, dass sie mich brauchte, nicht von der Seite gewichen. Ich schlief eigentlich nie, wenn sie zur Chemo musste, weil sie in jüngster Zeit sehr stark darauf reagierte. Also blieb ich im Bett, ließ die Nachttischlampe brennen und las.

Jedes Mal, wenn sie sich im Bett umdrehte, zuckte ich erschrocken zusammen. Ich hasste es, dass sie so viele Schmerzen litt, hasste es, wie ihre ohnehin schon zierliche Gestalt mit jedem Tag weiter schrumpfte, hasste es, wie erschöpft sie war. Wie gerne hätte ich mit ihr getauscht, all ihre Schmerzen in meinen Körper übertragen.

Gegen Mitternacht meldete sich vom Nachttisch ihr Handy. Ich dachte mir nichts dabei, bis es wiederholt vibrierte und zahlreiche eingehende Nachrichten anzeigte.

Ich war nie der Typ gewesen, der das Handy seiner Frau

checkte. So war unsere Beziehung nicht. Doch ich wusste, dass ihre Mom wissen wollte, was bei dem Arzttermin heute herausgekommen war, und bei der Vorstellung, sie könnte deshalb die ganze Nacht wach liegen und warten, bekam ich ein schlechtes Gewissen, also griff ich nach Penelopes Telefon, um ihr zu antworten.

Aber die Nachrichten kamen von jemand anderem.

Lance: Wie fühlst du dich?

Lance: Ich vermisse dich, Pen. Ruf mich an. Ich mache mir Sorgen.

Lance: Ich sollte mich um dich kümmern, nicht er.

Mir wurde ganz übel.

Wer zur Hölle war Lance?

Ohne nachzudenken, machte ich mich daran, sämtliche älteren Nachrichten zwischen Lance und Penelope durchzugehen. Die meiste Zeit über hatte Lance während der letzten beiden Monate so eine Art Selbstgespräch geführt. Penelope schien ihm nie zu antworten. Doch je mehr ich las, desto klarer wurde mir, dass zwischen den beiden irgendwas lief. Noch vor vier Monaten, vor der Krebsdiagnose, hatte Penelope auf jede seiner Nachrichten geantwortet.

Penelope: Ich kann jetzt nicht. Kai ist hier.

Lance: Okay, melde dich bei mir, sobald du kannst.

Penelope: Mach ich.

Lance: Ich liebe dich, Pen. Ich kann es nicht erwarten, dich wieder bei mir zu haben und in die Arme zu schließen.

Penelope: Ich liebe dich auch.

Meine Brust stand in Flammen, und ich sah kaum noch etwas durch den Schleier, der sich plötzlich über meine Augen legte. Der Austausch reichte schon neun Monate zurück. Neun Monate Untreue. Neun Monate Lügen. Neun Monate Verrat.

Ich wollte schreien. Ich wollte Penelope anbrüllen und meiner Wut freien Lauf lassen. Doch dann sah ich sie neben mir liegen. So klein. So ausgelaugt. Sie kämpfte um ihr Leben, und ich brachte es nicht über mich, sie zur Rede zu stellen.

Stattdessen legte ich ihr Handy zurück auf den Nachttisch und ging ins Badezimmer. Dort zog ich mich aus, trat unter die Dusche und ließ zu, dass ich in aller Stille in mich zusammenfiel, während meine untreue Frau die härteste Schlacht ihres Lebens schlug.

13

HOLLY

Gegenwart

»Du musst dieses Restaurant wirklich lieben«, sagte Matthew, als wir am Abend das Mano's betraten. »Du sprichst dauernd davon.«

»Es ist mein *Cheers*«, bemerkte ich.

»Ah, verstehe, wo jeder deinen Namen kennt.«

Ich sah ihn mit glänzenden Augen an. »Ja, genau.«

Er nahm meine Hand und küsste mich auf die Wange. »Vielleicht wird es ja eines Tages unser *Cheers*.«

Mein Herz setzte so lange aus, dass ich mich daran erinnern musste, weiter zu atmen.

Der Abend mit Matthew im Mano's verlief besser, als ich es mir ausgemalt hatte. Mit ihm zusammen zu sein, war so herrlich unangestrengt. Wir lachten viel, aßen gut und plauderten entspannt. Doch jedes Mal, wenn ich mich nach Kai umschaute, sah ich ihn finster dreinblicken, was mich ein wenig irritierte. Andererseits mochte er bloß verstimmt sein, weil ein paar seiner Angestellten sich womöglich ungeschickt angestellt hatten. Die Energie im Mano's schien ein wenig gestört, doch wenigstens Matthew und ich blieben in der richtigen Spur.

Nach dem Essen brachte Matthew mich noch nach Hause, und ich wünschte ihm eine gute Nacht. Er nahm ein Taxi, da er am nächsten Morgen früh rausmusste, und kaum war er außer Sichtweite, flitzte ich zurück zum Restaurant, um meine Freude mit Kai zu teilen. Breit grinsend ließ ich mich auf das Barhockerpolster fallen. »Das war super! Einfach irre, wie gut es gelaufen ist! Hast du gesehen?«

»Hab ich«, antwortete er ausdruckslos. Er blickte nach wie vor total finster drein, und ich konnte beim besten Willen nicht verstehen, warum.

»Geht es dir gut? Du wirkst heute Abend so missmutig.«

»Ich bin nicht missmutig«, blaffte er.

Ich warf die Hände in die Luft. »Schon gut, schon gut, du bist *nicht* missmutig.« Ich spielte mit den Ringen an meinen Händen. »Und, wie fandest du Matthew?«, fragte ich hoffnungsvoll.

»Er passt nicht zu dir«, antwortete Kai so nüchtern, wie ich es mir in diesem Moment bestimmt nicht gewünscht hätte.

Ich setzte mich etwas aufrechter hin. »Was soll das heißen? Er passt perfekt.«

»Wie das?«

»Weil er großen Wert darauf legt, der Gemeinschaft etwas zurückzugeben.«

»Er gibt einmal pro Woche für lau Schwimmunterricht im YMCA. Das macht ihn nicht zu Mr Großherzig.«

»Und er liebt Hunde«, schickte ich hinterher, wobei ich Kais unangenehmen Ton zu ignorieren versuchte. Diese Unterhaltung würde nicht so laufen, wie ich angenommen hatte.

»Alle lieben Hunde. Sogar Hitler mochte Hunde. Worauf willst du hinaus?«

Wieso hatte ich bloß das Gefühl, wieder bei dem unhöflichen Kai gelandet zu sein, den ich vor Wochen kennengelernt hatte? »Er ruft jedes Mal an, wenn er sagt, er würde mich anrufen.«

Kai ließ mir einen vollkommen nichtssagenden Blick angedeihen. »Netter Versuch. Außerdem ist er ein Heuchler. ›Vielleicht wird es ja eines Tages unser *Cheers*‹«, äffte er und verdrehte die Augen. »Ich bitte dich.«

Schnaubend verschränkte ich die Arme. »Du hast heute Abend ganz schön schlechte Laune. Ich hätte dich besser gar nicht gefragt.«

»Du wolltest meine ehrliche Meinung über Matthew, richtig?«

»Ja.« *Aber nicht so gemein.*

»Schön, und jetzt bin ich ehrlich, okay? Er passt nicht zu dir. Vergiss ihn und geh zurück auf Los.«

»Warum?«, platzte es aus mir heraus. »Warum nicht er? Warum glaubst du, dass er nicht zu mir passt?«

Kai verschränkte die Arme vor seiner breiten Brust, und bei seinem eindringlichen Blick überlief mich eine Gänsehaut. »Weil er dich ansieht, als wärst du ein Nichts.«

»Was? Nein, das tut er nicht.«

»Doch, Holly Jolly, das tut er.«

»Nenn mich nicht Holly Jolly, wenn du so ein Arsch bist.«

»Du wusstest von Anfang an, dass ich ein Arsch bin. Tu nicht so, als wäre das was Neues.«

Bei seinen Worten bekam mein Herz einen kleinen Sprung. »Hör auf damit, Kai! Das bist nicht du. Was ist los?«

Für den Bruchteil einer Sekunde sah ich es – in seinen Augen flackerte Kummer. Irgendetwas fraß an ihm, doch er sagte mir nicht, was es war. Aber er musste es mir sagen. Er musste mich seine dunklen Kapitel lesen lassen, damit ich seine momentane Grobheit verstehen konnte.

»Gar nichts ist los«, widersprach er.

»Doch, und du kannst es mir ruhig sagen.«

Er löste seinen Blick von mir, griff nach einem Putzlappen

und wischte damit über den Tresen. »Zurück zum Thema: Der Mann ist nichts für dich.«

»Aber wieso nicht? Und was soll das heißen, er sieht mich an, als wäre ich ein Nichts?«, fragte ich, begierig, der Sache auf den Grund zu gehen. »Er ist lieb und freundlich, und er stellt mir Fragen über mich. Als ich ihm gesagt habe, ich wollte es mit dem Körperlichen nicht übereilen, meinte er, er würde warten, bis ich mich mit ihm wohlfühle. Er ist einfach der perfekte Mann.«

»Das ist dein Kardinalfehler – so etwas wie einen ›perfekten Mann‹ gibt es nicht.«

»Warum bist du so negativ?«

Er fuhr sich mit den Händen durch die Locken und zuckte die Achseln. »Ich bin nicht negativ, ich bin realistisch. Kann ja sein, dass er immer das Richtige sagt, aber manchmal kommt es nicht darauf an, was jemand sagt, sondern darauf, wie dich jemand ansieht.«

»Und wie sieht er mich an?«

»So, als wärst du nichts Besonderes.«

»Was soll das überhaupt heißen?«

»Keine Ahnung. Jedenfalls brauchst du einen Mann, der dich anders anschaut«, brummte Kai.

»Und wenn es das für mich nicht gibt?«

»Wenn es was für dich nicht gibt?«

»Jemanden, der mich anschaut, als wäre ich … mehr als ein Nichts. Ich verdiene mein Geld mit Liebesromanen, trotzdem bin ich nicht so blöd zu glauben, dass wirkliche Männer immer das Richtige sagen oder sich Hals über Kopf in mich verlieben.«

»Mein Gott, Holly, sei nicht so theatralisch. Natürlich gibt es so etwas für dich. Bloß nicht mit diesem Typen.«

»Mit wem dann?«

Er schwieg.

Ich hasste sein Schweigen.

Ich schlang mir meine Handtasche über die Schulter und drückte sie an mich. »Weißt du was, es war ein Fehler, dich um Hilfe zu bitten. Ich weiß nicht, wieso ich dachte, du wärst nett. Ich weiß nicht, wie ich glauben konnte, wir wären in den letzten Wochen Freunde geworden, aber eines weiß ich jetzt: Ich habe mich geirrt.«

Da war er wieder – dieser Anflug von Kummer in seinen Augen.

Was ist los, Kai? Was geht heute Abend mit dir vor?

Ich wartete, dass er etwas sagte. Irgendwas, das erklären würde, warum er sich so verhielt, wie er es tat. Irgendwas, das zum Ausdruck bringen würde, warum er sich heute Abend derart seltsam benahm.

Als er dann tatsächlich den Mund öffnete, um etwas zu sagen, spürte ich, wie sich in meinem Magen Nervosität sammelte. Ich erwartete seine Worte, seine Entschuldigung, eine Erklärung, wieso er so gemein zu mir war.

Stattdessen sagte er: »Du wärst eine Vollidiotin, wenn du mit dem Mann schlafen würdest, obwohl er dich gar nicht leiden kann. Aber andererseits würde es zu deinen früheren Entscheidungen im Leben passen.«

Meine Kinnlade.

Klappte herunter.

Mein Herz zerbrach.

»Du kannst mich mal, Kai!«, schrie ich, dann stürzte ich auf die Straße hinaus. Wie im Wahn rannte ich nach Hause und stieß in der Lobby mit Mano zusammen. Er kam gerade aus dem Aufzug und sah mich nun mit einem besorgten Blick an.

»Holly, hey, was ist los?«

»Nichts. Alles gut.« Ich erstickte an meinen Gefühlen, doch

ich schüttelte nur den Kopf und zwang mich zu lächeln, um die Tränen aufzuhalten. »Ich glaube, dein Bruder hat heute einen schlechten Tag. Vielleicht siehst du besser mal nach ihm.« Denn ich sorgte mich noch immer. Ich sorgte mich um Kais Gefühle, seine Verletzungen und Probleme, auch wenn er keinen Zweifel daran gelassen hatte, dass meine ihm vollkommen gleichgültig waren. Aber Sorge war kein Wasserhahn, ich konnte meine Gefühle für Kai nicht einfach abdrehen, bloß weil er ein paar verletzende Dinge gesagt hatte.

Manchmal allerdings wünschte ich mir, unsere Emotionen wären wie Wasserhähne, sodass wir sie nach Belieben auf- und zudrehen konnten.

»Was hat er angestellt?«, wollte Mano wissen. Seine Nasenflügel blähten sich, und ich sah ihm an, dass er sauer wurde.

»Nichts. Alles fein. Wir haben uns nur ein bisschen gezankt.«

»Hat er deine Gefühle verletzt?«

Ich lächelte weiter, doch als ich den Kopf schüttelte, liefen Tränen über meine Wangen. Ich wischte sie fort und nickte einmal. »Schau nach deinem Bruder, Mano. Sieh nach, ob es ihm gut geht.«

Er tat, worum ich ihn gebeten hatte, und lief aus dem Haus.

Obwohl ich eigentlich nicht an ihn denken wollte, wanderten meine Gedanken während der restlichen Nacht immer wieder zu Kai. Ich wollte ihn an diesem Abend hassen, doch mein Herz erlaubte es mir nicht. Es wollte sich einzig davon überzeugen, dass es ihm gut ging.

14

KAI

»Was zum Teufel hast du getan?«, schnauzte Mano mich an, als er ins Restaurant kam. Er sah aus, als stünde er kurz vor einem Nervenzusammenbruch. Besorgt sah ich mich nach unseren Gästen um, die ihn und seinen Ausbruch verwundert beobachteten, eilte dann zu ihm, packte ihn beim Arm und zog ihn nach hinten ins Büro, wo ich die Tür hinter uns abschloss.

»Was hast du dir nur dabei gedacht, hier so reinzuplatzen? Bist du irre, Mano?«, schimpfte ich, von seinem willkürlichen Wutausbruch irritiert.

»Was ich mir denke? Was denkst *du* dir eigentlich?«, schoss er zurück.

»Wovon redest du überhaupt?«

»Ich bin eben Holly begegnet.«

Oh, shit.

Ich konnte mir denken, was sie ihm nach unserem etwas hitzigen Wortwechsel gesagt hatte. »Hör zu, was zwischen Holly und mir vorgefallen ist, geht dich überhaupt …«

»Sie hat geweint, Kai«, fiel er mir ins Wort.

Seine Worte trafen mich wie ein Schlag in die Magengrube. »Was?«

»Sie hat geweint. Du hast ihre Gefühle verletzt, aber weißt du, was sie zu mir gesagt hat? Sie hat mich gebeten, nach dir zu sehen und sicherzugehen, dass es dir gut geht. Nachdem du ihr wehgetan hast, hat sie sich noch Sorgen um dich gemacht.«

Ich kniff mir in den Nasenrücken und schloss die Augen. »Ich war vielleicht ein wenig schroffer zu ihr, als ich es hätte sein sollen.«

»Ach, meinst du? Und wieso das?«

»Keine Ahnung. Ich bin einfach ausgetickt.«

»Und warum?«

»Das sagte ich doch gerade, Mano. Ich weiß es nicht.«

»Ja, und das ist gelogen. Und du weißt, dass es gelogen ist, ich hab nämlich die Papiere auf dem Küchentresen gesehen, Kai.«

Mein ganzer Körper verkrampfte sich. »Das geht dich nichts an. Du hättest nicht hineinsehen dürfen.«

»Es ist ja nicht so, als hätte ich dir nachspioniert. Du hast sie offen da herumliegen lassen.«

»Schön, aber das hat überhaupt nichts mit Holly zu tun.«

»Bullshit«, schnaubte er.

»Achte auf deine Wortwahl!«, ermahnte ich ihn.

»Mir egal. Du weißt, dass es Quatsch ist. Penelope hat dir heute die Scheidungspapiere übergeben, und das hat dich ganz schön aufgewühlt. Aber das heißt noch lange nicht, dass du deine Laune an anderen Menschen auslassen kannst. Und am wenigsten an Holly, Mann. Es geht hier um Holly, die verdammt noch mal liebenswerteste Frau, die man sich vorstellen kann, und die immer nur nett zu uns war.«

Ich schluckte schwer, denn er hatte recht.

Seit Penelope mit den Scheidungspapieren hier aufgeschlagen war, war meine Stimmung im Keller. Sie hatte mich vollkommen überrumpelt, und ich hatte keine Sekunde Zeit gehabt, mich zu besinnen, ehe ich mich an die Arbeit machen musste. Also hatte ich meinen Zorn, meine Trauer und meine Verwirrung den ganzen Abend mit mir herumgetragen. Was leider bedeutete, dass jeder, der mir in die Quere gekommen war, zu meinem Boxsack wurde.

Aber Holly verdiente es nicht, meine Schläge abzubekommen.

Wenn überhaupt, dann verdiente sie das genaue Gegenteil, weil sie immer so freundlich zu mir war.

Aber Mano hielt sich auch nicht zurück. Stattdessen setzte er seine Schimpftirade fort. »Sie ist an Thanksgiving sogar früher von ihrer Familie zurückgefahren, um den Nachmittag mit dir zu verbringen, du Arsch! Und du bringst sie zum Weinen!«

Ich hasste mich. Ich hasste meine Wut.

Ich hasste es, sie an der Falschen ausgelassen zu haben.

Aber was ich am meisten hasste, war der Umstand, dass Holly meinetwegen weinte.

»Ich hab's verbockt«, gab ich zu.

»Ja, hast du.« Er stieß mir gegen den Arm. »Also mach es wieder gut!«

»Aber wie?« Ich schämte mich für meinen Auftritt vor Holly und fühlte mich wie der letzte Arsch, weil ich so mit ihr gesprochen hatte. Ich konnte mir nicht mal vorstellen, dass sie mir verzeihen würde, ja, ich war mir nicht mal sicher, ob ich mir jemals selbst verzeihen würde.

»Indem du ihr sagst, dass du ein Schwachkopf bist und dass es dir leidtut«, antwortete Mano. »Und kauf ihr was Schönes. Die Leute lieben Entschuldigungen mit Geschenken.«

Ich hatte seit Tagen nicht mehr geschlafen. Stattdessen hatte ich mir alles, was mit Holly schiefgelaufen war, noch mal durch den Kopf gehen lassen, ebenso wie mein Wiedersehen mit Penelope und die noch immer auf meinem Küchentresen liegenden Scheidungspapiere. Ich hatte über jeden Winkel meines Lebens nachgedacht.

Doch vor allem dachte ich an Holly.

Ich hatte sie zum Weinen gebracht.

Weshalb ich mich wie ein absoluter Mistkerl fühlte.

Mir war klar, dass ich unmöglich mit einer gewöhnlichen Entschuldigung zu ihr gehen konnte. Sie verdiente mehr als das. Ich war zu weit gegangen, als ich sie so angeraunzt hatte. Also lief ich los und besorgte etwas für sie, bevor ich mich auf den Weg zu ihrer Wohnung machte.

Nervosität überkam mich, als ich vor ihrer Tür stand. Auf dem Weg hatte ich überlegt, was ich zu ihr sagen sollte. ›Hi, sorry, dass ich so ein Arsch war.‹ Nein, zu direkt. ›Hi, Holly, sorry für neulich. Hier, nimm das!‹ Nein, viel zu platt.

Ich spürte gewaltigen Druck im Magen. Was, wenn es nicht funktionierte? Was, wenn sie mir nicht verzieh? Was, wenn …

Doch noch ehe ich meine Gedanken sammeln und anklopfen konnte, flog Hollys Wohnungstür auf, und sie schrie erschrocken auf, als sie jemanden dort stehen sah.

»Kai, was machst du …?«, fragte sie und sah mich verwirrt an.

Ich schaute auf die Sachen in meinen Händen und schob sie ihr nachdrücklich hin. »Ich habe Bücher für dich.«

Sie hob eine Braue. »Was?«

»Bücher. Ich habe Bücher für dich.«

Verhalten nahm sie die Bücher entgegen. »Ich bin noch immer verwirrt.«

Ich brummte und fluchte leise, weil mir aufging, dass es mir nichts bringen würde, ihr bloß die Bücher in die Hand zu drücken. »Ich entschuldige mich, Holly. Weil ich so ein Esel war. Ich war im Unrecht. Und du hattest das nicht verdient.«

»Also hast du mir irgendwelche Bücher gekauft?«

»Du liest doch gerne«, sagte ich. »Ich dachte, das würde passen.«

So irritiert, wie sie dreinschaute, schien es nicht so richtig zu passen. Aber nur, bis sie die Bücher genauer betrachtete. Ihre Lippen bogen sich zur Andeutung eines Lächelns. »Du hast mir das Buch gekauft, das du am Tag unserer ersten Begegnung versaut hast.«

Ich nickte. »Bei unserem Meet Ugly.«

»Warum hast du dir überhaupt den Titel gemerkt?«

»Weil du mir an dem Tag aufgefallen bist. Weil mir alles an dir aufgefallen ist.« Nervös verlagerte ich mein Gewicht von einem Bein auf das andere und schob die Hände in die Hosentaschen. »Ich kann das nicht besonders gut. Ich kann mich Menschen nicht gut öffnen.«

»Was du nicht sagst«, bemerkte sie scherzhaft. Aber sie hatte wohl die Ernsthaftigkeit meiner Haltung registriert, denn nun wurde sie ihrerseits ernst und nickte. »Sprich weiter.«

»Ich habe nicht viele Freunde«, gestand ich ihr. »Eigentlich niemanden außer Ayumu und Mano ... und dich natürlich.« Ich räusperte mich und blickte zu Boden, dann hob ich den Blick wieder und sah ihr in die Augen. »Ich will dich nicht verlieren, Holly, deshalb bitte ich dich um Verzeihung.«

Sie presste die Lippen aufeinander und schaute auf die Bücher in ihren Händen. »Du hast mir Bücher gekauft.«

»Ja, ich habe dir Bücher gekauft.«

»Kai, ich will ehrlich zu dir sein.«

»Das ist gut.« Das war alles, was ich wollte – auch wenn es wehtat.

Ein winziges Lächeln fand den Weg auf ihre Lippen, und ihr Blick begegnete meinem. »Ich habe dir in dem Augenblick vergeben, als du mit den Romanen hier aufgetaucht bist.«

Vor Erleichterung entspannte sich mein ganzer Körper. Ich hatte nicht einmal mitbekommen, wie angespannt ich gewesen war. »Wirklich?«

»Natürlich, ich meine, du warst ein Arsch und hast völlig überzogen, aber du bist auch nur ein Mensch. Menschen machen Fehler, aber du stehst zu deinen, und das weiß ich zu schätzen.«

Ich massierte mir den Nacken. »Danke, Holly.«

»Keine Ursache. Lass so etwas nur nicht noch einmal vorkommen.«

Mit einem etwas schiefen Grinsen versprach ich: »Ich tue, was ich kann.«

Sie öffnete den Mund, um etwas zu sagen, doch stattdessen lief sie zu mir und umarmte mich ganz fest. Ich erwiderte die Umarmung und atmete ihren Duft ein.

»Tut mir leid, dass ich dich zum Weinen gebracht habe«, flüsterte ich, während ich mein Kinn an ihren Kopf schmiegte.

»Danke, das musste ich hören.« Sie trat zurück, und sofort vermisste ich ihre Berührung. Ich hatte gar nicht gemerkt, wie sehr ich fror, bis ihre Wärme mich fand.

Ihr Handy riss sie in die Wirklichkeit zurück. »Oh, Mist, ich hab ganz vergessen, dass ich mich mit Matthew treffen wollte.«

Alarmiert richtete ich mich auf. »Moment, was?«

»Er kocht heute Abend für mich. Ich wollte gerade zu ihm.«

»Du triffst dich noch mit ihm?«

Sie sah mich an, als wären mir drei Köpfe gewachsen. »Äh, ja. Sicher.«

»Warum zur Hölle solltest du das tun?«

»Was soll das denn heißen? Weil wir uns eben treffen.«

»Nach allem, was ich dir gesagt habe?«

»Ähm, warst du nicht gekommen, um dich für den Abend zu entschuldigen?«

Ich schnaubte und spürte, wie die Wut wieder in mir aufstieg. Allerdings nicht über Holly. Über Matthew. »Nein, ich habe mich für die Art entschuldigt, in der ich mit dir gesprochen habe. Für das, was ich über Matthew gesagt habe, entschuldige ich mich keineswegs. Er mag dich eigentlich gar nicht, und ich glaube, auf lange Sicht legt er es nur darauf an, dich ins Bett zu kriegen.«

Das Entsetzen in Hollys Blick ließ mich meine Worte beinahe bereuen, andererseits meinte ich es durchaus ernst. Und ich konnte auch nicht zurückrudern, weil ich Matthew an dem Abend gewisse Kleinigkeiten angemerkt hatte. So war mir aufgefallen, dass sein Blick zu anderen Frauen flog, wenn Holly nicht hinsah. Er verhielt sich ihr gegenüber ein bisschen zu sehr wie ein Gentleman, während er andererseits hinter ihrem Rücken die Kellnerin abcheckte. Matthew war mir etwas zu selbstgefällig. Sicher, oberflächlich betrachtet machte er alles richtig, doch ich blickte tiefer und erkannte, dass er nichts für Holly war.

»Das kann jetzt unmöglich dein Ernst sein, Kai. Ich dachte, das hätten wir hinter uns.« Holly seufzte, nahm ihre Schlüssel und wollte gehen.

»Das hab ich auch gedacht, aber offensichtlich hast du dir meine Worte nicht zu Herzen genommen. Geh nicht mit diesem Mann ins Bett!«

»Ich denke, du gehst jetzt besser, Kai.«

Seufzend fuhr ich mir mit der Hand durch die Haare. »Holly … hör auf mich. Du wirst es bereuen.«

»Es reicht, Kai.«

»Aber …«

»Kai, bitte. Geh jetzt«, verlangte sie noch einmal, diesmal mit größerem Nachdruck.

»Ich wette, er hat dir schon haufenweise Alarmsignale gezeigt, aber du bist so sehr darauf aus, nicht allein zu sein, dass du sämtliche Hinweise einfach ignorierst.«

»Hör auf, Kai!«

»Erst, wenn du aufwachst. Du benimmst dich erbärmlich, wegen eines Mannes, für den es sich nicht lohnt.«

»Ich bin nicht erbärmlich.«

»Mensch Holly«, ächzte ich, während ich mir den Nacken rieb. Ich kam einfach nicht zu ihr durch. Aber ich war ja auch kein Autor wie sie. Ich kannte mich mit Worten nicht so gut aus. Vor allem dann nicht, wenn meine Gedanken so aufgewühlt und durcheinander waren wie jetzt gerade. »Ich sage nicht, dass du erbärmlich *bist*, ich sage nur, du *benimmst* dich erbärmlich.«

»Das hört sich für mich gleich an.«

»Weil du nicht zuhörst. Du steckst zu tief in deinen Gefühlen und siehst sofort in allem einen persönlichen Angriff.«

»Schon möglich, aber vielleicht hast du dich zu weit von deinen Gefühlen entfernt, um noch zu merken, dass du wie ein Arschloch rüberkommst!«

Das lag absolut im Bereich des Möglichen. Ich wusste, dass ich, wenn es um meine Emotionen ging, ein Totalschaden war. Das brauchte Holly mir nicht erst zu sagen.

»Ich weiß, wer ich bin. Ich weiß, dass ich ein gefühlloses Arschloch bin. Aber das ändert nichts an der Tatsache, dass Matthew ein Vollpfosten ist. Verflucht, an dem Abend, als du Steak bestellen wolltest, hat er dich einfach unterbrochen und Hühnchen für dich geordert.«

»Er meinte, ich müsste es probieren. Und es war spitze.«

»Natürlich war es spitze. Ayumu macht nur Spitzenessen. Aber darum geht es nicht. Matthew war herablassend zu dir, als wüsstest du nicht selbst, was du willst.«

»Du kennst ihn nicht.«

»Ja, aber ich kenne dich«, fiel ich ihr ins Wort. »Und du verdienst mehr, als er dir geben kann. Aber du fürchtest dich so sehr vor dem Alleinsein, dass du dir selbst im Weg stehst.«

»Vielleicht ist da ja was dran, okay? Vielleicht habe ich wirklich Angst vor dem Alleinsein. Vielleicht sind nicht alle Menschen so vollkommen und unabhängig wie du, Kai, und vielleicht gedeiht nicht jeder in Einsamkeit. Vielleicht, nur vielleicht wünschen Menschen sich im Leben echte zwischenmenschliche Beziehungen, anstatt alleine dahinzuleben.«

»Du meinst, das gefällt mir? Du meinst, ich lebe gerne allein?«, blaffte ich und spürte in meiner Brust eine Woge der Trauer aufsteigen. »Ich hasse es! Ich hasse dieses Gefühl! Ich hasse es, alleine aufzuwachen, alleine einzuschlafen und alles alleine zu tun. Trotzdem würde ich mich lieber jeden Tag neu dafür entscheiden, als mich in den Armen der falschen Person zu verkriechen und mit ihren Brotkrumen an Liebe zufriedenzugeben. Halbgare, bequeme Bewunderung, mehr kann er dir nicht geben, und es ist peinlich zu sehen, wie bereitwillig du dich darauf einlässt.«

»Peinlich?«, fragte sie mit erstickter Stimme.

Mist.

Falsche Wortwahl.

Wie gesagt: kein Autor.

»Holly …«, begann ich und versuchte den Knoten in meiner Zunge zu lösen.

»Nein«, unterbrach sie mich kopfschüttelnd. »Geh jetzt!«

Ich trat von ihrer Wohnungstür zurück, doch bevor sie sie schließen konnte, legte ich meine Hand ans Türblatt. Wir waren nur mehr Millimeter voneinander entfernt, und meine Stimme brach, als ich ihr in die Augen schaute. »Dort draußen gibt es jemanden, der dich anschaut, als wärst du sein Leben, Holly. Der dich sieht und sicher weiß, dass es dich auf der Welt nur einmal gibt. Der dir alles geben will, was du dir jemals gewünscht hast, und noch viel mehr. Aber das ist nicht Matthew. Der wird dich nur enttäuschen. Lass dir keinen Honig ums Maul schmieren, nur damit du nicht allein bist.«

Ihre Augen standen kurz davor, ihren Gefühlen freien Lauf zu lassen, und ich fühlte mich wie der Arsch des Jahres, weil ich sie schon wieder an den Rand der Tränen trieb.

»Kai?«

»Ja?«

»Ich denke, unsere Freundschaft sollte mal für eine Weile pausieren.«

Mein bereits angeschlagenes Herz.

Bekam einen weiteren Sprung.

»Holly, warte …«, bettelte ich. Ja, ich bettelte. Ich flehte sie an. Noch vor Wochen hatte ich nicht einmal ihren Namen gekannt. Und jetzt hatte ich die größte Mühe, mir eine Welt ohne sie vorzustellen.

Behutsam legte sie mir ihre Hand auf die Brust, schob mich vollends aus ihrer Wohnung und machte mir die Tür vor der Nase zu. Ich kehrte in mein Apartment zurück, wo Mano hoffnungsvoll darauf wartete zu hören, wie es gelaufen war.

»Und? Alles wieder gut?«, wollte er wissen.

Brummend ging ich an ihm vorbei in mein Zimmer. »Nee.«

Die Tür meines Schlafzimmers fiel zu, und ich fühlte, wie mich eine überwältigende Beklemmung erfasste. Ich fühlte mich furchtbar, weil es mit Holly so weit gekommen war, und schämte mich, weil ich nicht wusste, wie ich mich richtig ausdrücken sollte, ohne dass es sich gleich schroff und verletzend anhörte. Es hieß, nur verletzte Menschen verletzten andere; wenn das stimmte, war wohl niemand so gründlich lädiert wie ich.

Ich verurteilte Holly nicht, weil sie nicht allein sein wollte. Dafür würde ich niemanden verurteilen, denn ich kannte die finstersten Winkel meiner eigenen Einsamkeit. Die Einsamkeit war zugleich mein bester Freund und mein schlimmster Feind. Sie bedrängte mich schon seit Jahren. Ich kannte sie in- und auswendig, wusste, wie sie wirkte, wie sie einen verhöhnte, wie sie die Seele verbrannte und Menschen beinah unausweichlich dazu zwang, dort zu bleiben, wo es keinen Platz mehr für sie gab, weil die Angst vor dem Alleinsein zu groß war.

Ich hatte selbst Angst vor dem Alleinsein gehabt. Ich hatte an Orten und bei Menschen ausgeharrt, obwohl es klug gewesen wäre zu gehen. Es hatte lange gedauert, bis ich begriffen hatte, dass es weit besser war, allein zu leben, als mit den falschen Menschen einsam zu sein.

Aber diese Erkenntnis kam nicht über Nacht. Sie bedurfte vieler Tage, Wochen, sogar Jahre instabiler Beziehungen mit unpassenden Menschen. Sie bedurfte Stunden, Minuten, Sekunden schlussendlich zum Durchbruch führender Zusammenbrüche. Sie bedurfte einer Entscheidung für sich selbst statt für andere. Einer Entscheidung, die mir selbst nie leichtgefallen war.

Mehr hatte ich Holly gar nicht sagen wollen, nur dass ich ihre Probleme kannte, weil ich mich selbst damit herumgeschlagen hatte. Ich wollte nicht von oben herab über ihren Schmerz und ihre Angst vor dem Alleinsein urteilen – im Gegenteil, ich wollte mich ihr auf der Grundlage unserer Gemeinsamkeit verbinden. Ich wollte ihr all das mitteilen, was ich mir selbst klarzumachen versuchte. Dass sie etwas Besseres verdiente. Dass sie mehr verdiente. Dass ihr alles, was sie sich wünschte, auch zustand, aber dass es unmöglich war, eine echte Liebesgeschichte auf einem so wackligen Fundament zu errichten.

Mehr wollte ich ihr gar nicht sagen. Mehr wollte ich gar nicht erreichen.

Trotzdem hatte ich sie enttäuscht.

Trotzdem hatte ich versagt.

Das war das Problem mit uns Menschen: Manchmal verletzte das eigene Versagen gerade jene, die man am meisten liebte.

Drei Jahre zuvor

»Heute geht es mir ganz gut«, sagte Penelope, die mit angewinkelten Knien auf dem Sofa saß. Sie sah auch gut aus. Im Laufe ihrer Behandlungen hatte es irgendwann eine Wendung zum Besseren gegeben.

Derweil hatte ich wochenlang zu dem Nachrichtenaustausch zwischen ihr und Lance geschwiegen. Irgendwie schien nie der richtige Zeitpunkt zu sein, um sie darauf anzusprechen. Und was zum Henker hätte ich auch sagen sollen? Hey, dein Kampf gegen den Krebs tut mir leid. Ach, übrigens, ich will die Scheidung?

Kann schon sein, dass ich ein Recht dazu hatte, dergleichen zu sagen, dennoch ... hatte ich Angst davor. Obwohl ich wusste, was Penelope getan hatte, fürchtete ich, sie zu verlieren. Meine Eltern waren noch nie wirklich für mich da gewesen, und als ich nach Chicago zog, war Penelope die Erste, die mir gezeigt hatte, wie wahre Liebe sein konnte und wie sie sich anfühlte. Während der vergangenen Wochen hatte ich immer nur darüber nachdenken können, ob ich irgendetwas falsch gemacht hatte. Vielleicht hatte ich sie ja selbst in die Arme eines anderen Mannes getrieben. Ich hatte sehr viel gearbeitet und nebenbei studiert. Ayumu und ich hatten zu viel Zeit zusammen verbracht, um herauszufinden, wie wir unser Restaurant auf den Weg bringen konnten. Vielleicht hatte sich Penelope übergangen gefühlt. Vielleicht war sie einsam gewesen.

Ich wusste, wie sich Einsamkeit anfühlte; dass ich mit ihr zusammen war, hieß nicht unbedingt, dass ich auch so für sie da gewesen war, wie sie es gebraucht hatte.

Ich wünschte nur, sie wäre zu mir gekommen, um mit mir darüber zu reden.

Nachdem ich ihr einen Tee gebracht hatte, setzte ich mich neben sie und räusperte mich. »Du meinst, es geht dir gut genug, um mir von Lance zu erzählen?«

Sie sah mich mit großen Augen an. »Was?«

»Ich habe dein Handy gesehen.«

»Du hast mein Handy durchsucht?«

»Nein, ich habe *draufgeschaut*. An dem Tag, als du so schlecht auf die Chemotherapie reagiert hast. Ich dachte, deine Mutter wollte wissen, wie es dir geht. Stattdessen habe ich diese Nachrichten gesehen.«

Zu meinem Verdruss regte es sie mehr auf, dass ich die Nachrichten entdeckt hatte, als dass sie überhaupt existierten.

»Oh«, murrte sie irritiert.

»Liebst du ihn?«

»Was? Nein!« Sie setzte sich abrupt auf; die Frage machte sie offensichtlich fassungslos. Ich wusste nicht, wieso sie so geschockt war. Lance hatte ihr wiederholt gesagt, dass er sie liebte, und schon Monate zuvor hatte sie ihm geantwortet, dass sie ihn auch liebte.

»Willst du mich verlassen?«, fragte ich und fühlte mich so furchtbar klein, wie der Junge, der vor seinen Eltern stand und sie anflehte, ihn doch liebzuhaben. Ich wollte wütend auf Penelope sein, wollte sie für untreu, für eine Betrügerin halten, für eine Frau, die unseren Liebesschwur aufkündigte. Aber ich konnte es nicht. Stattdessen fürchtete ich mich und fühlte mich allein. Und es sprengte meinen Verstand, wie einsam man sich in Gesellschaft eines anderen Menschen fühlen konnte.

»Du liebe Güte, Kai. Nein. Niemals.« Rasch rückte sie zu mir auf, verschränkte unsere Hände ineinander und drückte sie an ihre Brust. »Damals, vor ein paar Monaten, habe ich mich dir entfremdet gefühlt und furchtbar falsche Entscheidungen getroffen. Wir haben nicht viel Zeit zusammen verbracht, und ich hatte mir angewöhnt, in der Mittagspause gemeinsam mit einem Kollegen zu essen. Es hatte nichts zu bedeuten, und ich habe es schnell wieder abgebrochen. Ich schwöre. Es tut mir so leid, aber ich bin jetzt hier bei dir, für immer«, versprach sie.

»Für immer«, murmelte ich. Die Situation verursachte mir weiter Unbehagen.

»Mein Gesundheitszustand hat mir gezeigt, dass ich hier richtig bin, Kai. Niemand sonst hätte sich so um mich gekümmert wie du. Niemand sonst hätte sich selbst so zurückgenommen, um dafür zu sorgen, dass ich es gut hatte. Ich liebe dich mehr als alles andere auf der Welt, und es tut mir furchtbar leid, wenn ich dir wehgetan habe.«

Ich sagte nichts, weil ich über zwei Worte nicht hinwegkam.

Für immer.

Nichts wünschte ich mir mehr als einen Menschen, der für immer bei mir bleiben würde, denn die Vorstellung, wieder allein zu sein, erschütterte mich bis ins Mark meiner Existenz.

15

HOLLY

Gegenwart

»Das war wunderbar«, sagte ich zu Matthew. Wir saßen an seinem Esszimmertisch; er hatte Lasagne vorbereitet, dazu Salat und Knoblauchbrot sowie den besten Rotwein, den ich jemals getrunken hatte. Nachdem wir stundenlang am Tisch gesessen, gegessen und uns unterhalten hatten, fühlte ich mich rundherum gesättigt. Matthew hatte in der ganzen Wohnung Kerzen angezündet und die Beleuchtung romantisch gedimmt.

»Ja? Das war mein erster Versuch, Lasagne zu machen, deshalb hoffe ich, es hat einigermaßen geschmeckt.« Er legte seine Serviette auf den Tisch und lächelte mich an.

»Es war alles perfekt. Ehrlich. Ich kann nicht glauben, dass es deine erste Lasagne war.«

Ich fragte mich, was Kai wohl gerade machte.

Himmel, nein, Holly. Hör auf damit!

Konzentrier dich darauf, wo du hier bist.

Ich hatte immer wieder an ihn denken müssen. Seine Entschuldigung hatte mich überrascht, aber dass er dann seine harschen Worte über Matthew noch einmal wiederholt hatte, brachte mein Blut noch immer in Wallung. Doch die Bücher …

Warum wurde ich nur immer so wütend und emotional, wenn ich an diesen Mann dachte? Wie konnte ich zugleich Zorn und Bewunderung empfinden?

Und wieso, wieso, verschwand er nicht mal aus meinen Gedanken, wenn ich mit Matthew zusammen war?

»Alles in Ordnung?«, fragte der jetzt und erhob sich vom Esstisch.

Ich schüttelte leicht den Kopf. »Ja, entschuldige, ich war gerade bloß ein bisschen in Gedanken.«

»Kein Problem.« Er trat mit der Rotweinflasche in der Hand zu mir und wollte mein Glas auffüllen.

Ich legte die Hand darüber. »Nein, danke, ich hatte genug.«

»Ach, komm. Die Nacht ist noch jung.« Er schob meine Hand fort und goss das Glas voll bis zum Rand.

Und schon hörte ich Kai in Gedanken sagen: *Das ist ein Alarmsignal, Holly!*

Ich versuchte das Unbehagen, das sich in meiner Magengrube breitmachte, zu verscheuchen und dankte ihm.

»Machen wir es uns doch ein wenig gemütlicher«, sagte Matthew, nahm mein Weinglas und trug es ins Wohnzimmer, während er seines stehen ließ.

Wieso trank nur ich jetzt weiter?

Alarmsignal!

»Willst du deinen Wein nicht mehr?«, fragte ich ihn.

»Oh, nein, ich vertrage nicht so viel. Ich träume dann bloß schlecht.«

Alarmsignal! Alarmsignal!

Wir gingen ins Wohnzimmer, und ich setzte mich auf die Couch. Matthew gab mir mein Weinglas, dann ging er zu seiner Plattensammlung, um Musik aufzulegen. Ich stellte mein Glas auf den Tisch.

»Irgendwelche Wünsche?«

»Ich habe gesehen, du hast Whitney Houstons größte Hits. Das wäre wunderbar.«

Doch er schüttelte den Kopf. »Ich denke, das hier ist mehr

was für dich«, insistierte er, ohne auf meinen Wunsch einzugehen, und legte ein Album der Four Tops auf.

Versteht mich nicht falsch, ich mochte die Four Tops, aber was hatte es für einen Sinn, mich zu fragen und meinen Wunsch dann vollkommen zu ignorieren?

Alarm. Signal. Holly!

Es war, als säße Kai in meinem Kopf und brachte mich dazu, alles, was Matthew tat, auf eine Art und Weise zu betrachten, an die ich in den letzten Wochen überhaupt nicht gedacht hatte. Und jetzt saß ich auf Matthews Couch und versuchte im Hier und Jetzt zu bleiben, während mein Verstand alles tat, um mich an Momente während unserer vergangenen Verabredungen zu erinnern, in denen er mich ebenfalls übergangen hatte.

Kai hatte recht. Neulich Abend hätte ich lieber Steak bestellt.

Stattdessen hatte Matthew Hühnchen geordert und behauptet, das würde mir besser schmecken.

Ich wollte Prosecco.

Er bestellte mir Negroni.

Und er lachte auch nicht über meine albernen Witze, sondern wechselte einfach das Thema.

Mein Magen zog sich ein wenig zusammen, als, verstörend leise, die Musik das Zimmer erfüllte. Alles deutete darauf hin, dass heute der Abend war, an dem Matthew und ich unsere Beziehung auf das nächste Level heben würden, doch in meinem Kopf kreisten nur noch Gedanken, die ein Höchstmaß an Besorgnis in mir auslösten.

Matthew ließ sich dicht neben mir auf der Couch nieder. Sehr dicht, so dicht, dass sein Oberschenkel sich an meinem rieb.

Ich räusperte mich und wollte etwas sagen, doch er hielt mich davon ab.

Seine Lippen legten sich auf meine, doch ich erwiderte den Kuss nicht sofort. Ich erwiderte den Kuss überhaupt nicht. Stattdessen erstarrte ich, als seine Hand knapp über meinem Po landete. Langsam drückte er mich ins Polster, beugte sich über mich und küsste sich an meinem Hals hinab. Seine Hände wanderten über meinen Körper, wobei ihm nicht einmal auffiel, dass ich mich immer noch nicht rührte.

Ich dachte nur noch an Kai.

An Kai und seine Alarmsignale.

»Matthew, warte«, drängte ich und versuchte mich wieder aufzusetzen.

»Alles gut«, flüsterte er und bearbeitete weiter wie ein Specht meinen Hals.

Kuss, Kuss, Kuss. Unbehagen, Unbehagen, Unbehagen.

Ich setzte mich ein wenig auf und schob ihn mit größerem Nachdruck von mir. »Matthew, warte. Stopp!«

»Du schmeckst so gut«, nuschelte er an meiner Haut, und mich überlief ein Ekelschauer.

Er versuchte mich weiter zu küssen und hörte erst abrupt damit auf, als ich ihm beide Hände vor die Brust stieß. »Ich habe stopp gesagt!«, schrie ich ihn an und stieß ihn von mir hinunter.

Fassungslos richtete er sich auf.

Einen Moment lang fühlte ich mich schuldig, als hätte ich Matthew ermuntert, weil alle Signale in diese Richtung wiesen. Jedenfalls bis vor ein paar Stunden – bis Kai vor meiner Tür aufgetaucht war. Und jetzt wollte ich nur noch meinen Körper mit meinem Verstand in Einklang bringen, mein Herz auf meine Seele abstimmen, denn für alles, was sich an diesem Abend möglicherweise zwischen mir und Matthew abspielen sollte, fühlte ich mich viel zu sehr aus dem Gleichgewicht.

Ich rückte ein Stück höher, zog die Knie an die Brust und sah die Verwirrung in seinem Blick. »Es tut mir leid«, jammerte ich und fühlte mich total idiotisch.

»Nein, schon gut. Die Couch ist zu unbequem. Wir können ins Schlafzimmer …«

»Nein, das ist es nicht. Ich glaube, ich bin noch nicht bereit für den nächsten Schritt. Es tut mir leid. Ich …«

»Willst du mich verarschen, Holly?«, blaffte er mich an.

Ja.

Er blaffte mich an.

Im Bruchteil einer Sekunde verwandelte sich seine Verwirrung in Wut, was sämtliche rosarote Brillen, die ich für ihn aufgesetzt hatte, augenblicklich zerstörte. »Was zur Hölle hast du denn gedacht, wozu es heute Abend kommen würde?«, fragte er, und seine Stimme triefte vor Zorn. Er wies Richtung Küche. »Hast du etwa gedacht, wir würden nur kuscheln und reden?«

Ich schluckte. »Mir war nicht klar, dass deine Einladung, für mich zu kochen, an Bedingungen geknüpft war.«

»Aber natürlich. Ganz ehrlich, es hat schon ganz schön lange gedauert, und ich habe ja verstanden, dass du noch warten wolltest. Aber ich habe eine Menge Kohle für dich ausgegeben, um mit dir bis hierher zu kommen. Ich habe mir deinen Unsinn über Eichhörnchen angehört, hab dir ständig das Taxi bezahlt, da hättest du dich wenigstens hierauf einlassen können.«

Mir stand der Mund offen, während ich ihn so reden hörte – als wäre die Maske, die er die ganze Zeit getragen hatte, einfach so von ihm abgefallen.

Seufzend fuhr er sich mit beiden Händen durch sein dichtes Haar und verdrehte die Augen. »Hör zu, du solltest jetzt besser gehen. Ich habe genug von diesem Katz-und-Maus-Spiel.«

»Mir war nicht bewusst, dass wir ein Spiel spielen.«

»Tu nicht so unschuldig, Holly. Du hast mehr als bereitwillig mitgespielt. Aber es lohnt sich nicht, noch länger mit dir zu spielen. Ich bin nicht interessiert. Wahrscheinlich wär's eh nichts Besonderes gewesen.«

Ich konnte es einfach nicht glauben.

Hier saß ich, in der Wohnung eines Wildfremden, der gerade die ultimative Jekyll-und-Hyde-Nummer vor mir abgezogen hatte.

»Das kannst du jetzt nicht ernst meinen«, sagte ich fassungslos, aber zugleich in dem vollen Bewusstsein, dass Kai recht gehabt hatte. Matthew war nicht der, für den ich ihn gehalten hatte.

Stöhnend griff er nach seinem Handy und begann über den Bildschirm zu scrollen. Irgendwann sah er mich mit hochgezogener Braue an. »Bist du immer noch hier?«

Ich stand auf, nahm Jacke und Handtasche und bezahlte mein Taxi nach Hause selbst.

Am Rande eines Nervenzusammenbruchs hockte ich im Taxi und konnte nur daran denken, wie sehr ich mich nach einer Umarmung von meinem besten Freund sehnte. Wie traurig, dass ich keinen mehr hatte. Also schlang ich nur selbst die Arme um mich und gab alles, um nicht auf der Rückbank zusammenzuklappen.

16

KAI

»Ich gratuliere. Willst du eine Belohnung?«, fragte Holly. Sie stand vollkommen derangiert in Jogginghose und weißen Hausschuhen, die Haare zu einem ziemlichen wirren Messy Bun aufgesteckt, vor meiner Wohnungstür.

»Was ist los?«, fragte ich alarmiert. Es war jetzt drei Tage her, seit sie unsere Freundschaft in die Pause geschickt hatte, und ich hatte in diesen Tagen keinen Augenblick nicht an sie gedacht.

Sie warf die Hände in die Luft. »Tu jetzt bloß nicht so besorgt. Spiel dich lieber ordentlich auf, okay? Du kannst mir ruhig unter die Nase reiben, dass Matthew auch nicht besser ist als all die anderen. Auf lange Sicht wollte er genau das, was du vorhergesagt hast, und als ich nicht bereit war, es ihm zu geben …« Sie atmete scharf ein, ihre Augen verschleierten sich, und ihre Stimme brach. »Als ich ihn nicht ranlassen wollte, hat er mir erklärt, wie armselig ich bin, und mich rausgeworfen. Das war vor drei Tagen … und ich bin einfach … ich war einfach … Ich habe ihm überhaupt nichts bedeutet.« Sie schlotterte von Kopf bis Fuß. »Ich bin ein Nichts, Kai, okay? Du hattest recht. Er wollte nicht mich, er wollte bloß Sex, und als er begriffen hat, dass er keinen bekommen würde, hat er mich einfach auf die Straße gesetzt, und jetzt bin ich wieder allein. Also, sag es ruhig: ›Das hab ich dir doch gesagt‹.«

Mitansehen zu müssen, wie ihr Herz brach, erschütterte auch meines.

»Raus damit«, befahl sie, wobei sie mich leicht gegen die Brust stieß. »Sag mir, wie saublöd es von mir war, auch nur eine Minute zu glauben, ein Mann könnte mich um meiner selbst willen mögen und bei mir bleiben.«

»Du bist nicht blöd, Holly.«

»Doch, das bin ich«, krächzte sie, und jetzt liefen die ersten Tränen über ihre Wangen. »Doch, ich bin blöd, weil du mich gewarnt hast.« Sie schubste mich erneut. »Du hast gesagt, ich bin ihm egal. Also, sag schon. Sag, dass du recht gehabt hast.«

»Nein.«

»Sag es!«, schrie sie, als sie vollends von ihren Gefühlen überwältigt wurde. »Sag es! Sag es!«, rief sie und schubste mich wieder. Ich ließ sie. Ich ließ sie zusammenbrechen. Ich ließ sie gegen mich wüten, weil ein anderer ihr das Herz gebrochen hatte. Es war nicht fair, dass ein Herz wie ihres brach.

Als sie einmal mehr ausholte, um zuzustoßen, nahm ich ihre Unterarme, zog sie an meine Brust und hielt sie einfach nur fest, während sie mein T-Shirt ergriff und sich an meiner Brust ausweinte. »Warum bin ich es nicht wert, dass mal einer bleibt?«, fragte sie leise und schluchzte immer heftiger in meinen Armen.

Und mein kaltes, verschlossenes Herz?

Es zerbrach auf der Stelle mit ihrem.

Nachdem ich Holly eine ganze Weile so in der Tür in meinen Armen gehalten hatte, zog ich sie in die Wohnung und hielt sie weiter auf meiner Couch. Wir sprachen nicht. Ich ließ sie einfach gegen mich sinken. Um zu zerspringen. Um zu zerbrechen. Und um zu fühlen. Ich hielt sie so lange, bis sie in meinen Armen eingeschlafen war. Die Erschöpfung musste sie überwältigt haben. Mein Arm wurde taub, aber das störte mich nicht. Ich würde so lange auf der Couch sitzen bleiben, wie sie meine Umarmung brauchte.

Nach einiger Zeit ging die Wohnungstür auf, und Mano kam herein. Ich warf ihm einen bedeutungsvollen Blick zu, damit er keinen Lärm machte, und er sah kurz auf Holly, bevor er seinen Blick auf mich richtete.

»Geht es ihr gut?«, fragte er leise.

Ich schüttelte den Kopf.

Er runzelte die Stirn und nickte. Dann ging er in sein Zimmer und kam mit einer Decke zurück, die er über uns breitete.

»Ich geh und mache meine Hausaufgaben. Sag mir Bescheid, wenn du was brauchst«, sagte er noch, ehe er in seinem Zimmer verschwand.

Holly regte sich ein wenig auf meinem Schoß, schlummerte aber sofort wieder ein.

Hoffentlich würde sie sich nach dem Aufwachen ein wenig besser fühlen. Ich würde ihr so lange versichern, dass mit ihr alles in Ordnung war, bis sie mir schließlich glaubte.

»Wie lange hab ich geschlafen?«, fragte Holly, als sie schließlich an meiner Brust erwachte. Sie rieb sich mit den Handballen über die Augen und sprang förmlich von meinem Schoß. Ich vermisste es noch in derselben Sekunde, sie zu halten.

»Nicht so lang.«

Sie schaute zum Fenster. »Aber es ist schon dunkel draußen. Als ich gekommen bin, war es noch hell.«

»Es ist kurz nach neun.«

»Oh mein Gott!«, japste sie und rieb sich jetzt die Schläfen. »Es tut mir so leid. Ich wollte dir nicht den Abend verderben.« Als sie sich wieder richtig aufs Sofa setzte, konnte ich zusehen, wie ihr wieder einfiel, was vorgefallen war. »Das ist mir ganz schön peinlich.«

»Muss es nicht. Ich bin froh, dass du hergekommen bist, statt mit deinen Gedanken allein zu bleiben.« Ich setzte mich ein wenig anders hin und rieb mir den Nacken. »Mit ganz *falschen* Gedanken, weißt du; was immer du jetzt denkst, ist nämlich falsch.«

Ihre Unterlippe zuckte ein wenig, als sie andeutungsweise den Kopf schüttelte. »Er hat mich einfach ignoriert.«

»Er ist ein Feigling.«

»Ich versuche immer noch zu verstehen, was ich falsch gemacht habe.«

»Du hast gar nichts falsch gemacht. Matthew ist ein Feigling«, wiederholte ich. »Bist du nicht froh, dass du das jetzt schon erkennst, statt erst nach Monaten oder Jahren?«

»Ein Silberstreif am Horizont?«, fragte sie.

»Den gibt es immer. Man muss nur manchmal danach suchen.« Ich hörte ihren Magen knurren. Sie schlang die Arme um ihren Oberkörper. »Lass mich dir was zu essen machen«, sagte ich und stand auf.

»Nein, nein, ich habe schon viel zu viel von deiner Zeit beansprucht. Ich gehe jetzt besser in meine Wohnung zurück«, sagte sie ein wenig befangen.

Doch ich legte ihr die Hände auf die Schultern und schob sie behutsam zurück auf die Couch. »Lass mich dir was zu essen machen«, wiederholte ich.

»Sicher?«

»Holly, rühr dich nicht von der Stelle.«

Sie nickte und setzte sich mit gekreuzten Beinen auf die Couch, während ich in die Küche ging.

»Ich habe noch Brisket. Mano hat gestern Abend Brisket Grilled Cheese gemacht. Soll ich dir das aufwärmen? Ich kann aber auch schnell ins Restaurant laufen und dir was aus dem zaubern, was wir dahaben.«

»Nein, nein, Grilled Cheese ist super, danke.«

Ich nickte. »Jederzeit.«

»Sag nicht ›jederzeit‹, wenn du es nicht so meinst«, unkte sie.

Ich sah ihr in die Augen. »Jederzeit«, wiederholte ich.

Ich bereitete zwei Portionen Brisket Grilled Cheese zu, eine für sie und eine für mich selbst. Dann stellte ich sie, zusammen mit einer Küchenrolle, im Wohnzimmer auf den Couchtisch, bevor ich uns noch zwei Gläser Wasser holte. Schließlich setzte ich mich neben Holly und sah zu, wie sie über das Essen herfiel.

»Das ist aber ein ziemlich edles Grilled-Cheese-Sandwich.«

»Gouda, Münsterkäse und Cheddar«, erklärte ich. »Und Kräuterbutter.«

»Wenn es immer so ausgeht, muss ich mich häufiger bei dir ausheulen.«

Ich lächelte ein wenig. Langsam klang sie wieder ein wenig mehr nach sich selbst. Ein gutes Zeichen. Wenn ich Matthew noch mal begegnete, würde ich ihm nur zu gerne die Meinung sagen. Wie konnte er es wagen, meine Holly so zu behandeln?

Meine Holly?

Was zur Hölle, Kai?

Ich betrachtete sie ein paar Sekunden lang, dann widmete ich mich meinem eigenen Sandwich. Sie hatte recht – das hier war ein Sandwich für Feinschmecker. Eine Zeitlang aßen wir schweigend. Ich hatte die ganzen letzten Jahre mehr oder weniger schweigend verbracht, aber jetzt, in Hollys Gesellschaft, wollte ich sie ständig reden hören. Ich wollte in ihren Kopf sehen und herausfinden, wie sie tickte. Ich wollte, dass sie jedem einzelnen Gedanken in ihrem wunderbaren, zerbrechlichen Verstand Ausdruck verlieh.

»Möchtest du darüber reden?«, fragte ich.

»Willst du es denn hören?«

»Ja.«

Sie sah mich aus ihren braunen Augen an, und ich sah honiggoldene Sprenkel darin herumwirbeln. Holly hatte die schönsten Augen, die ich jemals gesehen hatte. Alles an ihr war wunderschön, doch ihre Augen … die schienen mir ganz besonders zu sein.

Der Gedanke, dass Matthew in diese Augen blicken und zu dem Schluss kommen konnte, niemals wieder hineinschauen zu wollen, sprengte meine Vorstellungskraft. Wenn ich die Möglichkeit hätte …

Echt jetzt, Kai, was zur Hölle?

Holly stellte ihren Teller ab und wischte sich mit einem Papiertuch die Finger sauber. »Ich habe das Gefühl, dass es einfach niemanden gibt, der auf mich wartet. Ich weiß, das hört sich theatralisch und unrealistisch an, aber wo es um Gefühle geht, hat Logik nichts zu suchen.«

»Du kannst natürlich fühlen, was immer du fühlen willst«, erklärte ich. »Aber du solltest wissen, dass es meine Aufgabe ist, dir zu versichern, dass du vollkommen falschliegst.«

Sie lächelte vage und legte eine Hand auf mein Knie. »Danke, Kai.«

Jedes Mal, wenn sie mich berührte, betete ich stumm, ihre Berührung möge noch ein wenig länger dauern.

»Gern geschehen.«

Sag es ihr.

Sag es ihr, Schwachkopf.

Sag ihr, was du für sie empfindest.

Sag ihr, dass du stunden-, ja, tagelang nur an sie denken kannst.

Sag. Es. Ihr.

Doch ich blieb stumm. Das Letzte, was Holly jetzt brauchte, war, mit meinen Gefühlen überschüttet zu werden, während ihr ein anderer Mann gerade das Herz gebrochen hatte. Es war einfach nicht an der Zeit. Also ließ ich sie so lange reden, wie sie wollte, und wünschte ihr anschließend eine gute Nacht.

Als sie gegangen war, kam Mano aus seinem Zimmer und sah mich kopfschüttelnd an.

»Was?«

»Ich hab selten jemanden eine Situation dermaßen verkacken sehen.«

»Wie bitte?«

»Das war deine Gelegenheit, ihr zu sagen, was du für sie empfindest, Kai. Sie hat ewig in deinen Armen geschlafen. Du hättest Marvin Gaye auflegen und ihr stundenlang ins Ohr säuseln sollen.«

»Wieso kennst du Marvin Gaye, aber nicht Dr. Phil?«

»Weil ich ein sehr komplexer Teenager bin.«

Das war die Untertreibung des Jahrhunderts.

Aber vielleicht hatte Mano ja recht. Vielleicht hatte ich meine Chance gehabt, doch statt sie zu ergreifen, hatte ich sie verpasst.

17

HOLLY

In den letzten Tagen habe ich mich in Selbstmitleid gesuhlt, doch Mano und Kai haben sich ziemlich erfolgreich darum bemüht, mir klarzumachen, dass ich, was Männer anging, kein Totalausfall war. Aus reinem Selbsterhaltungstrieb heraus löschte ich jede einzelne Erinnerung an Matthew von meinem Handy. Ich löschte seine Telefonnummer, beseitigte sämtliche Fotos, die wir zusammen gemacht hatten, und verschob unsere Nachrichten in den Papierkorb. Denn ich wusste, hätte ich es nicht getan, hätte ich mich möglicherweise von meinen Gefühlen überwältigen lassen und unsere kurzlebige Romanze zurückverfolgt, um herauszufinden, an welchem Punkt wir gescheitert waren.

Jetzt waren es nur noch zwei Wochen bis Weihnachten, und ich hatte immer noch niemanden, den ich über die Feiertage mit nach Hause nehmen konnte. Oder wichtiger noch: jemanden, der mich von der Erinnerung an das ablenken konnte, was im vorigen Jahr passiert war. Mit jedem Tag, der verging, wurde es mir enger ums Herz. Ich erkannte, dass Weihnachten mir mehr ausmachte, als ich gedacht hatte; und je näher das Fest rückte, desto weniger konnte ich mich konzentrieren.

Mittlerweile hatte ich seit fast einem Jahr nichts mehr geschrieben, was sich für mich als Schriftstellerin anfühlte, als hätte ich seit über dreihundert Tagen nicht mehr geatmet. Aber ich konnte nicht atmen. Ich konnte nicht arbeiten. Ich konnte mir nicht vorstellen, die Feiertage dieses Jahr alleine zu überstehen. Ich konnte mich unmöglich den Leuten in meiner Heimatstadt aussetzen, die mir Fragen stellen und mich voller Mitleid ansehen würden. Das war mir alles zu viel. Also unternahm ich etwas, das vermutlich idiotisch, aber für mein Seelenleben dringend erforderlich war. Ich kehrte zurück zu den Dating-Apps.

Gedankenlos wischte ich herum, bis mir ein Profil auffiel, das herausstach. Wie erstarrt blickte ich auf den Bildschirm.

Name: Kai
Alter: 31
Beruf: Restaurantbesitzer
Bio: Auf der Suche nach Holly

Fassungslos starrte ich Kais Bio an.

Auf der Suche nach Holly.

Mein Herz fühlte sich an, als würde es in meiner Brust Purzelbäume schlagen, während die Bedeutung dieser fünf Wörter allmählich einsank.

Aber er konnte nicht mich meinen. Oder doch? Auf keinen Fall. Wir waren lediglich Freunde. Nicht mehr und nicht weniger. Wobei, manchmal, wenn ich mit ihm zusammen war, hätte ich glauben können … also, hätte mein Herz glauben können, dass … nein. Unmöglich.

Und seit wann war Kai eigentlich auf dieser Dating-App? Seit wann setzte er sich dem aus? Benommen las ich die fünf Wörter immer wieder, fast so, als wäre ich unversehens in einen Fiebertraum geraten.

Mit schwitzenden Handflächen legte ich das Handy auf meinen Schreibtisch. Hob es wieder auf und schaute noch einmal nach. Ja, da stand es noch: *Auf der Suche nach Holly.*

Die Schmetterlinge in meinem Bauch drehten durch, während ich verzweifelt versuchte, sie wieder unter Kontrolle zu bekommen.

Was sollte ich tun?

Sollte ich ihn nach rechts wischen?

Oder nach links und so tun, als hätte ich sein Profil nie gesehen?

Hatte er zuerst für mich gewischt?

Mein Herz raste wie verrückt, und so tat ich das Einzige, das mir möglicherweise helfen konnte zu entscheiden, was ich tun sollte: Ich zahlte für das Premiumangebot der App, um nachzusehen, wer zuerst für mich gewischt hatte.

Und da war er, in der Liste der Männer, die für mich gewischt hatten.

Kai hatte mich ausgesucht.

Mich.

Er hatte mich herausgepickt.

Ohne noch weiter nachzudenken, wischte ich auf seinem Profil nach rechts, und auf meinem Bildschirm leuchteten die Worte *It's a Match!* auf. Aber ich schickte ihm nicht sofort eine Nachricht. Stattdessen kehrte ich zu seinem Profil zurück und betrachtete die Fotos von ihm, für die er sich entschieden hatte. Er sah auf jedem einzelnen großartig aus. Auf einem stand er zusammen mit Ayumu vor seinem Restaurant – mit einem leichten Lächeln, das seinen Stolz über die Eröffnung des Restaurants verriet. Auf dem nächsten mixte er gerade einen Cocktail. Dann kam ein Foto, das ihn auf einem Motorrad zeigte. Und auf dem letzten umarmte er Mano nach einem Footballspiel. Das Bild kannte ich gut, denn ich hatte es am Trikot-Abend selbst geschossen. Die Bildunterschrift lautete: *Das hat Holly gemacht. Die Person, nach der ich hier suche.*

Oh. Mein. Gott.

Mir wurde schwindlig, aber auf gute Art. Schwindlig vor Aufregung. Wie am Weihnachtsmorgen.

Im nächsten Moment erschien in meinen Nachrichten sein Name.

Kai
Wurde aber auch Zeit.

Mir schwirrte immer noch der Kopf, als ich zurückschrieb.

Holly
Dann bin ich die Holly, die du suchst?

Kai
Du bist die Holly, die ich suche.

Holly
Es war eine ziemliche Überraschung, darüber zu stolpern. Was, wenn ich nicht zu den Apps zurückgekehrt wäre?

Kai
Mano hat mir gesteckt, dass du das vorhattest.

Guter alter Mano, der meine bejammernswerten Neuigkeiten seinem Bruder mitteilte.

Holly
Ich bin noch immer auf der Jagd nach einer Weihnachtsverabredung und dachte mir, die Zeit drängt. Aber was, wenn ich dich nicht gefunden hätte? Wenn wir nicht füreinander gewischt hätten?

Kai
Nachdem ich schon Hunderte Frauen, die nicht du waren, nach links gewischt habe, hätte ich eben einfach weitergewischt.

Holly
Verstehe … verstehe … aber … wieso genau hast du für mich gewischt? Wieso suchst du nach mir, wo ich doch direkt über dir wohne?

Kai
Weil ich meinen Hut offiziell in den Ring werfen wollte, um deine Weihnachtsverabredung zu werden. Ich vermute mal, so bewerben sich die meisten Typen für den Job, also habe ich mich auch so beworben.

Mein Herz raste. Ich lehnte mich zurück und starrte auf das, was er gerade geschrieben hatte, so verblüfft, dass ich nicht mal antworten konnte.

Kai
Holly?

Holly
Ja?

Kai
Atme.

Ich entließ die Luft, die ich angehalten hatte, aus meiner Lunge.

Holly
Okay.

Kai
Also, ich nehme mal an, dass jetzt das Vorstellungsgespräch losgeht.

Holly
Vorstellungsgespräch?

Kai
Ja, ich bewerbe mich für die Stelle. Wenn du nichts dagegen hast, möchte ich dir meine Qualifikation vorlegen.

Holly
Dann mal los.

Kai
Also, deine Macken kenne ich schon, und ich liebe sie. Ich weiß, du suchst eine Feiertagsverabredung, deshalb musst du mich nicht extra fragen. Ich sage sowieso zu, denn ich habe über Weihnachten noch nichts vor, und Mano wird auf Hawaii sein. Du kennst meine miesepetrige Seite, also weißt du, wie übel ich sein kann. Und du hast meine fröhliche Seite erlebt und weißt, wie prima ich sein kann, was bedeutet: keine unangenehmen Überraschungen. Außerdem sind wir Freunde. Würdest du die Feiertage nicht lieber mit einem Freund verbringen als mit einem Fremden, der sich als verrückter Irrer entpuppen könnte?

Ich konnte mir ein Lächeln nicht verkneifen.

Kai
Und, was meinst du?

Statt ihm zu antworten, schlüpfte ich in ein Paar Hausschuhe, griff nach meinen Schlüsseln und lief die Treppe in den vierundzwanzigsten Stock hinunter. Ich hämmerte gegen Kais Wohnungstür, und als er aufmachte, sprang ich in seine Arme.

»Ja!«, rief ich. »Ich fände es fantastisch, wenn du meine Feiertagsverabredung wärst!«

Zuerst schien ihn meine stürmische Umarmung ein wenig zu irritieren, doch er hielt mich fest, zog mich an seine Brust und sagte: »Cool.«

18

KAI

»Na, das kam unerwartet«, bemerkte Mano, der, kaum dass Holly aus der Tür war, aus seinem Zimmer trat.

Ich sah ihn an. Er hatte sein albernes, schuldbewusstes Gesicht aufgesetzt. »Was?«, fragte ich.

Er ging in die Küche und nahm sich einen Apfel aus dem Obstkorb. »Ach.« Er warf den Apfel in die Luft, fing ihn auf und rieb ihn an seinem T-Shirt sauber. Dann biss er ein großes Stück ab und sagte: »Ich habe mir ein paar Dating-Apps runtergeladen und mich als dich ausgegeben. Ich glaube, das nennt man Catfishing.«

»Was?«, blaffte ich fassungslos. »Was soll das heißen?«

»Ich meine, ich habe auf der Dating-App so getan, als wäre ich du und …« Er kniff die Lider zusammen und sah mich an wie den letzten Schwachkopf. »Weißt du, was Catfishing ist? Es gibt doch diese Fernsehsendung, in der …«

»Ich weiß, was Catfishing ist«, fauchte ich. »Ich weiß bloß nicht, warum zum Henker du so etwas tun solltest.«

»Oh.« Er zuckte die Achseln und biss erneut in den Apfel. »Weil du ein viel zu großer Schisser warst, um Holly auf eigene Faust um eine Verabredung zu bitten. Du darfst mich deine gute Fee nennen, weil ich dir eine Einladung zu Cinderellas Winterball verschafft habe.«

Vollkommen platt starrte ich meinen Bruder an. »Du hast mich bei diesen Apps angemeldet, hin und her gewischt und

Holly verklickert, ich würde Weihnachten mit ihr verbringen?«

»Ja.«

»Bist du irre?«

»Um ehrlich zu sein, hatte ich keinen Schimmer, dass sie persönlich hierher marschieren und das Angebot annehmen würde. Ich dachte eher, es kommt zu einem hübschen kleinen Geplänkel auf der App, aber dann platzt sie hier herein, um es dir selbst zu sagen.«

»Zeig mir die App«, knurrte ich. Mano hielt mir das Handy hin. Ich riss es ihm aus der Hand und las den Wortwechsel zwischen ihm und Holly – beziehungsweise zwischen Holly und mir ... Mist, wie verwirrend! Dann entdeckte ich die Bio, die er sich für mich ausgedacht hatte. »›Auf der Suche nach Holly‹?«, fragte ich.

Manos Miene verriet Stolz. »Schlau, was?«

»Du bist ein Idiot.«

»Ich hab dich auch lieb, Bruderherz.«

»Du weißt aber schon, dass Identitätsdiebstahl ein Verbrechen ist, oder?«

»Und der Preis für Theatralik geht an ... meinen Bruder, Kai Kane. Ich habe dir nicht deine Identität geklaut. Ich habe dir lediglich deine Fotos geklaut. Ist doch gut so. Du wolltest doch sowieso mit ihr reden. Abgesehen davon ist dir hoffentlich klar, was das bedeutet, oder?«

»Was?«

»Sie hat auch für dich gewischt«, antwortete er und stieß mich an. »Betrachte es einfach als mein Weihnachtsgeschenk.«

Sie hat auch für mich gewischt.

Hieß das, sie empfand womöglich auch etwas für mich?

Oder hatte sie bloß mein Profil gesehen und aus Spaß auch für mich gewischt?

Wer wusste das schon?

Ich wusste nur, dass mein Bruder ein verfluchter Idiot war. Und ein Genie.

»Und wenn ich Weihnachten schon was vorhätte?«, raunzte ich. »Und das Restaurant kann ich auch nicht eine Woche lang sich selbst überlassen.«

»Klar kannst du. Ich hab das schon mit Ayumu besprochen. Wir haben alles bedacht.«

»Aber …«

»Hör auf, es zu verderben, Kai. Du hast sie gern, und jetzt kannst du eine ganze Woche mit ihr verbringen und es ihr sagen. Das ist ein Geschenk. Und einem geschenkten Gaul schaut man nicht ins Maul, oder wie Dad immer sagt.«

Ich knurrte in mich hinein und rieb mir übers Gesicht. »Ich kann nicht glauben, dass du das getan hast.«

»Hey, wenn du es nicht durchziehen willst, dann lass es halt. Das würde dann allerdings bedeuten, dass du der lieben Holly das Herz brechen und ihr mitteilen müsstest, dass du sie Weihnachten nicht begleiten wirst.«

Das sagte Mano bloß, weil er genau wusste, dass ich Holly so etwas unmöglich antun konnte. Die Art, wie sie mir in die Arme gesprungen war, genügte vollkommen, um mir zu zeigen, wie sehr sie sich freute, dass ich mit ihr kommen wollte. Ehrlich gesagt, wusste ich nicht mal, warum Holly mir so in die Arme gesprungen war. Ich wusste nur, dass sie mich umarmt hatte und dass ich den dringenden Wunsch verspürte, sie nicht zu enttäuschen. Wenn Holly in meine Arme stürzte, würde ich sie fest an meine Brust drücken, komme, was wolle.

»Und, wie wollen wir es machen? Soll ich dich als meinen Boyfriend ausgeben?«, fragte Holly von einem Barhocker im Mano's. Das Restaurant war seit einer Stunde geschlossen, doch sie war geblieben und sah mir nun beim Saubermachen zu, damit wir in allen Einzelheiten diskutieren konnten, wie die fünf Tage mit ihrer Familie ablaufen sollten. Ich war noch nie in einer Kleinstadt im Mittleren Westen gewesen und konnte mir nur vorstellen, wie es dort sein würde.

»Wir machen es so, wie du es willst«, teilte ich ihr mit.

Sie lächelte, und ich hatte noch keine Lippen so dringend küssen wollen wie ihre in diesem Augenblick. Wann immer sie lächelte, fühlte ich mich wie beschwipst. Schwindlig. Glücklich. Ja, Hollys Lächeln machte mich glücklich. Fast alles an ihr machte mich glücklich, und das war schon was, wenn ich bedachte, dass ich mich nicht einmal daran erinnern konnte, wann in meiner Welt außerhalb des Mano's so etwas wie Glück überhaupt existiert hatte.

»Ist es okay, wenn ich dich als meinen Freund ausgebe?«, fragte sie.

Es wäre sogar okay gewesen, wirklich ihr Freund zu sein, aber das spielte momentan keine Rolle.

»Sicher«, antwortete ich achselzuckend und tat so, als wäre es mir gleich.

»Gut. Ich habe meiner Mutter schon gesagt, dass ich mit meinem Freund kommen werde.«

Ich grinste. »Und wieso reden wir dann noch darüber?«

»Weil ich albern bin.« Sie drehte ihre Haare zu einem unordentlichen Knoten und legte dann lässig die Arme über die Bar. »Hab ich dir eigentlich gesagt, wie dankbar ich dir bin? Dass du das für mich tust?«

»Ja, schon mehrmals, aber das ist kein Thema. Ich hätte die Weihnachtsfeiertage sowieso allein verbracht.« Sie legte die Stirn in Falten, doch ich schüttelte den Kopf. »Es gefällt mir, Zeit allein zu verbringen.«

»Wirklich?«

Ja, wirklich.

Bis sie aufgetaucht war.

Ich tätschelte ihr die Hand. »Dein Weihnachtsgeschenk habe ich schon.«

Sie richtete sich ein wenig auf. »Was? Aber du musstest mir gar nichts besorgen.«

»Hab ich aber. Allerdings muss ich es dir heute Abend schon geben, bevor wir in ein paar Tagen zu deinen Eltern fahren.«

Holly hob eine Braue. »Was ist es denn?«

Ich ging zu einer der Schubladen in der Bar, nahm eine Karte heraus und legte sie vor ihr hin. Ihre Augen wurden ganz groß. »Du hast eine Spezialcocktailkarte gemacht?«

Ich nickte. »Ja, ich dachte, du bist mir lange genug damit auf die Nerven gegangen, also habe ich mich hingesetzt und eine gemacht.«

Als ihr Blick die sechs Cocktails auf der Karte überflog, sah ich, wie ihre Augen sich verschleierten. »Die sind alle nach Figuren in meinen Büchern benannt.«

»Gewisse Charaktere in manchen deiner Bücher haben ihre Lieblingsdrinks, deshalb dachte ich mir, ich versuche sie nachzumachen. Und sie sind ziemlich gut geworden. Ein paar waren allerdings nicht so doll, die musste ich etwas aufbessern …«

»Moment mal, wie bitte?«

Ich zog eine Braue hoch. »Hm?«

»Du hast meine Bücher gelesen?«

Ach ja, richtig. Holly wusste ja noch gar nichts von meiner neuen Lesesucht. »Ein paar.«

»Wie viele sind ›ein paar‹?«

»Achtunddreißig.«

Sie schnappte nach Luft. »Kai!«

»Kein Ding.«

»Und ob. Du liebe Güte. Und, hasst du sie? Findest du es unausstehlich, sie zu lesen?«

Ich schüttelte lachend den Kopf. »Keineswegs.«

»Wieso machte es mich nervös, dass du meine Bücher liest?«

»Kein Grund zur Nervosität. Du bist eine bemerkenswerte Autorin.«

»Bemerkenswert«, hauchte sie. »Das ist aber eine sehr nette Wortwahl.«

Ich beugte mich zu ihr. »Ich möchte, dass du das, was ich jetzt sage, nicht in den falschen Hals kriegst, okay?«

Sie kam mir entgegen und sagte leise: »Ich bin Meisterin darin, etwas in den falschen Hals zu kriegen, Kai.«

»Stimmt, das bist du, aber ich sage es trotzdem: Du bist meine Lieblingsschriftstellerin.«

Sie lehnte sich mit offenem Mund zurück. »Man könnte glauben, du willst mich zum Weinen bringen.«

»Nicht weinen. Schau dir lieber die Spezialcocktails an. Der letzte gefällt mir am besten.«

Ihr Blick wanderte ans Ende der Liste. »Der ›Holly‹?« Ihre Wangen hoben sich und färbten sich rosig. »Benannt nach mir?«

»Benannt nach dir.« Ich nahm zwei Gläser und machte mich daran, uns beiden einen Holly zu mixen. »Brombeersirup, Prosecco, Vodka, Rosmarin und ein Spritzer Limette. Süß, stark und ein bisschen frech. Er gibt jedem, der davon kostet, ein wenig mehr Charakter. So wie du.«

Sie atmete leise aus. »So wie ich?«

Ich stellte ein Glas vor sie hin. »So wie du.«

Sie hob es lächelnd und mit Tränen in den Augen, doch diesmal sagte ich nichts dazu. Holly war eine Frau, die jederzeit sehr viel fühlte, während ich ein Mann war, der wenig gefühlt hatte, bis sie in mein Leben getreten war.

Ich nahm es ihr nicht übel.

Im Gegenteil, ich beneidete sie um ihre Gabe, so tief zu empfinden.

Ihre Gefühle waren ihre Stärke, und ich liebte sie dafür.

Ich liebte so vieles an ihr.

»Auf den Holly«, sagte sie, als ich mein Glas hob und mit ihr anstieß.

»Auf dich«, erwiderte ich nickend, und wir tranken. Ich empfand Stolz, als Holly genüsslich stöhnte. Es schmeckte ihr. Sehr gut. Das war alles, was ich wollte.

Wir saßen zusammen und tranken, und als die Gläser geleert waren, erklärte Holly, dass wir auch die übrigen Cocktails probieren sollten.

Ich lachte. »Dann wirst du aber nach Hause torkeln.«

»Macht nichts.« Sie zuckte die Schultern. »Ich wohne direkt um die Ecke, und falls nötig, kannst du mich tragen.« Sie ließ ihren Finger in der Luft kreisen und tippte dann auf die Karte. »Als Nächstes möchte ich den Libby probieren.«

Ich grinste. »Dein Wunsch ist mir Befehl.«

Als wir uns durch die komplette Karte getrunken hatten, traten Holly und ich schwankend Arm in Arm hinaus auf die Straße. Sie sprach von Eichhörnchen, vom Mond und von den Schneeflocken, die um uns herumtanzten. Nichts von dem, was sie sagte, ergab einen Sinn, aber alles, was sie sagte, war mir wichtig, und ich lauschte betrunken auf jedes einzelne Wort.

Ich betrachtete die Schneeflocken, die auf ihren rosigen Wangen schmolzen. Wie gut, dass sie betrunken war, sonst hätte sie womöglich mitbekommen, wie ich sie ansah – als wäre sie alles für mich, denn genau das war sie heute für mich gewesen. Holly war mein Ein und Alles.

Ich brachte sie in ihre Wohnung, wo sie kichernd auf die Couch plumpste.

»Kai«, sagte sie und wedelte mit den Händen in der Luft herum.

»Ja?«

»Du mixt ganz schön starke Drinks.«

Lachend ging ich vor ihr in die Knie und machte mich daran, ihr die Schuhe aufzuschnüren. »Du hast es so gewollt.«

»Die Drinks waren umwerfend«, rief sie mit geschlossenen Augen. Sie schien einen Moment absoluter Glückseligkeit zu erleben. Dann richtete sie sich abrupt auf. Sie legte ihre Hände auf meine Brust und hielt meinen Blick fest. »Du bist umwerfend.«

Ich lachte. »Du bist betrunken.«

Sie ließ sich wieder nach hinten fallen. »Ich bin betrunken.«

Ich zog ihr die Stiefel aus und stellte sie an die Wand. Dann kehrte ich zu ihr zurück, öffnete den Reißverschluss ihrer Jacke und befreite ihre Arme daraus. Ich hängte die Jacke in den Schrank und ging in die Küche, um ihr ein Glas Wasser zu holen.

»Trink«, verlangte ich, ihr das Glas unter die Nase haltend.

»Vodka?« Sie nahm mir das Glas ab, trank und verzog das Gesicht. »Wasser?«

»Das brauchst du jetzt.«

Sie sah mich aus schmalen Augen an. »Wieso bist du nicht so betrunken wie ich?«

Ich lachte. »Weil ich kräftig gebaut bin.«

Sie stellte das Glas Wasser auf den Couchtisch, wobei sie es fast verschüttete, und schlang dann ihren Arm um meinen Bizeps. »Sehr sehr kräftig gebaut.«

In diesem Moment, als ihre braunen Augen mich ansahen, empfand ich sogar noch mehr Zuneigung für sie.

Die betrunkene Holly war einfach nur hinreißend.

Aber auch die nüchterne Holly war hinreißend.

Holly Jackson war hinreißend.

»Hey, Kai?«

»Ja?«

»Ich glaube, du wirst ein besserer falscher Boyfriend für mich sein als meine früheren echten Freunde.«

»Wie kommst du darauf?«

»Weil du mich magst.«

»Ja, das tue ich«, gestand ich, obwohl ich sie für zu betrunken hielt, um allzu viel hineinzudeuten. »Ich mag dich wirklich, Holly.«

Ihre vollen Lippen bogen sich zu einem Lächeln. »Ich mag dich auch.« Einen Moment lang wurde mir die Brust eng, doch dann fuhr sie fort: »Ich würde dich ja meinen besten Freund nennen, aber ich glaube nicht mehr an beste Freunde.«

»Warum das?«

»Weil sie so gemein sind«, lallte sie. Hollys Hände umklammerten immer noch meinen Oberarm und drückten ihn ein wenig, ehe sie mich wieder ansah. »Sind die Muskeln echt?«, wollte sie wissen, ihre Bemerkung über gemeine beste Freunde hinter sich lassend.

Ich tippte ihr auf die Nase. »Du musst jetzt schlafen.«

Sie ignorierte es und tippte nun mir auf die Nase. »Weißt du, was wir machen müssen, Kai?«

»Was denn?«

»Uns küssen.«

Ich erstarrte. »Was?«

Sie setzte sich aufrecht hin und nickte. »Wir müssen uns küssen. Wenn wir meine Familie davon überzeugen wollen, dass du mein Freund bist, können wir uns doch nicht zum ersten Mal verschämt vor ihnen küssen. Da ist es doch nur folgerichtig, dass wir üben müssen, uns zu küssen, bevor wir in ein paar Tagen bei ihnen aufschlagen.«

Wollte ich sie küssen? Absolut.

Und hatte sie nicht, so betrunken sie auch war, auf etwas Wichtiges hingewiesen? Hundertprozentig.

Aber würde ich sie heute Abend küssen? Ganz sicher nicht. Nicht, solange sie nicht ganz bei sich war. Nicht, solange sie betrunken war.

»Da ist was dran. Aber heute Abend kann ich das nicht, Holly.«

Ich sah sie – die Traurigkeit, die in ihren Augen aufblitzte. »Willst du mich denn nicht küssen?«

»Das habe ich nicht gesagt. Ich sagte, ich kann dich *heute Abend* nicht küssen.«

»Aber wieso nicht?«

»Weil du betrunken bist.«

»Ja.«

»Ich will dich nicht küssen, solange du betrunken bist. Gut möglich, dass du dich morgen Früh nicht mal mehr daran erinnern würdest.«

»Doch, würde ich«, gelobte sie.

»Okay, wenn du dich morgen noch erinnerst, komm gegen Mittag in meine Wohnung, dann küssen wir uns nüchtern zum ersten Mal.«

»Mach ich«, behauptete sie selbstgewiss.

»Gut.«

»Gut«, echote sie.

Wieder tippte ich gegen ihre Nase. »Geh jetzt schlafen.«

Sie warf die Arme in die Luft. »Bringst du mich ins Bett?«

Ich nahm sie auf meine Arme, trug sie in ihr Schlafzimmer, schlug die Bettdecke zurück und legte sie hin. Dann deckte ich sie zu, machte es ihr bequem und strich ihr das Haar hinter die Ohren.

»Schlaf schön, okay?« Ich wollte sie auf die Stirn küssen,

entschied jedoch, dass das vielleicht schon zu viel gewesen wäre.

Gähnend schloss sie die Augen, drehte sich auf die Seite und drückte ihr Kissen an sich. »Bis morgen Mittag, Kai.«

»Ja«, murmelte ich hoffnungsfroh. »Bis morgen Mittag.«

Am nächsten Tag klopfte es genau zur Mittagszeit an meiner Tür. Waren das etwa Schmetterlinge in meinem Bauch? Mist. Ich glaubte durchaus, dass dem so war. Während ich zur Tür ging, um zu öffnen, versuchte ich meine Nerven zu beruhigen. Holly stand breit grinsend vor mir.

»Hi«, sagte ich.

»Hi«, gab sie zurück und trat einen Schritt auf mich zu, die Hände hinter dem Rücken versteckt. »Es ist Mittag.«

Ich nickte lachend. »Ja, es ist Mittag.«

»Darf ich reinkommen?«

Ich trat zur Seite und gab den Weg frei. Sie trat ein und schloss die Tür hinter sich.

»Das ist jetzt ein bisschen komisch, und das tut mir leid«, begann sie, noch mit dem Rücken zu mir. Dann drehte sie sich um und sprach weiter. »Und mir ist bewusst, es könnte dir zu viel sein, aber …«

Ich schnitt ihr das Wort ab, indem ich sie an mich zog und meine Lippen auf ihre drückte. Je länger wir nur darüber redeten, umso peinlicher und unbehaglicher wäre es geworden, also tat ich es einfach. Ich küsste sie lange und sanft. Mein Mund traf auf ihren, als hätte er immer schon dorthin gehört. Und dann erwiderte sie den Kuss, schlang ihre Arme um mich und zog mich an sich.

Die Zeit blieb stehen, während unsere Münder sich miteinander bekannt machten. Es war nichts Ungestümes an diesem Kuss. Er war weder leidenschaftlich noch wild oder unangemessen oder so. Er war auch kein Zungenkuss. Er war einfach … schön.

Holly brauchte keine leidenschaftliche Umarmung von mir, auch wenn ich sie am liebsten genau so umarmt hätte. Ich wollte jeden Millimeter von ihr kosten, wollte mit meinem Mund dorthin wandern, wo noch kein falscher Boyfriend mit seinem Mund gewesen war.

Stattdessen küsste ich sie nur.

Nicht mehr und nicht weniger.

Auch wenn ich eher mehr wollte als weniger.

»Oh«, hauchte sie, als sie sich von meinen Lippen löste. »Okay, das war gut.« Sie ließ ihre Arme sinken und begann auf und ab zu gehen. Dann stemmte sie die Hände in die Hüften und nickte. »Das war gut, oder?«

»Ja, das war gut.«

»Und einfach, richtig?«

»Jap.«

»Meine Familie wird ja nicht erwarten, dass wir uns mit Zunge küssen und rumknutschen und so. Einfach ist also gut. Das war gut.« Sie sah mich lächelnd an. »Du schmeckst nach Pfefferminz.«

»Lippenpflege«, bemerkte ich.

»Weiche Lippen.«

»Deine waren aber auch gar nicht mal so übel«, scherzte ich.

Sie senkte die Brauen. »Hältst du mich für dumm, weil ich das mache? Ich weiß, es hört sich irre an, aber ich glaube nicht, dass ich über die Feiertage allein zu meinen Eltern fahren und mich bekümmert mustern lassen kann und …«

»Holly?«

»Ja?«

»Mach dir deshalb keinen Kopf. Es ist gut. Ich möchte dich dorthin begleiten.«

Ich sah, wie sie sich entspannte, als ihr bewusst wurde, dass ich in den nächsten Tagen wirklich ihren Freund spielen würde.

»Also gut.« Sie nickte. »Sollen wir das mit dem Küssen noch ein paarmal üben? Damit es auch echt aussieht?«

Diese Bitte würde ich ihr nicht abschlagen.

Also zog ich sie an mich und küsste sie abermals.

Dieses Mal dauerte es ein bisschen länger, bis sie sich von meiner Brust abstieß und ihren Mund von meinem löste. Verlegen lief sie ein paarmal auf und ab. »Okay, das war auch gut. Sogar noch besser, oder? Ich war weniger ... nervös.«

»Ja, das war gut.«

»Okay, cool, cool, cool«, murmelte sie und lief mit in die Hüften gestemmten Händen hin und her. »Spitze. Vielleicht noch mal, um den letzten Schliff reinzukriegen?«

Wenn es um den letzten Schliff ging, hätte ich sie lieber in mein Schlafzimmer getragen, um ihr zu zeigen, was ich draufhatte, aber ich nahm nicht an, dass sie darauf hinauswollte. Aber sie glaubte doch wohl hoffentlich nicht ernsthaft, ich würde mir die Gelegenheit entgehen lassen, sie weiter zu küssen.

Als ich die Hand nach ihr ausstreckte, kam sie sofort zu mir zurück. Ich schlang die Arme um sie, und sie legte ihre um meinen Hals und zog mich an ihren Mund. Als sie sich an mich drückte, teilte meine Zunge ein wenig ihre Lippen. Sofort jagte wie ein Stromstoß Verlangen durch meinen Körper bis hinunter in meinen Schwanz und weckte das schlafende Ungeheuer, während Holly den Kuss intensivierte und jetzt ebenfalls ihre Zunge einsetzte. Ich hielt sie in meinen Armen und drückte sie mit dem Rücken gegen die Wohnungstür. Als sie mein Gesicht in ihre Hände nahm, stützte ich die Hand neben ihrem Kopf gegen das Türblatt. Unsere Küsse wurden heftiger, und wir ließen das Stadium ›einfacher‹ Küsse offiziell hinter uns.

Noch verlegener als zuvor schob sie mich schließlich wieder

von sich. »Himmel, Kai, stopp, okay, cool. Okay. Schön. Alles klar.« Sie wedelte mit den Händen vor mir herum und fächerte sich dann Luft zu. »Okay, das war gut. Ein bisschen mehr für Fortgeschrittene, aber gut. Großartig. Du meine Güte, wirklich großartig! Es ist heiß hier, oder? Wie hoch hast du denn die Heizung gestellt? Du hast doch die Heizung hochgedreht? Ich schwöre, du hast die Heizung hochgedreht.« Ihr Blick fiel auf meinen Schritt, und sie errötete noch tiefer. Mit einer hochgezogenen Braue fand sie meinen Blick. »Ich würde dich ja fragen, ob es für dich auch gut war, aber der Beweis liegt klar auf der Hand. Oder besser in deiner Jeans.«

Ich sah die Beule an, dann wieder sie und zuckte die Achseln. »Das passiert ganz von alleine, wenn eine schöne Frau mich küsst.«

»Wage es nicht«, ermahnte sie mich.

»Was?«

»Mich schön nennen.«

»Sorry, aber das bist du.«

Sie rieb sich über das Gesicht, brummte irgendetwas und sah mich dann wieder an. »Ich muss jetzt gehen. Vielleicht noch ein Kuss für unterwegs, um uns zu vergewissern, dass wir es wirklich draufhaben?«

»Gern. Möchtest du …«

Ehe ich zu Ende sprechen konnte, machte Holly einen Satz und sprang mir in die Arme. Ich fing sie auf und hielt sie, während sie mich küsste. Ein Teil von mir glaubte, dass ich das Ganze nur träumte, weil es einfach zu gut war, um wahr zu sein.

Ich küsste ihre Lippen und wanderte dann hinunter zu ihrem Hals.

Ihre Finger gruben sich in meinen Rücken, während wir gemeinsam neue Territorien eroberten.

Als ihr Mund mein Ohrläppchen fand, jagte mir ein Schauer den Rücken hinunter.

»Holly, wenn du das tust, will ich …«, knurrte ich leise an ihrem Hals. »Himmel, Holly. Tu das nicht. Das gefällt mir viel zu gut.«

Sie zog sich zurück. »Ist das deine Stelle?«

Ich nickte, während die Erregung weiter durch meinen Körper kreiste. »Ja, das ist meine Stelle.« Sie musste deutlich gespürt haben, wie sehr mich das kleine Ziehen an meinem Ohr erschauern ließ, denn mein pochender Schwanz legte es förmlich darauf an, meiner Hose zu entkommen, als sie ihre Beine um mich schlang.

Hollys braune Augen ließen mich nicht los. Ich betrachtete die leichte Wölbung ihrer Lippen, als sie sich in die Unterlippe biss. »Du hast mir noch nie dein Apartment gezeigt«, sagte sie schließlich.

»Was?«

»Deine Wohnung. Du hast mich noch nie überall herumgeführt.«

Jetzt waren mein Schwanz und ich komplett verwirrt. »Es ist ein ganz gewöhnliches Apartment.«

»Gibt es ein Schlafzimmer?«, fragte sie und strich sich eine Haarsträhne hinters Ohr.

»Äh, ja …«

»Zeig es mir.«

»Ich soll dir mein Schlafzimmer zeigen?« Ich seufzte schwer. »Holly, wenn ich das tue, werde ich dir auch mein Bett zeigen, und ich weiß nicht, ob du das wirklich willst.« Mein Schwanz jubelte, während mein Verstand mir dringend riet, das jetzt nicht zu vermasseln, indem ich mit ihr schlief. Sex konnte alles verderben. *Oder*, rief mein Schwanz meinem Verstand zu, *das wird der beste Nachmittag, den du seit Langem erlebt hast.*

Doch ich kam nicht mal dazu, den Streit zwischen den beiden weiter zu verfolgen.

Denn Holly beugte sich vor, saugte aufs Neue an meinem Ohrläppchen und flüsterte: »Zeig mir dein Schlafzimmer.«

Fuck.

Ja, genau das würde als Nächstes kommen.

Alles geschah wie im Nebel. Was als süßer Kuss begonnen hatte, endete mit zwei Menschen, die wie die Tiere übereinander herfielen. Ich führte Holly in mein Schlafzimmer, woraufhin sie an einem weiteren Rundgang nicht länger interessiert zu sein schien. Stattdessen küsste sie mich, als hätte sie nur darauf gewartet, und ich küsste sie, als wollte ich für den Rest des Tages nichts anderes mehr tun.

Hollys Körper war wunderschön. Sie hatte so viel, das ich berühren, das ich küssen und lieben wollte. Ich liebte jeden Teil ihres Körpers. Jeden Quadratmillimeter, jede Wölbung, jede Vertiefung. Hastig zogen wir uns aus, als bestünde tatsächlich die Möglichkeit, dass einer von uns es sich anders überlegte, wenn wir auch nur einen Moment innehielten und unsere Köpfe einschalteten, statt unseren Instinkten die Führung zu überlassen. Unsere Klamotten flogen durch die Luft. Ich legte Holly auf mein Bett und machte mich daran, ihren Körper mit der Zunge zu erkunden und zu kosten. Sie schmeckte so, wie ich mir den Himmel vorstellte – göttlich. Heilig. »Wunderschön«, murmelte ich an ihren Hüften, während ich mit der Zunge tiefer und tiefer wanderte.

»Sag so was nicht«, wiederholte sie scherzhaft und nervös.

Ich sah sie an, verband meinen Blick mit ihrem. »Wunderschön«, sagte ich noch einmal, ehe ich meinen Mund zwischen ihre Beine senkte. Langsam glitt ich mit der Zunge über ihre Klitoris. »Wunderschön«, flüsterte ich, bevor ich daran saugte und mein Daumen sanft ihre Schamlippen massierte. »Wunderschön«, wiederholte ich und schob zwei Finger in sie hinein, während ich ihrem lustvollen Stöhnen lauschte. »Wunderschön«, stellte ich fest, bevor es kein Zurück mehr gab.

Ich spreizte ihre Beine und kostete von ihr, ehe mein Verlangen mich übermannte. Danach konnte ich nicht mehr sprechen, weil ich viel zu sehr damit beschäftigt war, zwischen ihren Schenkeln die besten Augenblicke meines Lebens zu genießen, doch in Gedanken wiederholte ich ohne Unterlass dasselbe Wort.

Wunderschön, wunderschön, wunderschön …

Während ich sie verwöhnte, meinte ich beinahe, sie könnte meine Gedanken lesen, so wie sie den Rücken durchbog, die Hände ins Bettlaken grub und genüsslich stöhnte.

Wunderschön, wunderschön, wunderschön …

Hollys Geschmack, ihr Geruch und alles an ihr bildeten meinen neuen Lieblingscocktail. Sie zu erforschen, versetzte mich in einen Rausch, der nie wieder vergehen durfte.

»Dich«, bettelte sie und holte mich so in die Gegenwart zurück. »Ich will dich, Kai«, wimmerte sie, was meinen pochenden Schwanz nur noch mehr erfreute.

Ich streckte die Hand aus, tastete auf meinem Nachttisch nach einem Kondom, streifte es über und wandte mich wieder Holly zu. Ihre braunen Augen sahen mich an, und ihr begehrlicher Blick genügte beinah, um mich auf der Stelle explodieren zu lassen.

Aber nur beinah.

Stattdessen beugte ich mich langsam über sie und küsste ihre Lippen, gab ihr von meiner Zunge ihren eigenen Geschmack zu kosten. Dann senkte ich meine Hüften, drang ein kleines Stück in sie ein und zog mich wieder zurück, nur um die Spannung noch ein wenig zu erhöhen.

»Bitte«, flehte Holly und schloss die Augen. »Bitte, mach weiter.«

»Das gefällt mir«, erwiderte ich und strich dabei mit meinen Lippen über ihr Ohr. »Es gefällt mir, wenn du mich anflehst.«

Doch dann hob sie die Hüften, und ich ergab mich ihr ganz. Ich stieß gegen sie und drang tief in sie ein, während sie die Hände gegen das Kopfteil stemmte und immer wieder murmelte: »Ja, ja, ja …«

Sie schrie vor Lust, vor Verlangen, vor vollkommener, ekstatischer Hingabe. Und das war alles, was ich wollte. Alles, was ich von diesem Augenblick an wollte, war, Holly zum Höhepunkt zu bringen und sie in eine berauschende Ekstase zu versetzen. Also ließ ich sie zuerst kommen.

Dann noch einmal.

Und noch einmal.

Und.

Noch.

Einmal.

Ihre Orgasmen ließen sie die Zehen ins Bettlaken krallen – bis ich schließlich ihre Beine auf meine Schultern legte, nun meinerseits eine Hand gegen das Kopfende stemmte und tiefer und tiefer in sie hineinstieß. Ich lauschte auf das Stöhnen, das sich ihr entrang, während ich meinem Höhepunkt immer näher kam. Sie zog mich an sich und saugte zärtlich an meinem Ohrläppchen.

»Komm für mich«, verlangte sie, und das genügte.

Ihr Wunsch war mir Befehl.

»Ho…Holly, ich …« Ich konnte den Satz nicht beenden. Meine Beine bebten gegen ihren Körper, und ich spürte, wie die Ekstase mich überrollte, während sie lächelnd zu mir hochschaute. Als ich fertig war, beugte ich mich hinunter und legte eine Fährte aus Küssen auf ihre Haut, ehe ich neben ihr zusammenbrach.

Wunderschön, wunderschön, wunderschön …

Erschöpft und ein wenig fassungslos über das, was soeben geschehen war, lagen wir unter der Bettdecke. Das war das Letzte, was ich nach einem ›einfachen‹ Kuss erwartet hatte, aber ich beklagte mich nicht. Ganz und gar nicht.

Holly räusperte sich und zog die Decke noch ein wenig höher. »Also, äh, ja, das mit dem Küssen haben wir raus, was?«

»Ich denke ja.«

Sie setzte sich auf und sah mich scheu an. »Dreh dich um. Ich muss meine Sachen anziehen.«

Ich sah sie mit hochgezogener Braue an. »Ich glaube, ich habe schon alles gesehen.«

»Dreh dich um«, befahl sie noch einmal. »Und mach die Augen zu.«

Ich warf die Hände in die Luft und gab mich geschlagen, dann kehrte ich ihr den Rücken zu und schloss die Augen.

Holly kroch aus dem Bett und kramte ihre Kleidung zusammen. Sie warf mir meine Boxershorts zu, und als sie verkündete, vollständig bekleidet zu sein, zog auch ich mich an und traf sie im Wohnzimmer.

Sie verhielt sich jetzt deutlich schamhafter als noch vor ein paar Minuten, als sie von mir verlangt hatte, für sie zu kommen. Es gefiel mir an ihr, wie schüchtern sie nach dem Sex wurde. Zur Hölle, es gab nicht viel, was mir an ihr nicht gefiel. Und je mehr Zeit ich mit ihr verbrachte, desto mehr entdeckte ich, was mir gefiel.

»Also, das war …« Sie atmete tief aus. »Okay. Küssen können wir von der Liste streichen. Cool.«

Wenn sie noch ein einziges Mal ›cool‹ sagte, würde ich es ihrem Namen als Markenzeichen hinzufügen.

Sie hielt mir die Hand hin.

»Was wird das jetzt?«, fragte ich.

»Ich will dir die Hand schütteln.«

»Ich schüttle dir doch nicht die Hand, nachdem wir miteinander geschlafen haben, Holly.«

»Hör mal, ich zerbreche mir hier den Kopf und gerate fast in Panik, deshalb möchte ich, dass du mir die Hand gibst, damit das alles, nach dem, was gerade passiert ist, noch irgendwie normal wirkt.«

Ich musste lachen – bis ich erkannte, wie ernst sie es meinte. Also schüttelte ich ihr die Hand.

»Danke«, sagte sie und schenkte mir ein kleines Lächeln. »Dann sehen wir uns am Montag zu unserem Ausflug.«

»Hört sich gut an.«

Ich öffnete ihr die Wohnungstür, und sie trat auf den Korridor hinaus. Einen Augenblick lang hatte ich Sorge, sie könnte bereuen, was geschehen war, und bekam ein schlechtes Gewissen. Bis sie sich zu mir umdrehte und ein wenig errötete.

»Was du mit deiner Zunge angestellt hast, hier und hier«, sagte sie und deutete, oben wie unten, auf ihre Lippen, bevor ein teuflischer Blick in ihre Augen trat. »Dieses ›Rauf, runter, tiefer‹?« Sie hob die Finger an die Lippen und küsste sie. »Unglaublich. Mach nur weiter so. Dafür gebe ich dir fünf Sterne in der Dating-App.«

Ich lachte amüsiert. »Bis Montag, Holly.«

Sie ging zum Aufzug, und ich sah ihr nach, bis sie um die Ecke verschwunden war. Ich fühlte mich benommen, verwirrt und glücklich. *Glücklich*. Fast hatte ich schon vergessen, wie sich das anfühlte. Es war an Holly Jackson, mein Gedächtnis wieder aufzufrischen.

Wunderschön, wunderschön, wunderschön …

19

HOLLY

Am Tag der Abreise zu meinen Eltern war ich mit den Nerven völlig am Ende. Kai hingegen schien die Ruhe selbst zu sein, was jedoch keine Überraschung war. Er ließ sich seine Gefühle niemals anmerken. Wenn er nervös war, bekam ich es nicht mit.

Ehe wir ins ländliche Wisconsin aufbrachen, brachte ich Grandma zu einer Nachbarin, die auf sie aufpassen wollte, und Kai und ich fuhren Mano zum Flughafen.

»Schreib mir, wenn du gelandet bist. Und viel Vergnügen«, sagte Kai zu seinem Bruder, zauste ihm die Haare und drückte ihn noch einmal an sich. Als er zum Kofferraum ging, um das Gepäck herauszunehmen, umarmte ich Mano.

»Mach viele Fotos, die du mir dann zeigen kannst, wenn du zurück bist, okay?«

»Mache ich. Und, Holly?«

»Ja?«

»Ich bin froh, dass Kai die Weihnachtstage dieses Jahr nicht alleine verbringt. Er tut immer so tough, aber eigentlich ist er ein Teddybär. Nimm es nicht persönlich, wenn er ein bisschen emotional wird.«

»Ich werde gut auf ihn achtgeben.«

»Danke.« Er drückte mich noch einmal, ehe Kai ihm den Koffer gab und er sich gut gelaunt auf den Weg machte.

Die Fahrt in meine Heimatstadt dauerte drei Stunden, und

zu meinem Glück fiel es mir leicht, mich die ganze Zeit mit Kai zu unterhalten. Meistens redete ich, aber Kai war ein guter Zuhörer, was mir durchaus recht war. Je näher wir allerdings unserem Ziel kamen, desto deutlicher meldeten sich meine Nerven. Wenn ich über Thanksgiving nach Hause kam, hieß es immer nur ›Hallo‹ und ›Auf Wiedersehen‹, sodass ich nicht vielen Stadtbewohnern begegnete. Aber da ich nun mehrere Tage zu Hause zubringen würde, fürchtete ich die Begegnungen mit ihnen umso mehr. Den meisten hatte ich seit dem Vorfall an Heiligabend aus dem Weg gehen können. Aber diesmal würde mir das nicht gelingen. Gott sei Dank war Kai bei mir und würde mich unterstützen.

Jetzt rutschte ich auf meinem Sitz herum und knibbelte an meinen Fingernägeln. »Meine Familie kann ganz schön anstrengend sein. Mom ist ein bisschen zu aufgedreht, und mein Vater ist, was mich betrifft, ziemlich fürsorglich. Es könnte also sein, dass er dich ein bisschen ausfragt. Aber meistens ist er eher still, mehr der Beobachter als der große Redner. Und mein kleiner Bruder ist ein Idiot, der mich für sein Leben gern aufzieht.«

»Willst du mir damit sagen, dass deine Familie dich liebt?«

»Ja.« Ich nickte. »Mehr als alles andere.« Als wir vor dem Haus meiner Eltern hielten, legte ich eine Hand an meine Brust. »Du meine Güte. Wieso rast mein Herz denn so? Warum bin ich bloß so nervös?« Noch ehe ich die Beifahrertür aufmachen konnte, war Kai bereits aus dem Wagen gesprungen, um sie mir zu öffnen. Ich stieg aus und spürte, wie meine Handflächen feucht wurden.

»Du bist nervös, weil du deinen Eltern deinen angeblichen Boyfriend vorstellen und so tun willst, als wärst du in einer echten, authentischen Beziehung, womit du dich in eine äußerst stressige Lage gebracht hast.«

»Oh. Stimmt. Okay.« Ich sah Kai an, der sich daranmachte,

unser Gepäck aus dem Kofferraum zu heben. »Glaubst du, wir kriegen das hin?«

Er stellte die Koffer neben mir ab, legte einen Arm um meine Taille und zog mich an sich.

Kais unerwartete Nähe warf mich endgültig aus der Bahn.

Er roch nach meinem Lieblingsparfüm, einer Mischung aus Eiche und Zitrone.

Ich hob den Blick und sah ihn an, während mein Herz gegen meine Rippen trommelte. »Was tust du?«, fragte ich.

»Meine Rolle spielen.« Er beugte sich zu mir herunter. »Küss mich.«

»Was?«

»Jetzt«, befahl er, während seine Lippen bereits meine streiften. Ich tat wie geheißen und drückte meinen Mund auf seinen. Er hielt meine Taille umschlungen, sodass ich leicht den Rücken beugte, als er mich in seinen Armen wiegte und küsste. Zahlreiche Gefühle durchströmten mich, und alle zugleich. Schwindel. Stabilität. Verlangen. Freude. Irritation. Glück. Für immer.

Für immer.

Eine seltsame Empfindung. Aber so fühlte ich mich.

Kai löste seine Lippen von meinen, ohne jedoch meinen Blick loszulassen. Und ich schwöre, in seinen Augen sah ich die gleichen wirren Gefühle Purzelbäume schlagen.

»Na, wenn das nicht die beiden Turteltauben sind«, unterbrach die Stimme meiner Mutter, was ich für einen intimen Augenblick zwischen Kai und mir gehalten hatte. Aber er hatte ganz offensichtlich lediglich seine Rolle gespielt und musste Mom herankommen gesehen haben.

Vergiss die Schmetterlinge, Holly. Die sind nicht echt.

»Du musst Kai sein«, sagte meine Mutter und streckte ihm ihre Hand hin.

Kai ergriff Moms Hand und zog sie in eine Umarmung. »Jawohl, Ma'am. Es freut mich, Sie kennenzulernen.«

Mom erwiderte die Umarmung und schien ein wenig zu taumeln, als sie ihn losließ und dann mich an sich drückte. »Du hast mir gar nicht verraten, wie gut er aussieht.«

»Du hast nicht gefragt«, scherzte ich.

»Du liebe Güte, ich bin ja so froh!« Mom gingen die Augen über, als sie zurücktrat. Dann stemmte sie die Hände in die Hüften und musterte mich. »Ich freue mich so für dich, Holly. Das ist so gut!«, rief sie.

»Mom … reiß dich zusammen.« Lachend schüttelte ich den Kopf.

»Weint sie schon?«, fragte Dad, der aus dem Haus auf uns zukam.

»Wie ein undichter Wasserhahn«, antwortete ich.

Dad schloss mich in seine Arme und küsste mich auf die Stirn. »Hey, Sweetheart, hab dich vermisst.«

»Ich dich auch, Dad.«

Sobald er mich losließ, verschwand seine Freundlichkeit jedoch. Streng wandte er sich Kai zu und beäugte ihn abschätzig. »Und du bist dann wohl Hollys neuer Freund.«

»Ja«, gab Kai zurück und reichte meinem Vater die Hand. »Ich bin Kai.«

»Kai«, brummte Dad und schüttelte ihm die Hand – kräftig. Um ein Haar hätte er dem armen Kerl die Finger abgequetscht. »Behandelst du meine Tochter auch gut?«

Kai warf mir mit der Andeutung eines Lächelns einen Blick zu. »Jawohl, Sir.«

Dad, Kais Hand noch immer fest im Griff, wandte sich an mich. »Behandelt er dich gut?«

Ich lachte und nickte. »Ja, Dad, aber jetzt lass seine Hand los, sonst brichst du sie ihm noch.«

Dad blickte Kai aus schmalen Augen an, ohne jedoch dessen Hand freizugeben. »Ich habe den Dreifachen Schwarzen Gürtel in Taekwondo, junger Mann. Ich nehme an, du weißt, was das bedeutet.«

»Dass Sie mir den Hintern aufreißen können, wenn ich Ihrer Tochter wehtue?«, fragte Kai.

»Nein«, entgegnete Dad kopfschüttelnd. »Dass ich dich umbringen und es wie einen Unfall aussehen lassen kann.«

»Daddy!«, japste ich.

»Phil, Schatz, es ist Zeit, von Hollys Freund abzulassen«, sagte Mom, die sich immer noch Freudentränen aus dem Gesicht wischte, weil ich offenbar einen richtigen Freund hatte. Na ja, genau genommen einen falschen Freund, aber was meine Familie nicht wusste, würde sie auch nicht verletzen. Dad ließ Kais Hand los und griff nach unseren Koffern, um sie ins Haus zu tragen.

»Vor deinem Vater hättest du mich warnen sollen«, flüsterte Kai, der sich die Hand massierte.

»Ich habe dir gesagt, er ist übertrieben fürsorglich.«

»Ja, aber du hast vergessen zu erwähnen, dass er mich mit seinem kleinen Finger umbringen könnte.«

»Nun mach mal kein Drama draus.« Ich griff nach seiner Hand und übernahm die Massage. »Aber du solltest die Finger von Taekwondo lassen, sonst brichst du sie dir noch. Umbringen würde er dich mit einem Tritt oder einem Hieb, nicht mit seinem kleinen Finger.«

Kai hob eine Braue. »Sag jetzt nicht, du hast auch den Dreifachen Schwarzen Gürtel.«

»Himmel, nein!« Ich machte mich auf den Weg zum Haus, und Kai folgte mir, weil ich noch immer seine Hand hielt und hinter mir herzog. »Ich hab bloß den Doppelten, mehr nicht.«

»Dann könntest du mich auch umbringen. Das merke ich mir.«

»Meine ganze Familie könnte das.«

Kai lachte nervös, während Mom uns folgte.

Sie klopfte Kai auf den Rücken. »Keine Sorge, dieses Wochenende wird niemand sterben. Ich bin so froh, dass ihr zwei hier seid.« Damit wandte sie sich an mich. »Dein Bruder und sein Freund sind auch eben erst angekommen. Ich kann es kaum erwarten, dass du MJ triffst, er ist so charmant.«

Wir betraten das Haus und legten im Vorraum unsere Schuhe und Wintermäntel ab. Mom hängte alles für uns auf, und als wir um die Ecke zum Wohnzimmer bogen, blieben Kai und ich abrupt stehen und starrten mit offenen Mündern Alec und seinen Freund an.

»Ach du Scheiße!«, riefen wir wie aus einem Mund.

»Also, ich werd nicht mehr, Kai existiert wirklich.« Alec grinste. »Und gut sieht er aus. Nicht schlecht, Schwesterherz.« Er kam zu uns, klopfte mir auf den Rücken und drückte Kais wunde Hand. »Ich bin Alec, Hollys Bruder. Und der da ist mein Boyfriend, MJ.«

Mein Blick traf MJs, und ich sah die Panik in seinen Augen. »MJ«, sagte ich, legte ein wenig den Kopf schief und schürzte die Lippen. »Wofür steht das?«

»Äh, Matthew Junior. Ich wurde nach meinem Vater benannt. Meine Familie nennt mich MJ, aber die meisten sagen Matthew zu mir.«

Matthew.

Okay.

Alles klar.

Er war derselbe verfluchte Matthew, mit dem ich mich die letzten Monate herumgeschlagen hatte. Derselbe Matthew, der mich ausgeführt hatte. Derselbe Matthew, der mir schließlich seinen wahren Charakter offenbart hatte und anschließend vollständig aus meinem Leben verschwunden war, weil ich nicht mit ihm in die Kiste gesprungen war.

Matthew war MJ! Matthew war Alecs MJ! Wie um alles in der Welt war das überhaupt möglich? Wie hatte sich mein Leben von einer Tragikomödie in eine solche Tragödie verwandeln können?

Mir wird schlecht …

»Da ihr jetzt hier seid, freue ich mich, die Neuigkeit verkünden zu können«, rief Alec. »Die Fusion meiner Firma mit Trading Construction ist endlich gelungen!«

»Oh mein Gott«, japste ich. »Das ist ja riesig.« Ich hatte es mir aufgrund unserer nicht unbedingt liebevollen geschwisterlichen Beziehung zur Gewohnheit gemacht, nicht allzu nett zu meinem Bruder zu sein, dennoch war mir natürlich klar, wie viel es ihm bedeutete, dass die Verbindung der beiden Unternehmen endlich erfolgreich durchgeführt worden war. Dieser Deal würde Alec zu einem der jüngsten Multimillionäre des Landes machen. Die Technologie und die Sicherheitssysteme seiner Firma und die Erfahrung von Trading Construction würden das Bauwesen von Grund auf verändern.

Daher war ich stolz auf ihn. Er vollbrachte wahrhaftig Großes!

»Aber das ist nicht die einzige Neuigkeit«, fuhr Alec fort, bevor er in seine Gesäßtasche griff, einen Ring daraus hervorzog und ihn sich an den Finger steckte. »Matthew hat mich gefragt, ob ich ihn heiraten will, und ich habe Ja gesagt.«

»Ach du Scheiße!«, riefen Kai und ich erneut wie aus einem Mund.

»Gestern Abend nach dem Vertragsabschluss«, sagte Alec. »Geh den Sekt holen, MJ, ja? Darauf müssen wir anstoßen.« Er stupste seinen Freund – seinen Verlobten – in die Seite.

»Du sagst es.« MJ nickte und flitzte davon.

»Ich helfe dir!«, rief ich, lief hinter dem Arsch her und verschwand in der Küche.

20

HOLLY

»Was geht hier vor?«, fauchte ich MJ an, als ich ihn in der Küche einholte. »Was tust du hier?«

Das schlechte Gewissen stand ihm deutlich ins Gesicht geschrieben. »Hör zu, ich war genauso überrascht wie du, als ich in dieses Haus kam und die Familienfotos an den Wänden sah.«

»Tja, höchste Zeit, dass du wieder verschwindest.«

»Was? Auf gar keinen Fall. Ich bin mit deinem Bruder verlobt.«

»Nein, bist du nicht.«

Er zog eine Braue hoch. »Aber ja doch.«

»Glaubst du wirklich, du könntest meinen Bruder heiraten, nachdem du ihm untreu warst? Noch vor ein paar Wochen hast du mit mir rumgemacht! Ich werde das auf keinen Fall zulassen. Mein Bruder ist ein guter Mensch, der etwas weit Besseres verdient als dich.«

»Nur leider hast du das nicht zu entscheiden. Alec hat nämlich längst Ja gesagt. Weshalb ich gerade den Sekt hole, um darauf anzustoßen.« Er griff nach zwei Flaschen Prosecco, die ich ihm jedoch sofort aus den Händen riss.

»Hier wird niemand auf irgendwas anstoßen!«

»Na …« Er schnappte sich die Flaschen zurück. »… und ob.«

Abermals entwand ich ihm den Prosecco. »Ganz sicher nicht. Ich kann nicht glauben, dass du dich gleichzeitig mit Alec und mit mir getroffen hast. Das ist einfach nur widerlich!«

Mein Bruder und ich hatten dasselbe Paar Lippen geküsst.

Und um ein Haar hätten wir sogar Schlimmeres getan.

Großer Gott!

Meine nächsten Sitzungen würden für meinen Therapeuten ein gefundenes Fressen sein.

MJ zuckte die Achseln. »Also, falls du dich dann besser fühlst: Dich habe ich nicht flachgelegt.«

»Ich fühle mich deshalb kein bisschen besser.«

»Egal, wir werden jedenfalls schon bald verbunden sein. Du kannst dich also schon mal daran gewöhnen, dass ich ein Teil deines Lebens sein werde, Schwesterlein. Und wenn du Glück hast, nehmen wir uns unsere gemeinsame Vergangenheit noch mal in deinem Schlafzimmer vor, wenn alle anderen beschäftigt sind.« Er zwinkerte mir zu.

Ich zuckte zusammen. »Du bist echt ein Schwein.«

»Dankenswerterweise steht dein Bruder auf Schweinefleisch. Wenn du mich jetzt bitte entschuldigen würdest ...« Er nahm mir die Flaschen wieder ab. »Ich muss auf etwas anstoßen.«

Ich entriss ihm die Flaschen erneut. »Dazu wird es nicht mehr kommen, wenn ich da reingehe und Alec alles erzähle und ...«

»Hab ich schon.«

Ich erstarrte.

Mit einem boshaften Grinsen eroberte MJ die Flaschen von mir zurück.

Verwirrt schüttelte ich den Kopf. »Wie bitte?«

»Sobald ich die Fotos von dir gesehen habe, habe ich ihm gesagt, dass wir ein paarmal miteinander ausgegangen sind, ohne dass irgendetwas passiert wäre. Und ich habe ihm gesagt, dass du mir nichts bedeutest, was durchaus der Wahrheit entspricht. Du hast mir gar nichts bedeutet, Holly.«

Das zielte direkt auf mein Herz.

Und wäre es nicht von einem verlogenen Miststück wie ihm gekommen, hätte es wahrscheinlich sogar wehgetan.

»Ich glaube dir nicht. Du versuchst mich doch bloß daran zu hindern, dass ich Alec die Wahrheit sage. Alec wäre niemals damit einverstanden, dass sein Boyfriend ...«

»*Verlobter.*«

»... dass sein Drecksack von Freund ihn betrügt«, führte ich den Satz zu Ende. »Er hat viel zu viel Selbstachtung, um so etwas durchgehen zu lassen.«

MJ hob kapitulierend eine Hand. »Frag ihn doch selbst. Dann wirst du sehen, ob mich das kümmert.«

»Schön. Mach ich. *Alec!*«, rief ich und fühlte mein Herz gegen meine Rippen poltern. »ALEC!«

Sekunden später kam Alec mit hochgezogenen Brauen herein. »Warum schreist du wie eine Verrückte?«

Ich deutete auf MJ. »Wir sind vor ein paar Wochen miteinander ausgegangen. So um die sechs Wochen lang.«

»Ja, weiß ich.«

Mir klappte die Kinnlade runter. »Was soll das heißen, du weißt das?« Ich baute mich neben MJ auf und zeigte abwechselnd auf mich und auf ihn. »Wir haben uns getroffen, MJ und ich. Wir sind miteinander ausgegangen.«

»Ja«, wiederholte Alec. »Weiß ich. Er hat es mir eben gesagt, als wir hier ankamen und er die Fotos von dir gesehen hat.«

»Okay ... und wieso ist er dann noch hier?«

»Weil er mein Verlobter ist?«, fragte Alec, offenbar irritiert über meine Ratlosigkeit.

Und ich war irritiert über seine Irritation! »Er hat dich betrogen, Alec! Mit mir! Deiner Schwester!«

»Ich habe ihn nicht betrogen«, erklärte MJ. »Wir hatten eine nicht-exklusive Beziehung. Aber das hat sich geändert, seit wir es offiziell gemacht haben.«

Eine nicht-exklusive Beziehung? Alec würde sich niemals auf dergleichen einlassen. Ich kannte meinen Bruder. Und auf so etwas stand er überhaupt nicht.

»Aber …«

»Kein Aber, Holly. Es ist, wie es ist. Sag nur bitte Mom und Dad nichts davon. Ich bezweifle, dass sie das verstehen würden. Sie entstammen einer anderen Generation«, bat Alec.

Mir stand der Mund offen. Ich verstand es ebenso wenig, dabei war ich nur wenige Jahre älter als mein Bruder. »Alec …«

»Wir stoßen in ein paar Minuten im Wohnzimmer mit Sekt auf MJs und meine Verlobung an, Holly. Du kannst dazukommen oder nicht, wir feiern so oder so. Und vielleicht lässt du dein Urteil außen vor, immerhin hast du dich mit Kai und MJ, nach allem, was du mir erzählt hast, ebenfalls zur gleichen Zeit getroffen.«

MJ nahm mir die Flaschen ab und bedachte mich mit einem teuflischen Lächeln. Dann gingen er und Alec ins Wohnzimmer, um mit den anderen anzustoßen.

Ich stand da und fühlte mich wie eine Vollidiotin. Wieso tat Alec so, als hätte er nichts gegen die Situation einzuwenden? Er musste doch wütender sein, als er durchblicken ließ.

Kurz darauf betrat Kai die Küche und sah mich fragend an.

»Will ich wissen, was hier los war?«

»Eher nicht, aber es gibt etwas, wobei ich deine Hilfe brauche.«

Er senkte die Brauen. »Warum macht mir diese Ansage Sorgen?«

»Weil du langsam begreifst, wie verrückt ich bin?«

»Wenn du mit ›langsam‹ schnell meinst, dann ja. Aber schieß los.«

»Matthew – MJ – ist ein verlogener Drecksack.«

»Ja, da sind wir einer Meinung. Um nicht zu sagen, das habe ich dir bereits gesagt, aber …«

Ich zeigte mit dem Finger auf ihn. »Komm mir nicht mit ›das habe ich dir gesagt‹!«

Er warf ergeben die Hände in die Luft. »Schon gut, schon gut.«

»Wir müssen seine Lügen bloßstellen.«

»Definiere ›wir‹.« Lachend schüttelte er den Kopf. »Ich will damit nichts zu tun haben.«

»Tja, das ist sehr bedauerlich, Cowboy, denn als du dich darauf eingelassen hast, meinen Freund zu spielen, hast du dich auch damit einverstanden erklärt, meine Spinnereien mitzumachen.«

»Das stand aber nicht im Vertrag.«

»Doch, im Kleingedruckten.«

»Ganz ehrlich, ich hätte wissen müssen, dass du einen Knall hast, sobald ich erfahren habe, dass du deine Katze Grandma nennst.«

»Das ist charmant.«

»Auf eine durchgeknallte Art. Aber egal«, knurrte er. »Sag mir lieber, was du vorhast.«

»Wir müssen MJ dazu kriegen, mich anzubaggern, und das Ganze aufnehmen. Oder du wirst sein Buddy, machst ihn betrunken und entlockst ihm das Geständnis, dass er kein guter Mensch ist.«

»Ich bin niemandes Buddy.«

»Weiß ich, Griesgram. Aber für mich könntest du eine Ausnahme machen.«

»Wieso sollte ich das für dich tun?«

»Weil ich es bin! Holly! Holly Jolly! Deine liebste falsche Freundin.«

»Das ist doch albern.«

»Ich bin froh, dass wir auf derselben Seite sind.«

»Wir sind keineswegs auf derselben Seite. Wir sind nicht mal im selben Buch. Du liest *Fünf Freunde* von Enid Blyton und ich Shakespeare.«

Sie lachte. »Die *Fünf-Freunde*-Bücher sind hervorragend, und du bist nicht der Shakespeare-Typ.«

Er sah mich an und zog eine Braue hoch. Dann legte er seine Hand an meine Wange, trat zu mir und flüsterte: ›*Von meinen Lippen trink, wenn sie versiegen, geh weiter …*‹« Sein Blick wanderte an mir nach unten, dann sah er mich wieder an. »›*… wo die schönen Quellen liegen.*‹«

Sagte er … sagte er gerade schmutzige Sachen zu mir – auf Shakespeare?

Seine Stimme wurde tiefer, verführerischer. »›*Wie schön, wie reizend dort die Ebenen sind! Und runde Hügel, dunkle Gebüsche.*‹«

Er streichelte meine Wange und sah mich aus seinen braunen Augen an. Sein Blick war so intensiv, dass mir die Wangen glühten.

Ich schüttelte den Kopf, um mich aus seinem Bann zu befreien. »Hör auf, zu spinnen und Shakespeare sexy klingen zu lassen. Außerdem haben wir für so was keine Zeit, wir müssen Pläne schmieden.«

»Warum sollten wir Pläne schmieden? Kannst du deinem Bruder nicht einfach sagen, dass Matthew kein guter Kerl ist? Warum versuchen wir es nicht auf die gerade, ehrliche Weise, statt uns wie zwei Irre aufzuführen?«

Sie seufzte. »Na gut, aber wenn es nicht klappt, musst du MJ morgen früh Abführmittel in den Kaffee tun.«

Lachend schüttelte er den Kopf. »Das wird nicht passieren.«

Das dachte ich mir, aber einen Versuch war es wert.

Ein beträchtlicher Teil von mir fand es ziemlich albern, vor dem Badezimmer rumzulungern und darauf zu warten, dass Alec wieder herauskam, aber jedes Mal, wenn ich versucht hatte, mit ihm zu sprechen, klebte MJ an seiner Seite.

»Was zum …«, rief Alec, als er das Bad verlassen wollte und ich ihn schnell wieder hineinschob. Rasch folgte ich ihm, machte die Tür zu, schloss ab und lehnte mich mit dem Rücken dagegen.

»Was zum Henker hast du vor?«, fragte er verdutzt.

»Wir müssen reden«, zischte ich.

Irritiert sah mein Bruder mich an. Mein Herz hämmerte gegen meine Rippen. Ich war mir zu neunundneunzig Prozent sicher, dass MJ jeden Augenblick nach Alec suchen würde, denn schließlich wollte er unbedingt verhindern, dass wir allein waren und ich meinem Bruder den größten Fehler seines Lebens ausredete.

»Reden? Worüber?«, fragte Alec. Dann seufzte er und kniff sich mit der rechten Hand in den Nasenrücken. »Warte. Ich weiß, worum es hier geht.«

Ich richtete mich ein wenig mehr auf. »Ja?«

»Ja, allerdings. Ich wusste, dass es dazu kommen würde, und habe mich schon darauf vorbereitet.«

»Wirklich?«

»Wirklich.« Er legte mir die Hände auf die Schultern. Obwohl er mein kleiner Bruder war, war er eigentlich schon immer größer gewesen als ich. »Und die Antwort ist Nein.«

»Nein?«

»Nein, ich werde deinen Namen *nicht* an Moms und Dads Weihnachtsgeschenke heften. Ich weiß, dass ich die besten Geschenke habe, und ich werde nicht zulassen, dass du dich da dranhängst.«

»Darüber will ich gar nicht mit dir reden«, erwiderte ich

und tat seine Bemerkung mit einer abfälligen Handbewegung ab.

»Oh? Worüber dann?«

Ich schluckte und bereitete mich noch einmal innerlich darauf vor, ihm die Neuigkeit über MJ mitzuteilen. Mir war bewusst, dass es ihm das Herz brechen würde, und ich war nicht sonderlich scharf darauf, diejenige zu sein, die es auslöste. Dennoch richtete ich mich auf und straffte die Schultern. »MJ geht es nur um Sex!«, platzte ich heraus.

Er starrte mich ausdruckslos an. Vollkommen und absolut ausdruckslos. Und lachte. »Wie bitte?«

»MJ. Er ist kein guter Mensch.«

»Holly, darauf werde ich mich nicht einlassen.«

»Es ist mir ernst, Alec. Du verdienst jemand Besseren als ihn.«

»Das sagst du doch nur, weil du immer noch beleidigt bist, weil er mit dir Schluss gemacht hat.«

»Was? Nein, bin ich nicht, das könnte mir nicht gleichgültiger sein. Ich sage das, weil du was Besseres verdienst als ihn. Er will nur dein Geld!«

»Hör auf, Holly!«

»Findest du es nicht merkwürdig, dass er sich monatelang nicht binden wollte, dich aber jetzt, da du den größten Erfolg deines Lebens feierst, heiraten will?«

»Ich werde mir das nicht anhören.«

»Weil du weißt, dass ich recht habe.«

»Nein«, fauchte er. »Ich werde mir das nicht anhören, weil ich weiß, dass du wegen dem, was Cassie und Daniel dir angetan haben, immer noch die beleidigte Leberwurst spielst!«

Mein Magen krampfte sich zusammen. »Was? Nein. Mit denen hat das gar nichts zu tun.«

»Ach ja? Du willst mir also ernsthaft weismachen, dass meine Verlobung keine komischen Gefühle in dir auslöst, nach allem, was die beiden dir …«

»Ich habe gesagt, das hat nichts mit den beiden zu tun, Alec«, blaffte ich ihn mit bebenden Nüstern an, während in meinem Kopf die Gedanken an Cassie und David wirbelten und meine Anspannung immer weiter in die Höhe trieben. »Er benutzt dich bloß!«, rief ich. »Siehst du das denn nicht?«

Alec legte mir eine Hand auf die Schulter und sah mich mitleidig an. Ich hasste es, wenn Menschen das taten – mich ansahen, als würde ich nur ihr Mitleid erregen. »Holly, ich weiß, wir verarschen uns immer gern gegenseitig, aber das geht jetzt wirklich zu weit. Selbst wenn MJ mit anderen Männern oder Frauen ausgegangen ist, ist das okay. Ja, es ist total irre, dass er mit *dir* ausgegangen ist, aber er hat mir versichert, dass er nicht mal versucht hat, mit dir zu schlafen.«

Ich schnaubte. »Das ist gelogen.«

»Also hattet ihr Sex?«

»Nein …«

»Dann spielt es keine Rolle«, unterbrach er mich. »MJ und ich haben erst eine Exklusivbeziehung, seit er mir den Antrag gemacht hat, und damit kann jetzt unser gemeinsames Leben beginnen.«

»Gleich nach der Fusion deiner Firma?«, fragte ich und dachte daran, wie hinterhältig MJ gewesen war. »Findest du das nicht verdächtig?«

»Du meinst also, er ist nur wegen des Geldes mit mir zusammen?«

»Ja«, platzte es aus mir heraus, bevor ich nachdenken konnte.

Ich wünschte, ich hätte es nicht gesagt. Der Schmerz, der in Alecs Blick aufleuchtete, drehte mir den Magen um.

Ich seufzte. »Ich meine … Nun ja, ich meine, es ist doch ein bisschen komisch, findest du nicht? Dass dir jemand, der vorher noch nicht mal richtig mit dir zusammen war, einen Heiratsantrag macht, nachdem du gerade erst das größte Geschäft deiner Karriere abgeschlossen hast? Das wirkt einfach nicht echt!«

»Ich weiß, dass wir uns immer gern gegenseitig auf den Arm nehmen, Schwesterchen, aber jetzt bist du wirklich grausam.«

»Alec …«

»Er liebt mich.«

»Das hat mit Liebe nichts zu tun«, insistierte ich.

»Was weißt du schon von Liebe, Holly? Die zwei Menschen, die du am meisten zu lieben geglaubt hast, haben dich die ganze Zeit hintergangen.«

Wow.

Das saß.

Alec seufzte. »Entschuldige, das war grob. Ich verstehe, dass die Weihnachtstage nach letztem Jahr schwer für dich sind, aber mach mir das nicht kaputt. Ich bin glücklich. Ich bin glücklich, Holly. Zum ersten Mal läuft in meinem Leben alles gut. Ich werde heiraten, und du kannst entweder mitziehen oder nicht. Aber egal wie du dich entscheidest, es wird passieren.« Damit schob er mich zur Seite, öffnete die Tür und ließ mich stehen wie eine Idiotin.

Ich kehrte in mein Zimmer zurück, wo Kai gerade seinen Koffer auspackte. Er sah auf und lächelte schief. »Hey. Hast du mit deinem Bruder geredet?«

»Hab ich.«

»Und was macht er jetzt mit MJ?«

Resigniert ließ ich mich auf die Matratze sinken. »Ihn heiraten.«

21

KAI

Als es Zeit fürs Abendessen wurde, konnte ich kaum glauben, dass Matthew – MJ – neben Alec Platz nahm, als wäre er kein finsterer Schurke aus einem Marvel-Film. Und er plauderte mit Hollys Eltern wie ein Ausbund an Ehrlichkeit, während er in Wahrheit der größte Lügner war.

»Du guckst so finster«, flüsterte ich Holly ins Ohr und stupste sie sanft an.

»Sorry«, brummte sie zurück und riss ihren Blick von MJ los. »Ich bin bloß so sauer. Ich ärgere mich so. Und ich verstehe das überhaupt nicht. Alec ist so ein kluger Kerl. Ich kapier einfach nicht, wieso er sich mit so einem Typen zufriedengibt.«

»Liebe macht blind. Da fällt es manchmal schwer, die Wahrheit zu erkennen.«

»Liebe ist bescheuert«, knurrte sie und schob sich ein Stück Grissini in den Mund. Sie war offenbar wirklich stinksauer. Was ich ihr nicht verübeln konnte. Doch leider entging ihr dabei etwas sehr Schönes, das diesen Abend auszeichnete – die Liebe ihrer Eltern.

Nie zuvor hatte ich Eltern gesehen, denen ihre Kinder so wichtig waren. Phil und Lisa Jackson liebten Alec und Holly mehr als alles andere. Ich hatte nicht gewusst, dass Elternliebe so deutlich sein konnte, während sie sich zugleich ganz still gab. Wie sie die beiden ansahen, machte den kleinen Jungen in mir beinah neidisch auf ihre Verbindung.

Obwohl Holly wegen MJ wütend war, brachten ihre Eltern sie zum Lachen. Es war unglaublich zu beobachten, wie sie ihre finstere Stimmung aufhellten. Ich selbst hatte von solchen Abendessen mit meinen Eltern immer geträumt. Hier war ein Tisch voller Liebe und Lachen, an dem Erinnerungen geschaffen wurden.

Holly wusste gar nicht, wie gut sie es hatte.

»Du besitzt also ein Restaurant, Kai?«, fragte Phil, als er mir die Salatschüssel anreichte.

»Daher kenne ich dich!«, rief MJ aus, sodass alle in seine Richtung blickten. Er sah mich mit großen Augen an, und in diesem Augenblick war ich fast sicher, dass er Hollys Eltern sein Geheimnis offenbaren würde. Und ich hoffte es. Es hätte mir sehr gefallen, wenn er so aufgeflogen wäre.

»Verzeihung, kennen wir uns?«, fragte ich spitz in der Hoffnung, er würde Ja sagen.

Doch sein Körper entspannte sich wieder ein wenig, und er schüttelte den Kopf. »Nein, nicht wirklich, aber dir gehört das Mano's, richtig?«

Er hatte sich wieder gefangen.

Ich warf einen Blick auf Holly, die unserem Gespräch aufmerksam folgte. Dann wandte ich mich wieder an MJ. »Ja, so ist es. Wir haben erst vor ein paar Monaten eröffnet. Aber es läuft sehr gut.«

»Oh, Sweetheart, ist das nicht direkt bei dir um die Ecke?«, erkundigte sich Lisa bei Holly. »Habt ihr zwei euch da kennengelernt?«

»Nein, eigentlich hatten wir ein Meet Ugly«, scherzte ich.

Lisa hob eine Braue. »Ein Meet Ugly?«

»Ja, das Gegenteil von einem Meet Cute. Wir wohnen im selben Haus, und eines Tages kam Holly, die Nase tief in einem Buch vergraben, herein und stieß mit mir zusammen. Dabei ging der Karton mit Spirituosen zu Bruch, den ich auf dem Arm hatte.«

»Er wollte damit sagen, dass *er* mit *mir* zusammengestoßen ist«, mischte sich Holly ein. »Dabei hat er eine Riesensauerei veranstaltet und mein Buch ruiniert.«

Lisa schnappte nach Luft. »Er hat ein Buch ruiniert?«

»Er. Hat. Ein. Buch. Ruiniert!«, rief Holly theatralisch.

Lisa sah mich enttäuscht an. »Das ist aber eine sehr hässliche erste Begegnung, Kai.«

Ich lachte. »Holly hat mich einfach umgerannt. Aber ich habe es ein paar Wochen später mit einem Stapel Romane wiedergutgemacht, darunter auch das Buch, das ich *ruiniert* hatte.«

Wieder schnappte Lisa nach Luft. »Du hast ihr Bücher gekauft?«

Ich nickte.

Lisa legte, einer Ohnmacht nah, die Hände an die Wangen und blickte mich mit verträumten Augen an. »Das macht sogar eine sehr süße erste Begegnung daraus, Kai.«

»Also, nun bist du aber ein bisschen wankelmütig«, bemerkte Holly lachend.

»Was soll ich sagen, ich habe eben eine Schwäche für Romantik.« Lisa wandte sich ihrem Mann zu und klopfte ihm auf den Arm. »Wieso kaufst du mir eigentlich nie Bücher?«

»Oh, jetzt geht das wieder los«, stöhnte Phil und deutete streng mit dem Finger auf mich und MJ. »Kommt bloß nicht hier an und mimt die großen Romantiker. Damit macht ihr mir nur das Leben schwer.«

Ich lachte. »Keine Sorge, von jetzt an schalte ich, was die Romantik angeht, einen Gang runter.«

»Ich verspreche, nichts zu versprechen, Sir«, sagte MJ, und ich verdrehte die Augen.

Er war gut und gerne der mistigste Mistkerl, der mir jemals über den Weg gelaufen war. Ich sah Holly an, die meinen Blick erwiderte. Vermutlich würden wir in der kommenden Woche noch eine Menge solcher Blicke tauschen.

»Ich finde es fantastisch, dass dir ein Restaurant gehört«, sagte Phil und lenkte die Unterhaltung so in die vorherige Bahn zurück.

»Ja, es hat aber auch lange genug gedauert. Mein Geschäftspartner und ich hatten das eigentlich schon vor Jahren geplant, aber dann ist meine frühere Partnerin an Krebs erkrankt, also habe ich in meinem Leben bis zu unserer Trennung die Pause-Taste gedrückt.«

»Du hast eine Frau verlassen, die an Krebs erkrankt war?«, fragte MJ abschätzig und ein wenig angewidert.

»Nein, genau genommen hat sie mich verlassen.«

»Ich hatte ja keine Ahnung«, sagte Holly und legte mir ihre Hand auf den Unterarm. »Das tut mir so leid«, flüsterte sie.

Ich zuckte die Schultern und versuchte das Unbehagen, das in mir aufstieg, zu verdrängen. »So ist das Leben.« Ich rutschte ein wenig auf meinem Stuhl herum und zwang mich zu einem falschen Grinsen. »Jedenfalls, als es ihr wieder besser ging, hatte ich wieder mehr Zeit, das Mano's auf die Beine zu stellen. Und jetzt steht es.«

»Das ist toll. Und gut für dich. Es ist nicht einfach, ein Geschäft auf den Weg zu bringen«, bemerkte Phil. »Das zeigt, dass du hart arbeiten kannst.«

»Ja, nur leider ist die Branche total übersättigt. Die meisten Restaurants in der City halten kaum ein Jahr durch. Hast du einen Plan B?«, wollte MJ wissen.

Ab welchem Moment war es angebracht, jemandem am Esstisch die Faust ins Gesicht zu dreschen? Der Kerl ging mich an, als wäre nicht er der Schurke des Abends, sondern ich.

»Ich denke, das ist nicht nötig. Das Restaurant läuft super. Sogar jemand von deinem Niveau wusste davon, also reden die Leute wohl über uns«, erwiderte ich mit einem breiten Grinsen.

»Ein Ausweichplan kann nie schaden«, gab er zurück.

»Ich wette, du bist ein Meister der Ausweichpläne«, knurrte Holly und entlockte mir damit ein Lachen.

»Wir haben noch diverse weitere Geschäftsideen«, erklärte ich.

Alec legte MJ eine Hand auf die Schulter. »Lass uns den Neuen nicht so ins Verhör nehmen, Schatz.« Er sah lächelnd in meine Richtung.

»MJ hat im Hauptfach BWL studiert. Er ist total fasziniert von allem, was damit zusammenhängt.«

»Keine Sorge, ich kann alles parieren, was er mir hinwirft«, erwiderte ich doppeldeutig und möglicherweise auch ein wenig drohend. Aber ich hatte noch nie gerne gekniffen oder mich in eine Ecke drängen lassen. Im Grunde hatte der Typ gar keinen Grund, unfreundlich zu mir zu sein. Es sei denn, er war … eifersüchtig? War er eifersüchtig, weil ich mit Holly zusammen war?

Ich legte meine Hände auf Hollys, lehnte mich zu ihr rüber und flüsterte ihr ins Ohr: »Ich glaube, er ist eifersüchtig.«

»Wer?«, fragte sie leise.

»Der Arsch.«

»Oh. Und auf wen?«

»Auf mich, weil ich mit dir hier bin.«

»Nicht möglich.«

»Dreh den Kopf und küss mich, und dann achte darauf, wie er reagiert, okay? Tu so, als würdest du lachen oder so was.«

Holly kicherte, stieß mich sanft an und küsste mich. »Du bist so albern, Kai.«

Als wir uns wieder trennten, fing ich den bösen Blick auf, mit dem MJ mich bedachte.

Natürlich war er eifersüchtig, als die Sorte Mann hatte er sich längst offenbart. Er wollte das, was er nicht haben konnte. Und nun, da Holly offiziell für ihn unerreichbar war, schien er sie nur umso heftiger zu begehren. Allein meine bloße Existenz in ihrem Leben machte ihn schon rasend.

Gut.

Ich wollte nicht, dass er sich irgendwie wohlfühlte.

»Ich hole lieber mal den Nachtisch«, schlug Holly vor und stand auf. »Willst du mir helfen, Kai?« Sie streckte ihre Hand nach mir aus, die ich gerne nahm, um ihr in die Küche zu folgen.

Kaum waren wir außer Hörweite, wandten wir uns einander zu und riefen unisono: »Ich hasse ihn!«

»Ich hab noch mal über das Abführmittel in seinem Kaffee nachgedacht«, sagte ich, während ich zum Küchentresen ging, um die Dessertteller und das Besteck zu holen.

»Ich schätze, mein Irrsinn färbt langsam auf dich ab.« Sie nahm den Zitronenkuchen aus dem Kühlschrank. »Aber ich finde immer noch, das wäre das Beste. Ein Scheißkerl verdient nun mal vollgeschissene Hosen.«

»Das müsste man auf T-Shirts drucken lassen.«

»So wie MJ sich darum sorgt, dass du einen *Ausweichplan* hast, sollten wir tatsächlich T-Shirts verticken.«

»Was zur Hölle macht ihr zwei da?«, fragte MJ, der jetzt in die Küche marschiert kam.

Überrascht drehten Holly und ich uns zu ihm um.

Ich räusperte mich. »Den Nachtisch holen.«

MJ wandte sich an Holly. »Das ist der Typ, der einmal vor deiner Wohnung stand«, sagte er. »Der Restaurantinhaber.«

»Ich dachte, das hätten wir während der Unterhaltung bei Tisch schon ausdiskutiert«, gab Holly zurück und wollte sich an MJ vorbeidrücken.

Doch er trat ihr in den Weg.

Mein ganzer Körper spannte sich, und ich hielt mich bereit, einzuschreiten, wenn MJ zu weit ging.

»Moment mal. Ihr zwei habt euch getroffen, während wir beide was am Laufen hatten?«, fauchte MJ. Die Eifersucht stand ihm übel zu Gesicht. Er wirkte ziemlich aufgebracht. »Willst du mich verarschen? Du bist mit mir in sein Restaurant gegangen. Und an dem einen Abend ist er vor deinem Apartment aufgeschlagen!«, wiederholte er, als würden die Beweise umso handfester, je häufiger er sie aussprach.

»Und?«, gab Holly honigsüß zurück. »Worauf willst du hinaus?«

»Dass du eine Heuchlerin bist!«

»Was willst du damit sagen?«, fragte Holly, grinste ihn unverschämt an und legte ihm, als wollte sie ihn besänftigen, eine Hand auf die Schulter. »Wir hatten keine exklusive Beziehung.«

Die Wut in MJs Augen nahm mit jeder Sekunde zu. »Was du aber geglaubt hast.«

»Was spielt das für eine Rolle, zukünftiger Schwager? Du gehörst jetzt zur Familie.«

Als er sich Holly nähern wollte, trat ich dazwischen. »Vielleicht aber auch nicht«, sagte ich mit leiser, gebieterischer Stimme.

MJ musterte mich von oben bis unten und überlegte ganz offensichtlich, wo er mich treffen konnte.

Konnte er aber nicht.

Es wäre allerdings amüsant gewesen zu sehen, wie er es trotzdem versuchte.

Stattdessen wich er zurück, grinste und sagte: »Tut mir leid zu hören, dass deine Krebsfrau dich verlassen hat. Das war sicher ein Schlag.«

Darin war er allerdings ziemlich gut – den wunden Punkt eines Menschen zu finden und den Finger in die Wunde zu bohren. Triumphierend ging er hinaus; er musste gemerkt haben, wie gut er getroffen hatte. Holly trat zu mir und legte eine Hand auf meinen Unterarm. »Alles okay?«

»Ja«, log ich. »Alles gut.«

Zwei Jahre zuvor

»Was tust du da?«, fragte ich Penelope, als ich unser Apartment betrat. Aber ich sah bereits, was sie vorhatte, und mein Magen verkrampfte sich.

Im Wohnzimmer standen, fein säuberlich aufgereiht, vier Koffer. Auf dem größten lag ihr Wintermantel, während am Weihnachtsbaum dahinter die Lichter funkelten.

»Kai, wieso bist du schon zu Hause?«

Sie sagte ›zu Hause‹, als wäre es ein Ort, an den sie gehörte, doch die Koffer erzählten eine andere Geschichte.

Ich trat einen Schritt auf sie zu. »Wo willst du hin?«

»Ich … nun ja, wir …« Ihre Stimme versagte, und sofort glaubte ich, es wäre meine Aufgabe, sie zu trösten. Tränen liefen über ihre Wangen, als sie den Kopf schüttelte. »Ich bin schwanger.«

Mein Herz setzte aus, und es verschlug mir den Atem. Ein Wirbel aus Gefühlen erfasste mich, doch als Erstes kam mir der Krebs in den Sinn. Als wir das letzte Mal dachten, sie wäre schwanger, war sie in Wahrheit krank gewesen.

»Wir müssen dich zum Arzt schaffen«, erklärte ich, ohne auf die Hinweise ringsum zu achten, dass sie mich verlassen wollte. »Wir müssen sichergehen, dass du gesund bist. Der Krebs könnte zurück sein.« Ich zog mein Handy aus der Tasche. »Ich rufe deinen Arzt an, und dann …«

Penelope trat zu mir und legte die Hand auf mein Telefon.

»Nein, Kai, ich bin nicht wieder krank. Ich bin schwanger. Wir waren bereits beim Arzt, um ganz sicher zu sein. Ich bin schwanger.«

»Wir?«, fragte ich. »Was soll das heißen?«

Bitte sag, es war deine Mutter.

Bitte sag, du warst mit deiner Mutter zur Untersuchung.

Bitte, Penelope ... Tu mir das nicht an.

Noch immer liefen ihr die Tränen über die Wangen, und noch immer wollte ich sie trösten. Ich wollte die Zuflucht sein, die sie aufsuchte, wenn ihr Leben auf dem Kopf stand. Zu mir sollte sie kommen, wenn sie überfordert war und zusammenzubrechen drohte.

Doch diesmal war nicht sie es, die in eine Million Scherben zerbrach. Ihre Tränen waren unangemessen, ja, grausam.

Sie war es, die mich verletzte.

Sie war es, die mich verriet.

»Es tut mir leid, Kai.«

Mehr brachte sie nicht heraus.

Es tat ihr leid.

Nachdem ich ihr während der schwersten Zeit ihres Lebens beigestanden hatte.

Nachdem ich ihr vergeben hatte, dass sie mich schon einmal betrogen hatte.

Nachdem ich sie weiter geliebt hatte.

Ich liebe dich noch ...

Verrat fühlte sich an wie eine anhaltende Herzattacke.

Wie ein Angriff auf jeden Winkel des Verstandes, der die Gedanken verpestete.

Es fraß die Tatkraft auf und überschwemmte die Seele mit Selbstzweifeln.

Er brach dein Herz, nicht ein Mal, sondern wieder und wieder.

Ich schüttelte den Kopf. »Ich dachte, du könntest nicht mehr schwanger werden. Wir haben das doch mit den Ärzten besprochen. Ich dachte … Wir haben Kondome verwendet, um Komplikationen zu vermeiden, und …« In meinem Kopf drehte sich alles. Ich konnte nicht atmen. Ich fühlte mich, als wäre meine Brust zersprungen und versperrte meinem Atem den Weg in meine Lunge.

»Es ist nicht von dir, Kai.«

Sechs Worte.

Die mir das Herz brachen.

»Wie kannst du dir so sicher sein? Woher willst du so genau wissen, dass …«

»Kai«, unterbrach sie mich und schüttelte den Kopf.

Sie war sicher.

Ich war vernichtet.

»Lance ist der Vater«, knurrte ich.

Sie nickte langsam und strich sich das Haar hinter die Ohren.

Ihre Haare wuchsen langsam wieder nach.

Ich war so froh, dass ihre Haare nachwuchsen.

Mein Blick fiel auf die Koffer, dann sah ich wieder Penelope an. »Du verlässt mich«, würgte ich hervor.

»Es tut mir leid«, sagte sie noch einmal, als hätten die Worte an diesem Punkt noch irgendeine Bedeutung. Ihre Entschuldigung war wie der Wind. Leer. Kalt. Ohne Belang.

»Du wolltest einfach so gehen.«

»Ich dachte, so wäre es einfacher.«

»Für wen?«

Für mich jedenfalls nicht. Es wäre keineswegs leichter gewesen, wenn ich nach Hause gekommen wäre und entdeckt hätte, dass Penelopes sämtliche Sachen verschwunden waren. Ich hätte Narben fürs Leben davongetragen. Nun, auch so würden

Narben zurückbleiben. Schon jetzt spürte ich mein müdes, verwirrtes Herz zu Stein erstarren.

Nun trug sie ihre Koffer einen nach dem anderen, ohne ein weiteres Wort, aus der Wohnung.

Ich saß unter der Festbeleuchtung und zerfiel langsam in meine Einzelteile.

22

HOLLY

»Es tut mir leid«, sagte ich zu Kai, während ich die Kissen auf unserem Doppelbett aufschüttelte. »Wegen Penelope. Ich hatte ja keine Ahnung, was du durchgemacht hast.«

Er saß im Sessel in der Ecke und band seine Schuhe auf. »Woher auch? Wir haben nie darüber gesprochen. Ist auch keine große Sache.«

Ich runzelte die Stirn und spürte, wie mir die Schuldgefühle auf den Magen schlugen. Die ganze Zeit über war ich so darauf konzentriert gewesen, einen Mann für die Weihnachtstage zu finden, dass ich gar nicht mehr daran gedacht hatte, mehr über Kais Kummer in Erfahrung zu bringen. Mano hatte erwähnt, dass Weihnachten für seinen Bruder immer schwierig war, doch ich hatte keine Ahnung wieso.

Ich band mir das Haar zu einem dicken Knoten zusammen, ließ mich aufs Bett plumpsen und schlug die Beine übereinander, sodass sie aussahen wie eine Brezel. »Okay …« Ich klopfte auf den Platz neben mir. »Erzähl mir mehr von dir.«

»Wir müssen das nicht tun, Holly«, insistierte er mürrisch. Ich machte ihm daraus keinen Vorwurf. MJs Worte waren herzlos gewesen, und mittlerweile spürte ich, wenn Kai sich zu tief in sich selbst zurückzog.

»Wenn es dir hilft, kannst du mit mir reden. Aber ich meine, wenn du dich mir nicht anvertrauen willst …«

»Ich will nicht«, unterbrach er mich und verzog das Gesicht.

»Oh. Okay.«

Er zog die Schuhe aus und sah zu mir hoch. Dann knurrte er irgendwas Unverständliches und seufzte.

»Sorry, ich wollte nicht unhöflich klingen.«

»Hast du nicht.«

»Es ist nichts Persönliches; ich spreche mit niemandem darüber, mit Ausnahme von Mano. Meistens ist er es, der auf Penelope zu sprechen kommt, und ich ignoriere ihn dann.«

»Wie lange wart ihr verheiratet?«

»Fünf Jahre. Aber davor waren wir schon zehn Jahre zusammen. Offiziell sind wir noch immer verheiratet, aber ich habe sie zwei Jahre lang nicht mehr gesehen. Sie war wie vom Erdboden verschwunden, bis sie mir vor ein paar Tagen die Scheidungspapiere in die Hand gedrückt hat.«

»War der Tag, an dem du so grantig zu mir warst?«

Er nickte.

Das war einleuchtend.

»Es tut mir so leid, Kai. Wie geht es dir damit?«

Er senkte die Brauen. »Lass das!«

»Was soll ich lassen?«

»Zu versuchen, mich dazu zu bringen, dass ich mich dir öffne.«

Ich antwortete ihm mit einem breiten Grinsen. »Dabei könnte man meinen, du wolltest dich mir öffnen.«

»Nein.« Kopfschüttelnd ging er zu seinem Koffer und zog seinen Pyjama heraus. »Keineswegs.« Er lief ins Bad, zog sich um und marschierte zu seiner Bettseite. Ehe er sich darauf niederließ, fragte er: »Soll ich das Licht ausmachen?«

»Bitte.«

Er ging und schaltete die Lichter aus. Vor dem Bett blieb er stehen. »Ich kann auch auf dem Boden schlafen«, bot er an.

Ich schlug auf seiner Seite die Bettdecke zurück. »Sei nicht albern«, erklärte ich und klopfte neben mir auf die Matratze.

Mit einem leisen Seufzen stieg er zu mir ins Bett.

Wir schwiegen einen Moment, doch mir wirbelten noch zu viele Gedanken im Kopf herum. »Kai?«

Er schnaubte, da er offenbar wusste, dass ich so schnell keine Ruhe geben würde.

Dann setzte er sich auf. Ich tat es ihm gleich und wandte mich ihm mit gekreuzten Beinen zu.

»Du hast fünf Minuten«, verfügte er und nahm sein Handy vom Nachttisch. »Fünf Minuten, um mich alles zu fragen, was du mich wegen Penelope fragen willst. Und dann ist Schluss damit!«

»Okay. Und du antwortest auf alles?«

»Ja.«

»Stell den Timer.«

Er tat es, und ich legte los.

»Warum hat sie dich verlassen?«

»Weil sie von einem anderen schwanger war.«

Mir klappte die Kinnlade runter. Du meine Güte! Ich konnte mir nicht einmal vorstellen, wie schlimm das gewesen sein musste. »Hast du sie da noch geliebt?«

»Ja. Leider geht Liebe nicht einfach so weg. Nicht mal, wenn man sich wünscht, dass es so wäre. Schließlich hatte ich sie auch nicht verlassen, als ich ein Jahr vorher schon einmal herausfand, dass sie mich hintergangen hat.«

»Moment, du hast herausgefunden, dass sie dich betrogen hat, und bist trotzdem geblieben?«

»Ich habe es herausgefunden, nachdem wir ihre Krebsdiagnose erhalten hatten. Danach wollte ich sie nicht verlassen. Besonders, nachdem klar war, dass der andere Kerl sich nicht um sie kümmern würde.«

»Aber … sie hat dich verraten.«

»Ja.«

»Und du bist geblieben?«

»Ja.«

»Kai …«

»Was für ein Mann wäre ich gewesen, wenn ich meine kranke Frau im Stich gelassen hätte?«

»Nach allem, was sie dir angetan hat?«

Er schwieg, und seine Stirn legte sich in Falten. Dann zuckte er die Schultern. »An unserem Hochzeitstag habe ich gesagt, in guten wie in schlechten Zeiten. Ich hielt es für unfair, den Teil mit den ›schlechten Zeiten‹ einfach zu vergessen.«

In diesem Moment verfiel ich Kai Kane voll und ganz.

Mit klopfendem Herzen neigte ich den Kopf zur Seite und betrachtete den Mann, den ich erst jetzt wahrhaftig zu sehen begann. Jetzt erst schlug er sein Buch für mich auf und zeigte mir die Seiten, die nicht so leicht zu lesen waren, und es fühlte sich an wie das größte Weihnachtsgeschenk, das ich jemals bekommen würde.

»Kai?«

»Ja?«

Ich drückte mein Kissen an die Brust und sagte leise: »Du bist ein Mann, der auf meiner Weihnachtswunschliste ganz oben stehen würde.«

Er sah mich mit einem schiefen Grinsen an. »Wenn du möchtest, binde ich mir am Weihnachtsmorgen eine Schleife um den Kopf.«

Oh ja, bitte.

»Und wie fühlst du dich in Bezug auf die Scheidung?«

»Frei«, antwortete er, ohne zu überlegen. »Ich fühle mich fast wie befreit, was ich mir schon sehr lange wünsche, aber ich konnte Penelope einfach nicht finden. Ihr plötzliches Auftauchen hat mich ziemlich aus der Bahn geworfen, trotzdem kann ich es nicht erwarten, dieses Kapitel meines Lebens endlich zu beenden.«

»Und du ...« Bevor ich die Frage aussprechen konnte, piepte der Timer.

Kai schaltete ihn lächelnd aus. »Es ist schon fast ein Uhr, und deine Mutter meinte, wir haben morgen einen anstrengenden Tag vor uns.«

Ich hätte alles gegeben, wenn ich nur noch fünf weitere Minuten bekommen hätte.

Ich legte mich hin und drehte mich auf die Seite, sodass ich Kai ansehen konnte. Das Kissen hielt ich weiter fest umschlungen. »Kai?«

»Schlaf jetzt, Holly«, murmelte er.

»Ja, ja, mache ich ja. Nur noch eine Frage.«

»Die Zeit ist um.«

»Ich weiß. Trotzdem ...«

Seufzend öffnete er die Augen und sah mich an. »Eine Frage noch.«

»Ist dein Herz okay?«

Er schwieg einen Moment. Sein Blick wurde sanft, dann teilten sich seine Lippen. »Heute Abend ja. Weil ich in guter Gesellschaft bin.« Ein winziges, kaum merkliches Lächeln spielte um seine Lippen. »Gute Nacht, Holly.«

Ich lächelte. »Gute Nacht.«

Er schlief sofort ein und begann zu schnarchen.

Ich hatte gedacht, ich würde es hassen, das Bett mit einem schnarchenden Mann zu teilen, weil ich einen leichten Schlaf hatte, doch in dieser Nacht machte es mir nicht sehr viel aus, weil es Kai war, der da neben mir schnarchte.

Kai Kane.

Schmetterlinge, Schnarchen und Kai Kane.

Vier Uhr morgens.

Ich hatte mich geirrt.

Ich hatte mich eindeutig geirrt.

Ich hasste es, das Bett mit einem schnarchenden Mann zu teilen.

Die eben noch munter flatternden Schmetterlinge verzogen sich und machten tiefen, knurrenden Lauten Platz, die wohl auch von Big Foot hätten stammen können.

Ich schlang mir das Kissen um den Kopf, presste die Hände auf die Ohren und unternahm, was ich konnte, um das Grunzen des Grizzlybären zu ersticken.

In der Hoffnung, damit sein Schnarchen zu unterbrechen, stieß ich ihm in die Seite, doch als er sich zu mir umdrehte, wurden die Geräusche nur noch schlimmer, wobei Kai dem Konzert zwischen seinen dramatischen Atemzügen noch die liebliche Melodie eines Nasenpfeifens hinzufügte. Und da er mir nun zugekehrt lag, schlug mir sein heißer Atem ins Gesicht, wenn er mit offenem Mund ausatmete.

Krass.

Ich griff mir mein Kissen sowie die Extradecke vom Sessel, lief damit ins Bad und schloss die Tür hinter mir. Dann stieg ich in die Badewanne, machte es mir darin so bequem wie möglich und schloss für wenige Stunden Schlaf die Augen.

23

KAI

Ich erwachte, gut ausgeruht, in einem leeren Bett. Meine Haare waren wild zerzaust, und ich wusste, dass ich dringend unter die Dusche musste. Ich ging zu meinem Koffer, zog die Klamotten für den neuen Tag heraus und eilte ins Bad.

Dort legte ich meine Sachen ab und zog mich aus. Ich griff mit der Hand hinter den Duschvorhang, um das Wasser aufzudrehen, und im selben Moment drang ein gellender Schrei aus der Badewanne.

»Was machst du?«, kreischte Holly und sprang klatschnass auf die Füße.

Schnell stellte ich das Wasser wieder ab und zog den Duschvorhang jetzt ganz zurück. »Was *ich* mache? Was machst *du* denn hier?«, fragte ich verdutzt. »Wieso schläfst du in einer Badewanne?«

Sie rieb sich das Wasser aus den Augen. »Weil du schnarchst wie ein Grandpa.«

»Grandpa wie Grandma die Katze?«

»Nein, wie ein Neunzigjähriger.« Sie riss die Augen auf und sah mich an. »Oh, gute Güte, du bist ja nackt!«

Panisch blickte ich an mir hinab und bedeckte mich. »Sorry.« Dabei war das im Grunde nichts, was sie nicht schon kannte. Und ich hatte häufiger an den Nachmittag in meinem Apartment gedacht, als ich zugeben wollte. Genau genommen war das meine neue Lieblingserinnerung.

»Was ist passiert? Ich habe einen Schrei gehört!«, rief Lisa, die ins Schlafzimmer geeilt war und mich nun nackt im Bad und Holly pitschnass in der Wanne stehen sah.

»Mom, raus!«, schrie Holly panisch.

Ich schloss die Badezimmertür, um mich zu verbergen, da mir bewusst war, dass Lisa gerade mehr zu sehen bekam, als ihr lieb sein konnte.

»Ach du meine Güte! Sorry! Sorry! Ich habe überhaupt nichts gesehen!«, rief Lisa. »Na ja, ich hab schon was gesehen, aber tu lieber so, als hätte ich nicht, damit das hier nicht komisch wird!«

Dieser Moment würde ewig unvergessen bleiben.

»Macht einfach weiter«, sagte Lisa. »Ich bin dann mal weg. Aber wenn du das nächste Mal duschen willst, Holly, ziehst du vorher besser deine Sachen aus.«

»Lieber Himmel, Mom«, ächzte Holly. »Mach die Tür hinter dir zu!«

Als ich hörte, wie Lisa sich entfernte, kam ich langsam wieder hinter der Tür hervor. Holly sah mich an, und ich bemerkte, dass ihr Blick für Sekunden auf meine Hände fiel – und auf das, was sie bedeckten –, bevor er verlegen wieder nach oben wanderte.

»Ich gehe dir lieber aus dem Weg«, sagte sie und stieg tropfnass aus der Wanne.

»Wir könnten, um das Klima zu retten, auch zusammen duschen«, unkte ich, weil ich wusste, dass sie erröten würde.

Für den Bruchteil einer Sekunde sah es aus, als würde sie es tatsächlich in Erwägung ziehen, doch dann sagte sie: »Halt die Klappe, Kai«, und huschte mit vor die Augen geschlagenen Händen an mir vorbei.

»Du kannst ruhig gucken, wenn du willst. Ich bin nicht schüchtern.«

»Wie es aussieht, ist wirklich kein Teil von dir schüchtern«, bemerkte sie und wies mit dem Kinn auf meinen Schwanz, der zur Abwechslung mal hellwach war.

»Was soll ich sagen? Ich wollte dir bloß einen guten Morgen wünschen.«

»Es ist nicht mal acht Uhr, und wir reden über deinen Penis. Ich brauche jetzt erst mal einen Kaffee.«

»Ich kann dir die Sahne dazu liefern, falls du …«

»Kai!«, rief sie mit knallrotem Gesicht.

Ich warf lachend die Hände in die Luft. »Okay, okay, das geht zu weit. Alles klar.«

»Hände runter!«, blaffte Holly, nicht ohne dass ihr Blick noch einmal abwärts schoss. »Nimm die Hände runter!«

Ich tat wie geheißen, und sie flitzte davon, um aus ihren nassen Klamotten zu kommen.

Ein Teil von mir wünschte, sie hätte meinen Vorschlag, gemeinsam zu duschen, angenommen.

Ich hätte bestimmt jede Sekunde davon genossen.

Nach der unheimlichen Begegnung am Morgen errötete Hollys Mutter jedes Mal, wenn sie mich sah, und ich hörte sogar, wie sie zu ihrer Tochter sagte, sie könne verstehen, wieso ich ihr gefiel.

Ich fühlte mich zugleich gedemütigt und geschmeichelt. Gleichzeitig war ich froh, dass nicht auch Phil Zeuge dieses Zwischenfalls geworden war, denn ich fürchtete, er könnte seinen Dreifachen Schwarzen Gürtel auspacken, weil ich mich in seinem Haus in Gegenwart seiner Tochter nackt hatte erwischen lassen. Wegen eines solchen Missverständnisses wollte ich nun wirklich nicht kurz vor Weihnachten sterben.

»Bist du angezogen?«, fragte Holly, als sie mit der Hand vor den Augen ins Schlafzimmer zurückkehrte.

Ich gluckste vergnügt. »Du bist in Sicherheit. Ich bleibe für den Rest des Tages angezogen.«

»Schön. Sehr gut. Hi.« Sie stemmte die Hände in die Hüften. »Es ist Zeit, dir mein Weihnachtsgeschenk zu geben.«

»Aber bis Weihnachten sind es noch zwei Tage.«

»Dieses Geschenk muss ich dir heute schon geben.« Sie nahm eine in Geschenkpapier eingepackte Schachtel aus ihrem Koffer und hielt sie mir hin. »Frohe Weihnachten.«

Ich hob eine Braue. »Was ist das?«

»Es geht bei Weihnachtsgeschenken darum, sie auszupacken und nachzusehen, was drin ist.« Sie wedelte mit der Hand. »Na los, pack es aus!«

Ich machte mich daran, das Geschenk auszupacken, und öffnete dann die Schachtel. Lachend und kopfschüttelnd nahm ich ein Trikot heraus, auf dessen Rücken mein Vor- und Nachname standen. »Ein Footballtrikot?«

»Du hast doch erzählt, du konntest auf der Highschool nie Football spielen, obwohl du es gerne getan hättest, also dachte ich mir, wir könnten das nachholen. Angefangen mit deinem Trikot. Ich habe auch eins.« Sie präsentierte mir ein Trikot mit ihrem Vor- und Nachnamen. »Also, zieh es an. Wir müssen uns beeilen. Meine Eltern sind schon auf dem Weg. Und Alec und MJ sollen mit uns fahren.«

»Auf dem Weg wohin?«

»Zum Footballplatz hier in der Nähe. Mein Dad hat arrangiert, dass wir da ein paar Stunden spielen können. Heute Abend soll es schneien, wir müssen uns also …«

»Du hast einen Footballplatz für mich gemietet?«

»Ja, den von der Highschool. Mein Vater ist da Trainer. Keine große Sache also.« Da irrte sie sich, für mich war das sehr wohl etwas Besonderes. Etwas ganz Besonderes. Sie wollte zur Tür. »Jetzt komm, fahren …«

Ich packte ihre Handgelenke und zog sie an mich. »Holly, warte.«

Ihr Blick fiel auf meine Hände, dann sah sie mich an. »Ja?«

»Du hast einen Footballplatz für mich gemietet, Trikots anfertigen lassen und deine ganze Familie mit hineingezogen, nur damit ich eine Erfahrung machen kann, die mir als Kind verwehrt blieb?«

Sie nickte langsam und wiederholte: »Keine große Sache.«

»Doch, das ist es.« Ich trat noch näher an sie heran, legte einen Finger unter ihr Kinn und hob ihren Kopf, damit sie mir in die Augen sah.

Und dann senkte ich ohne nachzudenken meinen Mund auf ihren und küsste sie.

Ich küsste sie, weil ich mich nach ihrem Geschmack sehnte.

Ich küsste sie, weil ich es wollte.

Ich küsste sie, weil das Einzige, woran ich in dieser Sekunde denken konnte, der Wunsch war, meine Lippen auf ihre zu drücken. Und als sie den Kuss erwiderte, schlang ich die Arme um sie und hielt sie fest.

»Guckt jemand?«, flüsterte sie, weil sie offenbar dachte, ich würde es nur spielen.

»Nein, niemand guckt.«

»Dann« – ihre Lippen lösten sich ein wenig von meinen – »küsst du mich, weil du mich küssen willst?«

»Ja.«

»Oh. Okay. Na dann …« Ihre Hände fielen auf meine Brust. »Dann mach es noch mal. Aber diesmal fester.«

Ich schloss die Schlafzimmertür und drückte sie mit dem Rücken dagegen. Abermals senkte ich meinen Mund auf ihren, legte die Arme um sie und hob sie hoch. Als ich ihr meine Zunge in den Mund schob und sie fester, tiefer und länger küsste, schlang sie ihre Beine um mich. Und als sie dann meinen Kuss erwiderte, spürte ich es bis in die Zehenspitzen.

Ihre Hände umfassten meinen Nacken, und sie stöhnte leise an meinem Mund, als meine Hände ihren Rücken hinunterwanderten. Ich wollte nichts mehr, als sie zum Bett zu tragen und jeden Millimeter ihres Körpers zu küssen. Ich wollte aufs Neue mit der Zunge ihren ganzen Körper erkunden.

»Hey, ihr zwei, hört endlich mit der Knutscherei auf, damit wir hier mal in die Gänge kommen!«, rief Alec und hämmerte gegen die Schlafzimmertür. »Mom und Dad wundern sich schon, wo wir bleiben.«

Holly kicherte an meinen Mund, und ich gab ihr noch einen kleinen Kuss und stellte sie wieder zurück auf den Boden. Ihre braunen Augen blickten in meine, und sie biss sich auf die Unterlippe. »Fortsetzung folgt.«

»Fortsetzung folgt.« Ich konnte es kaum erwarten.

Vor der Tür warteten Alec und MJ. Alec wirkte sauer, MJs Augen jedoch funkelten schelmisch.

»Schicker Lippenstift«, bemerkte Alec und marschierte den Flur hinunter. »Los jetzt!«

Ich wischte mir über den Mund, sah MJs unwirschen Blick und empfand einen köstlichen Triumph. Holly zu küssen wurde augenblicklich zu meiner Lieblingsbeschäftigung. Und dass MJ sich darüber ärgerte, war nur das Sahnehäubchen.

Ich griff mir einen Kapuzenpulli und zog das Trikot darüber. Mir war jetzt schon klar, dass dieses Trikot lange Zeit mein liebstes Kleidungsstück sein würde. Und ich wünschte, Mano wäre hier, um das Spiel zu sehen. Es hätte ihm gefallen, dabei zu sein.

Als wir endlich auf den Platz liefen, dehnten sich Hollys Eltern bereits an der Fifty-Yards-Linie. Auch Hollys Großvater war da – im Schiedsrichtertrikot. Breit grinsend warf er einen

Football in die Luft. Wie all ihre Familienmitglieder schien er auffällig gut in Form zu sein. Holly meinte, sie seien eher eine Familie von Kunstfreunden, doch es dauerte nicht lange, bis ich dahinterkam, dass sie alle Taekwondo machten – einschließlich ihres Großvaters. Diese Leute konnten sich auf eine Weise beugen und strecken, von der mein eigener Körper nur träumte. Sie mochten gut und gerne die gelenkigste Familie sein, der ich jemals begegnet war.

»Keine Sorge, Kai«, sagte Alec und klopfte mir auf den Rücken. »Wir spielen Touch-Football.« Damit joggte er zu seinen Eltern hinüber, und MJ, Holly und ich folgten ihm.

»Vielen Dank noch mal, dass du dieses persönliche Trikot für mich hast machen lassen, Holly«, sagte MJ zuckersüß. Am liebsten hätte ich ihm einen Schlag in den Magen verpasst. Er hatte wirklich nicht den geringsten Grund, sie anzusprechen. Schon während der Autofahrt war mir aufgefallen, dass er sie immer wieder angesehen hatte. Holly hatte ihn absolut durchschaut: Er wollte das, was er nicht haben konnte.

Sie selbst allerdings war alles andere als interessiert, sondern verdrehte nur die Augen. »Hätte ich gewusst, dass du es bist, ich hätte ›Arschloch‹ hinten draufschreiben lassen.« Sie nahm meine Hand. »Komm, Kai, gehen wir.«

Als wir zu ihren Eltern traten, ging mir auf, dass ich mich wohl kaum jemals für sie würde prügeln müssen, weil sie absolut in der Lage war, sich selbst zu verteidigen. Trotzdem stand ich bereit, um ihre Ehre, falls erforderlich, zu verteidigen.

Was in Bezug auf MJ allerdings nicht nötig war. Sie verstand sich sehr gut darauf, ihn daran zu erinnern, was für ein Blödmann er war.

Das Spiel begann ziemlich unernst. Holly, ihr Vater und ich bildeten das eine Team, MJ, Lisa und Alec spielten in der Gegenmannschaft. Es gab viel Gelächter, viel Unfug und jede

Menge Spaß. Als Kind hatte ich von solchen Weihnachtsferien geträumt, in denen die Familie zusammenkam und einfach gemeinsam Spaß hatte.

Holly wusste es nicht, doch sie ließ an diesem Tag mehr als nur einen Traum von mir wahr werden. Beim letzten Durchgang lag unsere Mannschaft zwei Punkte in Führung. Ich spielte Quarterback und suchte Blickkontakt zu Holly, um ihr zu bedeuten, dass ich ihr einen Pass zuspielen wollte. Sie winkelte ihren Arm an und klopfte sich auf den Bizeps, als wollte sie mir anzeigen, dass sie bereit war, meinen Pass anzunehmen.

Grinsend ging ich in Stellung, damit Phil mir den Ball zuspielen konnte. Er tat es, ich fing ihn auf und hob die Hände, um ihn Holly zuzuwerfen. Doch bevor ich dazu kam, flog mein Körper plötzlich nach hinten, sodass mir die Luft wegblieb, und ein Ellbogen rammte sich in mein Auge.

»Was zum …«, stöhnte ich, als ich mit Wucht auf den Boden prallte.

Als ich aufblickte, sah ich, mit selbstgefälligem Blick, MJ über mir stehen. Abwehrend hob er die Hände. »Mein Fehler.«

»Alter, was soll das? Wir spielen Touch-Football!« Alec kam angelaufen und stieß MJ gegen die Schulter. »Du hättest jemanden verletzen können.« Er reichte mir die Hand. »Alles okay, Kai?«

Ich ergriff seine Hand, und er zog mich auf die Füße. »Ja, alles gut.«

»Das war doch keine Absicht«, insistierte MJ, obwohl das Gegenteil zutraf.

»Sein Auge wird schon dick. Komm mit in die Umkleide, Kai. Ich leg dir einen Eisbeutel drauf«, bot Alec an.

Holly kam angelaufen und berührte vorsichtig mein Gesicht. »Geht es dir gut?«

»Ja, ich bin okay. Es hat mir nur die Luft aus den Lungen gepresst.«

Sie warf MJ einen strengen Blick zu. »Du bist so ein blöder Mistkerl!«

»Das war keine Absicht«, wiederholte der, obwohl sein Angriff zweifellos genau das gewesen war. Die Einzigen, die an ein Versehen glaubten, waren Hollys Eltern, die von dem Zwischenfall komplett überrumpelt worden waren.

Alec führte mich in die Kabine, wo ich mich auf einer Bank niederließ und darauf wartete, dass er mir einen Eisbeutel brachte. Mein Gesicht kribbelte nach dem Schlag aufs Auge, aber ich wollte mich nicht beklagen. Es hätte schlimmer kommen können.

»Du weißt, dass Holly wegen MJ recht hat, oder?«, fragte ich Alec, als er mir den Eisbeutel reichte.

Er räusperte sich, doch dann nickte er, während er mir den in ein Handtuch gewickelten Eisbeutel aufs Auge drückte.

»Halte ihn so fest.« Ich tat, was er sagte. Er rieb sich den Nacken. »Glaubst du, er empfindet noch etwas für Holly?«

»Nein. Ich denke, er ist eifersüchtig auf etwas, was er nicht haben kann.«

»Aber er hat doch mich. Ich verstehe nicht, warum ihm das nicht genügt.«

»Tu das nicht, Alec.«

»Was?«

»Denken, du wärst nicht gut genug. MJ ist ein Arschloch. Er ist das Problem. Nicht du.«

Er setzte sich neben mich auf die Bank und verschränkte die Finger ineinander. »Es mag schwer sein zu glauben, aber die Menschen werfen sich mir nicht gerade an den Hals.« Er lachte nervös. »Ich bin ein langer, dünner, nerdiger Typ, auf den die Männer normalerweise nicht unbedingt fliegen. MJ war der Erste, der wirklich Interesse an mir gezeigt hat. Jedenfalls habe ich das geglaubt. Aber wie sich gezeigt hat, hatte er auch Interesse an vielen anderen. Als ich ihn gefragt habe, ob er eine feste Beziehung eingehen wollte, hat er es abgelehnt und gesagt, wir sollten es langsam angehen und authentisch bleiben. Ich habe mich darauf eingelassen, denn die Alternative wäre gewesen, wieder allein zu sein.«

»Das ist immer eine Alternative.«

»Ich war allein.« Er schüttelte den Kopf. »Aber das ist nichts für mich. Ich kann vieles sehr gut. Arbeiten zum Beispiel. Geld verdienen. Aber ich bin furchtbar ungesellig. Ich bin ungeschickt und kein bisschen so wie Holly. Sie steht immer im Mittelpunkt, ohne es überhaupt zu wollen. Die Leute lieben ihre Macken, während sie sich von meinen abgestoßen fühlen. Als MJ sich nach der Fusion meiner Firma entschloss, bei mir zu bleiben, und sagte, er hätte sich in mich verliebt und wollte mich heiraten ... habe ich mich daran festgehalten.«

»Nach der Fusion.«

Er lachte leise – ein kummergetränkter Laut. »Ich weiß.«

»Er interessiert sich nicht für dich. Jedenfalls nicht so, wie du es verdienst. Du findest jemand Besseren als ihn.«

»Das ist es ja. Ich glaube das nicht. Was, wenn es das ist, was ich bekomme? Wenn das die einzige Chance für mich ist? Ich will lieber halb geliebt werden als gar nicht.« Er erhob sich von der Bank. »Das mit deinem Auge tut mir leid.«

»Das wird schon wieder.« Er wollte sich abwenden und gehen, doch ich rief ihm hinterher: »Achte mal darauf, wie er die meiste Zeit über mit dir umgeht, nicht nur in den scheinbar glücklichen Momenten. Typen wie er tun nur so als ob. An ihm ist nichts echt, und nur halb geliebt zu werden, bringt es nicht. Entweder ganz oder gar nicht. Du solltest die wenigen Augenblicke des Interesses nicht mit wahrer Liebe verwechseln.«

Er sagte nichts dazu, sondern drückte sich nur an Holly vorbei, die in diesem Moment in die Kabine trat.

Sie kam zu mir und setzte sich auf die Bank. »Geht es dir gut?«

»Alles gut«, sagte ich und nahm den Eisbeutel runter.

Behutsam legte sie ihre Finger an mein Gesicht. »Es wird ein bisschen blau.«

»Du hättest den anderen Kerl sehen sollen«, scherzte ich.

»Hab ich, und er sieht leider ganz unbeschadet aus.« Sie legte den Kopf an meine Schulter. »Meine Eltern nehmen uns mit, dann müssen wir nicht mit MJ fahren.«

»Ist wahrscheinlich am besten so.« Ich neigte den Kopf, sodass er an ihrem Scheitel ruhte. »Weißt du, das war das schönste Geschenk, das ich jemals bekommen habe, sogar trotz des blauen Auges.«

»Ja?«

»Ja.«

»Gut. Aber eine Überraschung hab ich noch für dich.« Sie stand auf und verschwand rasch um die Ecke. Als sie wiederkam, schwang sie vergnügt die Hüften; in den Händen hielt sie den Football. »Der Ball gehört offiziell dir.«

Ich lachte. »Den leg ich im Restaurant auf den Kaminsims, wenn ich wieder zu Hause bin.«

24

HOLLY

Nach dem Spiel fuhren wir nach Hause. Kai gesellte sich im Wohnzimmer zu meinem Dad, um mit ihm Football zu schauen. Dad schien überglücklich, endlich jemanden zu haben, der wirklich wusste, worüber er sprach, wenn es um Sport ging, und Kai schien überglücklich, Weihnachten bei den Jacksons mitzuerleben – selbst mit seinem hübschen Veilchen.

Als ich in mein Zimmer ging, um meinen Laptop zu holen, sah ich überrascht MJ auf mich zukommen.

»Holly, hey. Was macht Kais Auge?«

Ich verdrehte die Augen. »Als würde dich das interessieren.« Als ich mich an ihm vorbeischieben wollte, packte er meinen Unterarm. Ich sah hinunter auf seine Hand und riss meinen Arm los. »Was soll das werden?«

Er warf einen Blick den Flur hinunter, dann sagte er leise: »Wir müssen reden.«

»Machst du mit meinem Bruder Schluss?«

»Nein.«

»Wirst du dich verpissen?«

»Was? Nein.«

Ich zuckte die Schultern. »Dann gibt es nichts zu bereden.«

Als ich weitergehen wollte, hielt MJ mich abermals auf. »Nein, wirklich, wir müssen reden. Es ist wegen Kai.«

»Was soll mit ihm sein?«

Er verzog das Gesicht und schob die Hände in die Hosentaschen. »Er ist nicht der Richtige für dich.«

Ich lachte schnaubend. »Wie bitte?«

»Kai. Er ist nicht der Mensch, mit dem du zusammen sein solltest. Er ist ... irgendwie seltsam. Mir sind ein paar alarmierende Eigenheiten an ihm aufgefallen. Wie es scheint, geht er schnell an die Decke, auch wenn er es gut verbirgt. Außerdem scheint er ein echter Gigolo zu sein.«

Was um alles in der Welt ging hier vor? Wollte MJ – der sämtliche Alarmsirenen schrillen ließ – mich etwa darüber informieren, dass Kai ein Gigolo war? Das konnte er doch unmöglich ernst meinen.

»Hast du zu viel Eierpunsch getrunken?«, fragte ich ihn.

»Es ist mein voller Ernst, Holly. Ich mache mir Sorgen um dich.«

»Machst du dir wirklich Sorgen, oder bist du bloß eifersüchtig?«

»Eifersüchtig?« Er lachte und kratzte sich den Nacken. »Ich bin nicht eifersüchtig. Ich bin ein besorgter Schwager.«

»Du bist nicht mein Schwager. Und bilde dir bloß nicht ein, ich würde aufhören, Alec zu sagen, was für ein Troll du bist. Und jetzt entschuldige mich bitte ...« Ich setzte mich in Bewegung, doch MJ hielt mich zum dritten Mal zurück, genau unter dem ins Esszimmer führenden Türbogen.

Er blickte hinauf zu dem Mistelzweig über unseren Köpfen und sah dann wieder mich an, wobei er eine Augenbraue hochzog und sein Mund sich zu einem boshaften Grinsen bog.

»Du bist echt widerlich«, rief ich und stieß ihn von mir. »Lass mich in Frieden, MJ, und nimm Kais Namen nicht noch einmal in den Mund. Niemand hat dich nach deiner Meinung gefragt, und deine Sorgen interessieren auch niemanden. Und

Alec werde ich auch von dem Moment unter dem Mistelzweig erzählen, du Ekelpaket.«

»Das war nur ein Witz!«, rief er mir nach, als ich davonmarschierte.

Doch der einzige Witz hier war er selbst.

Als ich ziemlich verstört in die Küche trat, fand ich meine Mutter am Rande eines Nervenzusammenbruchs, während sie wie eine Verrückte den Kühlschrank durchwühlte.

»Ich kann nicht glauben, dass ich nicht genug Butter gekauft habe«, bemerkte Mom, nachdem sie den Kühlschrank zehn Minuten lang durchsucht hatte. »Ohne Butter kann ich keinen Rührkuchen backen. Unmöglich.«

»Ich kann schnell Butter besorgen. Kein Problem«, sagte ich.

»Oh, Schatz, das würdest du machen? Das würde mir unendlich viel bedeuten!«, rief Mom aus und klatschte in die Hände. »Das ist der Lieblingskuchen deines Vaters, den ich nur zu Weihnachten für ihn backe. Er wäre am Boden zerstört, wenn wir keinen hätten.«

»Ich wäre auch am Boden zerstört«, scherzte ich. »Aber bitte achte darauf, dass Dad Kai beim Holzhacken nicht zu sehr rannimmt, während ich weg bin.«

Dad bat alle Männer, ihm beim Holzhacken für die Kamine zu helfen. Vermutlich wollte er auch heute die Gelegenheit nutzen, MJ und Kai besser kennenzulernen und ein wenig auszufragen. Kai mit meinem Vater allein zu lassen, machte mich ein klein wenig nervös. Dad war nämlich ein extrem fürsorglicher Papabär. Andererseits jedoch war ich mir ziemlich sicher, dass Kai schon damit klarkommen würde. Und ich hoffte, Dad würde MJ bei einer seiner Lügen ertappen. Vielleicht würde Alec den Rat, MJ zu verlassen, eher von ihm annehmen als von mir.

Als hätte er mitbekommen, dass wir von ihm sprachen, kam

Kai mit der Jacke in der Hand herein, um durch die Hintertür zu Dads Schuppen rüberzugehen und ein wenig Zeit unter Männern zu verbringen.

»Hey, ich fahre noch mal schnell Butter kaufen«, sagte ich zu Kai.

»Du willst zwei Tage vor Weihnachten Lebensmittel kaufen? Du bist eine mutige Frau«, unkte er.

»Oder eine verrückte. Bist du sicher, dass es okay für dich ist, mit meinem Vater Holz zu hacken?«, erkundigte ich mich.

Wortlos winkelte er den Arm an und führte mir seinen eindrucksvollen Bizeps vor. »Ich denke, Holzhacken kann ich.«

Ich verdrehte die Augen. »Mach mal halblang, Dwayne ›The Rock‹ Johnson. Keiner verlangt von dir, schwere Geschütze aufzufahren.«

Er verschränkte zwecks weiterer Übungen die Hände hinter dem Rücken. »Ich kann nichts dafür; die schweren Geschütze fahren von ganz alleine auf.«

Ich hätte gerne noch einmal die Augen verdreht, doch die waren zu sehr damit beschäftigt, seinen Körperbau zu bestaunen. Es war gerade lachhaft, wie fantastisch Kai jeden Augenblick jedes einzelnen Tages aussah. Wenn er unbeschwert war, nahm seine Attraktivität sogar noch zu. Jemand musste mir mal den Kopf zurechtrücken, weil meine Gedanken so häufig zu dem Nachmittag in seiner Wohnung zurückwanderten, an dem wir uns eigentlich bloß hatten küssen wollen. Wir hatten seitdem nicht mehr darüber gesprochen, und dafür war ich einigermaßen dankbar – aber auch einigermaßen enttäuscht, weil es nicht noch einmal vorgekommen war. Doch wer weiß, vielleicht war es für Kai ja lediglich eine einmalige Angelegenheit gewesen. Was mich ebenfalls ein wenig enttäuschte. Ich wartete immer noch auf den Moment, in dem er noch einmal leise ›braves Mädchen‹ zu mir sagte.

»Wir sehen uns, wenn ich zurück bin«, sagte ich zu ihm.

Er beugte sich vor und küsste mich, und ich fragte mich unwillkürlich, ob er mich küsste, um mich zu küssen oder um vor meiner Mutter die Geschichte unserer angeblichen Beziehung aufrechtzuerhalten.

»Viel Glück beim Einkaufen«, sagte er und gab mir schnell noch einen Kuss, bevor er in seine Winterjacke schlüpfte und hinausging.

Mom sah mich grinsend an.

Ich hob eine Braue. »Was?«

»Nichts. Gar nichts, es ist nur schön, dich so zu sehen. Du bist glücklich mit ihm. Das gefällt mir.«

»Das ist keine große Sache, Mom.«

»Doch, ist es«, widersprach sie. »Ich weiß, wie sehr Cassie und Daniel dich letztes Jahr verletzt haben.«

Sofort zog sich mein Magen zusammen, als ich ihre Namen hörte, doch ich versuchte es mit einem Achselzucken abzutun. »Das ist eine Ewigkeit her.«

»Nicht wirklich«, sagte sie stirnrunzelnd. »Aber es geht dir eindeutig besser. Und wie der Mann dich anschaut, Holly …« Sie pfiff leise. »Genauso sieht dein Vater mich an. Der Junge ist dir verfallen.«

Meine Wangen glühten. Wenn Mom gewusst hätte, dass Kai nur so tat. Anscheinend spielte er seine Rolle so gut, dass er dafür einen Oscar verdient hätte. Mom schien tatsächlich nicht zu bemerken, dass zwischen Kai und mir nichts lief.

»Er ist tatsächlich wundervoll«, sagte ich ehrlich. »Einer von den Guten.«

»Genau wie du.« Damit bedeutete sie mir zu gehen. »Aber ich brauche wirklich dringend diese Butter, wenn du dich also bitte beeilen könntest, Sweetheart.«

In der Hoffnung, möglichst schnell in den Laden rein- und

wieder herauszukommen, sauste ich los. Aber so, wie meine Heimatstadt drauf war, würde das sicher nicht der Fall sein. Als ich vor dem Geschäft anhielt, sank mir das Herz. Der brechend volle Parkplatz verriet mir, dass es im Laden von Menschen, die mich kannten, nur so wimmeln würde.

In der Hoffnung, auf diese Weise vielleicht unerkannt zu bleiben, zog ich mir die Wintermütze in die Stirn und lief mit gesenktem Kopf in den Laden. Zum Glück kannte ich das Lebensmittelgeschäft in- und auswendig, sodass ich mich im Zickzack zwischen den Leuten hindurchschlängeln und mit eingezogenem Kopf zu den Milchprodukten durchschlagen konnte.

Dann stand ich, vor Erleichterung seufzend, vor der Butter. Ich hob den Blick, streckte die Hand danach aus und knurrte in mich hinein, als ich die größte Tratschtante von Birch Lake meinen Namen rufen hörte.

»Na, wenn das mal nicht die liebe, alte Holly Jackson ist! So wahr ich hier stehe!«, rief Daisy Churchill, die einen Eierkarton in den Händen hielt. »Es wurde schon gemunkelt, du würdest über die Feiertage in die Stadt kommen. Stacey Lynn meinte, sie hätte dich vor ein paar Tagen mit einem gut aussehenden Gentleman in einem Mietwagen vorfahren sehen. War das dein Freund? Hast du einen Freund, Holly?«, fragte sie, während sie auf mich zumarschierte. Daisy war eine ältere Dame, die die meiste Zeit auf ihrer Veranda hockte und sich mit ihrem Mann, Earl, lautstark über alle unterhielt, die an ihrem Haus vorbeikamen. Momentan trug sie Lockenwickler in ihren blonden Haaren, und auch wenn mal keine Zigarette zwischen ihren Lippen hing, konnte ich den Tabakrauch in ihren Kleidern riechen. Daisy liebte zwei Dinge im Leben: Tabak und Klatsch.

Ich spürte, wie alle Umstehenden ihre Blicke auf mich richteten. Das Tuscheln ließ nicht lange auf sich warten, während

Daisy munter drauflos quasselte. Ich umklammerte mein Paket Butter und fragte mich, was der liebe Gott nur gegen mich hatte. Wen hatte ich in einem früheren Leben so vergrätzt, um in einer solchen Lage zu enden? Von allen Stadtbewohnern, die mich hätten entdecken können, musste es ausgerechnet die neugierige, schrille Daisy Churchill sein. Wenn es etwas gab, worauf diese Frau sich verstand, dann war es, Aufsehen zu erregen.

»Hi, Daisy, schön, dich zu sehen. Ich wollte nur schnell Butter besorgen und ...«

»Ich hab gerade noch daran gedacht«, fiel sie mir brutal ins Wort, »wie ich dich das letzte Mal gesehen hab. Das muss letztes Jahr an Heiligabend gewesen sein. Oh, Sweetheart, ich bin nicht mal dazu gekommen, dir mein Beileid auszusprechen, nachdem Cassie und Daniel zusammen durchgebrannt sind. Eine Schande, dass dir das passiert ist. Das war dir bestimmt furchtbar unangenehm. Also, ich hätte mich danach auch nicht mehr in der Stadt blicken lassen. Kann ich verstehen, dass du Birch Lake seitdem gemieden hast.«

Beileidsbekundungen hörte man sonst eher bei Beerdigungen und weniger bei Hochzeiten. Aber es war Daisys Art, Salz in derartige Wunden zu reiben und an den Tag zu erinnern, an dem meine Hoffnung und mein Vertrauen in die Menschen das Zeitliche gesegnet hatten. *Ruhe in Frieden, Holly.*

»Ich habe die Stadt nicht gemieden, ich hatte bloß zu viel zu tun.« Ich zwang mich zu lächeln, vor allem wegen der Zeugen. »Man lernt im Leben nie aus, Daisy. Entschuldige, aber ich muss jetzt wirklich ...«

»Holly.«

Als ich diesmal meinen Namen hörte, sträubten sich mir sämtliche Haare.

Die Stimme kannte ich.

Noch vor Sekunden hatte ich geglaubt, kein schlimmeres Geräusch vernehmen zu können als Daisys Zetern. Bis zu dem Augenblick, als Cassies Stimme sich in unser Gespräch mischte. Ich fuhr herum und sah zu meinem Entsetzen meine ehemals beste Freundin vor mir stehen. Mein Blick fiel auf ihren Bauch.

Ach du liebe Güte, Cassie war schwanger.

Sie war *wirklich* schwanger!

Dermaßen schwanger, dass sie kurz vor dem Platzen war.

Mir schwanden die Sinne, als ich sie ansah.

Sekunden später bog auch Daniel um die Ecke. »Hey, Schatz, ich kann die Haferflocken nicht finden und …« Daniel schaute auf und folgte Cassies Blick. Als er mich sah, machte er große Augen und wich einen Schritt zurück. »Holly!«

Daisy legte mir eine Hand auf die Schulter. Der Zigarettendunst in ihren Klamotten kam immer näher, und dann sagte sie: »Oh, Süße, das katapultiert dich jetzt sicher ein Jahr zurück, oder? Das ist jetzt bestimmt ein Schock für dich, oder?«

Ich starrte Daisy an wie eine Irre, bevor ich das Einzige tat, was mir jetzt einfiel: Ich rannte, mit der Butter in der Hand, zurück zu meinem Auto.

Ich konnte nicht fassen, was mir gerade passiert war.

Daniel, Cassie und geklaute Butter.

25

KAI

»Brauchst du Hilfe?«, fragte MJ, der einen Stapel frisch gehackter Holzscheite auf der Schulter balancierte. »Sieht aus, als würdest du ganz schön lange brauchen, um mit dem Stück Holz da fertigzuwerden.«

Mein Hass auf diesen Typen nahm mit jeder Sekunde zu. Ich hieb die Axt ins Holz und teilte es in zwei Hälften. »Ich denke, ich komme zurecht.«

MJ grinste. »Schön für dich, Kai. Man soll schließlich nie aufgeben.«

Ich hätte ihm sicher etwas anderes erzählt, hätte Hollys Vater nicht wenige Zentimeter neben mir gestanden.

MJ und Alec verteilten das geschlagene Holz hinter dem Haus und drinnen bei den Kaminen. Wir hatten eine ganze Weile lang Holz gehackt. Mittlerweile fror ich mir in dem Schuppen hier draußen den Arsch ab, würde mich aber ganz sicher nicht beklagen. Phil hatte uns heißen Apfelmost mit einem Schuss Whiskey gebracht, was eine echte Hilfe gewesen war.

»Er ist echt speziell, oder?«, fragte mich Phil.

»Verzeihung?«

»MJ. Von der besonderen Sorte.«

»So kann man es auch nennen«, brummte ich und zerteilte noch ein Stück Holz.

Phil legte mir ein weiteres Holzscheit auf den Hackklotz. »Was hältst du von ihm?«

Ich hob eine Braue. »Was ich von MJ halte?«

»Ja. Ich würde gerne hören, was du über ihn denkst.«

Ich schüttelte leicht den Kopf. »Ehrlich gesagt, Sir, bin ich immer stolz darauf gewesen, meine Meinung offen zu sagen. Aber es würde Ihnen womöglich nicht gefallen, was ich Ihnen über diesen Kerl sagen könnte.«

Phil klopfte mir lächelnd auf den Rücken. Dann ging er zu seinem eigenen Hackklotz hinüber und griff nach der Axt. »Ich halte ihn für einen Mistkerl.«

Seine Worte schockierten mich. »Moment, wie bitte?«

»Ich kann seine Überheblichkeit nicht ausstehen. Er ist furchtbar großspurig und unhöflich. Und ich bin keineswegs überzeugt, dass er dich während des Spiels nicht absichtlich umgerannt hat.«

Ich stellte meine Axt ab und sah Phil perplex an. »Dann mögen Sie ihn auch nicht?«

»Überhaupt nicht. Und liegt es nur an mir, oder gafft er dauernd meine Tochter an?«

»Vertrauen Sie mir, Phil …« Ich lachte. »Es liegt nicht an Ihnen. MJ und Holly sind sogar ein paarmal miteinander ausgegangen. Aber sie hat erst hier erfahren, dass er Alecs MJ ist.«

»Und mein Sohn weiß das?«

»Ja, wir haben es ihm gesagt.«

Phil legte die Stirn in Falten. »Es ist Alec nicht immer leichtgefallen, Beziehungen zu knüpfen. Er ist der klügste Mensch, den ich kenne, aber ich sehe, dass er hier Schwierigkeiten hat. In dieser Hinsicht ist er sehr sensibel, und er verdient etwas Besseres als diesen miesen Kerl.«

»Da stimme ich Ihnen zu.«

Phil musterte mich mit zur Seite geneigtem Kopf. »Du bist ganz anders. Dich kann ich gut leiden. Du wirkst sehr geradlinig.«

»Ich kann gar nicht anders sein, Sir.«

»Das gefällt mir. Holly verdient etwas Besseres nach ihrem letzten Freund. Auch wenn das zwischen dir und Holly vielleicht als Absprache angefangen hat, ist nicht zu übersehen, dass zwischen euch beiden echte Gefühle entstanden sind.«

Mir fiel buchstäblich die Kinnlade runter.

Wusste er, dass wir unsere Beziehung nur spielten?

Phil lachte. »Ich bin vielleicht ein bisschen wortkarg, Kai, aber nicht dumm. Und eines weiß ich: Dir liegt wirklich etwas an meiner Tochter.«

»Ja, mir liegt sogar sehr viel an ihr.«

»Ich weiß. Das sehe ich auch ohne dass du es mir sagst. So etwas lässt sich nicht vorspielen. Deshalb werde ich dir jetzt etwas sagen, okay?«

»Was Sie wollen, Sir.«

»Gib ein wenig Acht auf ihr Herz. Es ist nämlich nach dem vergangenen Jahr ein bisschen wund.«

»Sie hat mir erzählt, dass ihr Ex sie letztes Jahr an Weihnachten verlassen hat. Das muss sehr schlimm für sie gewesen sein.«

»Hat sie dir gesagt, wie er sie verlassen hat?«, erkundigte sich Phil.

»An ihrem Hochzeitstag.«

»Ja, und hat sie auch gesagt, mit wem?«

Ich hob eine Braue. »Nein.«

Phil seufzte und kniff sich in den Nasenrücken. Und dann erzählte er mir, was letztes Jahr an Weihnachten geschehen war.

Während ich seinem Bericht lauschte, zerbrach mein Herz für Holly in tausend Stücke. Nun erst verstand ich, warum sie nicht ohne einen Partner in die Stadt hatte zurückkehren wollen. Sie hatte Angst gehabt, nach einer solchen Tragödie den

Bewohnern von Birch Lake zu begegnen. So vieles, was sie tat, ergab endlich einen Sinn.

Nachdem Phil geendet hatte, schnippte er sich schniefend mit dem Daumen gegen die Nase. »Du siehst, meine Tochter hat stürmische Zeiten erlebt. Falls du also der Mann in ihrem Leben werden solltest, möchte ich, dass du ihr mehr Sonnentage bescherst. Wenn jemand das verdient, dann sie.«

»Ich verspreche, auf ihr Herz achtzugeben, wenn sie es mir schenkt.«

Phil lächelte. »Sei nicht dumm, Kai, das hat sie doch längst.«

26

HOLLY

Wortlos legte ich Mom die Butter hin, erklärte, ich müsste jetzt duschen, und lief in mein Zimmer.

Kurz darauf kam Kai hereingewankt und drehte die Heizung höher. »Okay, ich weiß, ich habe gesagt, ich sei zu erwachsen, um MJ Abführmittel in den Drink zu schütten, aber wie der Kerl mit Alec redet, macht mich echt wütend, und …« Er sah mich an. »Was hast du?«, fragte er alarmiert. Er lief zu mir und sah mich forschend an. »Was ist los?«

»Sie bekommen ein Kind«, antwortete ich, während ich wie erstarrt und vollkommen fassungslos auf der Bettkante kauerte.

Er blinzelte. »Entschuldige, ich glaube, ich habe ein paar Kapitel verpasst.«

»Ich bin im Laden meinem Ex-Verlobten und Cassie begegnet. Cassie war mal meine …«

»Beste Freundin und Mitautorin. Dein Vater hat es mir erzählt.«

»Hat er dir auch erzählt, dass sie am Tag meiner Hochzeit mit dem Bräutigam durchgebrannt ist?«

Er setzte sich neben mich. »Ja, er hat davon gesprochen. Es tut mir so leid, Holly.«

»Schon okay.«

»Das ist es nicht.«

Nein, ist es nicht.

Ich blickte auf meine Hände, die in meinem Schoß lagen,

und spielte mit meinen Fingern. »Ich weiß, es hört sich blöd an, aber ich wollte die beiden nie wieder sehen. In meinen Gedanken habe ich mir ausgemalt, dass sie beide unglücklich sind. Ich wollte nicht, dass sie glücklich sind, aber das sind sie. Sie sind dermaßen glücklich.«

Kai legte die Stirn in Falten. »Du warst von der ganzen Situation vollkommen überfordert und musst es immer noch verarbeiten.«

»Ja, ich versuche, darüber hinwegzukommen. Es bringt mich nur durcheinander.«

»Gehen wir duschen. Lass uns diese negative Energie abwaschen.« Er stand auf und nahm meine Hand. Ich erhob mich, wie schwebend, von der Bettkante, und er zog mich ins Badezimmer, wo er die Tür hinter uns schloss und das Wasser anstellte, bevor er mich bis auf die Unterwäsche auszog. Ich sprach kein Wort, mein Verstand hatte die Arbeit eingestellt, und ich konnte nichts mehr tun. Nachdem er mich fertig ausgezogen hatte, legte er, bis auf die Boxershorts, seine eigenen Kleider ab und trat unter die Dusche.

Er streckte seine Hand nach mir aus, ich nahm sie und stellte mich zu ihm. Das Wasser war dampfend heiß, aber es gefiel mir so. Mir gefiel, wie es auf meiner Haut brannte.

»Darf ich dir die Haare waschen?«, fragte er, legte einen Finger unter mein Kinn und hob es an, sodass ich ihm in die Augen schaute.

Ich nickte.

»Was nimmst du dafür zuerst?«

Ich deutete auf die Haarspülung. Er griff danach, gab etwas davon in seine Hand und stellte die Flasche wieder weg. Während ich stillhielt, fuhr er mit den Fingern durch meine festen Locken. Er massierte meine Kopfhaut und verteilte die Spülung von den Haarwurzeln bis zu den Spitzen.

»Tritt einen Schritt zurück«, sagte er, sodass ich nun unter dem Duschkopf stand. Ich schloss die Augen, und Kai begann mir die Haare auszuspülen. Tränen liefen mir über die Wangen, als ich an die Begegnung mit Cassie und Daniel dachte. Es war einfach zu viel. Morgen war Heiligabend, der Tag, an dem sie miteinander durchgebrannt waren, und heute hatte ich erfahren, dass sie ein Kind bekommen würden.

Warum nur war das Leben so grausam? Was hatte ich in meinem früheren Leben angerichtet, dass mir so das Herz gebrochen worden war? Die beiden hatten sich nicht einmal für das entschuldigt, was sie mir angetan hatten. Sie waren einfach gegangen, um ihre märchenhafte Liebesgeschichte zu leben, und hatten mich im Staub liegen gelassen, um mein Leben wieder in den Griff zu bekommen.

Meine Tränen vermischten sich mit den Wassertropfen und liefen in Rinnsalen an meinem Körper hinunter, während Kai sich daranmachte, mein Haar zu schamponieren. »Du wirst dich davon erholen, Holly. Alles wird wieder gut werden«, sagte er tröstend, während seine Finger meine Haare entwirrten, die nun über meinen Rücken fielen. Er kämmte sie mit sanften Strichen, wobei er behutsam darauf achtete, dass es nicht ziepte, und immer wieder sagte: »Alles wird gut.«

Die Worte kamen aus seinem Mund, und mein Herz nahm sie auf.

Alles wird gut.

Alles wird gut.

»Darf ich dich einseifen?«, fragte er, nachdem er mir die Haare gewaschen hatte.

Ich nickte.

»Darf ich dir die Unterwäsche ausziehen?«

Wieder nickte ich.

Es fühlte sich sehr intim an, wie er mir BH und Höschen

auszog, aber auch sicher. Das gefiel mir an Kai – wie er mir das Gefühl der Sicherheit gab, während meine Gedanken ins Gegenteil abschweiften.

Er griff nach der Seife und einem Waschlappen und begann mich von Kopf bis Fuß zu reinigen. Als er seine Arme um mich legte, ließ ich mich gegen ihn sinken wie in ein Netz, das mich vor dem Absturz bewahrte. Er duschte mich ab und reinigte sich selbst. Als wir fertig waren, trat Kai aus der Dusche und wickelte sich in ein Badetuch. Dann nahm er ein weiteres Badetuch und hielt es mir ausgebreitet hin, sodass ich hineintreten konnte. Er wickelte mich hinein und steckte es fest. Dann ergriff er meine Hände und führte mich zurück ins Schlafzimmer.

Dort zog er die Schublade auf, in der ich meine Sachen verstaut hatte, und nahm einen Pyjama und Unterwäsche heraus, zog zuerst mich an und schlüpfte dann seinerseits in Shorts und T-Shirt.

»Neulich Abend hast du dir die Haare nach dem Waschen mit irgendwelchen Haarpflegeprodukten ausgebürstet«, sagte er. »Darf ich das heute für dich tun?«

Mein kummervolles, müdes Herz …

Es begann wieder zu schlagen.

»Ja«, flüsterte ich und zeigte ihm, was er verwenden musste. Zuerst trocknete er mir mit einem Baumwoll-T-Shirt, sodass er die Spitzen nicht beschädigte, die Haare ab. Dann setzte er mich auf den Boden und zog sich einen Stuhl heran, während ich, im Pyjama, die Beine kreuzte.

Nachdem er sich davon überzeugt hatte, dass er die richtige Menge genommen hatte, begann er das Haarpflegeprodukt einzumassieren. Mit der Metallbürste kämmte er durch mein Haar und versicherte sich bei jedem Bürstenstrich, dass meine natürlichen Locken intakt waren. Und dann lernte er, meine

Haare nach meinen Anweisungen zu partitionieren und einzudrehen, bevor er mir zum Schutz für die Nacht noch ein Tuch um den Kopf wickelte.

Anschließend holte er unsere Sachen aus dem Badezimmer, lief damit den Flur hinunter und stopfte sie in die Waschmaschine. Als er zurückkam, hatte er einen Becher Tee für mich in der Hand und schloss die Schlafzimmertür hinter sich.

Bis zu diesem Abend hatte ich nicht einmal gewusst, dass kleine Gesten wie diese für mich zur Sprache der Liebe gehörten.

»Hier, trink das«, befahl er, und ich tat, was er mir sagte. Die Wärme des Tees und seine Freundlichkeit sickerten immer tiefer, erfüllten mich und hauchten mir neues Leben ein.

»Danke«, sagte ich, stieg ins Bett und setzte mich.

»Sehr gerne«, antwortete er und setzte sich zu mir.

Ich legte eine Hand an seine Wange und schaute in seine Augen, die mir immer mehr bedeuteten. »Danke«, sagte ich noch einmal, um ihm zu zeigen, dass ich zu schätzen wusste, was er für mich tat.

Zart umfasste er mein Gesicht und sah mich lächelnd an. »Sehr gerne«, wiederholte er und küsste mich auf die Stirn.

In diesem Augenblick wünschte ich mir, dass dieser Mann niemals wieder aus meinem Leben verschwand. Und das machte mir Angst, weil ich wusste, wie weh es tun konnte, wenn man sich in einen Menschen verliebte. Mein beschädigtes Herz war Beweis genug.

Der Gedanke, dass Kai mir wehtun könnte, genügte fast, um davonzulaufen. Aber nur fast.

Ich blieb, weil nur er mein bekümmertes Herz zu trösten vermochte. Allmählich fühlte ich mich bei ihm zu Hause. Ich hoffte bloß, die Zeit würde dieses Zuhause nicht zum Einsturz bringen.

Ich stellte die Teetasse auf den Nachttisch und kam mir ein wenig dumm vor, weil ich eben so die Nerven verloren hatte.

»Es tut mir leid«, murmelte ich, als mir die Peinlichkeit der Situation bewusst wurde.

»Tu das nicht.«

»Was?«

»Dich für deine Gefühle entschuldigen.« Er zog die Knie an die Brust und legte die verschränkten Arme darauf. Als er den Kopf neigte und mich ansah, waren seine braunen Augen voll Sorge und Anteilnahme. Ich war mir nicht sicher, ob ich Kai schon einmal so behutsam und zuvorkommend erlebt hatte wie an diesem Abend. »Was brauchst du von mir, Holly? Wie kann ich es heilen?«

»Heilen? Was denn?«

»Dein Herz.«

Diese beiden Worte ließen mir aufs Neue die Tränen in die Augen steigen, weil ich wusste, dass es da nicht viel zu heilen gab, aber seine Stimme war so sanft, dass ich mich wie in eine warme Decke gehüllt fühlte.

»Ich weiß nicht, ob ein Herz wie meines überhaupt geheilt werden kann«, erklärte ich. »Nach allem, was die beiden mir angetan haben.«

Unsere Ellbogen berührten einander, als ich, genau wie er, die Arme verschränkte und auf meine Knie stützte.

»Möchtest du darüber reden?«, fragte er.

»Ich weiß es nicht.«

Ein Teil von mir wollte darüber reden.

Ein Teil von mir hatte es gebraucht, über den Verrat, den ich erfahren hatte, zu reden.

Während der Rest lieber vergessen wollte, dass es überhaupt geschehen war.

Ich fuhr mir mit den Händen durchs Gesicht. »Das ist so ein

Absturz in den eigenen Verstand, weißt du? Weil ich die beiden wirklich hasse. Ich hasse Daniel und Cassie so sehr für das, was sie mit mir gemacht haben, und trotzdem habe ich noch so stark reagiert, als ich die beiden sah. Ich fühlte mich so verletzt. Wie war das möglich? Wie konnten mich zwei Menschen so berühren, die ich doch von ganzem Herzen hasse?«

»Weil es so nicht funktioniert.«

»Wie meinst du das?«

»Du wirst diesen Menschen gegenüber nicht einfach gefühllos, nachdem sie dich verraten haben.« Kai senkte die Brauen. »Als ich erfuhr, dass Penelope Krebs hatte, wollte ich es nicht wahrhaben. Ich zwang sie, zweite, dritte und vierte Meinungen einzuholen. Weil ich einfach nicht einsehen wollte, dass eine Frau, die mir so viel bedeutete, plötzlich mit Krebs im dritten Stadium dasaß. Ich konnte nicht verstehen, wie einer Frau, die ich kannte und liebte, so etwas zustoßen konnte.«

Ich hörte ihm aufmerksam zu, während mein Herz wie rasend gegen meinen Brustkorb hämmerte. Mir war bewusst, wie schwer es Kai fiel, sich anderen Menschen gegenüber zu öffnen, und doch teilte er ein Stück seiner selbst mit mir, um mich zu trösten und mir das Gefühl zu geben, ein bisschen weniger allein zu sein.

Er räusperte sich. »Ich ging mit ihr zu jeder Besprechung, zu jeder Chemotherapie, zu jedem Arzttermin, und immer, wenn es einen niederschmetternden Befund gab, erzählte ich ihr irgendeine Heilungsgeschichte, die ich online gelesen hatte. Ich versicherte ihr, dass sie es schaffen würde. Ich sagte ihr, dass sie wieder gesund werden würde, weil ich wollte, dass sie wieder gesund wurde. Und das alles, nachdem ich von ihrem Betrug und alldem erfahren hatte. Ich weiß noch, wie es ihr eines Nachmittags nach der Chemo furchtbar schlecht ging. Ich saß mit ihr auf dem Badezimmerfußboden, während sie sich immer wieder übergeben musste, und rieb ihr vorsichtig den Rücken. Sie hat mich tränenüberströmt angesehen und wollte wissen, warum ich nach allem, was sie mir angetan hatte, immer noch da war und mich um sie kümmerte.«

»Und warum?«

»Weil ich wollte, dass es ihr gut ging. Ich wollte, dass sie weiterlebte, damit ich sie hassen konnte. Weil man Tote nicht hassen kann, das wäre selbstsüchtig; weil man gezwungen ist, sie zu vermissen, aber ich wollte sie nicht vermissen. Ich wollte mich mit ihr streiten. Ich wollte ihr sagen, dass sie mir das Herz gebrochen hatte, dass sie ein schlechter Mensch mit verkorksten Moralvorstellungen war. Ich wollte, dass sie weiterleben, dass sie ein tolles Leben und irgendwann mit einem anderen Mann Kinder haben konnte. Ich wollte, dass sie wieder aufblühte, dass sie wieder lachen und an Thanksgiving morgens ihre bescheuerten fünf Kilometer laufen konnte. Ich wollte, dass sie ein Leben hatte, selbst wenn ich kein Teil davon sein würde. Und obwohl ich mittlerweile über all das hinweg zu sein glaubte, kam die gleiche Wut aufs Neue hoch, als Penelope vor ein paar Wochen plötzlich wieder auftauchte. Ich dachte, das hätte ich auch hinter mir, aber so ist das halt, wenn einen im Leben irgendwas triggert – es geht einfach wieder von vorne los, selbst wenn man meint, man wäre längst darüber hinweg. Und heute Abend wurdest du getriggert. Der Zorn und der Kummer in dir wurden aufs Neue geweckt. Aber das ist okay, schließlich bist du auch nur ein Mensch. So etwas passiert. Du wirst dich davon erholen.« Er sah mich mit einem kleinen Lächeln an.

Trotz des Lächelns wirkte seine Miene immer noch finster.

Auch Wochen, nachdem Penelope ihm ihren Verrat wieder in Erinnerung gerufen hatte, schien sein Herz noch immer gebrochen.

Seine braunen Augen genügten, um mir zu zeigen, dass er noch immer trauerte, obwohl sie lebte.

Vielleicht lag es ja im Wesen der Trauer, dass ein Herz Jahre nach der ersten Verletzung immer wieder brach.

Wir mussten beide mit unserer Trauer leben.

Ich öffnete den Mund, um einzuatmen, doch meine Kehle verschloss sich, und ich bekam kaum Luft. Einen Moment lang schloss ich die Augen und atmete langsam und konzentriert wieder aus. Ich wusste, wenn Kai so mutig war, seinen Kummer mit mir zu teilen, dann konnte ich diesen Gefallen erwidern, indem ich mich den dunkelsten Winkeln meiner Seele stellte.

»Wir waren seit unserem neunten Lebensjahr beste Freundinnen«, begann ich. »Cassie war das Licht meiner Welt. Sie war auf die denkbar beste Art das genaue Gegenteil von mir. Sie war immer optimistisch, während ich die größte Pessimistin war. Sie glaubte an Liebesgeschichten, während ich daran zweifelte, dass es wahre Liebe überhaupt gab.«

»Du hast nicht an die Liebe geglaubt?«

»Erst als sie mir beibrachte, daran zu glauben.« Ich lehnte mich gegen das Kopfende und zog die Knie fester an meine Brust. »Aber sie sagte immer, sie würde Daniel hassen, und dass wir überhaupt nicht zueinander passten. Noch an meinem Hochzeitstag wollte sie mich überreden, die Hochzeit abzublasen. Heute weiß ich, warum.«

»Es tut mir leid, dass sie dir das angetan hat.«

»Als wir siebzehn waren, kam Cassie mit der Idee, gemeinsam Liebesromane zu schreiben. Ich fand es albern, doch sie hat mich überredet, und eines Tages nahm ich meinen Laptop mit zu ihr, und wir fingen an, unseren ersten Roman zu entwerfen. An dem Tag wurde H.C. Harvey geboren. Wir haben mehr als fünfzig Romane zusammen geschrieben, und all das allein wegen Cassie und ihrer Begeisterung für Liebesgeschichten.«

»H.C. – Holly und Cassie.«

Ich nickte. »Unser Künstlername. Vor ein paar Monaten erst hat sie bekanntgegeben, dass sie an ihrem ersten Soloroman schreibt. Ich habe seitdem nicht mal ein Kapitel geschafft.«

»Dir wird wieder etwas einfallen.«

»Vielleicht«, sagte ich. »Vielleicht war sie aber auch die Magie von H.C. Harvey.«

»Dir wird wieder etwas einfallen«, wiederholte er. »Du machst nur gerade eine stürmische Zeit durch. Aber jeder Sturm legt sich irgendwann.«

Hoffentlich hatte er recht. Es fehlte mir, Liebesgeschichten zu schreiben, aber es war nicht leicht, über die Liebe zu schreiben, wenn man seit einem Jahr nur Schmerz kannte. »Ihr Verrat hat mich viel härter getroffen als Daniels. Er kam mir viel größer vor.«

»Kein Wunder, schließlich hätte sie als deine beste Freundin auf deiner Seite stehen müssen. Was sie getan hat, ist ganz schön beschissen, aber mit dir hatte das überhaupt nichts zu tun. Trotzdem verstehe ich, wie verletzt du warst. Und ich bin stolz auf dich.«

»Stolz auf mich? Wieso?«

»Du hättest nach allem, was die beiden dir zugemutet haben, leicht hart und verbittert werden können. Ich bin froh, dass ihr Treuebruch dich nicht kalt wie Stein hat werden lassen. Nach Penelope wurde es für mich ziemlich finster. Ich hatte mein Licht verloren, und ich bin stolz auf dich, weil du das nicht zugelassen hast. Die Welt benötigt mehr Licht wie deines.«

Wer hätte das gedacht?

Wer hätte gedacht, dass auch ein gebrochenes Herz so schnell schlagen konnte?

Ich wandte mich ihm zu, und er sah mich an. Ich streckte die Hände nach ihm aus, und er nahm sie. Die Wärme seiner Berührung erfüllte meinen ganzen Körper mit Elektrizität. In meinem Magen sammelte sich eine Woge der Nervosität.

»Kai?«

»Ja?«

»Du bist der beste falsche Boyfriend, den ich je hatte.«

»Holly?«

»Ja?«

»Du bist der beste Mensch, den ich je getroffen habe.«

Und damit ist es so weit.

Ab jetzt gehört mein Herz dir, Kai. Und du hast keine Ahnung.

»Darf ich dir ein Geheimnis verraten?«, fragte er.

»Ja, bitte.«

»Ich fange langsam an, dich so sehr zu mögen, dass es mir ein bisschen Angst macht.«

»Kai ...«

»Du musst jetzt nichts sagen, Holly. Ich habe das nicht gesagt, damit du dasselbe zu mir sagst, oder damit du zugibst, auch etwas für mich zu empfinden. Das musst du nicht. Du musst nichts anderes als Freundschaft für mich empfinden. Ich weiß bloß nicht, wie lange ich dieses Gefühl noch verbergen kann. Ich weiß nicht, wie lange ich noch so tun kann, als wärst du nicht die Frau, an die ich morgens zuallererst und jeden Abend zuletzt denke.«

Ich rückte Stückchen für Stückchen näher an ihn heran und kroch auf seinen Schoß. Er ließ mich gewähren und legte sogar die Arme um mich, als ich mich an ihn schmiegte. Mein Kopf ruhte an seiner Schulter, und er massierte meinen unteren Rücken. Dabei legte er das Kinn an meinen Scheitel, und wir glitten in eine gemeinsame Position, als wären wir jeweils das fehlende Puzzleteil des anderen. Mir gefiel, wie gut wir zusammenpassten; dass er mich hielt, als hätte er sein Leben lang auf diese Gelegenheit gewartet.

Mein Atem traf seinen Hals, als ich flüsterte: »Ich fühle es auch. So sehr, dass es mir Angst macht.«

»Wir könnten zusammen Angst haben«, schlug er vor. »Und uns trotzdem ineinander verlieben.«

»Zusammen?«

»Zusammen«, versprach er.

Er beugte sich hinunter und küsste mich auf die Stirn. Als seine Lippen meine Haut berührten, traf ein Stromstoß mein Herz. Noch einmal küsste er meine Stirn – und wieder schlug mein Herz Funken.

Ich drehte mein Gesicht so, dass ich ihn ansehen konnte. Einen Moment lang trafen sich unsere Blicke, dann schaute er auf meinen Mund. Als ich mit der Zunge über meine Unterlippe strich, verfolgte er die sanfte Bewegung genau.

Er hob die Hand, zeichnete mit dem Zeigefinger meine Unterlippe nach und beugte sich tiefer. Unser Atem vermischte sich, während mein Herzschlag sich beschleunigte. Ich atmete ihn ein, während er immer näher und näher kam. Seine Lippen streiften meine. Meine Nerven standen kurz vor dem Meltdown, und alles, woran ich noch denken konnte, alles, was ich noch wollte, war, dass er mich küsste.

Doch ich wollte keinen beliebigen Kuss.

Ich wollte einen Kuss, der sagte ›Nimm mich und mach Liebe mit meinen Lippen‹. Einen Kuss, dem für den Rest meines Lebens meine Tagträume gehören würden. Den Kuss, der aus uns … *uns* machen würde.

Und genau das gab er mir. Er küsste mich, und ich spürte, wie der Kuss in die versehrten Teile meiner Seele floss. Kais Kuss fühlte sich an, als würde der Himmel über mir einstürzen. Sicher, warm und echt.

So echt.

Und ich hatte schon so lange nichts Echtes mehr gefühlt.

Noch nie hatte ich mich so sicher gefühlt wie in Kais Armen. Ich lehnte mich ein wenig zurück und schaute in seine Augen. Seine braunen, bernsteinfarben gesprenkelten Augen, in die ich mich so sehr verliebt hatte.

Er sah mich genau so an, wie mich, seinem Versprechen zufolge, eines Tages jemand ansehen würde.

Kribbelte es ihm auch im Magen, wenn er mich ansah? Fühlte er sich in meiner Gesellschaft so wohl, wie ich mich in seiner fühlte?

»Kai … was siehst du, wenn du mich anschaust?«, fragte ich leise – so leise, dass ich nicht sicher war, ob er mich gehört hatte.

Doch er legte seine Hand an meine Wange. »Alles«, antwortete er. »Ich sehe alles, wenn ich dich anschaue.«

»Wie lange schon?«

Lachend schüttelte er den Kopf. »Lange genug, dass Mano mich seit Wochen täglich damit aufzieht.«

»Kannst du etwas für mich tun?«, flüsterte ich und schmiegte mich an seine Seite.

»Ja.«

»Kannst du mich bis morgen Früh so halten?«

Er zog mich noch näher an sich und hielt mich noch fester. »Ja.«

Als ich mitten in der Nacht wach wurde, hielt Kai mich noch immer. So erwachte ich am liebsten. Ich fühlte mich in seinen Armen geborgen, da ich wusste, dass er mich unmöglich schon bald wieder loslassen würde. Als er mich nun an sich zog, kuschelte ich mich an ihn. Seine Augen waren noch geschlossen, doch er murmelte: »Geht es dir gut?«

»Ja«, gab ich leise zurück.

Da beugte er sich vor und küsste mich auf die Stirn.

Ich hob den Kopf und küsste seine Lippen. Ich küsste ihn sachte, und er mich schläfrig. Also küsste ich ihn tiefer, weil Schlafen das Letzte war, woran ich jetzt dachte. Meine Hände legten sich auf seine Brust, als seine Zunge meine Lippen teilte. Meine Gedanken verschwammen, als seine süßen Lippen mich in ihren Bann schlugen. Ich wollte mich ihm bis zum Sonnenaufgang verbunden fühlen. Ich wollte seine Wärme spüren, während er in mich hineinglitt. Ich wollte fühlen, wie mir die Beine zitterten, während er mich von allen Seiten nahm.

Seine Hände wanderten über meinen Körper. Mehr und mehr wölbte ich mich ihm entgegen. Seine Haut rieb sich an meiner, und ich spürte, wie er mit jeder Sekunde, die verging, an meinem Oberschenkel härter wurde. Auch das gefiel mir. Mir gefiel, wie sein Körper auf meine Berührungen reagierte. Wie seine Hände mich millimeterweise erkundeten.

Er gefiel mir.

Himmel, wie er mir gefiel.

Er gefiel mir so gut, dass die Angst, die dieses Gefühl mir machte, beinah genügt hätte, um mich in die Flucht zu schlagen. *Beinah.*

Allmählich mochte ich nichts auf der Welt so sehr wie seine Küsse. Er fand den Saum meines T-Shirts und schob die Hand darunter, bis er auch meine Brüste fand. Seine Finger massierten meine hart gewordenen Brustwarzen, während ich vor Verlangen stöhnte. Ich wollte seinen Mund auf meinen Brüsten spüren, wollte, dass er daran saugte, hineinbiss und mit ihnen machte, was er wollte.

Als er die Augen aufschlug, sah ich Lust in seinem Blick aufblitzen. Seine Müdigkeit war verflogen, und er war jetzt hellwach.

Kai veränderte unsere Lage so, dass er über mir war. Dann zog er mir das T-Shirt über den Kopf und warf es achtlos durchs Zimmer. Vollkommen nackt lag ich nun unter ihm und fühlte mich doch selbstsicher und sexy, als sein Blick über meinen Körper glitt. Das winzige Grinsen, das auf seine Lippen trat, als er sich über meine Brüste beugte, ließ mein Herz einen Schlag aussetzen. Auch das gefiel mir. Es gefiel mir, wie er mich ansah. Wie seine Leibspeise, von der er einfach nicht genug bekam. Noch kein Mann hatte mich so angesehen wie Kai, und ein wilder Wirbel an Gefühlen erfasste meinen Körper. Ich verging beinahe vor Verlangen danach, dass er mich endlich in Besitz nahm.

Sein Mund senkte sich auf meine harte linke Brustwarze, und meinen Lippen entrang sich ein Wimmern, als er meine Brust mit der Hand umfasste. Seine andere Hand glitt nach unten in meine Schlafanzughose. Er zog an meinem Höschen, schob den Stoff zur Seite und ließ seinen Daumen meine Klitoris umkreisen.

»Du bist ganz feucht«, flüsterte er und bewegte den Mund weiter zu meinem Ohrläppchen. Er saugte zärtlich daran und knurrte an meiner Haut, sodass sich Hitze in meinem Bauch sammelte. »Liegt es an mir? Mache ich dich so feucht?«

»Ja«, stöhnte ich und drückte die Hüften gegen seinen Daumen, der an mir vor und zurück schnippte. Doch als er bemerkte, dass ich ihm zuvorkommen wollte, hörte er sofort auf. Er spielte mit mir, was schön war, aber ich wollte nicht irgendeinen x-beliebigen Orgasmus. Wenn er schon mit mir spielte, dann musste es zu einem fantastischen Orgasmus führen, der mich um den Verstand brachte, bei dem sich mir die Fußnägel aufrollten, ich die Finger ins Bettlaken krallte und in mein Kissen schrie.

Ich hatte keinen Zweifel, dass Kai mich genau dorthin bringen wollte, und schon jetzt näherte ich mich der Grenze nur dank seiner tiefen, rauchigen Stimme.

»Gut.« Er schob einen Finger in mich hinein, gefolgt von einem weiteren und … noch einem. »Und jetzt spreiz die Beine und lass mich dich lecken.«

Ich tat, was er sagte, worauf er mir rasch Hose und Höschen auszog und auf den Fußboden warf. Ich zog die Knie an, als er sich zwischen meinen Schenkeln niederließ. Er küsste die Innenseiten meiner Schenkel entlang, während er auch den vierten Finger in mich einführte und rein und raus bewegte. Rein und raus … rein und raus … rein und …

»Oh mein Gott«, wimmerte ich, während mein Verlangen nach ihm mit jeder Millisekunde anschwoll. Mein Becken bog sich und flehte seine Finger an, nicht nachzulassen; es bildete eine Brücke, die ihn stumm bat, bloß nicht aufzuhören.

»Ja, genau da, genau da, genau da …«, keuchte ich.

Er blickte zu mir hoch, und mich überkam eine Welle der Ekstase, als er mir die nächste Anweisung gab.

»Was du auch tust, zieh dich auf keinen Fall zurück, wenn du kommst, okay? Bleib dabei. Bleib bei mir. Hast du verstanden?«

Ich nickte hastig und hob ihm meine Hüften entgegen, als seine Finger noch tiefer eindrangen. »Ja, ja, ich verstehe«, murmelte ich zustimmend. Ich konnte kaum noch klar genug denken, um einen vollständigen Satz zu bilden, aber es war mir egal. Wörter wurden überschätzt.

»Das wusste ich.« Er zog die Finger aus mir heraus, und ohne mich aus den Augen zu lassen, leckte er sich die Finger sauber. »Ich wusste, du würdest es verstehen, weil du ein braves Mädchen bist«, stellte er fest, bevor er den Kopf zwischen meine Beine senkte.

Braves Mädchen.

Okay, Wörter wurden vielleicht doch nicht ganz überschätzt.

Ich explodierte fast schon allein durch seine Worte – doch dann kam seine Zunge ins Spiel.

Und, du liebe Güte, seine Zunge …

Das würde noch eine sehr, sehr lange Nacht werden.

Ich würde jede Anweisung befolgen, die Kai mir erteilte, und ich hatte nicht einen einzigen Einwand dagegen. Er verspeiste mich, als wäre ich sein liebstes Weihnachtsdessert, und ich konnte nicht aufhören, die Hüften gegen seinen Mund zu wiegen, während ich meine Lust ins Kissen schrie, um meine Schreie zu ersticken und niemanden im Haus zu wecken.

Als meine Beine zu zittern anfingen, konnte ich Kais Grinsen beinah spüren, und als ich die Beine schließen wollte, packte er meine Schenkel und spreizte sie noch weiter, um sich mehr Raum zu verschaffen.

»Kai, ich … ich …«

Er knurrte gierig gegen meine Mitte, und jetzt ließ ich alles los, während er mich mit seiner Zunge verschlang. Als er fertig war, zog er sich mit einem beinah teuflischen Lächeln zurück. Er strich mit dem Daumen über seine Unterlippe und leckte ihn ab. Dann beugte er sich zu mir hinunter und flüsterte an meinen Lippen: »Ich liebe es, dich zu kosten.« Damit presste er seinen Mund gegen meinen und ließ mich das Ergebnis seiner Erkundungen schmecken.

»Jetzt du«, hauchte ich, da ich noch mehr wollte.

»Dein Wunsch ist mir Befehl«, lachte er verschlagen. Er ging über mir in Stellung und drang in mich ein. Die Härte seiner Erektion zu spüren, genügte beinah, um mich gleich noch einmal kommen zu lassen. Kai sah mir tief in die Augen und legte meine Beine über seine Schultern. Mit einem himmlischen Rhythmus begann er in mich hineinzustoßen und sich wieder zurückzuziehen. Als er an der Reihe war zu kommen, beugte er sich über mich und biss sanft in mein Schulterblatt, um nicht zu viel Lärm zu machen.

Als wir fertig waren, bedeckte Kai meinen Körper mit Küssen, genau wie beim ersten Mal. Eine Welle der Behaglichkeit strömte durch meinen Körper. Sein Dirty Talk war schon unglaublich, aber die zarten Küsse danach? Dieses Level an Intimität liebte ich neuerdings mehr als alles andere.

»Holly«, hauchte er, während er meine Schulter küsste und mich an sich zog. »Ich will das ab jetzt immer mit dir machen.«

Lächelnd kuschelte ich mich an ihn. »Frohe Weihnachten, Kai.«

Er küsste mich auf die Nasenspitze und schloss die Augen. »Frohe Weihnachten.«

27

HOLLY

Ich schlief länger als gewöhnlich, woran die vergangene Nacht mit Kai schuld war. Erst als ich mich umdrehte, bemerkte ich, dass er nicht mehr im Bett lag, und sofort vermisste ich ihn, obwohl er zuvor die ganze Nacht mit mir zusammen gewesen war. Noch nie zuvor hatte ich jemanden so schnell vermisst.

Die Sonne schien strahlend durch die Gardinen, als ich mich aufsetzte und die Arme in die Luft reckte. Ich konnte nicht aufhören, an die vorige Nacht zu denken. Ich konnte nicht aufhören zu lächeln, als ich daran dachte, wie ich an Kais Brust gelegen und seinen Herzschlägen gelauscht hatte, während er mich in seinen Armen hielt.

»Ah, du bist wach.« Kai kam ins Schlafzimmer und lehnte sich mit zwei Kaffeetassen in der Hand gegen den Türrahmen. Er trug eine Schneehose und eine dicke Winterjacke.

»Ja, aber du bist anscheinend ein bisschen wacher als ich.«

»Draußen liegen ungefähr dreißig Zentimeter Schnee. Wir sind offiziell eingeschneit. Ich hab deinem Dad ein wenig Schaufeln geholfen, aber wir konnten nicht viel ausrichten. Wir müssen wohl warten, bis der Schneepflug sich zu uns durchschlägt.«

»Tut mir leid, dass er dich gleich dafür eingespannt hat.«

»Ich beklage mich nicht.« Er tippte sich mit dem Daumen an die Nase und wies mit dem Kinn auf mich. »Hast du Lust, was richtig Kitschiges zu tun, das dir bestimmt liegt?«

Meine Augen weiteten sich neugierig. »Was denn?«

»Magst du mit mir einen Schneemann bauen?«

Wieso machte mein Herz einen Satz, als hätte er mir gerade einen Heiratsantrag gemacht?

»Wirklich?«, fragte ich schüchtern, als könnte er den Vorschlag zurückziehen, wenn ich allzu freudig darauf reagierte.

»Ja«, antwortete er, kam zu mir und setzte sich neben mich auf die Bettkante. »Und hast du eine Ahnung, was in den Bechern hier ist?«

Ich schob die Unterlippe vor und wimmerte leise. »Heißer Kakao?«

»Oh ja«, nickte er. »Heißer Kakao. Und weißt du auch, was wir machen, nachdem wir mit dem Schneemann fertig sind?«

Aufgeregt wie eine Dreijährige begann ich auf meinen Kniescheiben zu trommeln. »Weihnachtsplätzchen backen, vorm Kamin sitzen und mit Socken im Partnerlook unsere Zehen auftauen?«

»Genau das«, bestätigte er.

»Ich hätte gedacht, du würdest so etwas kitschig und unrealistisch finden.«

»Nun, was soll ich sagen. Du bringst mich dazu, an Märchen zu glauben.«

Wenn er nur gewusst hätte, was diese Worte mit meiner Seele anstellten!

Kai wartete im Schlafzimmer, während ich mich im Bad frischmachte und für die tief verschneite Außenwelt einmummelte. Mir wurde im Freien binnen zwei Sekunden eiskalt, doch zugleich war ich tief in meinem Innern noch immer ein kleines Mädchen, was bedeutete, dass ich mir den Hintern abfrieren und trotzdem stundenlang draußen bleiben würde, durchgefroren, mit einer Rotznase und allem, was dazugehörte.

Die meisten Männer hätte meine Aufregung darüber, im

reifen Alter von fünfundzwanzig Jahren einen Schneemann zu bauen, bestimmt genervt, und vielleicht sah Kai es ja ähnlich, dennoch dachte er keine Sekunde daran, mir den Spaß zu verderben.

Das Leben war schon hart genug, und einen Schneemann zu bauen, war für mich ein Funken Licht in einer äußerst trüben Welt.

»Wie sehe ich aus?«, fragte ich, als ich in meiner leuchtend pinkfarbenen Schneehose und lila Schneestiefeln im Schlafzimmer erschien. Dazu trug ich meinen übergroßen lila Wintermantel sowie Mütze, Schal und Handschuhe in Pink. Wenn es etwas gab, worauf ich stets gut vorbereitet war, dann auf den Bau eines Schneemanns bei schmerzhaften Temperaturen.

»Als hättest du dein ganzes Leben auf diesen Tag gewartet.«

»Ganz genau.« Lächelnd trat ich zu ihm. Er gab mir einen Becher heißen Kakao, und ich probierte einen Schluck. Und zog die Braue hoch. »Ist da Kahlua-Likör in meinem Kakao?«

»Der einzige Vorteil, wenn man erwachsen ist.«

Ich lächelte und küsste ihn.

Ich *küsste* ihn.

Nicht nur zum Schein. Nicht, um vor anderen unsere angebliche Beziehung herauszustellen und sie glauben zu machen, wir seien ein Paar. Ich küsste ihn, weil wir es inzwischen eben so hielten. Der Kuss war allein für uns. Nach der vergangenen Nacht verstand Kai sich gut darauf, mich überall zu küssen, wenn ich ihn darum bat.

Es fühlte sich einfach richtig an.

Und das Schönste daran war, dass er meine Küsse erwiderte. Es hatte etwas Wundervolles, einen Mann zu küssen, von dem man wusste, dass er ganz und gar, vollends und bedingungslos mit dir zusammen sein wollte. Und nach der vergangenen Nacht wusste ich, dass Kai ebenso auf mich stand wie ich auf ihn. Vielleicht waren die Küsse deshalb anders – weil sie echt waren.

Er zog mich an sich und hielt mich mit meinen zusätzlichen hundert Schichten Klamotten fest. »Weißt du«, flüsterte er an meinem Mund, »statt einen Schneemann zu bauen, könnten wir auch da weitermachen, was wir letzte Nacht gemacht haben. Ich fand schön, wo wir letzte Nacht aufgehört haben.«

Glucksend rieb ich meine Nase an seiner. »Würdest du dann auch wieder das mit deiner Zunge machen?«

»Oh, aber sicher würde ich auch wieder das mit meiner Zunge machen.«

»Auch das mit dem Lecken?«

»Ich werde dich Tag und Nacht lecken.«

Ich lehnte meine Stirn gegen seine, schloss die Augen und stöhnte leise. »Verlockend, sehr verlockend, aber denk an die Schneemannfamilie, die wir bauen wollen.«

»Eine Familie?«

Ich wich ein wenig zurück. »Hast du etwa gedacht, wir bauen nur einen einzigen Solo-Schneemann?«

Kais Brauen wanderten aufwärts. »Ja, ich dachte, das wäre der Plan.«

»Damit er abends mutterseelenallein draußen steht und niemanden hat, mit dem er den Sonnenuntergang betrachten kann?«

»Ach, unser Schneemann guckt in den Sonnenuntergang?«

»Aber natürlich. Und wir müssen auch noch die Möhren und Schals für die ganze Familie besorgen. Oh, und schwarze Lakritze für ihr Lächeln. Und Knopfaugen und …«

»Mit einer Runde Zweisamkeit wird es dann wohl nichts, oder?«, fragte Kai und rümpfte die Nase.

Ich ließ ihn los und schüttelte den Kopf. »Nein, jetzt nicht.« Damit wandte ich mich zur Tür, blieb aber noch einmal stehen. Ich warf einen Blick über die Schulter und sah, dass Kai lächelte – ein Lächeln, das ich nicht hatte sehen sollen. Ein Lächeln, das nur ihm allein gehören sollte, aber dieses Lächeln war meinetwegen entstanden.

Ich hoffte, er würde mich immer so anschauen. Wie seine liebste Zufallsüberraschung.

»Das mit der Zweisamkeit können wir ja später am Kamin nachholen«, schlug ich vor.

Er trat zu mir, gab mir einen Klaps auf den Po und grinste von einem Ohr zum anderen. »Ich weiß nicht, ob ich das dem Rest deiner Familie antun möchte.«

Wir bauten eine Schneemannfamilie samt Karottennasen und allem, was dazugehörte. Alle blickten Richtung Sonnenuntergang, und ich nahm Kai das Versprechen ab, ihren ersten Sonnenuntergang heute Abend mit ihnen gemeinsam anzuschauen. Als es so weit war, zogen wir zum zweiten Mal an diesem Tag unsere Wintermontur an, und da wurde mir klar, wie sehr Kai mich tatsächlich mochte.

Wenn ein erwachsener Mann sich an einem einzigen Tag schon zum zweiten Mal komplett vermummte, um in die klirrende Kälte hinauszugehen und mit einer angeblichen Schneefamilie den Sonnenuntergang zu betrachten, konnte kein Zweifel mehr an seiner Zuneigung bestehen. Nun konnte ich glücklich sterben. Über solche Dinge schrieb ich in meinen Romanen. Aber ich hatte nie geglaubt, diese Augenblicke auch selbst einmal zu erleben.

Allerdings war an dem Tag nicht das Schneemannbauen das Schönste für mich, sondern dass Kai sich mir immer mehr öffnete.

»Ich glaube, am Ende habe ich sie nicht so geliebt, wie man jemanden lieben sollte«, gestand er, als wir in den Reifenschaukeln hinter unserem Haus saßen. Wir schaukelten langsam vor und zurück und schauten dem Schneefall zu. Unsere Wangen waren tiefrot von der kalten Luft, die unsere Gesichter küsste.

Da Kai nicht oft über seine Beziehung mit Penelope sprach, war ich ganz Ohr.

Meine Hände umfassten die Ketten, an denen die Schaukel hing, und ich lehnte mich in seine Richtung und legte den Kopf ans Metall.

»Sie war meine erste und einzige Partnerin. Als ich damals mit achtzehn nach Chicago zog, habe ich in einem kleinen, unscheinbaren Restaurant gearbeitet. Penelope war die Tochter des Besitzers. Es hat sofort zwischen uns gefunkt, und ich habe mich in sie verliebt. Weil sie mir ein so gutes Gefühl gegeben hat, und weil sie total von mir eingenommen schien. So etwas kannte ich damals nicht. Menschen, die sich … für mich interessierten.«

Ich hörte ihm gespannt zu. Er senkte den Kopf und blickte hinunter auf das schneebedeckte Gras. »Meine Eltern haben sich seither gebessert. Ihnen ist mit den Jahren manches klargeworden. Mano erlebt sie von ihrer besten Seite, was wirklich toll ist. Ich bin froh, dass mein Bruder unter besseren Umständen aufgewachsen ist als ich, aber … ich empfinde deshalb auch eine merkwürdige Eifersucht.«

»Darauf, wie sie mit Mano umgehen?«

»Er bekommt die geheilte Version unserer Eltern. Während ich die übergriffige Version erlebt habe. Die Besäufnisse. Die Streitereien. Die während langer Phasen abwesenden Eltern. Im Grunde habe ich mich mehr oder weniger selbst erzogen. Ich weiß noch, wie ich mit etwa vier allein zu Hause war und mir Dosenschinken und Eier gemacht habe. Wie ich um sieben allein schlafen gegangen bin und mir selbst eine Gutenachtgeschichte erzählt habe. Ich erinnere mich noch, dass ich mich einmal zwei Tage lang im Kleiderschrank versteckt habe, um herauszufinden, wie lange es wohl dauern würde, bis meine Eltern merkten, dass ich nicht mehr da war. Sie haben es überhaupt nicht gemerkt. Für sie war ich einfach unsichtbar.«

Ich fühlte mit Kai und runzelte die Stirn. »Das muss hart gewesen sein.«

»Zuerst schon. Aber irgendwann hat es mich nicht mehr getroffen. Als Mano geboren wurde, war ich fünfzehn. Meine Eltern waren fest entschlossen, es diesmal auf die Reihe zu bekommen. Sie hörten auf zu trinken, suchten sich Hilfe und zogen meinen Bruder so groß, wie ich es mir immer gewünscht hatte. Versteh mich nicht falsch, ich liebe meinen kleinen Bruder. Er ist alles, was mich in den letzten Jahren am Leben gehalten hat; aber damals habe ich ihn gehasst. Ich habe es gehasst, wie sehr er geliebt wurde. Ich habe es gehasst, dass er ein Fotoalbum mit Bildern von allem hatte, was er jemals getan hat. Ich habe es gehasst, dass man an einer Wand in unserem Wohnzimmer ablesen konnte, wie groß er jedes Jahr wurde. Also bin ich, als ich die Chance dazu bekam, mit achtzehn nach Chicago gezogen.«

»Haben sich deine Eltern irgendwann bei dir entschuldigt? Dafür, wie sie dich behandelt haben?«

»Meine Mutter hat es anfangs versucht, aber jedes Mal bloß angefangen zu heulen. Und mein Vater meinte nur, was vergangen sei, sei vergangen, und es sei nicht fair von mir, ihnen vorzuwerfen, dass sie mir keine besseren Eltern sein konnten.«

»Was nicht fair von ihm ist.«

»Das ist das Problem, wenn man an einem Trauma leidet. Diejenigen, die es verursachen, sind nicht diejenigen, die sich damit auseinandersetzen und es überwinden müssen.«

Ich griff nach seiner Hand. Sein ganzer Körper war sichtlich angespannt. Doch in dem Moment, in dem unsere Finger sich verschränkten, sah ich seine Schultern sinken. Er entspannte sich, und ich wünschte mir, das für den Rest meines Lebens tun zu können – die Knoten in seinem Innern zu lösen.

»Wie auch immer, ich zog also nach Chicago, traf Penelope und verfiel einer Frau, weil sie sich einfach für mich interessierte. Ja, sie war total vernarrt in mich. Sie achtete darauf, dass ich jeden Tag aß. Jeden Abend rief sie an und fragte mich, wie mein Tag gewesen war. Sie schickte mir Nachrichten, ›einfach so‹, und sagte mir, ich sei wichtig und talentiert und könne alles schaffen. Nach einem Leben, in dem mir nie jemand so etwas gesagt oder sich groß um mich gekümmert hatte, war ich davon vollkommen überwältigt. Ich musste sie einfach lieben und habe wohl so sehr versucht, an dieser Liebe festzuhalten, dass ich glaube, ich habe sie damit förmlich erdrückt. Ich wurde ihr einfach zu viel, und sie betrog mich, weil ich sie nicht so geliebt habe, wie man jemanden lieben sollte.«

»Und wie sollte man jemanden lieben?«

»Ich weiß nicht. Leise, still. Ohne Hast. Ich habe ihr nach einem Jahr einen Heiratsantrag gemacht. Wir waren erst neunzehn, als wir uns verlobt haben, weil ich keine Sekunde länger warten wollte, ihr Ehemann zu werden. Sie hat mich noch ein paar Jahre warten lassen, während ich unbedingt ihr Mann werden wollte. Ich dachte, damit hätte ich es geschafft. Für jemanden bis ans Lebensende zu sorgen, schien mir das höchste Lebensziel zu sein. Alles, was ich wollte, war, umsorgt zu werden und die Menschen, die ich liebte, zu umsorgen.«

»Und das hast du getan.«

Er lächelte traurig.

Es schmerzte, Menschen lächeln zu sehen, während ihr Blick sich leise verdüsterte.

»Ich glaube nicht, dass du sie zu sehr geliebt hast«, sagte ich ihm. »Ich denke, Menschen sind manchmal einfach nicht fähig, die Liebe anzunehmen, die man ihnen entgegenbringt. Und wenn das so war, hätte sie dich verlassen müssen. Sie hätte dich nicht betrügen dürfen. Halte nicht an der Vorstellung fest, du hättest sie zu sehr geliebt; du hast ganz einfach die falsche Frau geliebt.«

Er sagte nichts, was mir zeigte, dass er sich noch immer Vorwürfe machte.

Ich hörte auf zu schaukeln und drehte mich ihm zu, sodass wir einander ansahen. »Kai, ich will, dass du etwas begreifst – eine Lektion, die ich selbst auch gerade noch lerne. Meine Mom erinnert mich immer wieder daran. Sie sagt, der Mensch, der für dich bestimmt ist, wird dich nie zu häufig anrufen. Er oder sie wird deine Macken und Fehler sehen und sie schön finden. Ich will nicht schlecht über Penelope sprechen, aber du musst wissen, dass nicht deine Liebe sie vertrieben hat. Sondern ihre Feigheit.«

Er nickte langsam und nachdenklich.

Und dann sagte ich ihm das Wichtigste: »Du bist es wert, geliebt zu werden, Kai. Du bist der loyalste, einfühlsamste, wunderbarste Mensch, der mir jemals begegnet ist. Du bist ganz und gar liebenswert, und ich hasse jeden, der dich daran zweifeln lässt.«

Da beugte er sich vor, legte seine Stirn an meine, und wir schlossen die Augen. Der Winterwind umwehte uns, doch mir war nicht kalt. Dieser Mann ließ mich auch am kältesten Tag Wärme empfinden.

»Holly«, flüsterte er. »Ich bin so glücklich, dass ich dich gefunden habe.«

Bevor ich antworten konnte, hörten wir jemanden schreien: »Raus! Verschwinde!«

28

HOLLY

Kai und ich sahen einander an, sprangen auf und liefen durch die Hintertür ins Haus, wo wir auf Alec und MJ trafen, die miteinander stritten. Wie es aussah, war Alec, was MJs Eskapaden betraf, am Ende seiner Weisheit angekommen.

»Verschwinde!«, brüllte Alec und gestikulierte Richtung Veranda. Reglos verfolgte ich, wie mein Bruder MJ vor die Tür setzte. »Ich will nichts mehr mit dir zu tun haben.«

MJ wollte widersprechen, doch mein Bruder ließ ihn gar nicht zu Wort kommen. »Raus hier! Sofort!«, befahl er, stellte MJs Koffer auf die Veranda und schlug ihm die Tür vor der Nase zu. Sobald die Tür ins Schloss gefallen war, atmete er tief aus und ließ alle Spannung aus seinem Körper entweichen. Seine Hand lag noch auf dem Türgriff, als dächte er daran, sie doch wieder zu öffnen, und Tränen liefen über seine Wangen. Er kniff für einen Moment die Augen zu. Dann ließ er den Türgriff los, trat einen Schritt zurück und wischte die Tränen fort.

Leise schniefend drehte er sich um und sah mich im Flur stehen. »Verdammt, kann ich nicht mal einen Moment für mich haben?«, knurrte er, während er sich weiter die Augen rieb. »Du bist so neugierig.«

Offensichtlich wollte er nicht zeigen, wie verletzt er war, doch ich wusste, wie sehr sein Herz gelitten haben musste.

»Alec …«

»Nein, nicht.« Er kniff sich seufzend in den Nasenrücken.

»Ich brauche jetzt weder dein Mitleid noch dein Urteil, okay? Du hattest recht. Er ist ein Arschloch, okay? Lass mich einfach allein, Holly.«

»Nein.«

Er hob eine Braue. »Wie bitte?«

»Ich sagte nein.« Statt ihn alleinzulassen, trat ich zu ihm und nahm ihn in den Arm. Offen gesagt gehörten wir nicht zu den Geschwistern, die sich gerne umarmten. Vermutlich hatten Alec und ich uns zum letzten Mal umarmt, als unsere Eltern uns als Kinder nach irgendeinem Streit dazu gezwungen hatten.

Alec stand reglos da und war sich eindeutig nicht sicher, wie er auf die befremdliche Umarmung reagieren sollte.

»Was soll das?«

»Ich nehme dich in den Arm.«

»Wieso?«

»Weil du traurig bist.«

»Und ...«

»Das sollte man für die Menschen tun, die man liebt. Sie in den Arm nehmen.«

»Wir nehmen uns aber nicht in den Arm.«

»Ja, ich weiß. Aber vielleicht können wir heute eine Ausnahme machen.«

Anfangs fühlte es sich an, als würde ich eine Steinmauer umarmen. Trotzdem wich ich nicht zurück, sondern hielt ihn weiter einfach nur fest. Und irgendwann ließ er sich in die Umarmung sinken und erwiderte sie. Er weinte jetzt nicht mehr, doch mir war bewusst, dass ihm das Herz wehtat.

»Das mit MJ tut mir leid.«

»Ist schon gut. Er war miserabel im Bett, der Verlust ist also nicht groß.«

Ich lachte. »Gut zu wissen. Außerdem sieht er, wenn man den Kopf ein wenig schräg legt, aus wie ein dicker Zeh.«

Alec ließ die Arme sinken und grinste. »Ich schätze, noch ein Jahr, dann hat er die ersten Geheimratsecken.«

»Spätestens in sechs Monaten. Und seine Lasagne ist beschissen.«

»Die macht er nicht selbst, die ist gekauft. Ich hab ihn mal dabei ertappt, wie er sie auf einen Servierteller gelegt hat, damit es so aussieht, als hätte er sie selbst gemacht.«

Ich schnippte mit den Fingern. »Wusste ich's doch, dass ich den Geschmack irgendwoher kannte. Sei nicht traurig, Alec, du bist noch mal davongekommen.«

»Ich weiß. Es ist trotzdem traurig; Herzen sind so dumm.«

»Es gibt nichts Dümmeres.«

Alec tippte sich mit dem Daumen gegen die Nase. »Es tut mir leid, Holly.«

»Was? Was tut dir leid?«

»Dass ich dich nicht in den Arm genommen habe. Nach der Hochzeit … Ich …« Seine Augen glänzten feucht, und er trat unruhig von einem Fuß auf den anderen. »Ich wusste nicht, was ich tun sollte. Unser ganzes Leben lang hatten wir uns bloß gegenseitig geärgert und waren gemein zueinander. Es wäre doch unglaubwürdig gewesen, wenn ich dich dann plötzlich in den Arm genommen oder dir gesagt hätte, wie schrecklich ich die Aktion von Daniel und Cassie fand. Deine Welt ist an dem Abend total auf den Kopf gestellt worden, und ich wollte wenigstens in unserer Beziehung zueinander alles beim Alten belassen. Ich hätte dich in den Arm nehmen sollen. Dass ich es nicht getan habe, tut mir leid.«

»Ich habe dich gehört«, gestand ich. »An dem Abend, als es passiert ist. Da habe ich dich vor meiner Zimmertür gehört.«

Er sah verblüfft auf. »Ja?«

»Ja. Mom hatte mir ein Schlafmittel gegeben, damit ich zur Ruhe kam, aber ich hatte es nicht genommen. Ich bin wach geblieben und habe in mein Kopfkissen geheult und dich gegen ein Uhr morgens vor meiner Tür gehört. Ich habe gehört, wie du gesagt hast, dass es dir leidtut. Und wie du an der Wand entlang nach unten gerutscht bist und geweint hast. Das hat sich mehr nach einer Umarmung angehört als irgendwas vorher. Da saß ich im Bett, mit gebrochenem Herzen, aber du bist gekommen, um mir zu sagen, dass du für mich da bist.«

Alec schenkte mir ein kleines Lächeln und hob die linke Schulter. »Was soll ich sagen? So was mache ich nur, wenn ich denke, die anderen schlafen.«

Lachend legte ich ihm einen Arm um die Schulter. »Mach dir deshalb keine Gedanken. Ich spüre die Liebe auch, wenn du nicht weißt, wie du sie ausdrücken sollst.«

»Holly?«

»Ja?«

»Können wir jetzt mit dem Umarmen aufhören? Das wird mir nämlich langsam ein bisschen zu viel«, sagte er und nahm meinen Arm von seiner Schulter.

Ich kicherte. »Na gut.«

»Ist das ein Moment unter Geschwistern, oder sind auch Eltern zugelassen?«, fragte Mom, die hinter Alec und mir aufgetaucht war. Dad stand nur ein paar Schritte hinter ihr.

»Lieber Himmel«, ächzte Alec. »Wollt ihr zwei mich etwa auch in den Arm nehmen?«

Mom und Dad eilten zu uns, zogen uns in eine gewaltige Gruppenumarmung und quetschten das Leben aus uns beiden heraus. Mom weinte, was keine Überraschung war, weil ihre Gefühle immer den Ausgang über ihre Augen nahmen, und Dad hätschelte Alecs Kopf und versicherte ihm, dass er eines Tages den Richtigen finden würde, während ich einfach die Umarmung meiner Lieben genoss.

Ich kam mir jetzt ein bisschen blöd vor, weil ich so scharf

darauf gewesen war, über die Feiertage einen Mann an meiner Seite zu haben. Aber versteht mich nicht falsch, ich war unendlich dankbar für Kai und die Liebe, die er mir in den vergangenen Tagen gezeigt hatte. Kai war der Mann meiner Träume, und ich konnte noch immer nicht fassen, dass ich ihn noch zu Lebzeiten gefunden hatte. Aber selbst wenn er nicht rechtzeitig zu Weihnachten aufgetaucht wäre, hätte es mir nichts ausgemacht, weil in meiner Familie nichts als Liebe herrschte. Sie hätten die ganze Zeit über gut auf mich aufgepasst und dafür gesorgt, dass es mir gut ging. Ganz egal, ob Mom gemeinsam mit mir geweint hätte, Dad mir versichert hätte, dass sich für mich alles zum Guten wenden würde, oder dass Alec mich auf liebevolle Art geärgert hätte – es wäre mir auf jeden Fall gut ergangen, weil die Liebe, mit der mich alle drei überschütteten, ausgereicht hätte, um mich jeden neuen Tag überstehen zu lassen.

Die noch verbleibenden Tage unseres Besuchs bestanden aus Brettspielen, heißem Kakao und Lachen. Meine Familie und Kai machten es mir leicht, nicht in der Finsternis meiner Vergangenheit zu versinken und stattdessen den Augenblick zu genießen.

Alec begann mich wieder zu ärgern, und ich war dankbar dafür. Uns zu zanken, war unsere bevorzugte Sprache der Liebe.

Als Kai und ich schließlich unsere Sachen packten, um nach Chicago zurückzukehren, nahm er meine Eltern und Alec der Reihe nach in den Arm und dankte ihnen für ihre Gastfreundschaft. »So habe ich mir Weihnachten immer gewünscht. Nur mein Bruder hat mir gefehlt«, sagte er zu Mom, als er sie drückte.

»Na, dann bringst du ihn eben nächstes Jahr mit«, schlug sie vor. »Unser Weihnachtsfest steht dir jederzeit offen.« Dann wies sie auf mich. »Wage es nicht, diesem lieben Jungen das Herz zu brechen.«

Ich warf ergeben die Hände in die Luft. »Das hatte ich auch nicht vor.«

Kai hielt mir die Beifahrertür auf, und ich glitt auf meinen Platz. Er schlug die Tür zu, lief auf die Fahrerseite und stieg, in der Kälte leicht fröstelnd, ins Auto.

»Saukalt da draußen«, stellte er fest und rieb sich die Hände, bevor er den Wagen startete und Heizung sowie Sitzheizung anschaltete.

»Kai?«

»Ja?«

»Ich weiß, du warst in den letzten Tagen nur mein ›angeblicher Boyfriend‹, aber du solltest wissen, dass ich dabei bin, mich in dich zu verlieben. Das macht mir Angst, ist aber auch nicht allzu erschreckend, weil du es bist, in den ich mich verliebe.«

Er sah mich an, und die Zuneigung in seinem Blick erfüllte mich mit Wärme. »Gut.« Er nahm meine Hand und küsste die Innenfläche. »Weil ich nämlich dabei bin, mich in dich zu verlieben.«

Lächelnd ließ ich mich in meinen Sitz sinken, während er uns nach Chicago zurückfuhr.

29

KAI

Die Heimkehr nach unserem Besuch bei Hollys Eltern erschien mir ein wenig bittersüß. Trotz der vielen Dramen und Emotionen war es schön gewesen, die Zeit mit einer so eng verbundenen Familie zu verbringen. Diese Menschen liebten einander so, wie Menschen Liebe miteinander teilen sollten.

Ich konnte es kaum erwarten, dass auch Mano später am Abend wieder in die Stadt zurückkehrte und mir das Gefühl gab, ebenfalls wieder mit meiner Familie zusammen zu sein. Denn auch wenn ich mir deswegen ein wenig albern vorkam, vermisste ich ihn immer sehr, wenn er nicht da war. Mano war mehr als mein Bruder. Er war mein bester Freund. Ein Teil von mir war dankbar dafür, dass meine Eltern sich endlich zusammengerissen hatten, denn wenn nicht, hätte es Mano womöglich niemals gegeben. Ich brauchte ihn in meiner Welt. Er war der beste Teil meiner selbst.

Nachdem ich Holly zu ihrer Wohnung gebracht hatte, fuhr ich ins Mano's, um mich zu vergewissern, dass im Restaurant alles in Ordnung war. Aber natürlich hatte Ayumu alles im Griff. Ich lachte amüsiert, als ich die Nachricht meines Freundes an der Registrierkasse entdeckte.

Nein, wir haben nicht alles abgefackelt. Gern geschehen. Und frohe Weihnachten, du widerliches Stinktier!

Ich zerknüllte den Zettel und warf ihn in den Mülleimer. Nach ein paar Stunden im Büro, um den liegen gebliebenen Papierkram aufzuarbeiten, entdeckte ich den braunen Umschlag auf der Ecke meines Schreibtisches. Ich öffnete ihn und zog die Scheidungspapiere heraus, die ich noch am selben Abend, als Penelope sie mir übergab, unterschrieben hatte. Ich hatte sie früher am Tag angerufen und ihr gesagt, sie könnte sie am Nachmittag abholen kommen.

Ein Blick auf meine Armbanduhr sagte mir, dass sie jeden Moment auftauchen musste. Ich wusste nicht, was ich angesichts der Situation empfinden sollte, außer Erleichterung darüber, dass Penelope nun auch offiziell aus meinem Leben verschwinden würde. Es kam mir vor, als hätte ich in den Jahren, seit sie mich verlassen hatte, in einem Gefängnis gelebt – bis Holly mit dem Schlüssel erschienen war und mich befreit hatte. Ich schuldete Holly mehr, als ich ihr jemals zurückzahlen konnte. Denn sie hatte meine leere Seele mit neuer Liebe erfüllt.

Ich ging nach vorne ins Restaurant, um dort auf Penelope zu warten. Als sie zehn Minuten später erschien, schloss ich ihr auf und ließ sie herein.

Sie schüttelte den Schnee von ihrem Wintermantel und sah mich mit einem schmalen Lächeln an. »Hi, Kai.«

»Hallo.« Ich hielt ihr den Umschlag hin. »Ich nehme an, das ist es, was du willst. Es ist alles unterzeichnet. Jetzt braucht es nur noch ein paar Unterschriften von dir.«

»Danke.«

»Ja.« Ich wartete darauf, dass sie sich verabschiedete und wieder ging, doch sie stand da und sah mich an, als läge ihr etwas auf der Seele. »Was ist los?«, fragte ich.

»Ich muss mich bei dir entschuldigen.«

»Nicht nötig.«

»Mag sein, aber …« Sie holte tief Luft. »Du warst für mich da, als es sonst niemand war, Kai. So, wie es viele Menschen nie sein würden.«

»Du musst mir nicht erklären, was für ein Ehemann ich für dich war. Das weiß ich. Ich war dabei.«

»Mag sein, aber …« Sie wirkte nervös. Ich wusste nicht, wieso sie nicht einfach gehen konnte, um diese Unannehmlichkeit zu vermeiden. Sie wusste doch, wie man ging. Schließlich war das eine ihrer Stärken. »Mit der Affäre und mit Lance …«

»Ich will darüber nicht reden, Penelope. Du kannst jetzt gehen.«

»Er hat mich verlassen.« Sie sagte es, als wäre es an mir, irgendwie darauf zu reagieren. »Nach der Geburt des Kindes. Er meinte, es ginge ihm alles zu schnell und er sei nicht bereit, Vater zu werden. Schließlich hätte er noch sein ganzes Leben vor sich und sähe nicht ein, sich in seinem Alter schon niederzulassen. Also hat er uns verlassen.«

Tränen rannen ihr übers Gesicht, und zu meinem Ärger spürte ich, dass ein Teil von mir sie immer noch trösten wollte. Sie erzählte mir von dem Mann, mit dem sie eine Affäre gehabt und der sie verraten hatte, nachdem sie zuerst mich verraten hatte, und trotzdem hatte ich Mitleid mit ihr. Oder vielleicht eher mit dem Kind. Vielleicht lag es daran, dass ich wusste, wie es war, wenn man im Stich gelassen wurde. Ich wusste, wie es sich anfühlte, wenn einem so das Herz gebrochen wurde.

»Und was soll ich jetzt mit dieser Information anfangen, Penelope? Warum erzählst du mir das alles?«

»Die letzten beiden Jahre waren die Hölle, Kai. Ich wollte mehrmals Kontakt zu dir aufnehmen, aber ich konnte mich nicht dazu überwinden. Ich habe mich für das geschämt, was ich getan hatte, und wusste, dass ich kein Recht besaß, dich zu bitten, wieder ein Teil deines Lebens sein zu dürfen.«

Ein Teil meines Lebens?

Meinte sie das ernst?

Unmöglich konnte sie jemals wieder ein Teil meines Lebens sein.

»Du warst zwei Jahre lang verschwunden, Penelope. Du hast mich einfach mir selbst überlassen. Ich konnte nicht mal die Scheidung beantragen, weil du komplett von der Bildfläche verschwunden warst. Es gab eine Zeit, in der es mir etwas bedeutet hätte, wenn du den Kontakt zu mir gesucht hättest. Aber das ist jetzt vorbei.«

Sie senkte den Kopf, und als sie wieder aufblickte, hatte sie Tränen in den Augen. »Ich liebe dich noch, Kai.«

Ich schnaubte. Penelope musste heute Nachmittag eindeutig etwas getrunken haben. »Ich denke, du gehst jetzt besser.«

»Nein, nein, hör mich an. Ich dachte, ich hätte meine Gefühle erfolgreich verdrängt. Ich dachte, meine Empfindungen für dich wären Vergangenheit, aber nachdem ich wieder auf der Suche war, nachdem ich mir zwei Jahre lang angesehen habe, was da draußen zu bekommen ist, habe ich erkannt, wie gut ich es bei dir hatte. Du bist die Liebe meines Lebens.«

»Du hast zwei Jahre verkorkster Dates gebraucht, um zu merken, dass ich ein guter Fang war?«, spottete ich und spürte, wie Wut in mir aufstieg. Ich hasste es, wie sehr mir dieses Thema noch immer an die Nieren ging. Obwohl ich mir sicher war, über meine Gefühle für Penelope endgültig hinweg zu sein, empfand ich noch immer Zorn, Verdruss und Enttäuschung.

»Nein, Kai, ich musste erst ganz unten ankommen, um zu verstehen, was ich verloren hatte.«

»Seltsam, ich dachte, du wärst ganz unten angekommen, als du gegen den Krebs gekämpft hast, als ich mich um dich gekümmert und dich im Haus herumgetragen habe, wenn du zu schwach warst, um dich alleine zu bewegen – als ich mir die

Haare abrasiert habe, damit du nicht so alleine damit warst. Ich dachte, du wärst ganz unten angekommen, als ich für dich gesorgt habe, weil niemand sonst da war.«

»Ich war jung und dumm.«

»Das Ganze ist zwei Jahre her, Penelope. So jung warst du da auch nicht mehr, und dumm warst du noch nie.«

»Ich weiß, ich weiß … Ich habe schlimme Fehler gemacht.«

»Du hattest eine Affäre, und du hast mich verlassen, als du mit dem Kind dieses Mannes schwanger wurdest. Das war kein schlimmer Fehler. Das war eine Entscheidung. Du hast dich für ihn entschieden, und das ist in Ordnung so. Ich bin darüber hinweg.«

»Ich habe auch geglaubt, darüber hinweg zu sein. Ehrlich. Aber dann habe ich dich vor ein paar Wochen wiedergesehen, und …« Sie legte den Umschlag auf den Tresen, trat zu mir und ergriff meine Hände.

Was zur Hölle ging hier vor?

»Ich liebe dich, Kai«, rief sie.

»Bist du betrunken?«

»Nein, aber seit unserer letzten Begegnung habe ich alles wie einen Rausch erlebt. Ich habe wirklich versucht, dich mir aus dem Kopf zu schlagen. Ich wollte dir einfach nur die Scheidungspapiere vorbeibringen und mein Leben weiterführen, aber dann sah ich dich, und da wollte ich nur noch …« Sie verstummte, und in der nächsten Sekunde stand sie auf Zehenspitzen und bot mir ihre Lippen an.

Ehe ich reagieren konnte, hörte ich die Restauranttür aufgehen. Ich wich vor Penelope zurück und sah Holly, einen Football in Händen, in der Tür stehen. Sie sperrte den Mund auf und stotterte: »Sorry, ich habe gerade beim Auspacken den Football in meinem Koffer gefunden und dachte, ich bringe ihn dir, damit du ihn auf den Kaminsims legen kannst, und …

sorry, sorry«, plapperte sie nervös, den Tränen nah. Dann ließ sie den Football fallen, drehte sich um und lief aus dem Restaurant.

»Shit«, knurrte ich, da ich genau wusste, wie das hier ausgesehen hatte. »Du musst jetzt gehen«, befahl ich Penelope und griff an ihr vorbei nach meinem Handy und den Schlüsseln auf dem Tresen. Ich konnte mir gut vorstellen, was Holly nach dem, was sie gerade gesehen hatte, durch den Kopf ging.

»Was? Nein, lass uns dieses Gespräch zu Ende führen, Kai. Wir haben zehn Jahre zusammen verbracht. Ich denke, ich verdiene es, dass du mit mir redest.«

Mein Blut geriet in Wallung, als Penelope sich nicht vom Fleck rührte. Also marschierte ich zu ihr zurück, griff nach den Scheidungspapieren und drückte sie ihr in die Hand. »Geh jetzt«, verlangte ich, ohne eine Spur von Freundlichkeit.

Ihre Augen wurden groß. Noch nie hatte ich die Stimme gegen sie erhoben, aber jetzt konnte ich nicht anders. Penelope hatte sämtliche Grenzen übertreten, und ich wollte gar nicht daran denken, in welche Abgründe Hollys Gedanken gerade abstürzten.

»Kai …«

»Geh jetzt, Penelope. Ich sage es nicht noch einmal.«

Sie schnappte matt nach Luft, dann verließ sie das Restaurant. Ich benötigte nur Minuten, um abzuschließen und zu unserem Wohnhaus zu laufen. Ungeduldig wartete ich auf den Lift, und sobald ich vor Hollys Wohnungstür stand, begann ich dagegen zu hämmern.

»Holly, mach auf!«, rief ich. Ich konnte sie drinnen herumgehen hören, also klopfte ich weiter. »Holly, bitte, lass es mich erklären. Es ist nicht das, wonach es ausgesehen hat. Und glaub mir, ich weiß, wonach es ausgesehen hat.«

»Geh weg, Kai«, sagte Holly hinter der Tür.

»Das kann ich erst, wenn wir geredet haben.«

»Ich will aber nicht mit dir reden.«

»Du redest doch schon mit mir.«

Sie sagte nichts mehr.

Seufzend klopfte ich wieder gegen die Tür. »Bitte, Holly, mach auf.«

Plötzlich öffnete einer von Hollys Nachbarn seine Tür und sah mich an. »Was soll das werden?«, fragte er mürrisch.

»Wie wäre es, wenn Sie sich um Ihre eigenen Angelegenheiten kümmern?«, knurrte ich.

»Sie nerven die ganze Etage. Bringen Sie mich nicht dazu, unten beim Empfang anzurufen und …«

Ich gab mich geschlagen. »Fein. Okay. Ich hör ja schon auf. Gehen Sie wieder rein und gucken Sie Ihre Abendnachrichten.« Er starrte mich finster an, ging aber zurück in seine Wohnung und schloss die Tür.

Ich legte die Hände an Hollys Wohnungstür und senkte meine Stimme. »Holly, sie hat versucht mich zu küssen. Es hatte nichts zu bedeuten. Sie hat nichts zu bedeuten. Bitte, mach auf.«

Ich stand da. Wartete. Und betete, dass Holly mir aufmachte und mich alles erklären ließ.

Doch die Tür blieb zu.

Mit schweren Schritten machte ich mich schließlich auf den Weg zu meiner Wohnung. Ich ließ mich auf die Couch fallen und griff nach meinem Handy. Zehnmal versuchte ich Holly zu erreichen, doch zehnmal ging nur ihre Mailbox dran. Und jedes Mal versuchte ich es ihr zu erklären.

Ich schickte ihr auch zahlreiche Textnachrichten, doch mein Mut sank, als ich sah, dass die nicht mal bei ihr ankamen.

Gut möglich, dass sie mich geblockt hatte. Mir war speiübel. Und das alles nur, weil ich Penelope zu nah an mich herangelassen hatte. Verdammt, ich hatte nicht mal damit gerechnet, dass es zu einem Gespräch mit Penelope kommen würde. Ich hatte gedacht, ich übergebe ihr die Scheidungspapiere und sehe sie danach nie wieder. Jedenfalls hatte ich das gehofft. Ich wollte dieses Kapitel meines Lebens beenden, um mit Holly ein neues anzufangen.

Aber jetzt war alles verdorben.

Der Tag wurde noch schlimmer, als am Abend Mano auftauchte. Sobald er die Tür öffnete, sah ich ihm an, dass er sich bei mir entschuldigen wollte.

Hatte er mit Holly gesprochen?

Wusste er, was passiert war?

Nein.

Das war es nicht.

Er formte mit den Lippen »Tut mir leid, Bro« und zog seinen Koffer durch die Tür. Mein Magen sank, als ich hinter ihm zwei weitere Koffer entdeckte. Und dann hob ich den Blick zu den zwei Menschen, die diesen beschissenen Abend nur noch beschissener machten.

Ich richtete mich auf, und mein Magen verkrampfte sich. »Mom. Dad. Was macht ihr denn hier?«

»Da du uns über die Feiertage nie besuchst, dachte ich mir, wir besuchen dich und bleiben ein paar Tage.«

Ich. War. Im. Arsch.

30

KAI

»Hätte es dich umgebracht, mich vorzuwarnen?«, zischte ich Mano zu, als er mir half, meinen Gästen für die kommende Woche mein Schlafzimmer herzurichten.

»Tut mir leid, Mann, aber Mom hat gesagt, wenn ich dir verrate, dass sie mit zurückkommen, nimmt sie mich hier von der Schule und unterrichtet mich wieder selbst. Sie haben sich gedacht, wenn du Bescheid weißt, findest du eine Möglichkeit, ihnen aus dem Weg zu gehen.«

Natürlich hatten sie ihn erpresst. Ich konnte es meinem Bruder nicht verübeln, dass er mich nicht gewarnt hatte. Schließlich wusste ich, wie viel es ihm bedeutete, hier zur Schule gehen zu können. Er hatte hier seine Freunde und den Football. Es war grausam von unseren Eltern, ihm so zu drohen. Ich hatte eigentlich gedacht, sie würden nur mit mir so umspringen, nicht aber mit Mano.

Es tat mir leid, dass er nun eine Ahnung davon hatte, mit welchen Eltern ich aufgewachsen war – von dem manipulativen Gebaren, mit dem sie mir weisgemacht hatten, ich wäre kein gutes Kind, während in Wahrheit sie schlechte Eltern waren. Immer hatten sie es so aussehen lassen, als wären sie die Opfer, während es genau umgekehrt gewesen war. So reagierten sie auch heute noch auf mich. Ich selbst hatte mich mit den Jahren daran gewöhnt und konnte es von mir abprallen lassen, aber ich sah, wie sehr Mano darunter litt. Es war nicht fair und machte mich so wütend, dass ich sie am liebsten aus unserer Wohnung geworfen und ins Hotel geschickt hätte.

»Wie lange wollen die noch mal bleiben?«, knurrte ich.

»Fünf Tage. Bis Neujahr. Tut mir leid, Kai. Ehrlich.«

»Du musst dich nicht entschuldigen. Das ist nicht dein Fehler. So sind unsere Eltern nun mal.«

»Ich habe für morgen Abend in einem Fünf-Sterne-Restaurant reserviert!«, rief Mom und drängelte sich in mein Schlafzimmer. Sie warf einen Blick in den Korb mit schmutziger Wäsche, die ich nach dem Ausflug nach Wisconsin hineingeworfen hatte, und rümpfte die Nase. »In so einem Saustall muss dein Bruder leben?«

Die Erwiderungen, die mir dazu durch den Kopf schwirrten, hätten mich ohne Rückfahrkarte in die Hölle befördert, also biss ich mir auf die Zunge.

»Mom, komm schon, er ist gerade erst zurückgekommen«, erklärte Mano und deutete auf meinen geöffneten Koffer auf dem Boden.

»Gib dir keine Mühe, Mano«, sagte ich. Streit lohnte sich nicht. Meine Eltern sahen nur, was sie sehen wollten. Offenbar hatte Mom all die Jahre vergessen, in denen ich ihre dreckigen, nach Alkohol stinkenden Klamotten aufgesammelt hatte, weil sie selbst zu besoffen dazu gewesen waren.

Himmel, ich musste mit Holly reden.

Das Letzte, was ich jetzt brauchte, war, mich in den nächsten fünf Tagen mit meinen Eltern herumzuschlagen. Ich musste zu Holly und ihr erklären, was mit Penelope vorgefallen war. Stattdessen hatte ich zwei Erwachsene an der Backe, die mir erklärten, dass meine Lebensweise nicht den Ansprüchen ihrer neu entdeckten Hochnäsigkeit entsprach.

»Ich kann morgen nicht mit euch essen, ich muss arbeiten«, erklärte ich. »Ihr könnt nicht einfach irgendwo aufschlagen und erwarten, dass die Leute deshalb ihr Leben umkrempeln.«

»Dein Restaurant öffnet nicht vor siebzehn Uhr. Da können wir zusammen zu Mittag essen«, schlug Mom vor. »Es sei denn, du isst mittags nichts.« Meine passiv-aggressive Mutter – Volldampf voran.

»Schön. Wir schauen mal«, brummte ich.

»Dein Vater und ich sind müde nach unserer Reise. Es wäre schön, wenn du dich mit den Vorbereitungen etwas mehr beeilen könntest, Schatz«, sagte sie noch, bevor sie hinausging.

Mano sah mich zerknirscht an. »Sorry, Kai.«

»Noch mal: Du musst dich nicht entschuldigen.«

Ich war bereit, auf der Couch zu schlafen, doch Mano zog die zweite Matratze seines Ausziehbetts hervor und bereitete mir ein Lager. Als ich neben ihm auf dem Boden lag, sagte er: »Du könntest doch auch bei Holly pennen und morgen Früh wiederkommen.«

»Das geht leider nicht.«

»Wieso nicht? Hattet ihr zwei keinen schönen Ausflug?«

»Schon, aber dann ist Penelope im Restaurant aufgetaucht, um mir zu sagen, dass sie noch Gefühle für mich hat.«

Mano setzte sich ein wenig im Bett auf. »Was?«

»Und dann hat sie versucht, mich zu küssen.«

Nun saß er kerzengerade. »Was?«

»Und Holly hat es gesehen.«

»Langsam, warte mal. Und was hat Holly dazu gesagt?«

Ich schüttelte mein Kissen auf und ließ mich wieder hineinfallen. »Nichts. Sie hat mich geblockt. Bevor ihr gekommen seid, hab ich versucht, an ihre Tür zu hämmern, aber sie wollte mich nicht reinlassen.«

»Alter. Und wieso bist du dann noch hier und schläfst auf meinem Fußboden? *Irgendwas* musst du der Frau sagen! Pack dir einen Ghettoblaster auf die Schulter, bau dich vor ihrem Balkon auf und flehe sie an, mit dir zu reden!«

»Das ist kein Film, Mano. So etwas macht man nicht. Fast hätte sich eben schon jemand wegen Ruhestörung beschwert, weil ich an ihre Tür getrommelt habe. Ich überlege mir morgen was. Schlaf jetzt. Es ist schon spät.«

»Aber Kai …«

»Gute Nacht, Mano.«

»Aber Kai!«

»Gute Nacht.«

»Hey, Kai?«, flüsterte Mano und stupste mich in die Seite. Die Sonne blinzelte bereits durch seine Jalousien, doch mein Körper verlangte nach zehn weiteren Stunden Schlaf.

Knurrend drehte ich mich auf die Seite und kehrte ihm den Rücken zu. »Noch nicht wach.«

»Okay, verstehe, aber ich wollte dir nur sagen, dass ich die Lage verbessern wollte.«

»Wie meinst du das?«, brummte ich und gähnte in mein Kissen.

»Könnte sein, dass ich Holly über die Dating-App kontaktiert habe, denn ich hatte ihre Nummer nicht und konnte ihr deshalb nicht schreiben. Ich habe ihr gesagt, dass ich es bin und dass du sie gernhast, und dass es dir leidtut, und ich habe ihr erklärt, was mit Penelope war, und dass es nichts zu bedeuten hatte, weil Penelope eben einfach irre ist.«

Jetzt war ich hellwach. Ich setzte mich auf der Matratze auf. »Was? Und was hat sie gesagt?«

»Na ja …« Er verzog das Gesicht, was bedeutete, dass wohl nichts Gutes dabei herausgekommen war. »Sie hat mich gefragt, ob ich das schon die ganze Zeit auf der Dating-App war. Und dann wollte sie wissen, ob es deine Idee war, über die Feiertage mit ihr zu ihrer Familie zu fahren. Aber sie wusste schon Bescheid, bevor ich überhaupt darauf antworten konnte, und dann hat sie mich gelöscht.«

Ich fuhr mir mit einer Hand durch mein zerzaustes Haar. Das war gar nicht gut. Denn nun hatte Holly zweierlei gegen mich in der Hand, und dabei war es noch nicht mal sieben Uhr morgens. Seufzend ließ ich mich auf die Matratze zurückfallen.

Doch bevor ich auch nur durchatmen konnte, brüllte mein Vater aus dem Wohnzimmer: »Wollt ihr zwei den ganzen Vormittag verschlafen, oder gibt es hier auch Frühstück?«

31

HOLLY

Die letzten Stunden glichen einem fürchterlichen Albtraum. Mein Herz sank, als ich im Mano's auftauchte und sah, wie diese Frau Kai küsste, und ich fühlte mich wieder genau wie in dem Moment, als Daniel mich wegen Cassie verlassen hatte.

Der alte Schmerz eines nur allzu bekannten Verrats nistete sich in meiner Magengrube ein, während ich mit wirbelnden Gedanken in meine Wohnung zurückkehrte. Ich blockte Kai auf meinem Handy, und als Mano mich dann auch noch auf der Dating-App kontaktierte, kam ich mir noch idiotischer vor. Kai hatte Weihnachten im Grunde nie mit meiner Familie verbringen wollen. Ich schämte mich fürchterlich. Und das Schlimmste war, dass diese Frau, die Kai geküsst hatte, nicht irgendwer gewesen war – sondern Penelope. Seine Penelope. Die Frau, die er fast zehn Jahre lang geliebt hatte. Niemals hätte ich mit dem, was die beiden miteinander verband, konkurrieren können.

Ich kannte ihn ja erst seit wenigen Monaten, und die meiste Zeit davon war ich ihm bloß auf die Nerven gegangen.

Und sie war schön.

Ich hasste meinen Verstand dafür, wie er mich schikanierte. Bis letztes Jahr, als Daniel und Cassie mich hintergangen hatten, war ich nie unsicher gewesen, doch inzwischen schien Unsicherheit meine beste Freundin zu sein. Jedes Mal, wenn ich allein war, schlich sie sich in meine Gedanken. Sie zerstörte meine Arbeitsmoral und mein Selbstwertgefühl. Sie plagte mich und ließ mich glauben, ich könnte niemals einem anderen Menschen genügen. Und jetzt wurde diese Unsicherheit auch noch bestätigt.

Zu erleben, wie Daniel mich für meine beste Freundin sitzenließ, hatte mich tiefer getroffen, als ich es für möglich gehalten hätte. Ich hatte mich noch nie dermaßen am Boden zerstört gefühlt. Und ich hatte geglaubt, etwas Schlimmeres könnte mir unmöglich zustoßen.

Doch als ich dann Kai mit Penelope sah …

… öffnete sich die Wunde noch tiefer.

Kai sah mich, wie Daniel es nie vermocht hatte. Er sah meine Macken und versuchte nicht, sie kleinzureden – im Gegenteil, er akzeptierte sie freudig. Kai brachte mich so zum Lachen, wie ich seit Jahren nicht mehr gelacht hatte. An Tagen, an denen ich mir hässlich vorkam, gab er mir das Gefühl, schön zu sein. Er überschüttete mich mit Trost, wenn ich ihn am meisten brauchte.

Als ich Kai begegnete, war mein Herz bereits erschöpft gewesen. Fast war ich mir sicher gewesen, nie wieder Liebe empfinden zu können. Und doch hatte mein Herz sich Kai geöffnet. Es hatte Hoffnung geschöpft, dass er es nicht brechen würde, und seinen zaghaften Schlägen so sehr vertraut, dass es einen anderen Menschen hereingelassen hatte.

Und dann war mein Herz aufs Neue zerbrochen.

Ich wusste nicht, wie oft ein Herz so etwas ertragen konnte, meines jedenfalls benötigte lebenserhaltende Maßnahmen.

Drei Tage lang hockte ich wie ein Einsiedlerkrebs in meiner Wohnung. Wenn ich mir etwas zu essen kommen ließ, brachte Curtis es mir freundlicherweise herauf, sodass ich unmöglich mit Kai oder Mano zusammentreffen konnte. Ich war einfach nicht bereit, den beiden gegenüberzutreten, und schämte mich viel zu sehr, weil ich mich erneut hatte demütigen lassen.

»Geht es Ihnen gut, Miss Holly?«, erkundigte sich Curtis, als er mir die dritte Lieferung des Tages brachte. Chinese Express mit Frühlingsrollen extra und süß-saurer Sauce.

Ich nahm ihm die braune Papiertüte ab. »Ja, selbstverständlich. Wieso fragen Sie?«

»Nun, Sie tragen seit drei Tagen dieselben Sachen.« Er beäugte mich von oben bis unten und runzelte die Stirn. »Außerdem hat Kai nach Ihnen gefragt. Haben Sie beide sich gestritten?«

Da ich mich nicht in meinen Kummer vertiefen wollte, lächelte ich den liebenswerten Curtis nur an. »Mit mir und Kai ist alles in Ordnung.«

»Miss Holly?«

»Ja, Curtis?«

»Sie haben viele wunderbare Eigenschaften. Sie sind freundlich, lustig, schön, aber eine gute Lügnerin sind Sie nicht.«

Das Lächeln verging mir, und Traurigkeit trat in meinen Blick. Curtis beugte sich vor und legte mir tröstend eine Hand auf die Schulter. »Kai ist ein guter Mann. Ich bin sicher, es gibt eine Erklärung für die Meinungsverschiedenheiten oder Missverständnisse, die es zwischen Ihnen gegeben haben mag. Ich habe Sie beide in den letzten Monaten beobachtet. Sie hatten etwas Besonderes. Laufen Sie nicht davor weg.«

»Ich komme schon zurecht, Curtis. Danke, dass Sie sich um mich gekümmert haben.«

Lächelnd nickte er mir zu. »Okay, Miss Holly. Darf ich Ihnen trotzdem einen kleinen Rat geben?«

»Sicher.«

»Sie sollten vielleicht mal duschen. Sie riechen ein bisschen. Bis später dann.« Er ließ mich wortlos zurück und wandte sich dem Aufzug zu. Ich hob den Arm, roch an mir und verzog das Gesicht.

Vielleicht hatte er recht. Ein wenig Körperpflege würde mir ganz gut tun.

Aber erst nach den Frühlingsrollen.

Später am Abend sah ich, wie ein Blatt Papier unter meiner Tür durchgeschoben wurde. Ich ging hin und hob die Nachricht auf. Sie war von Kai.

Holly,
ich weiß, wie übel es aussah, als du ins Mano's gekommen bist, aber ich habe Penelope nicht geküsst. Sie hat versucht, mich zu küssen. Es ist nichts passiert. Ich weiß, das klingt bescheuert, trotzdem ist es wahr. Sie war da, um die Scheidungspapiere abzuholen, aber dann hat sie mir plötzlich ihre bizarren Gefühle für mich gestanden. Was mir überhaupt nichts bedeutet hat. Ich schaue sie an und empfinde gar nichts. Es tut mir leid, dass du in diese Situation hereingeplatzt bist. Ich schwöre, ich habe das nicht kommen sehen. Sie bedeutet mir nichts. Aber du, Holly, bedeutest mir alles. Bitte block mich nicht länger. Bitte komm und triff dich mit mir. Bitte nimm mich wieder auf.
Kai

Ich las seine Nachricht wieder und wieder. Tränen fluteten meine Augen, und ich biss mir auf die Unterlippe. Mein Magen zog sich zusammen, und mir wurde übel. Mein müdes Herz flüsterte noch immer: ›Gib ihm noch eine Chance.‹ Nach allem, was es bereits durchgemacht hatte. Nach all dem Leid, Kummer und der Erschöpfung, die mein Herz erlebt hatte, empfand es noch immer genug Hoffnung, um für die Liebe zu schlagen.

Doch ich musste mein Herz zum Schweigen bringen, weil es mich immer wieder in die Irre führte. Es war höchste Zeit, mal eine Weile auf meinen Verstand zu hören. Höchste Zeit, mein Herz und dessen Liebe zurückzustellen.

Gegen zehn Uhr am Abend meldete sich meine Gegensprechanlage. Zuerst dachte ich, es wäre Kai, der sich bei mir einschleichen wollte, doch als mein Handy vibrierte und eine Textnachricht ankündigte, wusste ich, dass er es nicht war.

Alec
Lass mich rein

Ich grinste und drückte ihm die Haustür auf.

Als er an meine Tür klopfte, schaute ich durch den Spion, um mich zu vergewissern, dass er allein gekommen war.

»Ich bin nicht mit Kai hier, damit er dir die Bude einrennt. Aber ich hab Käsekuchen mitgebracht. Also lass mich rein.«

Ich zog die Tür auf, ließ meinen Bruder herein und schloss sie rasch wieder. »Was machst du hier?«, fragte ich. Schließlich tauchte Alec nicht jeden Tag bei mir auf.

»Gerüchten zufolge bist du grad ziemlich am Boden.« Er sah sich in meiner unaufgeräumten Wohnung um und verzog das Gesicht. »Und anscheinend ist an den Gerüchten was dran.«

Ich flitzte in meine Küche und machte mich daran, die alten Imbiss-Kartons einzusammeln und in den Mülleimer zu befördern. »Ich bin bloß in Schreibstimmung«, flunkerte ich. »Deshalb bin ich noch nicht zum Aufräumen gekommen.«

»Mhm«, erwiderte Alec ungläubig. Er stellte den Käsekuchen auf den Esszimmertisch, verschränkte die Arme vor der Brust und sah mich an. »Was ist los, Holly? Kai hat mich angerufen und gebeten, nach dir zu sehen. Er meinte, du seist wütend auf ihn.«

»Ich bin nicht wütend. Es ist nur vorbei für mich. Alles ist für mich vorbei.« Meine Stimme wollte mir den Dienst versagen, als meine Magennerven wie Feuerwerkskörper explodierten. »Aber ich will auch gar nicht darüber reden. Mein Gehirn ist müde vom vielen Nachdenken. Wenn du also gekommen bist, damit wir uns gegenseitig das Herz …«

»Keineswegs. Ich bin nicht hier, um dich in den Arm zu nehmen. Unsere Umarmung an Weihnachten reicht für die nächsten zehn Jahre.«

Ich verengte die Augenlider zu schmalen Schlitzen. »Und warum bist du dann hier?«

Er ging zum Küchenschrank und nahm zwei saubere Teller und zwei Gabeln heraus. »Um Käsekuchen mit dir zu essen und schlechtes Reality-TV zu gucken.«

Ein leiser Seufzer der Erleichterung entwich mir. Darauf konnte ich mich einlassen. Alec war nicht der Beste, wenn es um vertrauliche Gespräche ging, oder darum, mich zu ermutigen, aber er hatte offenbar ein Händchen dafür, immer dann aufzutauchen, wenn ich Gesellschaft brauchte. Und nun saß er heute Abend auf meinem Sofa, so wie er nach meinem Debakel im letzten Jahr vor meiner Zimmertür gesessen hatte.

Jemanden zu haben, der in schweren Zeiten neben einem saß, war der beste Trost, den man sich denken konnte.

Wir hatten schon mindestens eine Folge Trash TV zu viel geschaut, als Alec aufstand und anfing, meine Küche zu putzen.

»Das musst du nicht tun«, sagte ich, doch er räumte weiter die Geschirrspülmaschine ein. Jetzt stand eindeutig fest, dass Alecs Sprache der Liebe in Handreichungen bestand. Außerdem gebot er mir, mich zu verpissen, als ich mich erhob, um ihm beim Aufräumen zu helfen.

Als er fertig war, bot ich ihm an, in meinem Gästezimmer

zu übernachten, was er dankend annahm. Als ich gerade selbst ins Bett kriechen wollte, erschien Alec noch einmal in der Tür.

»Ruh dich ein bisschen aus, ja?«, sagte er. »Wie Mom immer sagt: Morgen ist ein neuer Tag.«

Ein schöner Gedanke.

»Hey, Alec?«

»Ja?«

»Denkst du, wir sind verflucht? Was die Liebe angeht?«

Er lachte. »So was Blödes hab ich im Leben noch nicht gehört.«

»Nein, im Ernst. Glaubst du, Moms und Dads Liebe füreinander ist so stark, dass nichts, was uns begegnet, dieser Energie gleichkommen kann?«

»Natürlich nicht, Holly. Auf uns liegt kein Fluch oder so was. Ich meine, böse Menschen tun manchmal böse Dinge und brechen anderer Leute Herzen. Aber manchmal stehen wir uns auch einfach nur selbst im Weg.«

»Und was soll das jetzt heißen?«

»Ich dachte, wir schütten uns nicht gegenseitig das Herz aus?«, scherzte er.

»Ja, na ja …« Über meine Lippen kam ein gewichtiger Seufzer. »Mein Herz ist ein bisschen müde. Es könnte etwas Trost gebrauchen.«

Er lächelte, aber es wirkte eher düster, als er die Arme vor der Brust verschränkte und sich gegen den Türrahmen lehnte. »Kai ist ein guter Mensch, Holly. Ja, er hat sein Päckchen zu tragen, und seine Ex hat was völlig Bescheuertes angestellt, aber das war sie, und nicht er. Ihm liegt mehr an dir, als ich es jemals bei einem Menschen erlebt habe – von Dad und Mom mal abgesehen. Jedenfalls gehört er zu den Guten, und du weißt ja, wie selten diese Sorte ist, besonders in dieser Stadt. Schlaf jetzt. Es ist spät.«

Ich schloss die Augen und dachte über seine Worte nach. Ja, morgen war ein neuer Tag. Auch wenn mein Herz furchtbar müde war.

32

KAI

Irgendwie war es mir gelungen, dem Abendessen mit meinen Eltern bis Silvester aus dem Weg zu gehen. Ich hatte meinen Vater zu meiner Mutter sagen hören, wie undankbar es doch von mir sei, in den letzten Tagen nicht zu ihrer Verfügung gestanden zu haben. Als wäre es nicht ihrerseits unhöflich gewesen, uneingeladen in mein Leben zu platzen. Mano tat sein Bestes, um den häuslichen Frieden zu wahren, doch das war beinah unmöglich. Meine Eltern schienen zu allem, was ich tat, eine abfällige Meinung zu haben.

Warum machst du die Dose mit einem automatischen Büchsenöffner auf? Die von Hand sind doch viel besser.

Dein Abfallzerkleinerer müsste mal gründlich gereinigt werden.

An den Plastikbügeln ruinierst du dir deine Hemden.

Der Fernseher in deinem Wohnzimmer ist ziemlich klein. Lass mich dir einen neuen schenken. Ich weiß, für uns würdest du so etwas nicht tun, trotzdem würde ich dir gerne einen neuen Fernseher kaufen.

In ihren Freundlichkeiten lag eine unterschwellige Aggression, bei der mich jedes Mal ein kalter Schauer überlief. Ihre Fähigkeit, an allem herumzumäkeln, war wirklich beeindruckend. Wer hätte gedacht, dass die Art und Weise, wie man eine Rolle Klopapier aufhängte, den Dritten Weltkrieg auslösen konnte.

Ich zählte die Minuten, bis sie am Abend endlich zum Flughafen aufbrechen würden. Sie wollten sich nach dem Abendessen ein Taxi rufen, und ich konnte es nicht erwarten, ihnen nachzuwinken, wohin auch immer sie wollten, nachdem sie mir das Jahresende verdorben hatten.

»Wurde auch Zeit, dass du mal mit uns essen gehst«, bemerkte Mom, als ich das Steakhaus betrat – eines der besten Steakhäuser in der Stadt, sodass ich während dieses grässlichen Abends wenigstens was Gutes zu essen bekommen würde.

»Ich hab doch gesagt, ich hatte in den letzten Tagen viel zu tun«, gab ich zurück. »Hättet ihr euer Kommen vorher angekündigt, hätte ich mir vielleicht freinehmen können.«

»Nun ja, du musst schon entschuldigen, dass wir das anders sehen, da du nichts unversucht lässt, uns aus dem Weg zu gehen, wenn wir mal in der Stadt sind.«

Ich widersprach ihrer Einschätzung nicht, sondern breitete lediglich meine Serviette über meinen Schoß, griff nach der Speisekarte und betete, dass die Zeit schnell vergehen möge.

Mano saß lächelnd neben mir und gab sich alle Mühe, die ganze Situation nicht aus dem Ruder laufen zu lassen. »Ich überlege, mich im nächsten Semester für Habitat for Humanity einzuschreiben«, sagte er in dem Versuch, das unbehagliche Schweigen mit einer Unterhaltung zu füllen.

»Oh, das ist ja toll, Schatz, du hattest immer schon ein großes Herz. Es freut mich, dass du der Gemeinschaft etwas zurückgeben willst«, sagte Mom.

»Es war Kais Idee. Er hat mir geholfen zu überlegen, was ich mit meiner Freizeit anfangen will, weil Football ja bald vorbei ist. Er hatte selbst Habitat for Humanity auf dem College. Wusstet ihr das? Er hat mir davon erzählt, und ich dachte, es wäre cool«, berichtete Mano, um vor den beiden Menschen, die meine Existenz vollkommen kaltließ, ein wenig mit mir zu prahlen.

»Das ist schön. Ich wünschte bloß, Kai hätte uns so an seinem Leben teilhaben lassen, wie er dich daran teilhaben lässt, Schatz«, sagte Mom und strahlte mich an.

Ich fühlte ihr Lächeln wie einen Dolch im Herzen.

»Hör auf, Mom. Kai war immer nur super zu mir.«

»Nun ... vielleicht erleben wir nicht denselben Kai wie du, Mano«, gab sie zurück.

Ich spürte Zorn in mir aufwallen. »Vielleicht erlebe ich auch nicht dieselben Eltern wie Mano«, feuerte ich zurück, bedauerte meine Worte jedoch noch im selben Moment. Ich wollte mich nicht mit ihnen streiten. Ich wollte ja nicht mal mit ihnen zu Abend essen. Ich war ausschließlich wegen Mano hier. Doch meine Worte lieferten meinem Vater ausreichend Munition, um das Feuer augenblicklich zu erwidern.

»Was soll das heißen?«, blaffte er.

»Nichts. Lass gut sein.«

Dads Nasenflügel blähten sich. »Nein, wie es scheint, willst du etwas loswerden. Also, raus damit, Kai. Sag uns, welche Eltern du im Unterschied zu Mano hattest!«

»Dad, lass stecken«, flüsterte Mano.

»Er hat recht. Lass uns das Thema wechseln«, sagte ich bemüht ruhig. »Bringen wir einfach dieses Essen hinter uns.«

»Dieses Essen hinter uns bringen«, schnaubte Dad. »Als wären wir eine Zumutung für dich. Du bist so undankbar, dass es mich krank macht.«

»Undankbar?« Fassungslos lehnte ich mich auf meinem Stuhl zurück. Ich hätte ihm so einiges über ihn selbst und meine Mutter erzählen können, doch mir war bewusst, dass es kein gutes Ende nehmen würde. Jahrelang hatte ich den beiden gesagt, welchen Schaden sie bei mir angerichtet hatten, aber sie hatten mir nie zugehört. Man konnte Menschen, die sich taub stellten, unmöglich die Wahrheit sagen. Nichts, was ich ihnen sagte, würde sie dazu bewegen, irgendeinen Fehler zuzugeben. Ihr Stolz gestattete ihnen nicht, irgendein Fehlverhalten einzuräumen. In ihren Augen war ich immer der Böse gewesen, während sie sich mit einem Sohn abplagten, der nichts mit ihnen zu tun haben wollte.

»Tut mir leid, Mano, aber ich kann das nicht«, sagte ich leise und stieß mich vom Tisch ab. Ich erhob mich und sah meine Eltern an. »Ich wünsche euch eine gute Reise.«

Damit wandte ich mich ab und wollte gehen, doch es spaltete mir den Schädel, als meine Mutter sagte: »Du bist so eine Enttäuschung.«

»Was stimmt bloß nicht mit dir?«, rief Mano. Ich blieb stehen, warf einen Blick über die Schulter und sah, dass das Gesicht meines Bruders knallrot angelaufen war. Zuerst dachte ich, er würde mich anschreien, weil ich vom Esstisch aufgestanden war, doch ganz im Gegenteil: Er schrie meine Eltern an, um mich zu verteidigen.

»Mano, setz dich sofort wieder hin!«, befahl mein Vater, doch mein Bruder richtete sich nur umso mehr auf. »Und sprich gefälligst leiser!«

»Nein. Ich weiß nicht, was euer Problem ist, aber ihr behandelt Kai vollkommen anders, als ihr mich behandelt. Ich liebe euch beide, aber ihr seid dermaßen gemein. Ihr setzt ihn bei jeder Gelegenheit herab, die sich euch bietet. Ihr verurteilt ihn für jede Entscheidung, die er trifft. Ihr habt ihm nicht mal zu seinem neuen Restaurant gratuliert, was echt der Hammer ist. Ja, ihr habt nicht mal gefragt, ob ihr es euch ansehen könnt, dabei ist es buchstäblich um die Ecke von seiner Wohnung, in die ihr euch selbst eingeladen habt. Ihr seid in sein Leben eingedrungen und habt ihn in den letzten fünf Tagen ständig mit irgendwelchen bösen Bemerkungen traktiert, ohne dass er etwas erwidert hätte. Er hat nicht einmal die Stimme gegen euch erhoben, und trotzdem besitzt ihr die Frechheit, ihn undankbar und eine Enttäuschung zu nennen.«

»Mano …« Ich legte ihm eine Hand auf die Schulter. »Ist schon okay.«

»Nein, ist es nicht. Sie benehmen sich dir gegenüber ehrlich beschissen, als wären nicht sie es, die dir deine Kindheit vermasselt haben!«, rief Mano. Seine Gefühle platzten förmlich aus allen Nähten, während er wild vor den beiden gestikulierte. »Wieso fällt euch das so schwer, hm? Wieso fällt es euch so schwer zuzugeben, dass ihr Fehler gemacht habt? Und dass eure Fehler anderen geschadet haben könnten? Wieso habt ihr beide so ein großes Ego, dass ihr nicht zugeben könnt, es mit Kai versaut zu haben? Und ihr habt es tatsächlich gründlich versaut. Kai verdient viel mehr, als ihr ihm gegeben habt.«

Unsere Eltern saßen mit aufeinandergepressten Lippen da und sagten kein Wort.

Mano schluckte und schüttelte den Kopf. »Kai hatte nicht, was ich hatte, als ich aufwuchs. Er bekam weder dieselbe Liebe noch dieselbe Unterstützung oder auch nur die gleichen Eltern. Trotzdem wurde er der beste Bruder, den ich mir jemals hätte wünschen können. Tut mir leid, aber ich werde nicht hier sitzen und mir anhören, wie ihr einen der besten Menschen schlechtredet, den ich kenne, weil ihr in eurem Stolz keine Fehler zugeben könnt.« Er räusperte sich. »Ich liebe euch, Mom und Dad, das tue ich wirklich. Aber ich werde nicht hierbleiben und mit anhören, wie ihr über meinen besten Freund herzieht. Also, guten Flug, wir reden später.«

Damit drehte sich Mano zu mir und grinste mich schief an.

Ich gab ihm das Grinsen zurück.

»Gehen wir«, sagte er und marschierte zum Ausgang.

Ein wenig sprachlos folgte ich ihm. Nie im Leben hätte ich gedacht, dass Mano sich unseren Eltern meinetwegen so widersetzen würde. Er war immer der Friedensstifter gewesen, derjenige, der stets um Ausgleich bemüht war. An diesem Abend empfand ich noch größere Liebe für ihn als jemals zuvor.

An meinem Wagen angekommen, stieg Mano auf den Beifahrersitz.

»Das hättest du nicht tun müssen«, sagte ich, als ich losfuhr.

»Na, und ob.« Er schüttelte seine Gefühle ab und lächelte mir zu. »Und, betrinken wir uns jetzt in der Silvesternacht, oder was?«

Ich lachte. »Das hättest du wohl gerne, Kleiner. Aber wir können beim Lebensmittelladen halten und uns alkoholfreien Sekt besorgen, mit dem wir das neue Jahr einläuten.«

»Ich hätte ja was dagegen, aber Sekt ballert, also bin ich einverstanden.«

»Ballert?«

»Was bedeutet, ist in Ordnung, Grandpa.«

»Du hättest auch sagen können, ›ist in Ordnung‹, weißt du? Dass Sekt ohne Alkohol ›ballert‹, ergibt nicht mal Sinn.«

»Manchmal bist du so millennial, dass es mir wehtut.«

Ich grinste. »Meine Lebensaufgabe.« Während ich mich in den Verkehr einfädelte, warf ich Mano einen Seitenblick zu. »Danke übrigens für den Beistand vorhin.«

»Du hättest für mich das Gleiche getan.«

Ja, das hätte ich.

Wir fuhren nach Hause und wechselten zwischen Silvestersendungen im Fernsehen und Videospielen hin und her. Ich bildete mir ziemlich was darauf ein, Mano jedes Mal bei Mario Kart abzuziehen. Hin und wieder kamen mir meine Millennial-Fähigkeiten durchaus gelegen.

Gegen halb zwölf kam endlich die Pizza, die wir vor Stunden bestellt hatten, sodass ich das Videospiel anhielt, um nach unten zu fahren und sie entgegenzunehmen. Als ich mich mit der Pizza wieder umdrehte, entdeckte ich Holly, die in Jogginghose und T-Shirt einen Stapel Post aus dem Briefkasten nahm.

»Holly!«, rief ich.

Sie sah zu mir auf, riss die Augen auf und lief zum Aufzug. Die Tür öffnete sich sofort, und sie wollte schon hineinspringen, doch sie war nicht schnell genug, sodass ich hineinschlüpfte und rasch den Knopf drückte, der die Tür zugehen ließ.

»Hi«, japste ich.

»Hi, Kai.« Sie drückte den vierundzwanzigsten Stock für mich, und anschließend den fünfundzwanzigsten.

»Das war's? Das ist alles? Wir müssen reden«, drängte ich. Sie sah wunderschön aus. Himmel, es war erst vier Tage her, seit ich sie zuletzt gesehen hatte, und sie sah in ihrem Pyjama so fantastisch aus, dass ich mich um ein Haar in eine erbärmlich schluchzende Gestalt verwandelt hätte. Bis zu diesem Augenblick hatte ich nicht gewusst, dass man einen Menschen, der direkt vor einem stand, so sehr vermissen konnte.

»Müssen wir nicht.«

»Doch, müssen wir.«

»Wir hatten eine kurze, ziemlich schräge falsche Weihnachtsbeziehung, Kai. Nichts, worüber man reden müsste.« Sie schlug erneut auf die Tasten für unsere Stockwerke, als würde sich der Aufzug dadurch schneller bewegen.

Ohne zu überlegen, drückte ich alle Knöpfe auf einmal, um irgendwie das Tempo herauszunehmen. »Was um alles in der Welt machst du da?«, fragte sie.

»Ich weiß es nicht. Ich weiß es nicht, okay? Aber ich muss mit dir reden.«

»Kai, ich will jetzt nicht reden.«

»Wann dann?«

Die Lifttür öffnete sich und schloss sich wieder.

»Ich weiß nicht. Ich brauche Abstand.«

Ich trat einen Schritt zurück. »Genügt das?«

»Kai, hör auf.«

»Nein, ich werde nicht aufhören, Holly. Ich werde erst aufhören, wenn du mit mir redest«, erwiderte ich und drückte auf die Stopptaste, sodass der Aufzug vollends zum Stehen kam.

»Bist du verrückt?«, fragte sie, und, ja, um ehrlich zu sein, ich war verrückt. In diesem Augenblick war ich wie ein Irrer. Ich begriff, wie lachhaft es war, in dem Versuch, auch nur ein wenig mehr Zeit mit Holly zu ergattern, jeden einzelnen Knopf des Aufzugs zu drücken. Mir war bewusst, mit welch irrem Blick ich sie anstarrte, ich konnte aber nichts daran ändern. Ich war wie wahnsinnig in diese Frau verliebt, und wenn ich sie nur so dazu bringen konnte, mir zuzuhören, indem ich sie mit mir in den Aufzug sperrte, dann musste es eben so sein.

Für die wahre Liebe würde ich noch weit verrückteren Mist bauen.

Ich würde mich wie ein Trottel aufführen, damit Holly mir noch eine Chance gab.

»Es ist nichts zwischen mir und Penelope, Holly. Ich schwöre, da ist absolut nichts, und ich …«

»Ich weiß«, sagte sie und drückte auf das Tastenfeld, damit wir uns wieder bewegten.

Irritiert schlug ich mit der ganzen Hand darauf. »Was? Du weißt es?«

»Ja. Ich weiß.« Wieder drückte sie den Knopf. Dann wieder ich.

Klatsch.

»Aber wieso sprechen wir dann nicht miteinander?« Ich stellte den Pizzakarton auf den Boden und stellte mich vor das

Tastenfeld, damit sie den Aufzug nicht wieder in Bewegung setzen konnte. »Was entgeht mir hier?«

Als sie mich anblickte, sah ich das Zittern ihrer Unterlippe. Ihre Nervosität war nicht zu übersehen, als unsere Blicke sich trafen. Mit der Andeutung eines Kopfschüttelns sagte sie: »Ich glaube nicht, dass ich damit klarkommen würde.«

»Womit?«

»Mit dem Tag, an dem du aufwachst und mich nicht mehr willst. Darum geht es doch am Ende, wenn man jemanden liebt – dass man ein Risiko eingeht. Dass man sich der Gefahr aussetzt, eines Morgens aufzuwachen und zu erfahren, dass der andere so nicht weitermachen will. So war es bei Daniel und mir. Und bei dir und Penelope auch. Als ich sah, wie sie dich geküsst hat, war ich am Boden zerstört. Für den Bruchteil einer Sekunde dachte ich, dass alles wieder von vorne losgeht, und ich glaube nicht, dass mein Herz einen solchen Schlag noch einmal überleben würde, Kai. Also machen wir am besten Schluss, bevor wir überhaupt anfangen.«

»Nein. Auf keinen Fall.«

Sie sah mich mit einem milden, von Traurigkeit getränkten Lächeln an. »Leider hast du in der Sache nichts zu sagen. Das ist meine Entscheidung.«

»Nein, ist es nicht. Ich lasse dich nicht so entscheiden.«

»Kai …«

»Nein.« Mein Herz hämmerte gegen meine Rippen. »Du kannst uns nicht aufgeben, bevor wir überhaupt eine echte Chance hatten. Du kannst nicht einfach gehen, weil du Angst hast. Ich habe auch Angst, Holly. Glaubst du etwa, das hier würde mir keine Angst machen? Denkst du, ich würde nicht dauernd daran denken, dass das hier auf eine Million Arten schiefgehen könnte und dass du eines Tages beschließen könntest, mich zu verlassen? Ich habe mir jeden möglichen Ausgang ausgemalt. Jede unschöne Variante, mit der es enden könnte, und trotzdem will ich dich. Mit Haut und Haaren. Und weißt du auch, warum? Weil du die Welt für mich bist. Du bist die Sonne. Und der Mond. Du bist der Schneemann vor irgendeinem Haus, mit seinem schiefen Möhrengrinsen. Du bist jeder gute Tag, und jede miese Nacht und jeder banale Alltag dazwischen. Und deshalb tut es mir leid, aber du kannst nicht einfach beschließen, mich zu verlassen. Das kommt nicht infrage. Tu, was immer du tun musst, um das hier hinter dir zu lassen, sei stinksauer auf mich, geh mir ein, zwei Tage aus dem Weg, verfluche mich, schubs mich meinetwegen herum, aber verlass mich nicht, Holly, bitte …« Meine Stimme brach, als ich auf sie zutrat. »Denn wenn es dich nicht gibt, gibt es überhaupt nichts mehr.«

Sie öffnete den Mund und suchte nach Worten. Als sie keine fand, fielen mir noch mehr ein.

»Du hast Angst«, sagte ich. »Das verstehe ich. Ich verlange auch nicht von dir, daran etwas zu ändern. Ich verlange nicht von dir, dich überhaupt zu ändern. Wenn du unbedingt Angst haben musst, bitte sehr, dann hab halt Angst. Aber, Holly, bitte … hab mit mir zusammen Angst.«

Sie sagte noch immer nichts, doch ich erkannte, wie die Gedanken in ihrem Kopf wirbelten.

Nervös wartete ich, ob sie mich abermals von sich stoßen würde, und fürchtete schon, sie könnte mir keine zweite Chance geben aus Angst vor dem, was in der Zukunft möglicherweise mit uns geschehen könnte.

Sie hatte keine Worte für mich.

Kein einziges.

Nichts.

Stattdessen richtete sie sich auf, beugte sich vor und presste ihren Mund auf meinen.

Ich zögerte keine Sekunde, aus Sorge, sie könnte es sich anders überlegen, und erwiderte ihren Kuss. Ich schlang meine Arme um sie, während ihr Körper sich an mich schmiegte.

Ihr Rücken drückte sich gegen den Handlauf des Aufzugs.

Ich stemmte eine Hand gegen die Wand über ihrem Kopf und vertiefte den Kuss.

Mit der anderen hob ich eines ihrer Beine um meine Taille, während ich in meiner Jeans hart wurde und mich noch mehr gegen ihren Körper drängte. Ihre Arme glitten um meinen Hals, und ihren Lippen entwich ein leises, lustvolles Stöhnen. Ich trat einen Schritt nach links, um das Gleichgewicht nicht zu verlieren, und mein Fuß landete mitten im Pizzakarton.

Holly kicherte, doch ich holte sie wieder zurück, indem mein Mund zu ihrem Hals wanderte, ihre Haut küsste und sachte daran saugte. Das Gefühl, als ihr Mund sich auf mein Ohr senkte, war dermaßen intensiv, dass ich ihr am liebsten die Jogginghose vom Leib gerissen und sie an Ort und Stelle genommen hätte. Nun schloss sie beide Beine um meine Hüften und saß mit dem Po auf dem Handlauf, während ich einer Hand erlaubte, den Stoff ihres T-Shirts nach oben zu schieben. Zu meiner Überraschung kam kein BH zum Vorschein. Meine Hand traf auf ihre Brust, und ihre augenblickliche Reaktion auf meine Massage ließ mich nur noch härter werden. Ich hob ihr T-Shirt, bewegte den Mund zu ihren Brustwarzen und schnellte mit der Zunge von einer zur anderen. Sie stöhnte an meinem Ohr, flehte mich an, ihr mehr zu geben, und ihre Lust steigerte meine eigene. Ich wollte sie befriedigen. Ich wollte ihr huldigen, ich wollte …

Doch ehe ich weitermachen konnte, ruckte der Aufzug und setzte sich in Bewegung. Bevor er auf der nächsten Etage anhielt und sich weit öffnete, zog ich noch rasch Hollys T-Shirt hinunter.

»Na, da bin ich aber froh, dass Sie beide keine Panik bekommen haben, weil Sie steckengeblieben sind«, sagte Curtis, der breit grinsend vor dem Lift stand.

Ich stellte Holly auf den Boden, und sie strich sich, noch immer wie im Rausch, über die Haare.

Curtis stemmte grinsend die Hände in die Seiten. »Sie beide wissen aber schon, dass Kameras in der Liftkabine sind, oder?«

Holly wurde bei der Vorstellung, jemand könnte gesehen haben, wie wir im Aufzug übereinander herfielen, sofort knallrot, und auch ich konnte nicht so tun, als wäre ich nicht auch ein wenig peinlich berührt.

Ich hob den zerdrückten Pizzakarton auf und schenkte Curtis ein albernes Grinsen. »Frohes neues Jahr, Curtis.«

»Ihnen auch. Und, kleiner Tipp«, sagte er noch, trat in den Lift und setzte ihn mit seinem Schlüssel zurück. »Wenn Sie rummachen wollen, drücken Sie nur den Knopf für Ihre Etage und nicht den Notfallknopf.«

»Notiert«, sagte ich, amüsiert von der Rotschattierung in Hollys Gesicht.

Curtis deutete streng mit dem Finger auf mich. »Und brechen Sie Miss Holly nicht das Herz. Haben wir uns verstanden?«

Ich sah Holly an und legte ihr meinen freien Arm um die Taille. Dann beugte ich mich vor und küsste sie auf die Stirn. »Jawohl, Sir.«

Wir verabschiedeten uns von Curtis und gingen zu meiner Wohnung. Als ich die Tür öffnete, sprang Mano vom Sofa auf. »Wo warst du so lange?«, fuhr er mich an, doch als er Holly sah, riss er triumphierend die Arme hoch. »Holly! Du bist wieder da!« Damit lief er zu ihr und schloss sie fest in die Arme. »Danke, dass du wieder da bist. Kai war in den letzten Tagen deprimierend schlecht drauf.«

»Vorsicht«, warnte ich.

Mano trat ein wenig zurück und nahm mir die Pizza ab. Misstrauisch beäugte er den zerdrückten Karton, und als er ihn aufklappte und die zerquetschte Pizza sah, runzelte er die Stirn. »Die solltest du reklamieren. Die sieht ja aus, als hätte jemand darauf gesessen.«

»Oder wäre reingetreten«, unkte Holly. Sie zog ihre Schuhe aus und strich sich das Haar zurück. »Gerüchten zufolge habt ihr zwei Mario Kart gespielt.«

»Willst du gegen mich spielen? Kai schummelt, aber ich wette, du könntest ihn schlagen, wenn du es drauf anlegst.«

»Oh, kein Zweifel. Das weiß ich genau«, behauptete Holly selbstbewusst.

Ich straffte die Brust. »Soll das eine Herausforderung sein?«

»Nein, eine Tatsache.«

»Na dann los, Holly Jolly. Auf geht's.«

33

KAI

Am nächsten Morgen erwachte ich mit Holly friedlich in meinen Armen. Ich konnte mir kaum vorstellen, besser ins neue Jahr zu starten. Tageslicht schien ins Zimmer, aber ich wollte nur weiter an sie gekuschelt liegen bleiben. Sie rückte näher und machte mich zu ihrem großen Löffel. Ohne zu überlegen, legte ich einen Arm um sie und zog sie noch enger an mich.

»Guten Morgen«, gähnte sie, ohne die Augen aufzumachen.

»Guten Morgen. Ich bin froh, dass du noch hier bist. Einen Moment lang dachte ich, ich hätte mir bloß eingebildet, dass du über Nacht geblieben bist«, flüsterte ich an ihrer bloßen Schulter, die ich sachte küsste.

»Ich gehe nirgendwohin, solange du mich nicht rausschmeißt.«

Ich schlang meine Beine um sie und schmiegte sie an meinen Körper. »Das hättest du mir besser nicht gesagt, denn jetzt gehörst du mir für immer.«

Für immer.

Mir gefiel, wie sich das anhörte.

»Heißt das, nach gestern sind wir jetzt offiziell zusammen?«, fragte Holly.

»Ich denke, ja. Was für eine Art, das neue Jahr einzuläuten.«

»Hey …« Sie setzte sich ein wenig auf und sah mir in die Augen. »Danke, dass du nicht zugelassen hast, dass ich kneife.«

»Danke, dass du beschlossen hast, bei mir zu bleiben.«

Bevor sie antworten konnte, erklang der Türsummer.

»Ich geh schon!«, rief Mano.

Holly und ich nahmen die Ankunft unerwarteter Gäste zum Anlass, aus dem Bett zu steigen und uns was überzuziehen. Als wir aus dem Schlafzimmer traten, fühlte ich, wie mir der Mut sank, als ich abermals meine Eltern vor der Tür stehen sah.

»Was macht ihr zwei denn hier? Müsstet ihr nicht im Flieger sitzen?«

Mom blickte ein wenig befangen drein. »Eigentlich schon, aber wir haben es uns anders überlegt.« Dann fiel ihr Blick auf Holly. »Hallo. Tut uns leid, dass wir stören. Und Sie sind?«

»Holly«, antwortete sie.

»Meine Freundin«, ergänzte ich.

»Freut mich, Sie kennenzulernen, Holly. Ich bin Lani, und das ist Keanu, mein Mann. Wir sind Kais und Manos Eltern.«

»Oh. Wow. Hi.« Holly sah mich an. »Deine Eltern sind hier.«

»Meine Eltern sind hier.« Ich kratzte mich am Kinn. »Ich weiß allerdings nicht genau, wieso sie hier sind.«

»Um zu reden«, sagte mein Vater. Er hatte die Brauen gesenkt und die Arme vor der Brust verschränkt. »Wir sind hier, weil wir reden möchten. Unter uns, hatten wir gehofft.«

»Ja, selbstverständlich. Ich muss sowieso an die Arbeit. Meldest du dich nachher noch mal?«, fragte Holly an mich gewandt.

»Keine Frage.«

Sie gab mir einen Kuss auf die Wange und ging an Mom und Dad vorbei hinaus auf den Flur. »Es hat mich gefreut, Sie beide kennenzulernen, Lani und Keanu. Frohes neues Jahr.«

Als Holly gegangen war, standen wir vier schweigend da. Dann wandte sich Dad an Mano. »Wir hatten gehofft, wir könnten ganz alleine mit Kai sprechen, Mano.«

Mano ächzte. »Echt jetzt? Dabei wurde es doch gerade spannend.«

»In dein Zimmer, Mano! Sofort!«, riefen Mom und ich wie aus einem Mund.

Mano grummelte, schlurfte dann aber zu seinem Zimmer. »Na gut, aber um das klarzustellen: Ich werde die ganze Zeit mit dem Ohr an der Tür kleben.«

Ich hätte auch nichts anderes von ihm erwartet. Nachdem er die Tür geschlossen hatte, bedeutete ich meinen Eltern, am Esszimmertisch Platz zu nehmen. Ich war ziemlich angespannt, da ich nicht wusste, wie dieses Gespräch zwischen uns wohl verlaufen würde.

Wie ich meine Eltern kannte, konnte es schnell vom Weg abkommen.

Misstrauisch ließ ich mich auf einen Stuhl sinken und wartete darauf, dass sie die Unterredung begannen.

»Es tut mir leid«, setzte Dad an, »wie wir uns verhalten haben, als du klein warst. Lange habe ich nicht gern daran zurückgedacht, weil das damals eine sehr finstere Zeit in meinem Leben war. Aber ich war nicht der Vater für dich, den du gebraucht oder verdient hättest. Und später, nachdem ich mich verändert hatte, gefiel es mir nicht, wenn du darauf zu sprechen kamst, weil es mir unfair vorkam, das, was ich dir zugemutet hatte, noch einmal durchleben zu müssen.«

»Stell dir vor, wie es war, tatsächlich damit leben zu müssen«, bemerkte ich.

»Richtig, das kann ich nicht. Aber als deine Mutter und ich am Flughafen saßen und auf unseren Flug warteten, wurde mir bewusst, wie selbstsüchtig ich war. Mein Stolz hat mich daran gehindert, dich um Entschuldigung zu bitten. Du hattest eine beschissene Kindheit, und nichts, was ich sagen oder tun kann, wird daran etwas ändern. Die Zeit ist vergangen, und du bist längst erwachsen, trotzdem bitte ich dich für alles, was ich dir angetan habe, um Entschuldigung.«

»Ich auch«, warf Mom ein. »Du hattest etwas Besseres von uns verdient, mein Sohn, aber wir konnten es dir nicht geben.«

»Ein ziemlicher Sinneswandel in weniger als vierundzwanzig Stunden«, sagte ich, da ich nicht recht an ihre Aufrichtigkeit glaubte.

»Kann sein, dass Mano uns die eine oder andere Nachricht geschickt hat, um uns in unsere Schranken zu weisen. Spricht er auch ständig mit dir über eine Therapie?«, wollte mein Dad wissen.

Lachend schüttelte ich den Kopf. »Ja, andauernd. Allem Anschein nach ist seine Generation sehr an ihrem seelischen Wohlbefinden interessiert.«

»So ein Quark«, bemerkte mein Vater, und ich musste noch mehr lachen.

»Ganz deiner Meinung.«

»Wir lieben dich, Kai«, nahm meine Mutter den Faden wieder auf. »Und der Schmerz, den wir dir in all den Jahren zugefügt haben, tut uns leid.«

»Danke.« Auch ich meinte es ernst. Denn das war es, was ich mir immer von ihnen gewünscht hatte. Eine Entschuldigung. Ein Bekenntnis zu dem, was sie getan hatten.

»Wir wollen dir auch nicht zu lange zur Last fallen, deshalb machen wir uns gleich wieder auf den Weg. Wir hoffen, das kommende Jahr kann unser Verhältnis erneuern. Ich bin sicher, es wird dauern, und wir wollen dich zu nichts drängen. Aber vielleicht können wir die Weihnachtsfeiertage ja eines Tages als Familie verbringen. Wir alle vier«, sagte Mom und stand vom Tisch auf.

»Ja, vielleicht.«

Dann riefen sie Mano, der sofort aus seinem Zimmer gelaufen kam, um sich von ihnen zu verabschieden.

»Wir bleiben noch einen Tag in der Stadt, für den Fall, dass du noch weiter mit uns reden willst«, schlug Dad vor.

Ich knibbelte an meinen Fingernägeln und kaute auf meinem Daumen. »Oder ihr bleibt noch und frühstückt mit uns. Ich wollte Waffeln machen.«

Mom warf Dad einen scheuen Blick zu. Der nickte. »Wenn genug für uns da ist, bleiben wir gerne.«

»Sicher. Macht es euch bequem.«

Wir setzten uns alle um den Esstisch und genossen die gemeinsame Mahlzeit. Den Großteil der Unterhaltung bestritt Mano, wogegen ich nichts einzuwenden hatte. Es würde noch einige Zeit dauern, bis ich mich meinen Eltern öffnete. Unser Verhältnis war nie so gewesen, und ich gehörte ohnehin eher zur zurückhaltenden Sorte. Es würde viel Zeit und Energie brauchen, um herauszufinden, ob sie zu den Veränderungen, von denen sie gesprochen hatten, auch wirklich in der Lage waren. Niemandem fiel es leicht, sich zu ändern, und manchmal fühlte es sich äußerst unangenehm an. Trotzdem wollte ich die Hoffnung nicht aufgeben; meine Eltern brauchten bloß Zeit.

Nachdem sie gegangen waren, saß ich noch lange mit Mano zusammen, bevor ich zu Holly ging. Sie öffnete mir in einem korallenroten Seidentop und engen Jeans und sah darin so hinreißend aus wie immer. »Hey, wie war der Besuch deiner Eltern?«

»Ein Schritt in die richtige Richtung. Aber deshalb bin ich nicht hier.«

»Oh. Was gibt's denn?«

»Jetzt bin offiziell ich an der Reihe.«

»An der Reihe womit?«

»Mit einem Holly-Date.« Ich zog einen riesigen Blumenstrauß, zwischen dem Bücher steckten, hinter meinem Rücken hervor und hielt ihn ihr hin. »Ich habe Dutzende Männer beobachtet, die dich zum ersten Mal ins Mano's ausgeführt haben.«

»Okay, hört sich irgendwie ausschweifend an, wenn du ›Dutzende‹ sagst.«

»Es war ja auch ausschweifend.«

»Du sagst das, als wäre ich eine Frau für einen Abend.«

»Na, so was Ähnliches warst du ja auch.«

»Worauf wolltest du noch mal hinaus? Kannst du vielleicht mal zum Punkt kommen?«

»Ich frage dich, ob du ein erstes Date mit mir willst.«

»Oh ja, sprich weiter.«

Ich schüttelte den Kopf über die Albernheit unseres Wortwechsels. »Geh mit mir im Mano's essen.«

»Wann?«

»Jetzt.«

»Ich dachte, ihr hättet am Neujahrstag geschlossen.«

»Haben wir auch. Aber zufälligerweise kenne ich den Besitzer.«

Mit einem bezaubernden Lächeln nahm sie mir die Bücher ab. Dann roch sie daran, als wären es Rosen, und seufzte glücklich. »Sie sind wunderschön.«

»Wie du.«

Sie zuckte zusammen. »Du liebe Güte, seit wann bist du so kitschig?«

»Seit ich angefangen habe, Liebesromane zu lesen.«

»Das wird's sein.« Sie ging in ihre Wohnung und legte die Bücher auf den Couchtisch. Dann nahm sie ihre Winterjacke und die Schlüssel vom Tresen und kehrte zu mir zurück. »Nur damit du es weißt: Ich werde am ersten Abend nicht die Rechnung bezahlen. Mein Dating-Coach hat mir nämlich beigebracht, das niemals zu tun.«

»Scheint ein guter Mann zu sein.«

Sie lächelte und zuckte die Achseln. »Der Beste von allen.«

Wir setzten uns ans Ende der Bar. Ich kochte für uns und servierte die Cocktails, während Holly tat, was sie am besten konnte – sie machte mein Leben schöner. Ihr Lachen war ansteckend, und ich war süchtig nach ihrem Lächeln. Nach dem ersten Date brachte ich sie nach Hause und küsste sie zum Abschied.

Dann planten wir unsere zweite Verabredung.

Und unsere dritte.

Und auch noch eine vierte …

Sechs Monate später

Seit wir offiziell ein Paar waren, wichen Holly und ich einander nicht mehr von der Seite, außer wenn wir arbeiteten, was in letzter Zeit häufig vorkam. Holly schrieb fleißig an ihren Romanen, und das Mano's brummte.

Holly brachte mich auch zu meinem letzten Scheidungstermin. Vor dem Gerichtsgebäude wünschte sie mir Glück und versprach, in dem Café um die Ecke auf mich zu warten.

Ich war bereit, die Geschichte mit Penelope zu beenden, und heute fand unser letztes Zusammentreffen mit unseren Anwälten statt, um diese Tür für immer zu schließen. Es war längst höchste Zeit dafür.

Während die Anwälte Zwiesprache hielten, saß ich Penelope im Sitzungszimmer gegenüber. Ich wollte nichts von ihr, und sie wollte nichts mehr von mir. Schließlich verließen wir den Raum, ohne viel zu sagen. Doch als wir auf den Gang hinaustraten, um mit dem Fahrstuhl nach unten zu fahren, richtete Penelope doch noch das Wort an mich.

»Ich war dieser Tage bei meinem alljährlichen Screening«, bemerkte sie schüchtern, als hätte sie beinahe Angst, mit mir zu sprechen. »Der Krebs ist nicht zurückgekommen. Ich weiß nicht, warum ich es dir sage, aber … jedenfalls, er ist nicht wieder da.«

Unsicher, was sie von mir hören wollte oder wie ich mich ausdrücken sollte, nickte ich nur. Es war nicht leicht, in diesem Moment die richtigen Worte zu finden.

Wir verließen den Fahrstuhl.

Ihre Stimme zitterte ein wenig, als sie auf mich zutrat. Ich wich einen Schritt zurück.

»Sorry«, murmelte sie, weil sie sich mir genähert hatte.

»Es wäre mir lieber, du hieltest Abstand.«

»Bist du glücklich, Kai?«, fragte sie mit Tränen in den Augen. Ich wusste nicht, warum sie den Tränen nah war. Vielleicht traf sie nun, nachdem die Scheidung durch war, die Erkenntnis, dass wir jetzt endgültig miteinander fertig waren. Vielleicht dachte sie an die vergangenen Jahre, die wir miteinander verbracht hatten. Oder das schlechte Gewissen holte sie endlich ein. Aber wie auch immer, sie zu trösten, war nicht mehr meine Aufgabe. Sie gehörte nicht mehr zu mir, wenn überhaupt, schien sie nur mehr eine Fremde zu sein.

»Ja, das bin ich«, gab ich zurück. Es fühlte sich gut an, die Wahrheit sagen zu können. Es hatte eine Zeit gegeben, in der die Vorstellung, glücklich zu sein, in weiter Ferne gelegen hatte. Wie ein unerreichbares Ziel. »Glücklicher als jemals zuvor.«

»Gibt es eine Frau in deinem Leben?«

»Das geht dich nichts an, Penelope.«

»Richtig. Natürlich …« Sie fuchtelte mit den Händen und schüttelte den Kopf. »Entschuldige. Ich gehe jetzt besser.« Sie schob den Riemen ein wenig höher und ging auf den Ausgang zu.

Als sie die Tür aufzog, kniff ich mir in den Nasenrücken und seufzte. »Penelope?«

»Ja.«

»Dein Haar ist lang.«

»Ja, es ist sehr gewachsen.«

Ich verschränkte die Arme vor der Brust. »Ich bin froh, dass ich dich hassen kann, während du am Leben bist. Ich hoffe, ich kann dich noch viele Jahre hassen.«

Sie kicherte leise und strich sich das Haar hinter die Ohren. »Ist das deine Art, mir mitzuteilen, wie froh du bist, dass der Krebs nicht zurückgekommen ist?«

»Ich bin froh, dass der Krebs nicht zurückgekommen ist.«

Sie lächelte. »Danke, Kai. Für alles. Ich weiß nicht, ob ich ohne dich überhaupt noch hier wäre. Du wirst mir wahrscheinlich nicht glauben, aber ich habe dich geliebt, so gut ich konnte.«

Doch, ich glaubte ihr. An einem gewissen Punkt meines Lebens hatte ich nicht so gedacht, doch ich hatte gelernt, dass Menschen andere Menschen nur in dem Ausmaß lieben konnten, in dem sie sich selbst liebten. Und Penelope hatte Probleme mit ihrer Selbstliebe. Je länger ich sie betrachtete, desto offensichtlicher wurde es. Jemanden so gut zu lieben wie möglich, bedeutete noch nicht, ihn auch wirklich zu verdienen oder gut zu behandeln. Manche Menschen konnten ja nicht einmal sich selbst gut behandeln.

Ich sagte Penelope endgültig Lebewohl und schloss dieses Kapitel für immer.

»Alles erledigt?«, fragte Holly, als ich sie in dem Café an der Ecke des Gerichtsgebäudes traf. Sie saß vor ihrem Laptop und tippte.

»Alles erledigt. Aber hör nicht auf zu schreiben, wenn du gerade einen Lauf hast. Ich kann mich gern hinsetzen und einen Kaffee trinken.«

»Schon okay«, sagte sie und klappte den Laptop zu. »Ich hab die Interviewfragen an den Verlag zurückgeschickt. Jetzt gehöre ich ganz dir.«

Holly hatte ihren jüngsten Roman offiziell beendet, und *Publisher's Weekly* nannte ihn das ›Buch des Sommers‹. Es würde in drei Monaten erscheinen, und ich freute mich wie verrückt darauf, dass sie endlich ihren rechtmäßigen Platz als Soloautorin einnahm. Ich hatte das Glück gehabt, den Roman schon vorab lesen zu dürfen, und konnte nur sagen, dass sie schon gut gewesen war, als sie noch zusammen mit Cassie geschrieben hatte, aber der neue Roman war etwas ganz Besonderes. Ich sah, dass sie ihr Herz und ihre Seele in dieses Buch gelegt hatte, und konnte es nicht erwarten, dass auch der Rest der Welt das erkannte. Ihr war es bestimmt, der hellste Stern der Galaxis zu werden, und es war ein Privileg, sie glänzen zu sehen.

»Und, wie geht es dir jetzt?«, fragte sie, als wir das Café verließen und zur Bushaltestelle gingen, um nach Hause zu fahren.

Ich holte tief Luft und spürte, dass ich so breit grinste wie nie zuvor. »Frei«, sagte ich. »Ich fühle mich frei.«

Ihr Lächeln wärmte mich, als sie sich auf die Zehenspitzen stellte und mich auf die Wange küsste. »Die Freiheit steht dir.«

Das Verrückteste war, dass ausgerechnet sie mich an diese Freiheit erinnert hatte. Sie war es, die mich gelehrt hatte, wieder zu fliegen. Ohne sie wäre ich immer noch der missmutige, verschlossene Mann gewesen, der vergessen hatte, wie man liebte.

Ich wusste, es würden Tage kommen, an denen einer oder beide von uns in unserer neuen Beziehung zu kämpfen hatten. Natürlich gab es noch Trigger aus unseren früheren Beziehungen, die von uns verlangten, uns aktiv mit manchen unserer Ängste und Nöte auseinanderzusetzen. Gegenseitige Unterstützung war dabei unabdingbar, Geduld die Voraussetzung dafür. Aber das machte mir keine Angst. Ich fürchtete mich nicht davor, daran zu arbeiten, dass ich der Partner wurde, den Holly sich nicht bloß wünschte, sondern den sie verdiente.

Wenn ich etwas über das Leben gelernt hatte, dann, dass nichts vorausgesetzt war. Wir alle bekamen die gleichen vierundzwanzig Stunden pro Tag, aber ich wollte dafür sorgen, dass jede einzelne Sekunde zählte. Ich wollte mich in so vielen Augenblicken wie möglich auf meine Liebe zu Holly konzentrieren, weil sie meiner Liebe niemals das Gefühl gab, sie wäre zu viel oder ihr eine Last. Wenn man einen Menschen fand, der in der Lage war, einem das zu geben … wenn man eine Liebe fand, die es einem erlaubte, man selbst zu sein …

Nun, dann war das die Art von Liebe, die man bewahren sollte.

EPILOG

HOLLY

Ein Jahr später am Silvesterabend

Nachdem ich den Tag über erfolgreich geschrieben hatte, machte ich mich auf den Weg ins Mano's, wo jeder meinen Namen kannte, und setzte mich auf meinen reservierten Hocker am Ende der Bar. Das Restaurant würde erst in einer halben Stunde öffnen, und die Angestellten liefen noch geschäftig hin und her, um alles für die große Silvesterfeier vorzubereiten, die heute stattfinden sollte.

Das Restaurant brummte, und es war schön, dabei zu sein, wenn Ayumu und Kai ihr erstes Geschäftsjahr feierten. Die beiden benötigten nicht nur keinen Plan B, sondern genossen einen Erfolg, den ich mir nicht einmal vorstellen konnte.

Apropos Erfolg – mein Agent hatte mir mitgeteilt, dass mein Roman nach zwanzig Wochen noch immer auf der Bestsellerliste der *New York Times* war. Das Leben hatte es in den letzten Monaten gut mit mir gemeint, und Kai konnte ich nicht genug dafür danken, dass er mein größter Fan war. Als ich nicht mehr an meine Profession geglaubt hatte, hatte er es für mich getan. Es war schon etwas ganz Besonderes, einen Menschen zu haben, der an mich glaubte, als ich selbst nicht mehr wusste, wie das ging. Das war Kai – mein größter Fan und meine größte Inspiration. Er lächelte mir von hinter der Bar aus zu, als ich zu meinem Lieblingsplatz ging.

»Hey, du. Cocktail?«, fragte er.

Ich legte meine Handtasche auf den Tresen und verschmolz mit dem Barhocker. Dann schnippte ich mit den Fingern. »Du weißt schon, was ich will.«

Sofort machte er sich daran, mir meinen üblichen ›Holly‹ zu mixen, und ich führte einen kleinen Freudentanz auf, als er ihn mir hinstellte.

»Weißt du, manche könnten es egozentrisch nennen, immer nur den Drink zu bestellen, der den eigenen Namen trägt«, bemerkte er. Er sah heute Abend gut aus. Also er sah natürlich immer gut aus, aber heute Morgen hatte er sich die Haare schneiden und den Bart perfekt trimmen lassen. Und er trug einen Anzug, in dem er aussah wie ein griechischer Gott. Ich konnte es kaum erwarten, ihm den Anzug später auszuziehen.

»Was soll ich sagen? Eigenliebe ist nicht mein Problem.« Ich trank einen kleinen Schluck von meinem Cocktail, der noch genauso gut schmeckte wie an dem Abend vor einem Jahr, als Kai ihn zum ersten Mal für mich gemixt hatte. »Versprich mir bitte, dass dieser Drink nie von der Karte verschwindet.«

»Der bleibt so lange, wie du willst.«

»Sieht aus, als würdest du mich mögen«, witzelte ich.

»Lieben«, verbesserte er mich. »Und wo wir gerade von Liebe sprechen: Heute ist der erste Jahrestag unseres ersten offiziellen Dates.«

»So ist es. Also, alles Gute zum Jahrestag«, sagte ich und reckte mich über den Tresen, um ihm einen Kuss auf die Lippen zu geben.

»Alles Gute zum Jahrestag«, gab er zurück und erwiderte den Kuss. »Es war ein ziemlich gutes Jahr, oder?«

»Ich kann nicht klagen. Und du?«

Er streckte einen Finger in die Luft. »Ein paar Klagen hätte ich schon.«

Verblüfft setzte ich mich auf. »Was?«

Er ging zur Registrierkasse, entnahm ihr ein Blatt Papier und griff nach einem Stift. »Ich dachte, da wir ja jetzt ein Jahr zusammen sind, sollten wir eine Liste mit alldem machen, was wir tun und lassen sollten, wenn wir uns treffen, so wie wir letztes Jahr eine Liste für dich aufgestellt haben.«

»Ernsthaft?«

»Aber ja.« Er begann zu schreiben. »Punkt eins: Hör nicht auf, unter der Dusche zu singen, wenn du bei mir bist. Mano und ich stehen nämlich total darauf.«

Ich kicherte. »Das kriege ich hin.«

»Das Erste, was du lassen solltest: Frag mich nie, ob du in irgendeinem Outfit fett aussiehst. Ich bin nicht blöd. Ich weiß, das ist eine Fangfrage, und die einzig richtige Antwort lautet, dass du perfekt aussiehst, was ja auch stimmt. Du siehst immer perfekt aus.«

»Da hast du recht.« Ich warf mein Haar über die Schulter. »Was noch?«

»Drück die Zahnpasta von oben aus der Tube.«

»Geht nicht, Cowboy. Ich bleibe bis zum Tag meines Todes eine Aus-der-Mitte-Quetscherin.«

Er schüttelte enttäuscht den Kopf. »Na gut. Dann: Schlaf niemals während eines *Herr-der-Ringe*-Marathons ein. Das ist einfach respektlos.«

»Mit dir muss ich die Langfassungen gucken. Die dauern Stunden.«

»Das sind Meisterwerke.«

»Die sind bestenfalls mittelmäßig.«

Er wies streng mit dem Finger auf mich. »Hüte deine Zunge, oder ich mache *Harry Potter* runter.«

»Sei nicht irre.« Ich winkte ab. »Okay, was ist das Nächste, das ich tun sollte?«

Er legte die Stirn in Falten, überlegte und begann dann hektisch zu schreiben. »Okay, das hier kommt gut. Du musst …« Er schrieb noch etwas, dann gab er mir das Blatt Papier. »Du musst mich heiraten.«

Mein Herz sank, und ich erstarrte auf der Stelle. Ich blickte auf das Blatt. »Willst du mich heiraten?«, stand da. Als ich wieder aufsah, hatte Kai eine Ringschachtel in der Hand.

»Ist das dein Ernst?«

»Ja. Ich würde ja vor dir knien, aber irgendwie ist mir der Bartresen im Weg, also …«

»Ist das dein Ernst?«, rief ich erneut, und Tränen füllten meine Augen.

»Es ist sein Ernst!«, riefen alle hinter mir.

Schnell drehte ich mich um und sah eine Menge Leute hinter mir stehen. Und nicht irgendwelche Leute, sondern meine Leute. Kais Leute. *Unsere Leute.*

Meine Eltern und mein Bruder waren zusammen mit Manos und Kais Eltern gekommen. Auch Ayumu und die Angestellten, die alle miteinander befreundet waren, warteten aufgeregt auf meine Antwort.

Ich wandte mich wieder zu Kai und explodierte schier vor Freude, als ich über den Tresen kletterte und meine Arme um ihn schlang. »Ja! Ja!«

Alle um uns herum jubelten, als Kai mir den Ring ansteckte. Doch ich konnte einfach nicht aufhören, wie eine Wilde sein Gesicht zu küssen, so übervoll von Liebe, dass ich nicht wusste, wohin damit.

»Ich schätze, damit wird aus der Silvesterparty eine Verlobungsfeier«, sagte ich, als Kai mich umarmte.

»Kann man wohl sagen.«

Als ich mir das neue Schmuckstück an meinem Ringfinger genauer ansah, verschlug es mir die Sprache. Mein Herz schlug einen Purzelbaum. Endlich lag es an Kai und mir, dafür zu sorgen, dass wir glücklich und zufrieden bis ans Ende unserer Tage leben würden, und ich hätte mir keinen besseren Partner aussuchen können, um es mit der Welt aufzunehmen.

In diesem Augenblick verstand ich, warum alles so gekommen war, wie es gekommen war.

Jedes miserable Date, jeder falsche Mann, der mir im Lauf der Jahre begegnet war.

Ich verstand die Missgeschicke auf meinem Weg.

Die Enttäuschungen.

Ich bezweifelte, dass ich zu schätzen gewusst hätte, was mir Gutes widerfahren war, wenn es nicht auch all das Schlechte in meiner Vergangenheit gegeben hätte.

Und wenn ich noch eine Million Meet Uglys hätte absolvieren müssen, um am Ende bei Kai zu landen, ich hätte, ohne zu zögern, alles noch einmal genauso gemacht. Ich hätte jeden einzelnen Herzschmerz hingenommen, solange es mich nur zu ihm geführt hätte.

Kai Kane … mein liebstes Weihnachtsgeschenk.

Mrs Kane.

Oh ja.

Das gefiel mir.

KAI

Drei Jahre später an Heiligabend

»Du musst besser aufpassen, sonst geht er dir jedes Mal durch die Lappen, Kai«, schimpfte Mano, bevor er sich an meinen Vater links von mir wandte. »Und, Dad, wenn du dir den Ball noch einmal von Hollys Mom wegschnappen lässt, schicke ich dich auf die Bank.«

»Und ich dachte, wir spielen nur so zum Spaß«, meinte Mom und rieb sich die Hände, während über ihr ein paar Schneeflocken durch die Luft trudelten.

Manos Nasenlöcher blähten sich. »Nach drei Siegen in unseren Weihnachtsspielen liegen mittlerweile drei Bälle auf dem Kaminsims im Mano's, und ich weigere mich, dieses Jahr auszusetzen. Komme, was wolle, wir machen den Sack zu. Also, Leute, reißt euch gefälligst zusammen! Ihr führt euch auf wie eine Bande Schimpansen. Wir spielen hier Football!« Es war schon lustig, wie ernst ihm das Spiel war; Mano nahm sich das alljährliche Weihnachtsspiel wirklich zu Herzen. Seit meine Familie Hollys Familie über die Feiertage in Birch Lake besuchte, spielten wir dort an Heiligabend gegeneinander Football. Was wirklich toll war, um gemeinsame Erinnerungen zu schaffen. Allerdings hatte ich nicht damit gerechnet, dass Mano sich seine Rolle als Quarterback in unserer Familien-Mannschaft dermaßen zu Herzen nehmen würde. Er benahm sich wie ein Wahnsinniger. Seit er ein Football-Stipendium für ein Division-One-College ergattert hatte, nahm er den Sport viel zu ernst.

»Ich mach mal eine Trinkpause. Und mir tun die Füße weh«, sagte Mom und ging vom Platz.

»Was? Mom!«, grollte Mano und warf ergeben die Hände in die Luft.

Hollys Großvater blies in seine Pfeife und rief: »Spielunterbrechung!«

Mano schlurfte grummelnd vom Spielfeld. »Wenn wir uns neu aufstellen, will ich hier ein ordentliches Team sehen.«

Lachend ging ich zur Tribüne hinüber, auf der Holly saß. Unsere Spiele wurden jedes Jahr ein wenig größer. Ein paar von Hollys Kleinstadtfreunden hatten sich zu uns gesellt, und mittlerweile liefen auf jeder Seite bis zu zehn Leute auf. Auf diese Weise machten die Spiele mit jedem Jahr immer mehr Spaß.

»Hast du gesehen, wie ich den Pass angenommen habe?«, fragte ich Holly, als ich mich neben ihr auf die Bank plumpsen ließ.

»Ja, ein paar hab ich dich aber auch verfehlen gesehen«, bemerkte sie und knuffte mich gegen den Arm.

»Den Teil solltest du eigentlich nicht sehen. Ich hatte dir doch gesagt, du sollst weggucken, wenn es so aussieht, als würde ich irgendwas vermasseln.«

»Ich gelobe Besserung. Aber ehrlich gesagt, macht das Spiel dieses Jahr keinen Spaß.« Jetzt zog sie eine Schnute und verschränkte die Arme. »Ich will mitspielen. So ist es nicht fair!«

»Na ja, Schwangere haben auf dem Platz nichts verloren. Tut mir leid, aber Regeln sind Regeln.«

Sie verdrehte die Augen. »Ich bin doch gerade erst schwanger.«

»Seit achteinhalb Monaten. Ich bezweifle, dass du es überhaupt bis aufs Spielfeld schaffen würdest.«

»Wenigstens hab ich keine Butter an den Fingern«, zog sie mich mit meinen Fehlpässen auf.

»Du bist ganz schön fies, seit du schwanger bist«, unkte ich.

»Ich bin nicht bloß schwanger. Ich habe Hunger. *Bärenhunger!*«

»Und deshalb habe ich dir das hier mitgebracht.« Damit griff ich nach meinem Matchbeutel unter der Bank und zog einen Schokoriegel heraus.

Holly riss ihn mir mit leuchtenden Augen aus der Hand. »Schokolade!«, heulte sie.

Echt jetzt?

Sie heulte.

Es hatte während der vergangenen Monate diverse plötzliche Tränenausbrüche gegeben, die ich geduldig hinnahm, während ich versuchte, für alle Fälle immer einen Snack bereitzuhalten. Als ich jetzt den Platz überblickte, sah ich, dass Alec und Ayumu sich miteinander unterhielten. »Sieh dir das an«, sagte ich, auf die beiden deutend. »Meinst du, daraus könnte was werden?«

»So, wie Mano die beiden einander in die Arme treibt, würde es mich nicht überraschen, wenn die beiden nächstes Jahr Weihnachten ein Paar sind«, meinte Holly. »Vielleicht wäre ich mit ihm als Dating-Coach ja besser dran gewesen. Er scheint ein großer Kuppler zu sein.«

Lachend legte ich den Arm um sie und zog sie an mich. »Dein Dating-Coach hat getan, was getan werden musste.«

»Ja, aber wenn Mano nicht an deiner Stelle auf die Dating-App gegangen wäre …«, frotzelte sie.

Und sie hatte recht. Ich hatte das selbst schon oft gedacht. Wenn Mano sich nicht als ich ausgegeben hätte, hätte ich vielleicht nie den Mumm aufgebracht, um Holly meine Gefühle mitzuteilen. Manchmal benötigte man im Leben eben einen kleinen Anstoß. Oder eher noch einen Tritt in den Hintern.

»Tja, eines Tages zahle ich es ihm heim und spiele den Kuppler für ihn«, schwor ich.

»Das wäre allerdings ein Ding.« Hollys Hände landeten auf ihrem Bauch, als das Baby zu treten begann. »Hast du dir noch andere Namen für ihn ausgedacht?«, wollte sie wissen.

»Um ehrlich zu sein, ja. Wir könnten ihn Kai Junior nennen«, grinste ich. »Und ihn KJ abkürzen.«

Holly funkelte mich böse an und knurrte: »Man könnte denken, du kannst mich nicht ausstehen.«

Ich beugte mich zu ihr und küsste sie. »Weit entfernt.«

»Kai! Komm hier runter! Wir spielen weiter!«, brüllte Mano und winkte mir.

Ich stand auf und bückte mich für einen weiteren Kuss zu Holly hinunter.

»Holt euch den Football!«, verlangte sie und klatschte mir, als ich mich umdrehte, auf den Hintern.

Als ich aufs Spielfeld zurückkehrte, ging mir auf, dass ich alles im Leben hatte, was ich mir wünschte: Lachen, eine Familie und Liebe. Etwas Besseres vermochte ich mir nicht vorzustellen. Ich war der glücklichste Mann auf der Welt, und das hatte ich allein der Frau zu verdanken, die sich dafür entschieden hatte, mich zu lieben. Genau das hatte sie mich gelehrt – dass Liebe eine Entscheidung war. Etwas, wofür wir uns Tag für Tag neu entschieden. Lieben war ein Verb. Aktiv, wachsend, sich entwickelnd, und ich war glücklich, dieses Lieben mit Holly erfahren zu dürfen.

Ich konnte es nicht erwarten, gemeinsam mit ihr alt zu werden. Zu erleben, was aus uns beiden werden würde. Und ihr für den Rest unseres Lebens immer wieder neu zu begegnen.

Meiner Holly Jolly.
Meinem Für-immer-Date.
Bis ans Ende unserer Tage.

Triggerwarnung

Dieses Buch enthält Elemente,
die triggern können.

Diese sind:
Bodyshaming, tödliche Krankheit, Fremdgehen, Schwangerschaft, Rassismus.

Sie bestimmt die Schläge meines Herzens. Jedes Liebeslied, das ich abends singe, ist für sie

Brittainy C. Cherry
DENN OHNE MUSIK
WERDEN WIR ERTRINKEN
Aus dem amerikanischen
Englisch von
Katia Liebig
448 Seiten
ISBN 978-3-7363-1863-2

Hazel und ich konnten uns schon in der Schule nicht ausstehen. Aber als sie eines Nachts vor meiner Tür stand und nicht wusste, wo sie hinsollte, brach die Traurigkeit in ihren Augen mein verdammtes Herz. Je mehr Zeit ich mit ihr verbringe, desto klarer wird, wie falsch ich lag. Hazel hat nichts mit meiner Vergangenheit zu tun. Sie inspiriert mich auf eine Art und Weise, die ich noch nie erlebt habe. Zusammen schreiben wir Songs, die ich mir nie hätte vorstellen können. Jetzt steht meine Band vor dem großen Durchbruch, doch Hazel droht mir dadurch entgleiten …

»Brittainy C. Cherrys Bücher bedeuten mir alles!«
KAROSBOOKSHELF

LYX